HEYNE <

CAROLINE CORCORAN

DIE VERMISSTE

Thriller

Aus dem Englischen
von Sybille Uplegger

WILHELM HEYNE VERLAG
MÜNCHEN

Die Originalausgabe *Five Missing Days* erschien erstmals 2022 bei Avon, a division of HarperCollinsPublishers Ltd, London.

Penguin Random House Verlagsgruppe FSC® N001967

2. Auflage
Deutsche Erstausgabe 12/2023

Redaktion: Lisa Scheiber
Umschlaggestaltung: Nele Schütz Design,
unter Verwendung von Shutterstock.com
(CherylRamalho, Max Reichenbach) und AdobeStock (Picture News)
Satz: Schaber Datentechnik, Austria
Druck und Bindung: GGP Media GmbH, Pößneck
Printed in Germany

ISBN: 978-3-453-42711-2

www.heyne.de

Für meine Freunde
Zo, Suse, Vic, Hellie und Mike.

Die besten Entscheidungen,
die mein jugendliches Ich je getroffen hat.

PROLOG

DU WEISST NICHT RECHT, was du mit dem gelben Heliumballon in deiner Hand anfangen sollst, wenn du gerade festgestellt hast, dass deine Frau weg ist.

Zumal auch noch etwas anderes deiner Hände bedarf: der neugeborene Säugling, der in der Ecke des Zimmers in seinem Bettchen liegt und schreit.

Du hältst den Ballon fest.

Du hältst ihn noch fester, als könnte er dich davontragen, höher und höher, weg von all dem hier, was auch immer *all das hier* ist.

Du spürst eine Enge in der Brust.

Deine Frau. Einfach nicht mehr da.

Von der Wochenstation verschwunden. Einen Tag nach der Geburt eurer gemeinsamen Tochter.

Du stehst da und schaust dich um. Nach deiner Frau. Nach einem Ort, an dem du den Ballon lassen kannst. Nach jemandem, der dir hilft. Nach einer Erklärung dafür, was mit diesem Moment passiert ist, der sich doch eigentlich ganz anders anfühlen sollte, euphorisch und neu, nach Wehmut und Leben.

Immer fester hältst du den Ballon.

Die Schreie des Babys werden lauter.

Deine Brust wird enger.

Du lässt nicht los.

Draußen vor dem Zimmer, in dem du stehst, herrscht das ganz normale Treiben einer Wochenstation, trotzdem kommt es dir so vor, als wärst du von allem abgeschnitten. Du weißt, du solltest jemandem Bescheid sagen, aber dafür müsstest du den Raum verlassen, und du hast vergessen, wie das geht. Vergessen, wie man sich bewegt.

Irgendwo schrillt eine Klingel, und eine erschöpfte Hebamme seufzt, ehe das Geräusch schneller Schritte in praktischen Schuhen aus dem Korridor erklingt.

Endlich fällt dir wieder ein, wie man sich umdreht. Als sie die Tür des Zimmers passiert, öffnest du den Mund. Allerdings bist du unsicher, was du ihr sagen sollst, denn was, wenn du dich irrst? Aber im Grunde weißt du es, nicht wahr? Im Grunde weißt du Bescheid.

Ein anderer Vater kommt vorbei und lächelt dir zu. Seine weichen Adidas-Sneakers tragen ihn so schnell es geht in Richtung seiner Familie, nach der sich sein Herz ab jetzt immer verzehren wird.

Du blickst ihm nach. Er lebt die andere Version deiner Wirklichkeit.

Du hältst dich am Ballon fest.

Als Nächstes wird eine völlig benommene Frau in einem Rollstuhl vorbeigeschoben. Sie hat eine Puppe im Arm. Nein, natürlich ist es ein Baby – aber es sieht aus wie eine Puppe, nicht wahr? Die Frau trägt keinen BH, unter dem offenen Bademantel sieht man ihre nackten Brüste. Sie hat erst vor wenigen Minuten entbunden. So verletzlich, wie man nur sein kann.

Du stehst ganz still da, ganz still.

Der Ballon tanzt in der Luft.

Das Baby schreit noch lauter. Durchdringend.

Das ist es, was dich am Ende dazu zwingt, den Ballon loszulassen und mit schwerfälligen Schritten das Zimmer zu durchqueren. Du nimmst deine Tochter auf den Arm. Du drückst sie an deine Brust. Du setzt dich mit ihr aufs Bett und wartest darauf, dass deine Frau zurückkommt. Das Baby will sich nicht beruhigen. Es schreit immer lauter.

Deine Frau kommt nicht.

Das Baby bewegt den Kopf und spitzt seine winzigen Lippen auf der Suche nach Milch, die eigentlich jederzeit verfügbar sein sollte.

Das Engegefühl in deiner Brust wird noch schlimmer.

Trotzdem wartest du. Du wartest und wartest. Aber du musst doch wissen, wann es Zeit ist aufzugeben? Nicht zuletzt die Schreie des Babys sollten es dir verraten.

Du gehst zum Schwesternzimmer.

»Ihre Mutter«, sagst du, während das Baby mit stetig lauter werdendem Gebrüll auf das Ausbleiben seiner Nahrung reagiert. »Ihre Mutter ist verschwunden.«

Alle starren dich an. Ihre Mienen spiegeln dein Entsetzen.

Jedenfalls stelle ich es mir so vor.

Wer weiß, wie es in Wirklichkeit abgelaufen ist. So oder so, irgendwie fand mein Ehemann Marc heraus, dass ich weg war.

Immer wieder kommen mir verschiedene Szenen in den Kopf, wie Flashbacks, nur dass ich sie nie wirklich erlebt habe. Doch davon lassen sie sich nicht beirren. Sie plagen mich stündlich, vielleicht noch häufiger. Ihretwegen wache ich auf, wenn ich schlafe, und sehne mich nach Schlaf, wenn ich wach bin.

Diese hier sucht mich heim, als ich gerade in meinem schwarz-gelben Bikini, bei dem Oberteil und Hose nicht zusammenpassen, zum Ufer des Sees gehe. Ich wate ins Wasser und passe auf, dass ich mir die Fußsohlen nicht an den Steinen aufschramme. Sobald es tief genug ist, tauche ich unter, und in dieser ersten Sekunde, vielleicht sind es auch zwei, gelingt es mir, zu vergessen, was mich hierhergeführt hat. So ist das bei mir. Ich bin kein religiöser Mensch, aber jedes Mal, wenn ich ins Wasser eintauche, fühle ich mich wie neugeboren.

Hunderte Kaulquappen umschwimmen meine Füße.

Seht euch nur an, ihr winzigen Geschöpfe, noch ganz am Anfang eures Daseins.

Ich denke an die Menschen, die Geld dafür bezahlen, damit Fische ihnen die Hornhaut von den Füßen knabbern, und dass das am Ende nichts anderes bedeutet, als bei lebendigem Leib aufgefressen zu werden. Ich denke daran, wie seltsam wir Menschen sind, wie unfassbar seltsam.

Ich bin so neu wie die Kaulquappen. Wenn dieses Gefühl doch nur anhalten würde. Stattdessen kommen langsam die Erinnerungen zurück. Mein Körper weiß alles noch ganz genau. Der Verstand mag vergessen; die Muskeln vergessen nie.

Als das Wasser so tief wird, dass ich nicht mehr stehen kann, lasse ich mich fallen. Rücklings treibe ich auf einem See Hunderte Meilen von meinem sterilen Krankenzimmer und meinem neugeborenen Kind entfernt.

Bis hierher wagen sich die Kaulquappen nicht vor; stattdessen werde ich von Fischen begleitet.

Ich atme tief ein.

Eine meiner geschwollenen, milchprallen Brüste droht zum wiederholten Mal aus dem Bikinioberteil zu rutschen. Ich schiebe sie zurück. Ich habe Blutungen, und die Haut an meinem Bauch hängt schlaff herunter wie eine leere Plastiktüte.

Eine Frau Anfang zwanzig geht am Ufer entlang. Straffe Brüste, die perfekt in ihren kleinen Triangel-Bikini passen und von denen, anders als bei mir, keine Milch, sondern nur Seewasser tropft. Sie hat ihren Rucksack auf dem Boden abgestellt.

Mein Herz beginnt zu hämmern. Ist sie das? Die Frau, wegen der ich hergekommen bin?

Doch dann erhasche ich einen Blick auf ihr Gesicht. Nein. Sie gesellt sich zu einer Gruppe am Rand des Wäldchens, und gleich darauf höre ich das Klirren von Bierflaschen. Der Geruch von fettem Grillfleisch schwebt zu mir herüber, und ich muss würgen. Ich denke an die Warnschilder wegen Waldbrandgefahr, die ich auf der Fahrt hierher gesehen habe, doch Angst habe ich keine.

Jedenfalls nicht vor Feuer.

Es gibt nur eine Sache, die mir Angst macht.

Als ich zurück ans Ufer wate, spüre ich den schleimigen Grund und die Steine unter meinen Füßen. Im Gegensatz zu den anderen Schwimmern trage ich keine Wasserschuhe. Ich hatte nicht die Zeit, mich um solche Dinge zu kümmern. Nicht die Zeit und auch nicht das Bedürfnis.

Ich setze mich ans Ufer, und sofort bohren sich die Steine in die Unterseiten meiner Schenkel. Ich experimentiere ein wenig, presse sie tiefer in den Sand und spüre, wie sie Abdrücke in meiner Haut hinterlassen. Es tut weh. Ich drücke noch fester. Es *soll* wehtun.

Es ist nur recht und billig, dass ich Schmerzen leide.

»Magst du ein Bier?«

Es ist die Frau, die eben an mir vorbeigegangen ist. Eine Französin. Sie hat auf Anhieb erkannt, dass ich aus England komme, was oft passiert. Sie ist barfuß. Ist runter ans Wasser gekommen, um sich ein bisschen abzukühlen.

In ihrer ausgestreckten Hand hält sie eine kleine bauchige Flasche.

Ich blicke zu ihr empor und muss beinahe lachen. Ich? Dein Ernst?

Ich habe ein kindliches Gesicht, deshalb werde ich oft jünger eingeschätzt. Aber von den Brüsten abwärts sehe ich regelrecht verwittert aus, oder nicht? Meine Hand liegt unbeholfen auf meinem Bauch. Die Haut dort ist so weich, dass ich sie zusammendrücken könnte wie Knete.

»Nein, danke.«

Vielleicht hat sie auch bloß Mitleid mit mir; so ganz allein und freudlos.

Sie zuckt mit den Achseln.

»Pas de problème.«

Als sie sich abwendet, um zu ihren Freunden zurückzukehren, ist sie für einen Moment lang eingerahmt wie ein Bild: hinter ihr die steil aufragenden Felsen, neben ihr der See. Dann geschieht etwas Absurdes: Drei Frauen zu Pferde tauchen am Ufer auf und reiten neben mir ins Wasser. Die schwimmenden Tiere sehen majestätisch aus, und es könnte eine idyllische Szene sein, wenn es mich darin nicht gäbe. Wenn ich nicht wüsste, dass die Idylle in Wahrheit eine Hölle ist.

Die junge Frau betrachtet die Pferde mit einem Lächeln. Sie watet ins Wasser, um sie zu streicheln, und blickt staunend zu ihnen auf. Dann geht sie weiter. Ihr schon jetzt sonnengebräunter Körper wird einen ganzen Sommer im Freien verbringen, vielleicht auf Reisen. Sie wird trinken, faul in Hängematten oder im heißen Sand liegen und in Strandbars sitzen. Es ist erst Mai, all das liegt noch vor ihr. Jung und unbekümmert – so sollte es sein. Aber es gibt keine Garantien, das wissen wir inzwischen. Wir haben gerade erst eine Pandemie hinter uns. Wenn man kann, küsst man sich, man tanzt und trinkt gemeinsam Bier. Man lebt, wann immer sich die Gelegenheit dazu bietet.

Ich beobachte die junge Frau. Denke daran zurück, wie sich das anfühlt: leben. Ich drehe die Ringe an den Fingern meiner linken Hand, einen nach dem anderen, als würde ich eine Maschine reparieren.

Ich weiß noch, wie es ist, so zu sein wie sie. Welches Gefühl braun gebrannte Haut und ein Fußkettchen in einem auslösen können, wenn man jung ist. Für die ersten zwei Wochen nach der Rückkehr in die Heimat ist man eine Göttin, ein Mythos, bis einen der September dazu zwingt, Strumpfhosen anzuziehen, das Zöpfchen in den Haaren langsam aufgeht, und sich an den Fingerspitzen die Urlaubsbräune abschält, während man vor der Glotze sitzt und *EastEnders* guckt.

Ich blicke an mir herab. Könnte sie mich wirklich für eine von ihnen gehalten haben? Für jemanden, der ein paar Monate lang in einer Bar arbeitet, um das nötige Geld für eine Reise nach Südostasien zusammenzukratzen?

Ich sehe mich um.

Wenn sie es nicht war, wo ist dann die Frau, auf die ich warte?

Ich verspüre eine gewisse Ungeduld.

Der See leckt an meinen unlackierten Zehennägeln, an meinen ungepflegten Füßen. Er wagt sich noch weiter vor, bis hinauf zu meinen Schenkeln, die von den Steinen schmerzen.

Immer mehr junge Leute kommen. Beladen mit Weinkisten, Picknickdecken und Campingstühlen balancieren sie über die baufällige Brücke zwischen dem Ufer und dem Flecken

Wiese, der als Parkplatz dient. Sie bringen Musik mit, die ihnen direkt aus den Poren zu dringen scheint, obwohl sie in Wahrheit von ihren iPhones kommt. Der intensive Duft von Gras steigt mir in die Nase.

Es ist später Nachmittag an einem Freitag, Partyzeit hier am See. Selbst die Fischer trinken aus den kleinen dicken Flaschen, während sie ihre Sachen zusammenpacken; das gallische Gegenstück zum Feierabendbier.

Viele von ihnen heben die Hand und grüßen einander. Die Welt ist freundlicher geworden seit COVID-19. Wir schätzen die Menschen mehr als früher.

Sie alle sind eingerahmt von den Felsen, die zu beiden Seiten emporragen, als wollten sie den See vor Blicken schützen. Wer weiß, vielleicht ist das ja wirklich ihr Zweck: Die Natur ist schlau; ihre Schönheit vor der Masse der Touristen zu verbergen, scheint mir ein ebenso guter Daseinsgrund für eine Felsformation zu sein wie jeder andere. Ich muss an meine Schwester Loll denken: Sie ist Apothekerin und würde sich mit Sicherheit über so eine Bemerkung ärgern.

Es tut weh, an sie zu denken.

Ich presse mich noch fester auf die Steine.

Meine Schenkel schmerzen. Meine Brüste pochen.

Das Wasser ist so klar, dass ich darin mein Spiegelbild sehen kann, aber das ist nicht unbedingt etwas Gutes.

Vor Kurzem sah mein ungeschminktes Gesicht noch jung und frisch aus. Jetzt wirkt es übernächtigt und abgehärmt. In ein paar Monaten kann sich vieles verändern. Gesichter. Menschen. Das ganze Leben.

Bestimmt denken die Leute bei meinem Anblick, dass ich einen Kater habe oder – sofern sie mein Zelt auf dem Campingplatz gesehen haben – zu lange auf Reisen war und dringend ein heißes Bad und eine frisch gewaschene Bettdecke brauchen könnte. Wie die anderen Menschen hier am See, die laut johlen und ihren Freunden zurufen, doch ins Wasser zu kommen. Wenn sie schwimmen, sind sie ein bisschen wie Fische.

Abermals betrachte ich meinen Körper. Meine Arme und Beine sind dünn, im krassen Gegensatz zu meiner Körpermitte.

Falls mich jemand nach meinem Namen fragt, habe ich mir vorgenommen zu sagen, dass ich Kate heiße. Doch es fragt mich keiner, weil ich niemanden anspreche oder jeden vergraule, der es doch tut, so wie die junge Französin mit ihrem *bière*.

Sofern es sich vermeiden lässt, rede ich mit niemandem.

Manchmal am Abend entdecke ich dort, wo meine Brustwarzen sind, zwei feuchte Flecke auf meinem T-Shirt. Dann lege ich eine Hand über meine Brüste und versuche wieder einzuschlafen, damit ich nicht daran denken muss.

Und dann rede ich doch.

Es ist immer eine Variante ein und desselben Satzes.

»Ich will leben, bitte.«

Von diesem Satz wache ich jedes Mal auf, ohne Ausnahme.

Weil ich ihn so laut herausschreie.

Tag 1, 6:00 h

DER EHEMANN

SIE IST WEG. Nicht im Sinne von zur Toilette gegangen oder irgendwo auf dem Flur unterwegs, um jemanden zu suchen, der ihr frisches Wasser bringt.

Ich meine verschwunden. *Verschwunden.*

Ihre Sachen, ihr Telefon. Alles weg.

Jede Spur von Romilly wurde getilgt, bis auf dieses winzige Menschlein, das schlafend in einem sterilen Krankenhausbettchen liegt.

Ich probiere es auf ihrem Handy. Ausgeschaltet. Stecke mein Telefon zurück in die Tasche.

Vorsichtig nähere ich mich dem Kind, das vielleicht sieben Pfund wiegt, im Gegensatz zu mir mit meinen eins fünfundachtzig und fünfundneunzig Kilo. Zentimeter für Zentimeter.

Als wäre es eine Sprengfalle.

Das blaue Tuch, in das man es gestern nach der Geburt gewickelt hat, ist nicht mehr da. Stattdessen liegt es unter einer wunderschönen cremeweißen Decke, die Romillys Schwester Loll gestrickt hat. Sobald sie wusste, dass wir ein Kind erwarten, hat meine Schwägerin sich an die Arbeit gemacht. Monatelang lag die Decke in unserem Schlafzimmer und wartete auf ihren großen Moment. Ich nehme an, Romilly hat unsere Kleine damit zugedeckt.

Wie lange ist es her, dass sie verschwunden ist?

Ich berühre die Decke, ohne wirklich zu wissen, warum. Sie wäre ohnehin warm, ganz egal, wann Romilly gegangen ist. So ist das bei Babys.

Unter der Decke schaut ein mintgrüner Strampler hervor. Vor ein paar Wochen habe ich gesehen, wie meine Frau im Schneidersitz auf dem Boden saß und ihn in ihre Krankenhaustasche gepackt hat.

Die winzige Brust unseres Babys hebt und senkt sich mit der Regelmäßigkeit eines Uhrwerks.

Das überprüfe ich, und nur das, bevor ich hastig den Raum verlasse und den Weg zum Schwesternzimmer einschlage. Das letzte Mal war ich gestern Abend dort, weil ich um ein Schmerzmittel für Romilly bitten wollte, bevor ich nach Hause ging.

»Entschuldigung«, wende ich mich an eine Hebamme, die mir vage bekannt vorkommt. »Musste meine Frau zu einer Untersuchung? Sie ist nicht in ihrem Zimmer.«

Ich spreche lauter, weil die Hebamme mit einem Formular beschäftigt ist.

»Sie ist nicht hier«, wiederhole ich. »Sie ist weg.«

Vielleicht eine Not-OP. Komplikationen während oder nach der Geburt sind weniger selten, als wir hier gerne glauben. Vielleicht musste Romilly in aller Eile verlegt werden, und das Baby wurde der Obhut erfahrener Hebammen überlassen? Ist das gängige Praxis – lässt man die Kleinen einfach alleine im Zimmer liegen? Oder war man im Begriff, mich anzurufen und mir Bescheid zu geben?

Irgendwie habe ich nicht das Gefühl, dass es so gewesen ist. Notfälle hinterlassen Spuren.

Die Hebamme blickt verwirrt auf.

»Meine Schicht hat gerade erst angefangen«, sagt sie. »Ich erkundige mich. Wie war noch gleich der Name?«

»Romilly Beach«, sage ich. »Und ich bin Marc Beach. Ihr Ehemann.«

Ich ziehe meinen Kapuzenpullover aus, weil ich vor Hitze fast vergehe. Stelle mich, passend zur Förmlichkeit des Wortes »Ehemann«, besonders aufrecht hin.

Sie nickt bedächtig.

»Aber das Baby ist noch auf dem Zimmer, ja?«, fragt sie.

Ich nicke.

Wie gelassen sie nach außen hin auch erscheinen mag, man sieht ihr die Erleichterung an.

Ich wische mir den Schweiß von der Stirn.

»Gut. Gehen Sie zurück ins Zimmer und warten Sie dort bei Ihrem Baby«, sagt sie. »In der Zwischenzeit finde ich heraus, was los ist.«

Sie entfernt sich, und ich kehre in das Einzelzimmer zurück, das uns nach der Entbindung vor zwei Tagen überraschenderweise zugewiesen wurde. Es war still im Krankenhaus, vielleicht sind Hausgeburten häufiger geworden, in einer Welt, in der sich viele wegen COVID-19 einigeln.

Der Ballon schwebt unter der Decke, während ich das Baby anstarre, das ohne Romilly haltlos wirkt und mir ein wenig Angst macht. Ich umkreise sie vorsichtig. Betrachte sie aus sicherer Entfernung.

Kurz darauf kommt eine andere Hebamme herein. Sie sieht sich um, als könnte Romilly sich unter dem Bett versteckt haben, dann sagt sie zu mir: »Tut mir leid, aber Ihre Frau wurde nicht verlegt. Bei der letzten Runde war noch alles in bester Ordnung.«

Sie wirft einen Blick in ihre Aufzeichnungen.

»Brauchte keine Nachuntersuchungen, nur einige Paracetamol«, murmelt sie, eher zu sich selbst. »Sollen wir noch ein paar Minuten warten, ob sie vielleicht wiederkommt?«

Ich schüttle den Kopf.

»Nein«, sage ich entschieden. »Nicht warten. Sie stand wegen Verdachts auf eine postpartale Psychose unter Beobachtung. Wir müssen sie so schnell wie möglich finden.«

Die Schwester schaut mich an, als fände sie, dass ich überreagiere.

Meine Stimme wird lauter. »Alle ihre Sachen sind weg. Sie ist nicht mal eben ins Café gegangen. Ihre Kleider, ihre Tasche, sogar ihr Handy ... Bei ihr besteht das akute Risiko einer postpartalen Psychose.« Ich unterbreche mich mitten im Satz, um dieses wichtige Detail nochmals zu betonen. Wir haben keine Zeit zu verlieren. »Ihre Mutter hatte es auch. Sie war deswegen unter Beobachtung. Steht das nicht in ihrem Krankenblatt? Wissen Sie darüber Bescheid?«

Sie wirft einen kurzen Blick auf die Unterlagen. »Hier steht nichts davon«, sagt sie. Auf meinen tiefen Seufzer geht sie nicht weiter ein. »Haben Sie schon versucht, sie anzurufen?«

So langsam werde ich wütend. *Natürlich* habe ich versucht, sie anzurufen, verdammt. Trotzdem versuche ich es noch einmal. Vergeblich. Ich quittiere den hoffnungsvollen Blick der Schwester mit einem Kopfschütteln. Hat sie überhaupt gehört, was ich gesagt habe?

Sie zückt ihre Unterlagen. Kritzelt etwas darauf.

Es ist schwer, verkehrt herum zu lesen, aber ich glaube, da steht, in geradezu lächerlich knappen Worten: *Mutter unauffindbar.*

Sie hebt den Kopf. Unsere Blicke geistern durchs Zimmer, bis sie schließlich auf dem Baby landen. Was soll jetzt aus dir werden?

Die Hebamme ergreift das Wort. »Sieht ganz so aus, als wäre sie verschwunden, so wie Sie es gesagt haben.« Sie atmet aus. Wieso dauert das alles so lange?

»Kennen Sie sich mit postpartalen Psychosen aus?«, frage ich.

Mein Herz klopft wie verrückt. »Es besteht die ernste Gefahr, dass Romilly sich etwas antut. Sich vielleicht sogar umbringt. Postpartale Psychosen können gravierend sein. Wir müssen was tun. *Jetzt.*«

Sie schluckt. »Ich gehe und benachrichtige die anderen«, sagt sie. »Vielleicht weiß jemand etwas.«

Während sie weg ist, rufe ich Romillys Schwester Loll an.

»Marc«, meldet sie sich geschäftsmäßig und hellwach, obwohl sie wahrscheinlich gerade im Nachthemd für ihre Kinder Porridge kocht.

»Es ist passiert, Loll«, sage ich. »Romilly ist verschwunden.«

»Was meinst du damit, verschwunden?«, fragt sie scharf.

Ich sehe mich um. Im Zimmer herrscht eine unheimliche Atmosphäre wie nach einem Todesfall, einem Trauma oder Schock.

»Marc, was meinst du damit, sie ist verschwunden?«, wiederholt sie noch einmal lauter. »Sie kann nicht weit sein, Marc. Hast du mit den Hebammen gesprochen, mit den …«

»Ihre Sachen«, falle ich ihr ins Wort. »*Alle* ihre Sachen sind weg.«

Schweigen.

Ich raufe mir die Haare. Selbst die sind nass vor Schweiß. Mein T-Shirt könnte ich auswringen wie einen Waschlappen.

»Nur das Baby nicht«, füge ich leiser hinzu und betrachte das kleine Würmchen. »Das Baby ist noch da. Romilly würde doch niemals ihr Baby zurücklassen. Nicht, wenn sie bei klarem Verstand ist.«

Loll muss das erst einmal verarbeiten.

»Natürlich nicht«, sagt sie, und auf einmal kommt Leben in sie. »Natürlich nicht. Okay, Marc, bleib du der Kleinen, ich verständige die Polizei.«

Nach dem Auflegen merke ich, dass ich die ganze Zeit im Zimmer hin und her getigert bin.

Ich bleibe stehen. Schaue mich um.

Dies ist nicht mein Leben, sondern die Folge einer Dramaserie, die ich mir an einem Freitagabend auf Netflix anschaue.

Ich sage Text auf, der nicht in meinem Drehbuch steht.

Denn mein Drehbuch ist das eines stinknormalen Mittdreißigers: Bandproben, Käsesandwiches und »Wir dürfen auf keinen Fall vergessen, das Geld für die neue Garagenzufahrt zu überweisen, das ist jetzt schon drei Wochen her«.

Wir wussten, dass das Risiko einer postpartalen Psychose bestand, aber meine Frau wurde engmaschig betreut. Wir waren extrem vorsichtig. Wir glaubten nicht wirklich daran, dass es zum Schlimmsten kommen würde.

Mit einem gequälten Schrei erwacht das Baby. Es ahnt noch nichts davon, dass seine Mutter weg ist.

Wie lange hast du geschlafen?

Wie lange ist Romilly schon fort? Ist unsere Tochter zwischendurch wach geworden und hat sich wieder in den Schlaf geweint, weil die Hebammen dachten, ihre Mutter wäre da, um sie zu trösten und zu stillen?

Das Weinen des Babys steigert sich rasch. Das Geräusch raubt mir jede Fähigkeit zum Denken.

Nervös trete ich ans Bettchen und nehme die Kleine heraus.

Sekunden später kehrt die Hebamme zurück. Ihr Blick wandert nach oben zu dem Ballon.

»Wir suchen noch, aber bislang hat niemand etwas gesehen. Niemand hat bemerkt, wie sie gegangen ist.«

»Ihre Schwester ist auf dem Weg hierher«, sage ich und gebe meinem Baby einen sanften Kuss auf die Wange. »Sie kennt sich mit postpartalen Psychosen aus. Sie kann Ihnen mehr darüber erzählen.«

Die Hebamme nickt mit ernster Miene.

»Und wie geht es der Kleinen?«

Ich betrachte meine Tochter.

Hallo, mein Kleines. Schlechte Neuigkeiten. Seit wir uns zum letzten Mal gesehen haben, ist leider deine Mum verloren gegangen.

»Gut, glaube ich«, sage ich. »Gerade aufgewacht.«

»Das ist doch erfreulich«, meint die Hebamme. Sie klingt zuversichtlich, doch dann beißt sie sich auf die Unterlippe. »Verständigen Sie die Polizei?«

»Das macht ihre Schwester auf dem Weg hierher«, sage ich.

Mir kommt ein Gedanke.

»Hat irgendwer das Baby schreien hören? Ich versuche nur, herauszufinden, wie lange ihre Mum schon weg ist. Ob die Kleine gestillt wurde.«

Ich bin voller Ungeduld. Die ersten Minuten und Stunden sind doch entscheidend, wenn jemand vermisst wird, richtig? Wenn man nicht gleich zu Anfang eine Spur findet, findet man nie eine. Zumindest will Netflix mir das weismachen.

»Mein Lieber, hier wimmelt es nur so von schreienden Babys«, sagt die Hebamme sanft zu mir. Sie hockt sich auf die Bettkante und nutzt die seltene Gelegenheit, um sich einen ihrer müden Füße in den hässlichen Pantoletten zu reiben. »Solange sie nicht den Rufknopf drücken, gehen wir davon aus, dass die Mütter sich um ihre Kleinen kümmern.«

Ich schaue unsere Tochter an, die in meinen Armen unruhig wird, und stelle mir vor, wie sie weint, weil ihr Magen leer ist und niemand kommt, um ihren Hunger zu stillen. Wie sie irgendwann erschöpft aufgibt, nachdem sie in ihrer begrenzten Erfahrung zu dem Schluss gelangt ist, dass die Welt nun einmal so funktioniert.

Ach, mein kleines Mädchen. Wieder gebe ich ihr einen Kuss auf den Kopf. Meine Lippen verweilen noch einen Augenblick.

Auch die Hebamme betrachtet sie, und einen Moment lang ist alles ganz unkompliziert: der Beginn eines neuen Lebens, winzige Füßchen in einem winzigen Strampler.

Die Hebamme stellt ihren eigenen Fuß wieder auf den Boden.

»Ich besorge Anfangsnahrung für sie«, sagt sie entschlossen. »Bevorzugen Sie eine bestimmte Marke?«

Ich schüttle den Kopf.

Romilly wollte stillen.

»Sie nehmen Ihr Baby aber heute schon mit nach Hause, oder?«, fragt sie, als sie wenige Minuten später mit einer kleinen Flasche fertig zubereiteter Säuglingsanfangsnahrung zurückkommt und mir die Kleine abnimmt.

Ich protestiere nicht dagegen. Ich kenne dieses Baby nicht. Ich habe keine Ahnung, was ich machen muss. Hat irgendjemand einen Plan? Gibt es überhaupt einen Plan für solche Situationen?

Ich nicke.

»Gut. Also, ich erkläre Ihnen, wie Sie ihr das Fläschchen geben müssen, und natürlich sollten Sie sich einen Vorrat an Milchpulver zulegen. Falls Sie mit dem Baby zu viel zu tun haben, bitten Sie jemanden, Ihnen welches zu besorgen. Wir erledigen den notwendigen Papierkram für die Entlassung …«

»Und dann?«, frage ich.

Sie sieht mich an. Für so etwas gibt es keinen Präzedenzfall. *Mutter unauffindbar.*

Und dann?

»Melden Sie sich, sobald Sie mit der Polizei gesprochen haben«, sagt sie pragmatisch. »Und natürlich sind wir hier. Ich nehme mal an, mit uns werden sie auch reden wollen. Hier ist die Nummer, unter der wir am besten zu erreichen sind. Und wir … na ja, falls wir etwas rausfinden, geben wir Ihnen natürlich umgehend Bescheid.«

Sie reicht mir einen Zettel. Ich reiße ein Stückchen davon ab und schreibe meine eigene Nummer darauf. Es ist ein bisschen so wie am Ende eines Dates vor dem Zeitalter des Mobiltelefons – ganz simpel.

»Dann nehme ich das Baby also wirklich heute mit nach Hause?«, frage ich mit aufsteigender Panik. Ich bin elf Jahre alt, habe einen Hausschlüssel und den Code für die Alarmanlage bekommen und Anweisungen, wie ich den Auflauf warmmachen soll.

»Aber sicher«, sagt sie freundlich, ehe sie dem Baby den Sauger des Fläschchens in den Mund schiebt. »Wir behalten die Kleinen nicht länger als unbedingt nötig hier, und Sie haben ein kerngesundes Baby. Aber wir bleiben selbstverständlich in Kontakt. Morgen kommt die ambulante Hebamme bei Ihnen vorbei.«

Ich bin auf lautlos gestellt.

»Wir geben Ihnen sofort Bescheid, falls wir etwas sehen oder hören«, fährt sie nach einer Weile fort. »Aber Ihre Frau kommt gewiss bald nach Hause.«

Gewissheit. Kann ich ein Stück davon abhaben?

Mein Telefon piepst. Loll.

Bin unterwegs, schreibt sie.

»Also. Bäuerchen machen«, sagt die Hebamme, nimmt meine kleine Tochter hoch und hält sie behutsam in ihren roten, rauen, zu oft desinfizierten Händen. Sie versucht, eine Situation zu normalisieren, die niemals normal sein kann. Ich gebe mein Bestes, aber es ist schwer, sich auf die verschiedenen Initiationsriten im Zusammenhang mit einem Neugeborenen zu konzentrieren, wenn man gleichzeitig Textnachrichten von Freunden liest, die man gefragt hat, ob sie etwas von der verschwundenen Ehefrau gehört haben.

Ich lege mein Handy weg und versuche, Ruhe auszustrahlen, obwohl ich gegen den Drang ankämpfen muss, die gesamte Wochenstation zusammenzuschreien.

Irgendwann kommt Loll. Sie sieht mein Gesicht und reißt sofort das Kommando an sich.

»Okay, ich glaube, ich übernehme jetzt«, verkündet sie, noch im Türrahmen stehend.

Die Hebamme beäugt sie argwöhnisch. Beide haben etwas an sich, was mich an die jeweils andere erinnert.

Ihr Duell der Blicke dauert mehrere Sekunden.

Die Hebamme reibt mit kreisenden Bewegungen den Rücken des Babys.

»Ich will nicht unhöflich sein … Julie«, setzt Loll hinzu, als sie auf uns zukommt und das Namensschild der Frau liest. »Aber ich kann ihm alles Notwendige erklären. Ich habe selbst zwei Kinder. Ich bleibe bei ihm und helfe ihm mit dem Baby«, fährt sie sanfter fort, und mein Gott, als ich das höre, fällt mir ein Stein vom Herzen. Ich drücke ihre Hand. »Ich glaube, wir sollten jetzt los. Wir müssen wegen meiner Schwester noch ein paar Leute anrufen.«

Sie wendet sich an mich.

»Ich habe der Polizei die Einzelheiten erklärt«, sagt sie. »Sie haben meine Nummer, hoffentlich wissen sie bald mehr.«

Ich nicke.

Loll hat ihre Aufmerksamkeit bereits dem Kind zugewandt. Julie steckt der Kleinen noch einmal den Sauger des Fläschchens in den Mund.

»Tut mir leid«, sagt Loll. Sie nimmt ihre praktische Brille ab und poliert die Gläser am Ärmel ihrer Bluse. »Aber das hier sind keine normalen Umstände. Das hier ist kein normaler Tag. Sie kann noch in Ruhe zu Ende trinken, danach ziehen wir sie an und nehmen sie mit. Ich kann ihm zeigen, wie das mit dem Bäuerchenmachen geht.«

Sie nimmt der Hebamme ihre Nichte ab, gibt ihr den Rest der Milch und wickelt ihren winzigen Po in eine ebenso winzige frische Windel, bevor ich überhaupt weiß, wo sie die herhat. Julie sitzt innerlich brodelnd daneben. Irgendwann steht sie auf, verzieht das Gesicht und murmelt etwas über ihre Knie, ehe sie das Zimmer verlässt.

Loll sagt kein Wort.

Tag 1, 7:15 h

DER EHEMANN

SOBALD DIE KLEINE frisch gewickelt ist, hüllt Loll sie in eine Decke, steht auf und wiegt sie in ihren Armen.

»Na, du?«, wispert sie ganz nah an ihrem Gesicht. Erst da wird mir bewusst, dass die beiden sich zum ersten Mal begegnen. »O Gott. Deine Cousinen werden dich so was von liebhaben. Du kannst dich schon mal auf jede Menge Geknuddel einstellen.«

Ich lächle traurig. Verpass das nicht, Romilly. Bitte.

Es ist kurz nach sieben. Eine Stunde ist vergangen, seit ich festgestellt habe, dass Romilly verschwunden ist. Ich bin heilfroh, dass sie das Baby nicht mitgenommen hat, aber eine postpartale Psychose könnte dazu führen, dass sie sich etwas antut. Loll und ich vermeiden es, darüber zu sprechen, doch die Angst drückt sich anders aus: in unseren angespannten Mienen, in unseren zitternden Händen.

»Sie können uns gerne besuchen«, sage ich. »Es wäre schön, sie zu sehen, wenn wir nach Hause kommen.«

Loll saugt an ihrer Unterlippe.

»Das ist vielleicht ...«

Ach ja.

»Ein bisschen zu viel?«

Sie nickt. »Ja. Tut mir leid, aber die Kids haben in den letzten Jahren viel durchgemacht, mit der Scheidung und so weiter. Ich möchte sie nach Möglichkeit von so etwas fernhalten ... Hoffentlich ist das alles bald vorbei, und sie müssen es nie erfahren.«

Ich bin neidisch. Ihre Kinder können dem Ganzen aus dem Weg gehen; mein Kind hat keine Wahl.

Ich zücke mein Handy.

»Okay, also: postpartale Psychose. Erstens – der Zeitpunkt. Normalerweise tritt sie unmittelbar nach der Geburt auf.«

Loll hat das Gesicht in meinem Baby vergraben. »Das weiß ich doch alles, Marc. Wir müssen das nicht durchkauen.«

Mein Blick geht zurück zum Display.

»Angstzustände und Misstrauen – das könnte erklären, weshalb sie weggelaufen ist.«

Loll beißt sich auf die Lippe.

»Ruhelosigkeit – tja, sie ist nicht hier, das passt also auch.«

Nicht mal die Andeutung eines Lächelns.

»Verwirrung. Untypisches Verhalten. Wahnvorstellungen.«

Ich sehe sie vielsagend an.

»Es geht noch weiter. Alles ziemlich plausibel. Und ich sage dir, was noch plausibel ist: *rein gar nichts.* Wenn man gerade ein Baby bekommen hat und die Nerven verliert, dann heult man sich aus, man ruft eine Freundin an oder setzt einen panischen Facebook-Post ab. Man verschwindet nicht einfach. Eine andere Erklärung als die Psychose *gibt* es nicht.«

Loll legt das Baby zurück ins Bettchen und schlingt sich die Arme um den Leib wie eine Decke, obwohl draußen zwanzig Grad sind. Der Beginn des bisher wärmsten Tages im Jahr, und wir haben erst Mai.

»Ich weiß«, sagt sie in einem Ton, der hart ist wie Beton. »Jedes Symptom, jedes …«

Sie legt mir sanft eine Hand auf den Arm, doch ihre Stimme klingt noch genauso streng wie zuvor. »Du musst mich nicht erst davon *überzeugen*, Marc«, sagt sie. »Ich bin zu jedem von Romillys Treffen mitgegangen. Ich habe die Krankheit bei meiner Mutter erlebt.«

Ich nicke. Sie hat mich in meine Schranken gewiesen, und ich füge mich. Loll ist die Expertin auf dem Gebiet.

Wir widmen uns wieder dem Baby.

Loll, die aufgrund eines Altersunterschieds von zehn Jahren oft so etwas wie eine Ersatzmutter für Romilly war, übernimmt abermals die Führung. Während ich auf der Kante des leeren Betts sitze, Nachrichten schreibe und jeden anrufe, der Romilly nahesteht, kramt sie in der Krankenhaustasche, die meine Frau gepackt hat, und murmelt: »Sachen für die Entlassung, gelbe Strickjacke, Mütze.«

»Ich glaube nicht, dass sie eine Mütze braucht, Loll«, sage ich, weil ich mich nützlich fühlen möchte, während ich mit dem Telefon in der Hand auf dem Bett sitze und wie ein Teenager die Beine baumeln lasse. »Es ist ziemlich warm heute.«

Ohne aufzublicken, kramt sie weiter. »Babys brauchen immer eine Mütze, Marc – das ist einfach so. Über ihr Köpfchen geht viel Körperwärme verloren.«

Stimmt das?

Ich schäme mich für meine Unwissenheit.

Ein Teil von mir will Loll sagen, sie soll die Kleine einfach in den erstbesten Strampler stecken, weil es vollkommen egal ist, was für Sachen sie trägt. Wir haben ganz andere Probleme.

Aber schließlich findet sie den weichen Body, nach dem sie gesucht hat, und fängt an, das Baby anzukleiden. Sie tut es langsam, fast als ob es ein Ritual wäre, und etwas daran beruhigt mich einige Augenblicke lang. Ich höre auf, Textnachrichten zu lesen, und betrachte stattdessen dieses winzige, zerbrechliche, puppenhafte Wesen.

Loll schaut mich an und hält inne.

»Ist das in Ordnung?«, fragt sie unvermittelt. »Dass ich es mache? Es kommt mir irgendwie nicht richtig vor. Eigentlich wäre das ja die Aufgabe der Eltern.«

»Nichts an dieser Situation ist richtig«, entgegne ich achselzuckend. »Außerdem sind es bloß Klamotten.«

Und hat unser Baby das nicht verdient? Einen hübschen Strampler, ein bisschen Feierlichkeit – all das, was andere Babys auch haben?

Ihr fehlen fünfzig Prozent ihrer Eltern, da können wir ihr wenigstens einen dreißig Pfund teuren John-Lewis-Strampler mit hübschem Kragen anziehen.

Als sie fertig ist, sehen Loll und ich uns an.

»Bereit?«, fragt sie.

Ich nicke.

Als wir gehen, macht niemand dieses Foto – Sie wissen schon, welches: ich von hinten mit dem Nachwuchs in der brandneuen Babyschale.

Niemand macht irgendein Foto von uns.

Im Auto bittet mich niemand von der Rückbank aus, langsamer zu fahren, noch langsamer, ganz langsam, bis nach Hause, denn es sitzt niemand auf der Rückbank, der das Händchen unseres Babys hält.

Loll nimmt ihren eigenen Wagen.

Ich bin mit meiner Tochter allein.

Stille.

Trotzdem machen wir uns auf den Heimweg. Starten in einen Tag, der sich völlig falsch, geradezu grotesk anfühlt. Das kann es doch nicht sein, denke ich bei mir, als sich ein dumpfes Gefühl in meiner Magengegend ausbreitet.

Romilly muss das alles rückgängig machen.

Doch ich habe die schreckliche Ahnung, dass sie es nicht tun wird.

Tag 2, 14:00 h

DER EHEMANN

»DANKE SEHR.«

Ich nehme Blumen entgegen, die mir von jemandem geschickt wurden, der vergessen hat, eine Karte mit seinem Namen beizulegen oder sich zu vergewissern, dass dem neugeborenen Baby nicht zwischenzeitlich die Mutter abhandengekommen ist. Jemand, der von Romilly oder mir per Textnachricht über die Geburt unserer Tochter informiert wurde, in diesen herrlich normalen ersten Stunden, bevor sich alles änderte.

Als ich die Haustür schließen will, kommt mir ein Bild von Romilly in den Kopf, wie sie ihr den grasgrünen Anstrich verpasst hat, und auf einmal kann ich kaum noch atmen.

Das war letztes Jahr, kurz nach unserem Einzug.

Während der Bote wegfährt und, schon im Lieferwagen sitzend, noch einmal den Daumen in die Höhe reckt, bleibe ich wie angewurzelt stehen.

Ich stelle mir meine Frau vor, wie sie in abgeschnittenen Jeans und mit nackten Füßen auf den Stufen kniet, die Beine voller Farbspritzer.

»Solltest du dir dafür nicht lieber einen Overall anziehen?«, fragte ich sie, während ich mit einem Bier in der Hand neben ihr an der Wand lehnte.

»Als ob wir Overalls hätten, Marc«, sagte Romilly lachend. »Echte Erwachsene haben Overalls. Loll hat wahrscheinlich einen. Ich schrubbe das nachher einfach unter der Dusche weg, und die Shorts lassen sich heiß waschen.«

»Und der …« Ich deutete auf den grünen Klecks auf den Fliesen im Eingangsbereich. Sie winkte ab.

»Sei still, Marc. Kein Wort mehr. Das gehört alles mit dazu. Außerdem verleiht es den Fliesen Charakter.«

In solchen Augenblicken war da etwas in ihrer Miene, gegen das man einfach nicht ankam.

Draußen vor der Tür stehen ihre königsblauen Gummistiefel verkehrt herum auf dem Ständer. Sie sind immer noch schmutzverkrustet von unserer letzten Wanderung vor ein paar Wochen, bei der Romilly der Bauch wehtat und das Baby so stark auf ihre Blase drückte, dass sie sich zum Pinkeln in die Büsche schlagen musste. Auf dem Heimweg legten wir einen Zwischenstopp ein, um eine Notration Kartoffelchips zu besorgen.

»Ich mag die schwangere Romilly und ihre Ernährungsgewohnheiten«, sagte ich lächelnd, während sie neben mir herging und sich aus der Familientüte Chips mit Salz-und-Essiggeschmack eine Handvoll nach der anderen in den Mund stopfte.

»Kein Wort zu den Kollegen im Café«, befahl sie und hob mahnend den Zeigefinger. Sie drohte damit, notfalls alles abzustreiten und zu behaupten, die Chips seien in Wahrheit Edamame gewesen. In dem Café, dessen Managerin sie ist, dreht sich alles um »Wellness«. Als ein Mann, der Coco Pops zu Mittag isst, konnte ich das noch nie ganz nachvollziehen.

Ich stehe an der Tür und stelle mir unser altes Leben vor. Es fühlt sich so an, als wären seitdem Jahre vergangen. Aber nein, es ist noch gar nicht lange her.

Meine olivgrünen Gummistiefel stehen neben denen meiner Frau. Sie sind fast zweimal so groß. Romilly trägt Schuhgröße sechsunddreißig, passend zu ihrer zierlichen Figur. Während der Schwangerschaft sah sie manchmal so aus, als würde sie gleich vornüberkippen.

Ich schließe die Tür und werfe die Blumen auf den Küchentisch, ohne sie ins Wasser zu stellen. Ich denke darüber nach, dass Blumen eigentlich etwas Schönes sein sollen, in Wirklichkeit aber oft bloß eine lästige Pflicht sind.

Scheiß auf Schönheit.

Meine Frau ist verschwunden, und sie leidet an einer psychischen Krankheit, die dazu führen könnte, dass sie sich das Leben nimmt. Jeden Moment. In diesem. Oder in diesem. Jetzt. Gleich. Irgendwann. Jederzeit.

Und da glaubt jemand ernsthaft, ich will nach einer Vase suchen und Stiele anschneiden? Ein scheißverdammtes Tütchen Blumennahrung ins Wasser schütten?

Schickt Bier, denke ich, wenn ihr mir unbedingt Geschenke machen wollt. Schickt eine Flasche Wodka. Schickt Beruhigungstabletten, damit ich schlafen kann, bis das alles hier vorbei ist.

Ins Wohnzimmer zurückgekehrt, lasse ich mich auf das Sofa sinken, auf dem Romilly und ich schon so oft gesessen haben, dass es Vertiefungen hat, die zu unserer jeweiligen Körperform passen. Anfang der Woche hat Romilly hier noch mit ihrem kugelrunden Bauch gelegen und ein Buch über Hypnosegeburten gelesen. Auf der Armlehne ist ein winziger Fleck, weil Romillys beste Freundin Steffie mal zu Besuch war und Romilly beschwipst ihren Rotwein verschüttet hat. Dieses Haus atmet Romilly, es verströmt Romilly, es quillt förmlich über vor Romilly wie ein zu üppig gefüllter Burrito.

Nur sie selbst fehlt, und am liebsten würde ich alles, was auf sie hinweist, einsammeln und irgendwo wegsperren, in einen Schrank legen, bis wir die Situation in Ordnung gebracht haben.

Sie überall zu sehen, ist unerträglich.

Ich lasse den Kopf hängen und bedecke mein Gesicht mit den Händen.

Es ist zwei Uhr nachmittags. Vor etwas mehr als einem Tag haben wir gemerkt, dass Romilly weg ist.

Meine Schwägerin sitzt neben mir auf dem Sofa und hat das Baby im Arm. Ich spüre ihre Blicke auf mir.

Geht es ihm gut? Kommt er klar? Müssen wir Hilfe holen?

Wenigstens kennt sie die Wahrheit.

Ich weiß genau, was die Leute glauben werden – Leute, die über die Hintergründe nicht im Bilde sind.

Ist es seine Schuld?

Sie werden glauben, dass ich etwas Schlimmes gemacht habe. Dass ich Romilly wehgetan habe. Dass ich an allem schuld bin. *Es ist immer der Ehemann* und ähnliche Sprüche. Ich habe ein Fadenkreuz auf dem Rücken.

Und ich muss ein Lächeln aufsetzen, sie beschwichtigen und hoffen, dass sie erkennen, dass es diesmal nichts mit dem Ehemann zu tun hat. Ganz im Gegenteil: In dieser Geschichte ist der Ehemann der Gute, also lasst ihn gefälligst in Frieden.

»Wie geht es meiner Kleinen?«, frage ich und betrachte mein Baby.

Dann bücke ich mich und streichle unseren Labrador Henry, der zu meinen Füßen ruht, nachdem er seine gründliche Inspektion des Familienzuwachses abgeschlossen hat.

Ich schlinge die Arme um seinen kräftigen Leib und vergrabe die Hände in seinem weichen Fell. Ich atme tief ein.

Wir haben ihn extra für die Ankunft des Babys gebadet. Der Geruch nach altem Teppich ist verschwunden, wenigstens für ein paar Wochen.

Das Baby hat noch keinen Namen. Eine solche Entscheidung trifft man gemeinsam, oder nicht? Da die Mutter verschwunden ist, bleibt das Kind also vorerst namenlos.

Loll streichelt das namenlose Näschen meiner namenlosen Tochter und lächelt in ihr namenloses Gesicht.

»Ihr geht es gut. Ein sehr zufriedenes Baby. Sie bekommt von dem Albtraum, der um sie herum vorgeht, überhaupt nichts mit.«

Ihr Lächeln verfliegt.

Schweigen.

»Sie kommt wieder«, sagt sie leise.

Ich antworte nicht.

Stattdessen blicke ich aus dem Fenster in den Tag hinaus. Ein kleines Kind saust wie ein roter Blitz auf seinem Roller vorbei. Die Tulpen, die wir letzten Herbst gesetzt haben, leuchten im Sonnenschein. Die Farbpalette des Tages ist hell und bunt. In meinem Innern herrscht Grau vor.

Die Atmosphäre hier drin ist drückend, als hielte sie den Atem an.

»Die Kinder sind in der Schule?«, frage ich Loll.

Dann denke ich daran, wie lächerlich es ist, dass ich mich trotz allem, was ich gerade durchmache, immer noch verpflichtet fühle, Smalltalk zu machen. Smalltalk ist so sinnlos, der Inbegriff von Nichtigkeit.

»Ich habe sie zu meiner Nachbarin gebracht«, sagt sie, während sie sich mit einer Hand die Stirn massiert. »Die Frau ist eine echte Heldin. Es sind gerade Halbjahresferien – ziemlich schlechtes Timing –, und ich hätte sie ja zu Jake gebracht, aber der Himmel weiß, wie der mit einem Besuch seiner Kinder klargekommen wäre, den wir nicht vier Wochen im Voraus vereinbart haben.«

Nein. Nein. Ich habe wirklich keine Nerven für eine Tirade über Lolls Ex-Mann Jake. Nicht, dass Loll das interessieren würde, wenn sie einmal beschließt, dass sie über Jake lästern möchte.

Nicht jetzt, Loll.

Ich versuche, mich auf meine Dankbarkeit zu besinnen. Ich kann froh sein, dass sie mir hilft.

Sie nimmt das Fläschchen in die Hand.

»So ein pflegeleichtes Baby«, schwärmt sie – als könnte mich ein pflegeleichtes Baby über den Verlust meiner Frau hinwegtrösten – und hält meiner namenlosen Tochter das Fläschchen in einem ganz bestimmten Winkel an die Lippen. Das hat irgendetwas mit dem natürlichen Milchfluss aus der Brust zu tun. Die Hebamme hat es mir erklärt, bevor wir gestern das Krankenhaus verlassen haben, aber es war ziemlich viel auf einmal. So langsam dämmert mir, dass die Pflege eines Neugeborenen sehr viele sehr spezielle Praktiken beinhaltet.

Ich habe genickt, als Julie mir das Fläschchen zeigte, meine Tochter fütterte und mir alles erklärte. Aber das eigentliche Kommando hatte Loll, während meine Gedanken ratterten: *Deine Frau ist verschwunden, du hast keine Ahnung, wo sie ist, du trägst jetzt die alleinige Verantwortung für dieses Baby.*

Inzwischen sind wir zu Hause. Ich dachte, hier würde ich Antworten finden, aber das war ein Irrtum. Romilly hat sich nicht gemeldet. Das Baby hat immer noch keine Mutter. Ich betrachte Loll, die auf Romillys Platz auf dem Sofa sitzt. Sie ist zu groß für Romillys Vertiefung. Sie ist nicht Romilly.

Aus dem Augenwinkel sehe ich Romillys Nagelfeile. Darauf befinden sich Fasern von dir, denke ich. Du bist nicht hier, aber trotzdem anwesend. Wie soll ich diese zwei Tatsachen miteinander vereinbaren?

»Bisher hat sie noch nicht gespuckt«, sagt Loll im Plauderton. »Ich hoffe, mit ihr wird es deutlich einfacher als mit meinen beiden.«

Ich sehe sie an.

»Noch keine Nachricht von der Polizei?«, frage ich.

Meine Schwägerin schüttelt den Kopf. »Sie überprüfen Krankenhäuser und Überwachungskameras.«

»Und von ihr selbst hast du auch nichts gehört?«, frage ich. Ein Schweißtropfen rinnt mir die Stirn hinab.

Lolls Kopf schnellt in die Höhe. Sie stellt kurz das Fläschchen weg, packt ihren Pferdeschwanz und zieht heftig daran. Als sie spricht, ist ihr Tonfall verändert.

»Marc, wenn ich von meiner Schwester gehört hätte, würde ich es dir selbstverständlich sagen.«

Beinhalten die Worte »meine Schwester« einen Besitzanspruch?

Ich wische mir mit dem Handrücken den Schweiß ab.

Eine Pause entsteht.

Sie sieht mich mit hochgezogener Braue an. Schüttelt tadelnd den Kopf.

Ich weiß, dass sie es mir sagen würde, wenn sie von Romilly gehört hätte.

Die letzten zwei Tage war Loll unersetzlich. Sie hat das Baby gefüttert, gewickelt und auf dem Arm getragen.

»Ich weiß, das ist nicht leicht für dich, vor allem weil du mit den Kindern allein bist«, sage ich, und sie verzieht das Gesicht.

»Lass gut sein«, sagt sie, schiebt sich die Brille ins Haar und reibt sich ein Auge. »Ich versuche bloß, eine schlimme Situation ein bisschen weniger schlimm zu machen. Hier geht es nicht um mich.«

Ich hätte es wissen müssen. Loll kann es nicht ausstehen, als Opfer betrachtet zu werden. Das ist einer der Gründe, weshalb sie einen solchen Hass auf ihren Ex-Mann hat. Er hat sie zum Opfer gemacht, zur Zielscheibe mitleidiger Blicke, wohlmeinender Aufmunterungsversuche und Einladungen zu Paella-Abenden als einzige Alleinstehende unter lauter Paaren oder – noch schlimmer – im Rahmen eines Verkupplungsversuchs.

Manchmal glaube ich, wenn sie Gelegenheit gehabt hätte, hätte sie ihn umgebracht. Nicht, weil er sie verlassen hat. Sondern wegen der Peinlichkeit.

Eine Zeit lang sitzen wir schweigend da, Loll und ich, während sie dem Baby die Flasche gibt und dann eine Pause macht, die Flasche gibt und eine Pause macht und auf diese Weise den Milchfluss der fehlenden Mutterbrust imitiert. Auf dem anderen Sofa liegt Henry und gähnt. Es ist ein Geräusch wie das übertriebene Miauen einer Katze. Er leckt sich die Lefzen und lässt sich wieder in die Kissen sinken. Ich glaube, er gewöhnt sich langsam an den Familienzuwachs.

Doch als Lolls Handy klingelt, springt er sofort auf – er hat ein empfindsames Gehör.

Loll wirft einen Blick auf das Display. Reicht mir wortlos das Baby.

»Mum«, sagt sie. »Danke für den Rückruf.«

Ich musste Loll drängen, heute Morgen ihre Mutter Aurelia anzurufen. Sie meinte, das wäre sinnlos, sie wüsste ohnehin nichts, Romilly würde niemals zu ihr gehen, und es hätte keinen Zweck, sie unnötig zu ängstigen.

»Aber was, wenn sie doch etwas weiß?«, sagte ich ungläubig. »An wen würdest du dich denn wenden, wenn du gerade eine schwere Zeit durchmachst? Wäre deine Mum in so einem Fall nicht einer deiner Ansprechpartner?«

Irgendwann gab sie nach.

Erst jetzt, Stunden später, meldet sich Aurelia zurück. Das ist die Geschwindigkeit, mit der sie sich grundsätzlich durchs Leben bewegt. Ich beneide sie um ihre Gemächlichkeit.

Ich beobachte Loll, während sie spricht. Ihre Miene gibt nichts preis.

Romillys und Lolls Vater lebt nicht mehr, aber im Grunde war er für die beiden Schwestern bereits lange vor seinem Tod gestorben. Angeblich hat er die Familie kurz nach Romillys Geburt verlassen und sich eine neue gesucht. Als sie klein waren, hielt er noch den Kontakt zu ihnen, allerdings nur sporadisch.

Meine eigene Mutter ist schon alt, sie lebt in einem Pflegeheim in Essex, und mein Vater ist vor drei Jahren gestorben. Deshalb ist Aurelias verspäteter Rückruf das Maximum an elterlicher Fürsorge, das wir Erwachsene uns erhoffen dürfen.

Ich sitze dicht genug neben Loll, um auch die andere Seite der Unterhaltung mithören zu können, zumal Aurelia ziemlich laut redet.

»Entschuldige, Schatz, ich sitze im Camper!«, ruft sie. Sie und Bill, ein Mann Mitte siebzig mit langem weißem Bart und Slippern, den sie als ihren »Bekannten« bezeichnet, reisen gerade im Wohnmobil durchs Baskenland. »Aber ich habe deine Nachricht über Romilly erhalten. Du liebe Güte! Soll ich nach Hause kommen?«

Lolls Lippen sind geschürzt. Sie verdreht die Augen gen Himmel, als könne sie nicht glauben, dass es sich um ein ernst gemeintes Angebot handelt, oder als würde sie es für überflüssig halten. Vielleicht auch beides. Selbst ich muss zugeben, dass Aurelia wenig überzeugend klingt. Und sie gibt sich sehr wortkarg.

»Nein, ist schon gut«, sagt Loll.

»Frag, ob sie von ihr gehört hat«, zische ich.

Loll kommt meiner Bitte nach.

»Wie war das, Schatz? Von Romilly? Nein, wir haben seit der Textnachricht, dass das Baby da ist, nichts mehr von ihr gehört, nicht wahr, Bill? Aber falls sie hier auftaucht, schicke ich sie auf direktem Weg zu euch zurück.«

Jetzt bin ich derjenige, der die Augen verdreht.

Auch Loll schneidet eine Grimasse und schneidet ihrer Mutter das Wort ab.

»Wir halten euch auf dem Laufenden.«

»Ganz schlechter Empfang hier im Wohnmobil, Schatz!«, ruft Aurelia. »Aber ich bin mir sicher, es ist nur eine vorübergehende Panik nach der Geburt. Ich weiß noch, wie entsetzt ich war, als ich zum ersten Mal versucht habe, dich an die Brust zu legen. Diese Schmerzen! Es hat gebrannt wie Feuer! Vielleicht hängt es damit zusammen?«

»M-hm«, macht Loll und rollt erneut mit den Augen. »Ja, kann schon sein. Wie auch immer. Ich helfe Marc mit dem Baby.«

»Schön. Schön. So was machst du ja gut, andere bemuttern. Er kann froh sein, dass er dich hat!«

Ich sehe, wie Loll zusammenzuckt. »Andere bemuttern?«

»Ich muss jetzt Schluss machen, Liebes, aber melde dich wieder, Lolly. Und sag Romilly, sie soll mich anrufen, wenn sie wieder zu Hause ist, ja? Die Arme, was für ein Durcheinander. Vielleicht braucht sie ihre Mum. Wir reden ein bisschen und verbringen Zeit miteinander – nur am Telefon, aber trotzdem.«

Lolls Miene verheißt nichts Gutes.

»Okay«, sagt sie. »Klar. Ein bisschen Zeit am Telefon. Ich muss jetzt los.«

Sie will schon auflegen, da fällt ihr noch etwas ein. »Ach so, und Mum – deine Enkeltochter ist übrigens bildhübsch. Nur falls es dich interessiert.«

»Ja, ich habe das Foto gesehen – ein süßer kleiner Fratz!«, sagt Aurelia geistesabwesend. Wahrscheinlich brütet sie schon längst wieder über einer Karte, sie sind auf dem Weg nach San Sebastián, und sie träumt bereits von der Meeresfrüchte-Platte, die sie sich zusammen mit einem halben Liter Cidre zum Mittagessen gönnen wird.

Ich stelle mir Welten vor, die außerhalb dieser existieren. Einfache Welten mit günstigen Meeresfrüchte-Platten und Straßenkarten. Mit Kunstgalerien, Zehenspitzen, die ins Meer getaucht werden, und Sonnencreme. Es erscheint mir wie Fantasterei.

Nachdem sie ihr Telefon weggelegt hat, lässt Loll den Kopf gegen die Sofalehne sinken und sitzt eine Zeit lang regungslos da.

»Ich hab's dir doch gesagt«, murmelt sie irgendwann. »Sinnlos.«

Ich sehe sie an.

»Warum hast du ihr nicht gesagt, dass es eine postpartale Psychose ist?«

Loll wirft mir einen Blick zu und seufzt.

»Ich weiß nicht, was Romilly dir erzählt hat – oder wie viel sie von der Problematik unserer Mutter überhaupt verstanden hat. Ich habe immer versucht, sie davor zu beschützen. Aurelia muss in ihrer Blase leben. Man muss sie behandeln wie ein Kind. So wie ich mit meiner Dreijährigen nicht über den Tod spreche und gegenüber meiner Zehnjährigen so tue, als gäbe es keinen Sex, muss man sie von allem fernhalten, was sie stressen könnte. Man muss ... man muss so tun, als gäbe es solche Dinge nicht. Weiter konnte ich nicht gehen. Wir reden einfach nicht über so was.«

Ihre Mutter ist der Grund, weshalb Romilly unter so genauer Beobachtung stand. Bei Aurelia, die in den Achtzigerjahren entband, wurde nie eine offizielle Diagnose gestellt, aber rückblickend sind Loll und Romilly sich einig, dass sie nach Romillys Geburt unter eine postpartalen Psychose gelitten haben muss.

Loll bohrt sich die Finger in die Stirn, als wolle sie einen imaginären Knopf drücken.

»Aber vielleicht hätte sie es gerne gewusst.« Ich mache eine Pause. »Vielleicht kann sie ... Erkenntnisse beisteuern«, sage ich sanft. »Zumal sie ja selbst damit gelebt hat.«

»Sie war nicht die Einzige, die damit leben musste«, fährt Loll mich an. »Ich war auch dabei. Und ich war während der ganzen Zeit mehr bei Verstand als sie.« Sie seufzt. »Glaub es mir ruhig, Marc – meine Mutter kann mit unangenehmen Wahrheiten nicht umgehen.«

Sie zupft einen Fussel von ihrem schlichten grauen Pullover.

»Es geht nicht darum, dass sie ihr nicht gefallen, so wie es bei anderen vielleicht der Fall wäre – sie kann schlicht und ergreifend *nicht damit umgehen.* Man muss so was von ihr fernhalten. Das ist unsere Pflicht. Diese Situation jetzt ist da keine Ausnahme, im Gegenteil, sie ist sogar noch viel schlimmer –

damit würde alles wieder in ihr hochkommen. Das kann ich ihr nicht antun.«

»Aber Romilly ist ihre Tochter, Loll. Du bist selbst Mutter, du weißt, worauf man sich da einlässt.«

Wir starren einander an.

Ich nicke, wage es jedoch nicht zu sprechen. Ich betrachte das Baby, und alles in mir zieht sich zusammen.

»Um ehrlich zu sein, ist Spanien gerade der ideale Aufenthaltsort für meine Mutter«, fährt Loll trocken fort. »Mehrere Flugstunden entfernt. Das Letzte, was du jetzt willst, ist, dass sie hier aufkreuzt. Es würde das Ganze nur schwerer machen, nicht leichter.« Ihre Miene ist düster.

»Wenn sie nicht bei ihrer Mutter ist, Loll«, sage ich und versuche das Gefühl zu unterdrücken, das in mir hochkommt, »wo würde sie dann hingehen? Was anderes fällt mir nämlich nicht ein.«

Ich sehe Henry an. Sein großer Kopf liegt zwischen seinen ausgestreckten Vorderpfoten. Ihm entfährt ein tiefer, trauriger Seufzer. »Na, fehlt sie dir, Kumpel?«

»Ob er ihr auch fehlt?«, frage ich Loll. »Trotz der Psychose? Oder ist da kein Platz mehr für solche Emotionen?«

Wie ich schon sagte: Sie ist die Expertin auf dem Gebiet. Ich habe keine Ahnung, was in diesem Zustand überhaupt noch zu Romilly durchdringt.

Aber *falls* etwas zu ihr durchdringen kann und *falls* ihr das Baby noch zu fremd ist, dann muss es der Gedanke an Henry sein. Sie liebt diesen Hund abgöttisch und kann es normalerweise kaum ertragen, ihn für vierundzwanzig Stunden alleine zu lassen.

Loll blickt mir ins Gesicht. Dann auf meine zu Fäusten geballten Hände. Ich entspanne meine Finger.

Etwas huscht über ihre Züge. Sie will etwas sagen, überlegt es sich jedoch anders. Als sie dann doch das Wort ergreift, hat sie ihre Miene wieder unter Kontrolle. »Ich weiß es nicht.«

Bestimmt bilde ich es mir nur ein, denn Loll besitzt die Emotionalität eines Steins, aber ich könnte schwören, dass ich eine winzige Träne in ihrem Auge sehe.

Liegt es an dem Gespräch mit ihrer Mutter? Oder sind die Tränen eine verspätete Reaktion auf alles, was unserer Familie in den letzten zwei Tagen widerfahren ist? Jeder hat seine Grenzen.

Loll hustet leise, während sie eine Textnachricht liest. Sie steckt das Telefon zurück in ihre Tasche und verlässt das Zimmer. Kurz darauf höre ich, wie der Schlüssel in der Badezimmertür herumgedreht wird.

Als sie zurückkommt, weiß sie nicht, was sie mit ihren Armen machen soll. Meine Schwägerin ist so sehr daran gewöhnt, ihre Kinder, die dreijährige Keira und die zehnjährige Lucy, um sich zu haben, sie zu versorgen, sauber zu machen und zu knuddeln, dass sie ohne sie unvollständig wirkt.

Bisher hat das Baby – *mein* Baby – diese Lücke ausgefüllt, aber jetzt halte ich sie im Arm, und Lolls Hände haben nichts zu tun. Ihrer Unbeholfenheit nach zu urteilen vielleicht zum ersten Mal seit zehn Jahren.

Also füllt sie sie mit benutzten Tellern und Tassen, gebrauchten Spucktüchern und dreckigen Windeln. Sie saugt die Haare weg, die Henry auf Schritt und Tritt verliert. Als es einige Zeit später an der Tür klopft, schläft die Kleine in ihrer Wiege. Loll hat eine Sprühflasche mit Reinigungsmittel gefunden und wischt wie eine Besessene Staub. Die Luft riecht scharf nach Sauberkeit.

»Ich mache auf«, sage ich. »Das ist bestimmt Steffie.«

Wenigstens hoffe ich es. Der gestrige Tag war wie eine einzige lange Totenwache für meine Frau. Alle, die Romilly kennen, hatten sich versammelt, nur Romilly selbst fehlte. Nachbarn kamen vorbei, um einen Blick auf das Baby zu werfen, die Mienen derart starr, dass sie aussahen wie Emojis. Ihre Worte passten dazu: nichtssagende Floskeln, die mir Mut machen sollten. Erst jetzt wird mir bewusst, was Loll bei ihrer Trennung durchgemacht haben muss.

Ich kann ihr keinen Vorwurf daraus machen, dass sie die Situation hasst.

Ich kann ihr keinen Vorwurf daraus machen, dass sie Jake am liebsten in Stücke reißen würde.

Kaum dass ich die Tür geöffnet habe, schlingt Steffie ihre langen Arme um mich. Ich lasse es zu. Ich bin heilfroh, jemanden zu sehen, der nicht ständig so angespannt und geschäftig ist wie Loll. Steffie wird bei mir sitzen und reden. Sie wird nicht das Bedürfnis verspüren, auf dem Fernseher Staub zu wischen.

»Ach, Marc, du Lieber«, seufzt sie. »Wie geht es dir?«

Ich nicke. Zucke mit den Schultern. Beiße mir auf die Lippe, um das Schluchzen zu unterdrücken, das in mir hochsteigt. Steffie nimmt mich gleich noch einmal in die Arme.

Romilly mag Körperkontakt, und Steffie ist genauso. Die beiden suchen ständig die Berührung zueinander. Ein Arm auf der Schulter, eine Hand an der Taille. Ineinander verschränkte Finger und Küsse aufs Haar. Sie merken es gar nicht, es geschieht unwillkürlich, weil sie so viel Zeit miteinander verbringen.

Steffie arbeitet in dem Café, das Romilly leitet (solange Romilly in der Babypause ist, hat Steffie den Posten der Managerin übernommen), und die beiden sind praktisch den ganzen Tag zusammen. Sie reichen grüne Smoothies über den Tresen, träufeln Chiliöl auf Teller und räumen Geschirr ab.

In gewisser Weise sind sie wie ein Paar. Ihr Zusammensein bietet die gleiche Verbundenheit, die gleiche Selbstverständlichkeit, die noch verstärkt wird dadurch, dass sie einander seit der Schulzeit kennen. In unserem Schlafzimmer gibt es Schubladen voll mit Postkarten, die sie sich während des Studiums geschrieben haben, zwei oder drei pro Woche, wie eine Art Tagebuch. Hin und wieder war auch ein ausführlicher Brief darunter, wenn ein kleines Rechteck nicht ausreichte. Sie sind es gewohnt, dass sich ihr Geist und ihre Körper denselben Raum teilen. Wenn sie zusammen verreisen, laufen sie oft nackt herum, hat Romilly mir einmal erzählt. So ist das wohl nach jahrelanger Freundschaft.

Manchmal fühlt es sich für mich anders an: Dann ist es, als ob meine Frau zur Hälfte mit jemand anderem verheiratet wäre.

Aber das Goodness Café ist Romillys zweites Zuhause, Steffie ist Romillys zweite Bezugsperson, und infolgedessen fühlen wir uns miteinander wohl. Steffie hat mir heute unzählige Nachrichten geschrieben. Jetzt ist sie in Tränen aufgelöst.

Während Loll anfängt, die Fenster zu putzen, halten Steffie und ich uns immer noch gegenseitig fest. Ihre sehnigen Arme sind nackt, weil sie nur ein Laufshirt trägt, und sie riecht leicht nach Schweiß. Ich drücke sie an mich.

»Entschuldige, dass ich dich gefragt habe, wie es dir geht«, sagt sie, als sie sich endlich von mir löst. Sie fasst ihre hüftlangen aschblonden Haare zusammen und dreht sie am Oberknopf zu einem Knoten. Mir fallen die Haarstoppeln in ihren Achselhöhlen auf.

Sie streift sich die Laufschuhe von den Füßen. »Blöde Frage.«

Verärgert reibt sie sich die Augen. Hinterher sieht sie aus, als hätte sie eine Allergie. Sie knibbelt an den Rändern ihrer ausgefransten Fingernägel.

»Glaubst du immer noch«, fragt sie nervös, »dass es dasselbe ist wie damals bei ihrer Mutter?«

Ich schaue in Lolls Richtung, die sich zu mir umdreht und kurz im Putzen innehält.

Wir nicken gemeinsam.

»Ja, das glauben wir.«

Ich werfe einen Blick ins Wohnzimmer auf unser Baby, das in der Wiege schläft. Loll hat sie frisch gewickelt, und der Strampler ist auch neu, er hat vorne noch Falten, weil er frisch aus der Packung kam. Sie hat bereits einen ordentlichen Schopf schwarzer Haare in derselben Farbe wie Romilly. Keine Spur von meinem Rotblond. Ihre Winzigkeit ist immer noch verstörend, aber gleichzeitig wünschte ich, sie würde bis in alle Ewigkeit so klein bleiben, damit sie nicht mitbekommt, was um sie herum vorgeht. Ich möchte mir nicht vorstellen, dass das Baby irgendwann zu einem kleinen Menschen heranwächst, der das Konzept von Abwesenheit versteht und nach Romilly fragen könnte.

Ich schüttle den Kopf. Nein, daran darf ich jetzt nicht denken, sonst drehe ich noch durch. Romilly wird zurückkommen, und zwar noch während wir der Kleinen nagelneue Strampler mit Falten auf der Brust anziehen. Während ihr kleines Gesicht noch zerknittert ist. Während Romillys Brüste noch Milch produzieren.

Sie *muss* zurückkommen.

Abermals klingelt es an der Tür.

»Ist das dein Ernst, Mann? Die Polizei weiß *gar nichts?*«, sagt mein bester Freund Adam, als er an Steffie vorbei ins Haus geschlendert kommt. Er schlendert immer, Notfall oder nicht, neugeborenes Baby hin oder her. Die Tatsache, dass seine Körpersprache dieselbe ist wie vor zwei Wochen im Pub bei der Babyparty, die er unbedingt für mich schmeißen wollte (»Wieso kann ein Mann nicht auch eine Babyparty haben?«, hat er sich immer wieder beschwert, bis ich irgendwann kapitulierte; als ich dann kam, waren außer uns beiden bloß drei Freunde da, und wir haben ein paar Bierchen zusammen getrunken. Das war völlig in Ordnung, aber na ja, eine Babyparty konnte man es nicht nennen), gibt mir ein Gefühl von Sicherheit.

Adam ist Steffies Freund. Er und ich haben uns durch unsere Frauen kennengelernt.

Mir wird bewusst, dass er mich ansieht.

Wir stehen zusammengedrängt mit Steffie und Loll in unserem schmalen Flur.

Ich starre auf die Wand hinter ihm.

Irgendwann erwache ich aus meiner Benommenheit.

»Na ja, sie sichten die Aufnahmen der Überwachungskameras und überprüfen die Krankenhäuser, aber abgesehen davon können sie nicht viel tun«, sage ich gedämpft, um das Baby nicht aufzuwecken.

Ich schiele in Lolls Richtung.

»Ja«, bestätigt diese. »Romilly ist volljährig. Sie haben das mit der postpartalen Psychose im Hinterkopf, aber ohne offizielle Diagnose wird es schwierig. Sie ist eine erwachsene Frau und ist aus freien Stücken gegangen.«

Steffie hat angefangen zu weinen. Sie steht in der Tür zum Wohnzimmer. Auch Loll rührt sich nicht vom Fleck. Sie hat den Blick zu Boden gerichtet.

»Tränen helfen nicht, Steffie«, sagt sie ein wenig unwirsch. Langsam hebt sie den Kopf. Sie ist blass, noch blasser als sonst, wie ich finde. Ihre schulterlangen dunklen Haare waren immer viel kürzer als Romillys, ehe diese sich dazu entschied, sie abschneiden zu lassen. Sie meinte, so sei es praktischer fürs Freiwasserschwimmen, ihre große Leidenschaft.

Loll seufzt. »Ich wollte nicht gemein sein. Aber so was ist wirklich nicht hilfreich. Für keinen von uns.«

Ich muss an die einzelne Träne in ihrem Auge denken. Auch sie ist dazu fähig.

Ich lege einen Arm um Steffie, um zu signalisieren, dass ich auf ihrer Seite bin. Auf der Seite der emotionalen Wracks. Auf der Seite derjenigen, die während einer Trauung weinen oder Gänsehaut bekommen, wenn sie einen schönen Song hören, und die sich an den Höhen und Tiefen des Lebens verbrennen.

Loll bleibt am liebsten auf Zimmertemperatur.

Romilly würde auch auf Steffies Seite stehen und sich halblaut über den Pragmatismus ihrer Schwester beschweren. Loll wendet sich ab und verteilt Reinigungsspray auf dem Kaminsims.

Aber Romilly ist nicht hier.

Das Baby wacht auf.

Ich gehe zur Wiege, doch Loll kommt mir zuvor, und ich erhebe keine Einwände, weil genau in dem Moment das Handy in meiner Tasche klingelt.

Ich hole es heraus und lese den Namen auf dem Display.

Ich verschwinde in der Küche. Es wäre besser, nicht ranzugehen, während so viele Leute im Haus sind, aber es muss sein.

Wir unterhalten uns in gedämpfter Lautstärke. Ich gehe mit gesenktem Kopf auf und ab. Als ich zufällig einen Blick in Richtung der halb geöffneten Tür werfe, sehe ich den Saum von Steffies Leggings und dann ihre großen Füße in Sportsocken, die sich eilig entfernen.

Kurz darauf geht sie, weil sie noch etwas von der Arbeit abholen muss. Ihre Umarmung ist halbherzig. Sie sieht mich nicht an.

Tag 2, 18:00 h

DER EHEMANN

GEGEN ABEND VERABSCHIEDET sich auch Adam, sodass nur noch Loll, ich, das Baby und Henry, der Hund, übrig sind: eine windschiefe Pseudofamilie.

Loll geht ihre Nachbarin anrufen, um sich nach den Kindern zu erkundigen. Ich ziehe mein T-Shirt aus und lege mir das Baby, nur in der Windel, auf die Brust.

»Viel Hautkontakt«, hat mir die Hebamme im Krankenhaus geraten. »Das ist das Beste, um eine Bindung aufzubauen, vor allem bei …«

»Abwesenheit der Mutter«, vollendete ich ihren Satz.

»Genau«, sagte sie leise.

Es folgte noch ein etwa halbstündiges, ziemlich hölzernes Gespräch, ehe wir gehen durften. Es gab Formulare auszufüllen, die sonst immer von Müttern ausgefüllt werden. Die Hebamme versuchte zwar, die Fragen umzuformulieren und vätertauglich zu machen, doch sie erwiesen sich als zu sperrig. Ich passte nicht ins Schema.

Eine abwesende Mutter. Ich kann nicht glauben, dass diese Beschreibung auf Romilly zutreffen soll.

Ein lautes Lachen reißt mich aus meinen Gedanken.

Loll. Sie telefoniert immer noch. Wahrscheinlich lässt sie

sich gerade berichten, was ihre Kinder den Tag über erlebt haben. Ihr Lachen klingt so warm und voll, dass sich alles in mir zusammenzieht. Ich habe ganz vergessen, dass sie auch noch ein Leben außerhalb dieser Krise hat. Ich habe vergessen, dass es Menschen gibt, die in der Lage sind, sich vorbehaltlos über ihre Kinder zu freuen. Wenn ich mein Kind anschaue, sehe ich immer eine Lücke.

Henry liegt auf seinem Platz auf dem Sofa und wedelt mit seinem Schwanz mit dem kleinen Knick darin. Ich strecke die Hand aus, um ihn zu streicheln, dann widme ich mich wieder dem Baby.

»Hey, Baby.« Ich bin ein wenig befangen. Ich glaube, es würde helfen, wenn sie einen Namen hätte.

Das Baby seufzt leise. Es ist satt, zufrieden und ahnungslos, so ähnlich wie der Hund.

Zum tausendsten Mal werfe ich einen Blick auf mein Telefon. Noch immer keine Nachricht. Ich weiß, dass Romilly ihr Handy ausgeschaltet hat, aber ich versuche es trotzdem bei ihr. Nichts.

»Was meinst du, Henry-Hund?«, frage ich. Ich höre, wie meine Kehle ein knarrendes Geräusch macht.

Eine abwesende Mutter – das klingt wirklich nicht nach Romilly, eher nach Aurelia, die mit ihrem neuen Freund und noch neuerem Vogeltattoo im Wohnmobil durch Europa gondelt, während ihre jüngste Tochter ihr erstes Kind erwartet. Aurelia würde sich von einer Nebensächlichkeit wie einem neuen Enkelkind niemals ihre Pläne durchkreuzen lassen.

Obwohl man der Fairness halber sagen muss, dass ihre Kinder ja mittlerweile erwachsen sind.

Ich denke an Romilly kurz vor der Entbindung, als die bis zum Zerreißen gedehnte Haut an ihrem Bauch nur noch eine hauchdünne Barriere gegenüber der Außenwelt bildete. Die beiden als Einheit, während ich danebenstand und zuschaute. Es fällt mir schwer, es einzugestehen, aber ich empfand einen gewissen Neid.

Nein. Nicht Romilly. Abwesende Mütter sehen aus wie die Frauen in den Nachmittagsfilmen auf Channel 5, die ihre Babys in eine Decke wickeln und vor einem Krankenhaus ablegen.

Ich spüre, wie sich in meinem Innern ein Abgrund auftut.

Romilly ist fünfunddreißig Jahre alt und verheiratet.

Ich habe gesehen, wie sie mit Lolls Töchtern umgeht. Sie hat sich eigene Kinder gewünscht.

Ich denke daran, wie sie eines Tages zu Beginn der Schwangerschaft bei uns am Strand stand, ihren Hoodie auszog und ihn sich um die zu dem Zeitpunkt noch schmale Taille band. Ganz still stand sie da und reckte das Gesicht dem Himmel entgegen, obwohl an diesem Tag in Thurstable, unserem kleinen Flecken Küste im Nordwesten Englands, nicht die Sonne schien.

»Hell und wild und unstet ist der Süden. Und dunkel, treu und zärtlich ist der Norden.«

Sie war stolz, dass sie sich noch an die Zeilen von Tennyson erinnern konnte. Sie liebte nichts so sehr wie einen rauen kalten Strand.

Liebt.

Romilly mixt Avocados in ihre Smoothies. Sie backt Kuchen mit Süßkartoffeln. Sie versucht, möglichst viele Hülsenfrüchte und Nüsse zu essen. Sie geht überallhin zu Fuß, schwimmt fast jeden Tag. Es passte ihr nicht, dass sie sich während der Schwangerschaft hin und wieder den Bedürfnissen ihres Körpers fügen musste. Dass sie Lust auf Chips, ja sogar auf Schinken bekam – und das als Vegetarierin. Dass sie stundenlang auf dem Sofa lag und nichts anderes tat, als zu rätseln, welche Gerichte die Kandidaten bei *MasterChef Australia* wohl aus den Shrimps zaubern würden.

Doch an jenem Tag am Strand strotzte sie nur so vor Energie. Wir wanderten einige Meilen die Küste entlang. Mit Gummistiefeln an den Füßen bahnten wir uns einen Weg zwischen den Gezeitentümpeln am Wassersaum, an abgehärteten Kindern vorbei, die windschiefe Sandburgen bauten.

»Setzen wir uns doch kurz«, sagte ich, und wir schlugen den Weg zu den Klippen ein, wo der Sand trockener war.

Romilly zückte ihr Handy und zeigte mir das Foto einer Grapefruit.

»Fünfzehn Wochen«, sagte sie. »So groß ist unser Baby jetzt.«

Ich küsste jeden Teil ihres Gesichts.

Henry – müde nach einem Ausflug in die Brandung – kam und setzte sich neugierig neben uns. *Was höre ich da? Ein neues Geschwisterchen?*

Auf einmal begann Romilly heftig zu schluchzen. Nerven, Glücksgefühle, vielleicht auch die Hormone. Ein Hundebesitzer wurde auf uns aufmerksam und warf mir einen bösen Blick zu. Hatte ich etwa gerade mit ihr Schluss gemacht? Ich schenkte ihm ein Lächeln, schüttelte den Kopf und legte den Arm um meine Frau.

Ich bat sie, sich zu beruhigen und tief durchzuatmen, so wie sie es anderen Leuten immer riet. Schließlich hatte sie jetzt ein Baby im Bauch.

Etwas ganz Ähnliches hatte ich auch schon am Tag unserer Hochzeit zu ihr gesagt, die fünf Monate früher stattgefunden hatte.

Jetzt schaue ich das Baby an, spüre die warme Haut an meiner und denke an alles, was wir seitdem erlebt haben. An Romillys Verschwinden. Wieder knarrt es in meiner Kehle.

Als Loll zurück ins Zimmer kommt, wird mir bewusst, dass mein Oberkörper nackt ist. Ich schäme mich für den Speck, den ich im letzten Jahr angesetzt habe.

Ich bin erst dreißig, noch zu jung für einen Bierbauch. Aber wann soll ich jetzt, als alleinerziehender Vater eines Säuglings, noch Zeit fürs Fitnessstudio finden? Romilly versteht nicht, warum ich nicht einfach joggen gehe – das sei einfacher und billiger. Sie ist immer lieber draußen als drinnen, aber mir gefällt die feste Routine in einem Fitnessstudio. Die Klimaanlage. Das Gefühl von Ordnung und Struktur. Die Tatsache, dass man dort nicht in Hundehaufen tritt.

Meine Befangenheit gegenüber Loll weicht einem kurzen Aufflackern von Zorn. Unter normalen Umständen wäre dies jetzt ein Haus voller Nacktheit: frisch gebadete Babys, zum Stillen entblößte Brüste, Haut an Haut. Wir würden kaum mehr vor die Tür gehen, abgekapselt von der Außenwelt in unserem warmen, gemütlichen Zuhause, das uns umfängt wie ein Mutterleib.

Keine Grenzen zwischen uns, denn wir sind wir. Die Familie Beach.

Ich blicke auf. Stattdessen ist da eine andere Person – sie mag Romillys Schwester sein, in diesem Kontext ist sie dennoch eine Fremde. Ich muss mich bedecken, muss mich schämen, muss zum Telefonieren in die Küche gehen und kann nur noch im Badezimmer hinter vorgehaltener Hand schreien, damit sie nichts merkt. Ich muss all die privaten Komponenten meines Lebens vor ihr verbergen. Natürlich weiß ich es zu schätzen, dass sie hier ist. Ich will nur nicht, dass sie hier sein *muss.*

Ich nehme mein Telefon in die Hand, um dem Raum wenigstens für ein paar Minuten lang entfliehen zu können.

Loll versteht den Wink und verschwindet in der Küche, wo sie anfängt, die Spülmaschine auszuräumen.

Online stoße ich auf Bekannte, die unbekümmert ihr Leben leben und den üblichen Schwachsinn posten. Ich verziehe das Gesicht, und mir wird klar, dass ich aus dem riesigen Bottich von Gefühlen in meinem Innern gerade ein neues herausgefischt habe: Scham, weil ich nicht dazugehöre. Weil ich bemitleidenswert bin.

Und es wird noch schlimmer. In meiner Inbox finde ich eine Anfrage von Sal, die unsere lokale Nachrichten-Website unterhält.

Hallo, Marc, schreibt sie seltsam förmlich, so als könnte ein Wort wie »Hi« ungeahnte Folgen für mein seelisches Gleichgewicht haben. *Ich hoffe, es geht dir gut. Das mit Romilly tut mir unfassbar leid, und ich habe mich gefragt, ob ich einen Aufruf posten soll. Vielleicht weiß jemand etwas über ihren Aufenthaltsort, und eine Meldung könnte dabei helfen, sie zu finden?*

Woher weiß sie, dass Romilly weg ist?

Aber ich bin ungerecht. Sal hat immer bereitwillig Ankündigungen über Aktionen im Café oder die Gigs meiner Band gepostet. Die Leute reden eben, und wir sind bekannt im Ort, Romilly und ich. Jeder hier hat sich schon einmal mit ihr unterhalten, wenn er einen Abstecher ins Goodness Café gemacht hat, um einen Matcha zu trinken. Und jeder hat schon mal meine Band für eine Hochzeit, einen dreißigsten Geburtstag oder ein Jubiläum gebucht und zu unserer Version von »Mr. Brightside« auf der Tanzfläche seine vom Bier gelockerten Glieder geschüttelt.

Ich schreibe eine Antwort. Sal macht nur ihren Job. Sie versucht ihr Bestes, so wie wir alle. Natürlich darf sie einen Aufruf posten. Vielleicht hilft es ja.

Loll bringt mir eine Tasse Tee.

»Eine Mail von unserer Nachrichten-Website«, sage ich und deute mit einer Kopfbewegung auf mein Handy. »Sie wollen eine Meldung über Romilly bringen.«

Loll verzieht das Gesicht. Die Vorstellung, das eigene Leben in die Öffentlichkeit zu tragen, ist ihr zuwider. Sie besitzt Tausende Bilder von sich und den Kindern, ihrer eingeschworenen kleinen Gemeinschaft, wie sie die Gesichter eng aneinanderdrücken – aber ausschließlich bei ihr zu Hause, hinter verschlossenen Türen. Dort hängen sie an jeder Wand und stehen auf jeder freien Oberfläche.

»Soll ich mich darum kümmern?«, fragt sie sanft, doch ich schüttle den Kopf. Nein. Ich bin ihr Ehemann. Es ist mir wichtig, dass Romillys Geschichte in meinen Worten wiedergegeben wird. Ich will der Erzähler sein.

Als Loll abermals den Raum verlässt, schalte ich den Fernseher ein, kann mich jedoch nicht konzentrieren. Die Gedanken hören einfach nicht auf. Ich nehme die Fernbedienung und schalte den Ton aus.

Das Baby schnarcht leise.

Wieder greife ich zu meinem Handy. Das letzte Foto, das ich auf Instagram gepostet habe, ist von Romillys Hand, wie sie die winzigen Fingerchen unseres Babys hält.

Ich starre auf die zwei miteinander verbundenen Hände. Eine von ihnen ist verschwunden.

»Sie hat sich so sehr auf dich gefreut«, sage ich zu dem Baby. »Wirklich.«

Die Initiative, ein Baby zu bekommen, ging von mir aus. Es war noch relativ früh, wir haben uns erst vor anderthalb Jahren kennengelernt. Aber selbst wenn meine Freude über die Schwangerschaft größer war als Romillys, stand sie mir in nicht viel nach.

Unser gemeinsames Leben nahm langsam Gestalt an.

Von unserem winzigen Häuschen am Meer sind es zu Fuß nur zehn Minuten bis zum Strand, und Romilly seufzt jedes Mal vor Wonne, sobald ihre Zehen das Wasser berühren, egal, wie eisig kalt es ist. »Mich interessiert nicht, ob das Haus klein ist«, sagte sie, als wir uns nach einem Eigenheim umsahen. »Nur am Meer muss es liegen.«

Nur am Meer muss es liegen – sie hatte immer vor, sich dieses Zitat einrahmen zu lassen.

Wird sie jetzt noch Gelegenheit dazu haben?

Ich betrachte Henry und weiß, dass auch der Hund sie vermisst. Ich höre, wie er um sie weint. Die beiden verbringen sonst immer viel Zeit zusammen. Romilly arbeitet ganz in der Nähe, deshalb kann sie in der Pause nach Hause kommen und mit ihm Gassi gehen.

Ich denke daran, wie sie das riesige Tier an ihren Babybauch drückte.

Im direkten Vergleich mit ihm wirkt Romilly noch zierlicher, vor allem wenn er an der Leine zieht, was er aber meistens eher halbherzig tut. Er wird langsam alt.

Scheiße.

Ich betrachte den violetten Heliumballon, der im Wohnzimmer unter der Decke hängt. Fast hätte ich Loll gebeten, ihn zu entsorgen, aber das kam mir irgendwie ungerecht vor, denn unsere Tochter ist ja hier. Ihre Ankunft ist trotz allem ein Grund zum Feiern, und wir verpassen schon genug. Ich streichle ihr Köpfchen. Haut, die noch keine Sonne gespürt hat, die noch nie verletzt wurde oder geblutet hat.

Und ich kann nicht anders: Ich bin wütend auf Romilly, weil sie all diese Stunden mit ihrem Kind versäumt. Die Atemzüge, die winzigen Bewegungen ihres Brustkorbs. Wenn – falls – sie zurückkommt, wird das Baby bereits nicht mehr so neu und unschuldig sein.

Loll betritt den Raum. Ich habe immer noch kein T-Shirt an, aber das ist mir egal.

»Ich habe meine Nachbarin angerufen«, verkündet sie und wendet den Blick von meiner nackten Brust ab. »Sie hat nichts dagegen, die Kinder noch eine Nacht zu behalten. Adam kommt ja bald, dann gehe ich auf einen Sprung bei mir zu Hause vorbei, um ein paar Sachen zu holen. Später komme ich dann wieder und bleibe über Nacht.«

Ich will protestieren.

»Ist schon gut.« Sie winkt ab. »Ich bin den Umgang mit Babys gewohnt. Du siehst so aus, als könntest du ein bisschen Schlaf gebrauchen. Ich nehme das Sofa und behalte die Kleine heute Nacht hier unten bei mir.«

Um zweiundzwanzig Uhr kehrt sie zurück, und Adam überreicht ihr den Staffelstab.

Ich gebe ihr das Baby und teile ihr mit, wann es zuletzt getrunken hat, dann gehe ich nach oben und krieche in das große Doppelbett, in dem ich nun ganz allein bin. Romilly ist weg, und das Baby liegt nicht im Beistellbettchen, wo es gestern Nacht – jeweils nur wenige Stunden am Stück – geschlafen hat. Am liebsten würde ich mir Ohropax in die Ohren stecken und mich komplett ausklinken. Loll wird im Wohnzimmer neben der Wiege schlafen.

Loll, die innerhalb kürzester Zeit zur Ersatzmutter meines namenlosen Babys geworden ist.

Aber ich kann nicht.

Da gibt es etwas, woran ich die ganze Zeit denken muss.

Etwas, das mir seltsam vorkommt.

Super-Mum, denke ich. Das ist Loll. Sie übernimmt die Fürsorge für ein drittes Kind, als wäre es eine Kleinigkeit. Jetzt bleibt sie sogar schon über Nacht.

Als gäbe es Romilly überhaupt nicht.

Ich wälze mich auf die andere Seite. Versuche den Gedanken abzuschütteln und einzuschlafen.

Doch mein Gehirn springt von einem Bild zum nächsten, von einem Gedanken zum anderen und weigert sich, zur Ruhe zu kommen.

Ich vergrabe das Gesicht im Kopfkissen.

Der Schlaf will sich nicht einstellen.

Oder doch? Habe ich geschlafen?

Bei Lolls Rückkehr war da etwas in ihrem bleichen Gesicht.

In ihren müden, verquollenen Augen.

In der Art, wie sie scheinbar blicklos ins Leere starrte.

Ich befinde mich im Halbschlaf. War es bloß ein Traum?

Es hilft alles nichts. Ich schiebe die Bettdecke mit den Füßen beiseite und gehe, zwei Stufen auf einmal nehmend, nach unten.

Eine böse Vorahnung beschleicht mich.

Scheiße.

Ist irgendetwas passiert, seit Loll gestern Abend zu Hause war?

Etwas noch Schlimmeres?

Ich beschleunige meine Schritte.

Die letzten Stufen springe ich hinunter.

Als ich die Tür zum Wohnzimmer aufstoße, schreit Loll vor Schreck.

Ich schaue in die Wiege. Höre das Baby atmen.

Seufze vor lauter Erleichterung.

Sie ist noch da. Meine Tochter ist noch da. Keine Ahnung, was ich erwartet habe, aber aus irgendeinem Grund nicht dies.

»Meine Güte, Marc, hast du mich erschreckt«, flüstert Loll aufgebracht. »Was zum Teufel ist denn in dich gefahren?«

»Ich weiß auch nicht«, murmle ich. »Ich war kurz in Panik. Vielleicht ein Albtraum. Keine Ahnung.«

Erst da fällt mir auf, dass sie vollständig angezogen ist. Sie sitzt aufrecht auf dem Sofa. Die Decke, die ich ihr für die Nacht gegeben habe, liegt auf der anderen Seite des Zimmers am Boden. Sie hat sich sogar die Schuhe angezogen.

Es ist Mitternacht.

»Konntest du nicht schlafen?«, frage ich.

Genau wie ich, schaut auch sie auf ihre Füße. Dann hebt sie den Kopf und sieht mich an.

»Es hat ein Weilchen gedauert, bis sie zur Ruhe gekommen ist«, antwortet sie nach einer kurzen Pause. Sie wendet den Blick ab. »Ist alles in Ordnung mit dir? Was machst du überhaupt hier unten? Ich dachte, ich wäre heute Nacht zuständig?«

Ich sage, dass ich noch nicht bereit bin, ihr mein Baby zu überlassen. Nicht für eine ganze Nacht.

»Bist du sicher? Du könntest den Schlaf wirklich dringend brauchen, Marc, und jetzt, wo ich schon mal hier bin …«

Ich schüttle den Kopf. »Du kannst ruhig nach Hause zu deinen Kindern gehen …«

Sie schnaubt. »Auf keinen Fall, Marc. Nicht bei allem, was du gerade durchmachst – und dann noch ein neugeborenes Baby! Du brauchst Unterstützung. Den Kindern geht es gut.«

Ich nicke. Okay.

»Ich bin hier unten, falls du mich brauchst. Falls du sie bei mir lassen und in Ruhe schlafen willst.«

Die Kleine verzieht das Gesicht, als ich sie mitsamt ihrer Decke auf den Arm nehme, an mich drücke und in Richtung Tür gehe.

»Wirklich«, sagt sie. »Ich kümmere mich jederzeit gern um sie.«

»Gute Nacht, Loll«, erwidere ich, das Baby an meiner Schulter.

Doch dann erregt etwas am Rande meines Blickfelds meine Aufmerksamkeit.

Ich schaue nach links.

Lolls Tasche.

Gepackt neben der Haustür. Zuletzt stand sie im Wohnzimmer, und die Sachen waren in Vorbereitung des Zubettgehens überall verstreut.

Die Schuhe. Die gepackte Tasche.

Wo wolltest du hin, Loll?

Wo wolltest du mit meinem Baby hin?

Tag 3, 8:00 h

DIE BESTE FREUNDIN

ARBEIT IST EIN VERWIRRENDES Konzept, nicht wahr? Wir beklagen uns ständig darüber, und wenn wir frei haben, feiern wir dies, als wären wir aus langer Haft entlassen worden, aber sobald wir in eine Krise geraten, ist die Arbeit das Einzige, was uns noch Halt gibt, so wie die Stützräder an einem Kinderfahrrad.

Ich brauche das Café mit seinem Trubel, um dem dröhnenden Schweigen bei Romilly zu Hause etwas entgegenzusetzen. Hier ist alles hell und offen, und man kann frei atmen. Dort tropft und tropft und tropft der Wasserhahn im Bad. Dort habe ich das Gefühl zu ersticken.

Ich brauche die Arbeit, weil sie mir einen Grund gibt, dem Haus zu entkommen. Ich brauche sie, damit ich meinen Akku aufladen und Kraft tanken kann, um später wieder dorthin zurückzukehren.

Damit ich klar denken kann.

Damit ich versuchen kann, das alles zu verstehen.

Mit wem hat Marc gestern telefoniert?

Ich konnte nicht hören, was er sagte, aber sein Tonfall war eindeutig. Panik. Verzweiflung.

Flehen?

Ich stelle die Sojamilch zurück in den Kühlschrank.

Rühre rasch das Müsli auf dem Tresen um.

Ich sehe, wie sich die Gäste an Tisch fünf verärgert umschauen und sich untereinander beschweren, weil sie so lange auf ihr Frühstück warten müssen. Der Koch, den wir vor einigen Wochen eingestellt haben, arbeitet wirklich unfassbar langsam. Während Romillys Abwesenheit bin ich die Managerin, also nehme ich mir vor, mit ihm zu sprechen, auch wenn ich Konfrontationen jeglicher Art verabscheue. Ich muss lachen: Meine Freundin ist da keineswegs besser.

Dann halte ich inne und schaue mich um. Versuche die Welt – unseren kleinen Flecken davon – durch Romillys große braune Augen zu betrachten. Was hat meine beste Freundin in den Monaten vor der Geburt gesehen? Welche Gedanken gingen ihr durch den Kopf?

Marc tut mir wirklich leid.

Ich weiß, er glaubt, dass alle immer den Ehemann verdächtigen, ganz unabhängig davon, was wir über Romillys Geisteszustand wissen.

Aber ich nicht. Das ist die reine Wahrheit.

Alles an seiner These einer postpartalen Psychose klingt schlüssig, auch wenn ich mir große Sorgen um Romilly mache.

Ich glaube nicht, dass Marc etwas mit ihrem Verschwinden zu tun hat. Nicht einmal nach dem gestrigen Telefonat.

Allerdings glaube ich, dass er mir nicht alles gesagt hat.

Und was noch entscheidender ist: Ich habe keine Ahnung, wieso. Wir sitzen doch alle im selben Boot. Wir alle wollen Romilly wiederhaben.

Tag 3, 8:00 h

DER EHEMANN

DER MORGEN HAT WIRKLICH NERVEN, sich Frühling zu nennen.

Der Wind heult wie ein Wolf.

Als das Baby um acht Uhr früh wach wird, schnappe ich mir meinen Bademantel und wickle mich fest hinein. Ich zittere nicht nur vor Kälte, sondern auch vor Müdigkeit.

Ich nehme die Kleine mit nach unten. Dort geht mein Blick als Erstes zur Haustür.

Die Tasche steht nicht mehr da.

Im Wohnzimmer sind die Vorhänge geöffnet. Es ist hell draußen, allerdings nur theoretisch, denn man merkt fast nichts davon, so grau ist das Wetter. Weil ich das Baby im Arm habe, benutze ich meinen großen Zeh, um eine Stehlampe einzuschalten.

Von Loll keine Spur.

Ich treffe meine Schwägerin in der Küche an, wo sie, gegen die Arbeitsplatte gelehnt, etwas auf ihrem Handy liest. Der Wasserkocher läuft. Aus dem Radio – sonst immer auf einen Lokalsender eingestellt – schallt Classic FM.

Das macht mich nervös. Es ist immer noch unser Haus, Romillys und meins.

»Der Bericht ist schon online.« Sie reicht mir das Handy und nimmt mir im Tausch das Baby ab.

»Verdammt«, sage ich, als ich die Seite unserer Lokalzeitung überfliege. Ich habe Sal gestern Abend die Einzelheiten geschickt.

Im ersten Moment ist es ein Schock, das Foto von Romilly und mir zu sehen, das während unserer Flitterwochen in einem Restaurant im Lake District aufgenommen wurde. Ich weiß selbst nicht genau, weshalb ich ausgerechnet dieses Foto ausgesucht habe. Ich hatte das Gefühl, dass es die richtige Botschaft sendet.

Glücklich, aber nicht protzig – damit niemand auf die Idee kommt, dass wir es nicht anders verdient haben, so wie wenn wir mit Schampusgläsern in der Karibik posieren würden?

Ich schaue auf. »Das ging aber schnell.«

Sie zieht die Augenbrauen hoch.

Nachdem ich mit Lesen fertig bin, sehe ich nach dem Baby, das Loll im Wohnzimmer in die Wiege gelegt hat. Ihre Äuglein sind offen, sie lernt zu fokussieren.

»Na, du?« Ich gebe ihr einen kleinen Kuss auf die Stirn.

Sie hat einen Schnuller im Mund.

Ich gehe zurück in die Küche.

»Wir hatten uns eigentlich gegen einen Schnuller entschieden«, sage ich und zeige Loll das kleine Gummiding. »Der lag nur für absolute Notfälle in der Schublade.«

Loll macht ein Geräusch, als wäre ihre Nase verstopft. Nimmt ihre Brille ab und putzt sie.

»Um drei Uhr morgens siehst du das garantiert anders.« Sie lacht.

Nebenan fängt das Baby an zu weinen. Loll setzt ihre Brille wieder auf. Zieht ihren Pferdeschwanz straff. Siehst du?, sagt ihre Miene.

Jetzt kann ich meiner Tochter den Schnuller natürlich nicht mehr geben.

Ich gehe zu ihr.

»Ist ja gut«, sage ich und atme ihren Duft ein, während ich sie in meinen Armen wiege und mit ihr durchs Haus gehe.

»Möchtest du auch einen?« Loll deutet auf ihren Becher, als ich im Eingang zur Küche vorbeikomme. »Das hier ist bereits mein zweiter.«

Schon verstanden. Du bist erledigt, weil du die Nacht auf dem Sofa verbracht hast. Gibt es etwas Ärgerlicheres als jemanden, der einem etwas anbietet, nur um einem ein schlechtes Gewissen zu machen, wenn man es annimmt? Außerdem war ich viermal in der Nacht auf und habe mich um ein Neugeborenes gekümmert. Will sie ernsthaft einen Wettbewerb daraus machen, wer von uns beiden übermüdeter ist?

»Tut mir leid«, sage ich. »Dass du so viel für uns tun musst.«

Sie fällt mir ins Wort.

»Marc, ich habe es doch selber angeboten. Hör auf, dich zu entschuldigen.«

Ich ziehe meinen Bademantel fester zu. Loll gießt Wasser auf Instantkaffee.

»Ach so, wir haben auch eine Cafetière. Falls du …«

Sie wirft mir einen finsteren Blick zu. Ich habe eine Grenze überschritten.

»Schon gut«, sage ich zerknirscht. Verdurstend. Was auch immer, gib mir einfach meine Dosis Koffein. »Ich schreibe Adam eine Nachricht. Während der Kaffee ein bisschen abkühlt.«

Sobald ich um die nächste Ecke gebogen bin, knurre ich »Leck mich doch« wie ein trotziges Kind.

»Hör gar nicht hin«, sage ich zu dem Baby.

Im Wohnzimmer mache ich die Tür zu. Meine Tochter ist wieder an meiner Brust eingeschlafen. Ja, ich gebe es zu, ich habe ihr den Schnuller gegeben. Aber dieses Geschrei. Die Kleine war untröstlich. Loll hat sie auf den Geschmack gebracht, was soll ich jetzt noch dagegen machen?

Vielleicht fahre ich sie suchen, schreibe ich Adam. *Ich kann nicht den ganzen Tag hier rumsitzen, Instantkaffee trinken und Baby-Smalltalk mit Loll machen. Sie fängt an, mir auf die Nerven zu gehen, und das ist ihr gegenüber nicht fair. Ich werde allmählich wahnsinnig.*

Ich betrachte die Wand. Dort hängt ein Foto, das ich von Romilly gemacht habe. Sie schwimmt draußen im Meer, ihre Gestalt im Neoprenanzug ist nur ein winziger Punkt in der Ferne. Genauso ist es jetzt auch, Romilly. Du bist überall und nirgends.

Adam antwortet prompt. Im Moment tun das alle. Ich bin ein Notfall. Sie sind in ständiger Alarmbereitschaft.

Aber du kannst das Baby doch nicht mitnehmen?, schreibt er. *PS Lolls Kaffee schmeckt wirklich scheiße, da hast du recht.*

Wider Willen muss ich lachen.

Ich muss unbedingt raus aus diesem Haus. Ich fühle mich wie im Käfig. Soll ich das Baby mitnehmen?

Soll ich sie bei Loll lassen?

Ich denke an letzte Nacht. An die gepackte Tasche. Nein. Ich lasse sie nicht mit meinem Baby allein.

Und überhaupt: beide Eltern weg, das wäre nicht fair. Ich spüre eine Woge der Verzweiflung in mir aufsteigen. Ich würde so gerne mit Romilly sprechen. *Nichts* an dieser Situation ist fair.

Irgendwann muss Loll – bei dem Gedanken krampft sich mein Magen zusammen – zu ihrer Familie zurückkehren, von ihrem Job ganz zu schweigen. Man kann sich nicht ewig aus familiären Gründen freinehmen, nicht einmal in Ausnahmesituationen wie dieser. Gleich darauf wird mir mit einem Ruck bewusst: Sie ist nicht die Einzige. Ich arbeite in einem Musikladen und habe zwei Wochen Elternzeit vereinbart. Also noch elf Tage. Ich muss dringend meine Chefin anrufen.

Vielleicht könnte ich sie mitnehmen?, tippe ich.

Wäre das denkbar? Ich mit einem Neugeborenen? Und wo soll ich überhaupt anfangen? Soll mein kleines Baby mit mir ziellos durch die Gegend irren, während ich auf der Suche nach jemandem bin, der allem Anschein nach nicht gefunden werden möchte? Noch dazu ohne den geringsten Hinweis darauf, wo sie sein könnte oder was sie gerade macht?

Ich denke daran, wie Romilly an unserem Küchentisch saß, während ihr Bauch immer dicker wurde. Klein, größer, noch größer, gleichgewichtsgefährdend.

Ich denke daran, dass sie uns schon kurz nach der Entbindung verlassen hat – mich und das Baby, das in ihr herangewachsen ist. Wir hätten es niemals ahnen können. Oder hat es sich abgezeichnet? Gab es schon vor der Geburt Hinweise? Ich nehme mir vor, Loll zu fragen, die viel mehr über diese Krankheit weiß als ich.

Ich lasse den Blick durch unser Zuhause schweifen.

Schon was Neues von der Polizei?, schreibt Adam.

Ich schicke ihm eine Sprachnachricht. »Nichts, aber ich habe es Loll überlassen, sich mit denen auseinanderzusetzen. Man glaubt es vielleicht nicht, aber ein kleines Baby nimmt jede freie Sekunde in Anspruch. Ich komme nicht mehr zum Telefonieren, habe kaum Zeit noch zu essen. Und der Schlafentzug …«

»Loll ist ein Juwel«, lautet seine Antwort. »Du kannst dem Himmel danken, dass sie dir hilft.«

Ja, genau. Loll, die Heilige.

Ich betrachte Romillys Handcreme auf dem Couchtisch; das Buch mit Babynamen, in dem sie einige unterstrichen hat.

Ich befinde mich in einem Romilly-Museum, und der Schmerz ist gnadenlos.

Einige Stunden später nehme ich das Buch in die Hand und wähle einen Namen aus, der mir von Anfang an gut gefiel. Wenn meine Tochter und ich eine Bindung zueinander aufbauen, wenn wir diese Kluft irgendwie überbrücken wollen, dann muss ich ihr einen Namen geben. Die Kleine muss schon genug entbehren, da soll sie wenigstens nicht namenlos bleiben.

»Wir finden sie«, sage ich zu dem dreieinhalb Kilo schweren Baby, das wie ein Frosch auf meinem Bauch liegt. »Wir finden sie, weil wir sie finden müssen.«

Nachdem ich mich für einen Namen entschieden habe, lese ich geistesabwesend meine E-Mails.

Und auf einmal wissen wir, wo Romilly ist.

Tag 3, 13:00 h

DER EHEMANN

ES GIBT NACHRICHTEN, bei denen ist man schlagartig hellwach. Dies hier ist so eine Nachricht.

Sal, die Chefredakteurin unserer Nachrichten-Website, hat sie mir auf Bitten des Absenders hin weitergeleitet.

Ich habe gesehen, wie eine Frau am Flughafen Manchester in eine Maschine gestiegen ist, steht da. *Sie war in Tränen aufgelöst.*

Ich halte den Atem an.

Erst als ich gelesen habe, dass sie vermisst wird, ist mir der Zusammenhang klar geworden. Ich bin mir zu 99 % sicher, dass es Ihre Frau war.

Die Mail stammt von einer Frau, falls das einen Unterschied macht. Sie heißt Susanne.

Man liest im Laufe seines Lebens Tausende von Beschreibungen, wie jemandem fast das Herz in der Brust zerspringt, und dann passiert es einem selber, und man sollte eigentlich in der Lage sein, es mit anderen Worten zu beschreiben, dieses Gefühl, wenn der Körper seiner eigenen Hülle entkommen möchte.

Bumm. Bumm.

Aber nein. Genau so fühlt es sich an.

Bumm.

Sie saß in derselben Maschine wie ich, und ich habe gesehen, wie sie ausgestiegen ist – der Flug ging nach Nîmes in Südfrankreich, schreibt sie weiter. *Danach habe ich sie leider aus den Augen verloren, aber es ist ein kleiner Flughafen. Wenn man ihn anfliegt, gibt es nicht viele Orte im Umkreis, die als Reiseziel infrage kommen. Ich hoffe, das hilft Ihnen weiter.*

Eine Grußformel und eine Nummer, die ich anrufen kann, doch dazu besteht keine Notwendigkeit. Ich habe alle wichtigen Informationen. Ich schreibe Sal, um mich bei ihr zu bedanken.

Als ich mich auf dem Sofa zurücklehne, kann ich das Kokosöl riechen, mit dem Romilly sich immer den Bauch eingerieben hat. Ich sehe einen Fettfleck auf dem Kissen, ein weiteres Relikt von ihr. Eine Erinnerung daran, dass sie eben noch hier war, mit einem Baby im Bauch und einem Lächeln im Gesicht.

Es steht also fest, dass Romilly einen Flieger nach Frankreich genommen hat. Wie schwer es ihr auch gefallen ist, wie groß ihre Verzweiflung am Flughafen auch gewesen sein mag, sie hat es durchgezogen.

Dann springt mir ein Satz ins Auge, den ich zuvor überlesen habe.

Das war heute früh gegen 6.

Ich starre ihn an.

Wenn meine Frau erst heute Morgen ins Flugzeug gestiegen ist, wo um alles in der Welt ist sie in der Zwischenzeit gewesen?

Seit ihrem Verschwinden aus dem Krankenhaus vor mehr als achtundvierzig Stunden?

Tag 3, 14:00 h

DIE BESTE FREUNDIN

NACH DEM MITTAGSBETRIEB wische ich die Kaffeemaschine sauber. Gleich daneben hängt unsere Magnettafel: Fotos von uns auf der Weihnachtsfeier, Zitate, die uns besonders gut gefallen, eine Dankeschön-Karte von einer Frau, die ihren fünfzigsten Geburtstag bei uns ausgerichtet hat. Wir alle hängen regelmäßig Sachen auf. Sie ist als Inspiration gedacht – ich weiß, ich weiß, aber wir mögen sie.

Mein Blick fällt auf einen Zettel, der darunter geklemmt und größtenteils verdeckt ist.

Ich wünschte, ich besäße längere Fingernägel – und hätte sie in den letzten drei Tagen nicht abgekaut –, damit ich ihn besser greifen kann. Aber irgendwann habe ich ihn.

Auf dem Stückchen Papier stehen lediglich drei Worte in Ros Handschrift. *Lac de Peïroou.*

Ich runzle die Stirn.

War der Zettel für die Tafel bestimmt? Im Gegensatz zu den anderen Sachen, die daran hängen, fällt diese Notiz aus dem Rahmen und entbehrt jeder Schönheit.

Als mein Handy klingelt, stürze ich mich sofort darauf. So wollen es die derzeitigen Notfallregeln.

»Stef, ich glaube, sie ist in Frankreich«, teilt Marc mir atemlos vor Aufregung mit.

Ich schlüpfe nach draußen.

Auf einmal ergibt der Zettel einen Sinn. Ich fische ihn aus meiner Hosentasche.

»Ja, Marc ... das kann gut sein.«

»Was?«

»Ich habe da was gefunden ...«

Ich glätte das zerknitterte Stückchen Papier. Doch dann zögere ich.

Was, wenn ich etwas aus dem Leben meiner Freundin preisgegeben habe, das ich nicht hätte preisgeben dürfen?

Marc spürt meine Zweifel.

»Was hast du gefunden?« Sanft, fast ein bisschen spöttisch fügt er hinzu: »Keine Angst, Stef, ich glaube nicht, dass Romilly durchgebrannt ist, weil sie eine Affäre hat.«

Abermals tritt eine Pause ein.

»Und ehrlich gesagt: Selbst wenn es so wäre, ist das momentan das geringste meiner Probleme.«

Ich höre, wie sich das Baby regt.

Er erzählt mir, was in der E-Mail stand. Dann sagt er kühn: »Jetzt du.«

Ich seufze. Selbstverständlich muss ich es ihm sagen. Was ist nur in mich gefahren?

»Da war ein Zettel im Café, den sie geschrieben hat. Ich glaube, sie hat ihn aus irgendeinem Grund aufbewahrt.«

»Was steht drauf?«

»Bloß der Name eines Sees. Lac de Peïroou. Ich habe nachgeschaut. Er liegt in Frankreich.«

Er startet eine Google-Suche.

»Scheiße. Gar nicht weit weg vom Flughafen Nîmes.«

Schweigen auf beiden Seiten der Leitung, trotzdem knistert eine Spannung zwischen uns. Neuigkeiten. Informationen. Der Beginn von etwas. Punkte, die sich verbinden.

»Aber von ihr hast du nichts gehört?«, fragt er.

Ich bin fassungslos.

»Nein, Marc, sonst hätte ich es dir doch gesagt.«

Mir kommt ein Gedanke.

»Hast du nicht Verwandte in Frankreich?«

Eine Pause.

»Nein.«

»Ich dachte …«

»Das C in meinem Namen. Ja.«

»Mir war so, als hättest du mal gesagt, dass …«

»Es sind sehr entfernte Verwandte«, sagt er schroff. »Cousins zweiten Grades oder so. Niemand, den Romilly kennt.«

Ich muss schmunzeln. Ich wette, dass er seinen Namen aus bloßer Affektiertheit mit C schreibt. Das Relikt aus einer Zeit, als er das cool fand. Und wie könnte ein dreißigjähriger Mann mit Bauchansatz so etwas zugeben, ohne rot zu werden?

Ich höre, wie Loll den Raum betritt. Er berichtet ihr von dem Zettel. Schaltet das Telefon auf Lautsprecher.

»Was ist mit eurer Mutter, Loll?«, frage ich. »Könnte es nicht sein, dass sie in Frankreich ist?«

»Nein. Ich habe gestern mit ihr gesprochen – sie ist in Spanien.«

Ich höre mehrmals hintereinander einen dumpfen Knall, dann ein Rascheln.

»Marc! Was zum Teufel machst du da?«, ruft Loll.

Gleich darauf ist die Leitung tot.

Tag 3, 14:15 h

DER EHEMANN

ICH LEGE AUF UND SPRINGE in großen Sätzen die Treppe hinauf. Im Schlafzimmer gehe ich schnurstracks zu der Schublade, in der Romilly all ihre wichtigen Dinge aufbewahrt. Ich versuche sie zu öffnen, aber sie klemmt. Ich ziehe heftiger daran. Eine Geburtstagskarte von ihren Kolleginnen fällt heraus. Ein paar alte Rechnungen. Eine Rolle Tesafilm. Ich murmle halblaut vor mich hin. Wichtige Sachen. Genau. Typisch Romilly.

Jetzt bereue ich es, mich wegen alltäglicher Kleinigkeiten beschwert zu haben. Ich bereue die Auseinandersetzungen und das Gemecker. Ich bereue es, sie wegen dieser Schublade und der Spur von Krimskrams, die sie überall hinterlässt, getadelt zu haben. Wegen absoluter Nichtigkeiten.

»Was machst du da?«, fragt Loll, als ich jeden Gegenstand aus der Schublade einzeln zu Boden werfe. Endlich ist sie leer. »Marc! Was soll das?«

Als Nächstes nehme ich mir Romillys Unterwäscheschublade vor. Dann den Nachttisch.

»Marc!«

Statt auf Loll zu reagieren, rufe ich Adam an.

»Wir vermuten, dass Romilly in Südfrankreich ist«, sage ich. »Und ich glaube, ihr Reisepass ist weg.«

Er schnappt nach Luft. Loll, die neben mir steht, macht dasselbe.

Ich erzähle ihm auch den Rest. Dass sie gesehen wurde. Den Hinweis auf den See.

»Was, wenn ich hinfliege?«, sagt Adam, als Lolls Telefon klingelt und sie nach unten geht, um abzunehmen. »Das wäre doch ein Anfang? Ich könnte nach Südfrankreich fliegen, zu diesem See fahren und dort nach ihr suchen.«

Ich lache.

»Ja, klar«, sage ich niedergeschlagen. »Was soll schon schiefgehen? Wahrscheinlich schwimmt sie da rund um die Uhr ihre Bahnen.«

Doch so schnell lässt er sich nicht entmutigen.

»Wir können eine Liste von Campingplätzen machen, die ich überprüfe. Irgendwo muss sie ja übernachten. Ich sehe mich um und frage die Leute. Forsche ein bisschen nach. Vielleicht ist der See gut fürs Freiwasserschwimmen? Könnte das der Anziehungspunkt sein? Das ist doch ihr Ding, oder nicht?«

Ich unterbreche ihn.

»Da wäre nur ein Problem, Adam. Romilly hat gerade ein Kind zur Welt gebracht. Ich glaube kaum, dass sie in der Lage ist, einen Triathlon zu laufen.«

Ein abwehrendes Schweigen tritt ein.

»Niemand hat was von einem Triathlon gesagt. Aber ein bisschen schwimmen wird sie doch wohl können, oder? Einfach das Wasser genießen.«

»Das Wasser genießen, richtig«, pflichte ich ihm bei. »Wann immer es geht. Deshalb wohnen wir ja hier. Das ist ihr Ding. Einfach wegzulaufen ist normalerweise *nicht* ihr Ding. Ihr Ding ist es, mit mir in unserem gemeinsamen Haus zu leben. Eine ganz schön weite Reise, nur weil man schwimmen gehen will.«

Ich versetze der Kommode vor mir einen Tritt.

Plötzlich kommt mir ein Bild in den Kopf. Der Moment, in dem Romilly in einer Wanne unser Kind zur Welt brachte und die Hebamme das glitschige Bündel rasch aus dem Wasser hob. So hatte Romilly es sich von Anfang an gewünscht, auch wenn sie realistisch genug war, um zu wissen, dass es womöglich anders kommen würde. Babys haben ihren eigenen Kopf. Gott, diese Freude in ihrem Gesicht, als es passierte.

»Du hast es geschafft«, wisperte sie unserer Tochter zu. »Du hast es geschafft.«

»Du hast es auch geschafft«, flüsterte ich.

Sie hielt den Kopf gesenkt. Sah mich nicht an.

Adams Stimme holt mich zurück in die Gegenwart.

»Einen Versuch wäre es wert, oder nicht? Es ist immerhin ein Ansatzpunkt. Und allemal besser, als wenn du mit dem Baby hinfliegst. Das kannst du nicht machen, Mann, und irgendwie müssen wir sie doch zurückholen. Wir *müssen* sie zurückholen.«

Ich höre das Baby weinen und gehe nach unten, um es zu trösten.

Im Bad tropft der Wasserhahn.

Ich stelle mir vor, wie ich auf einer Flugzeugtoilette die Windel eines Neugeborenen wechsle. Was, wenn das Baby einen Arzt braucht? Wenn etwas Unvorhergesehenes geschieht? Ich denke an die Reisekosten. Ich denke an die Tasche, die Romilly fürs Krankenhaus gepackt hat, und an das Durcheinander im Kinderzimmer, wenn Loll es mal ein paar Stunden lang nicht aufgeräumt hat. An die Unmengen von *Zeug*, die ein Baby benötigt.

Ich muss Romilly zurückholen. Aber ich muss es von hier aus tun, von meinem Sofa, mit ausreichend Milchpulver im Schrank und einem Sterilisator in der Küche.

Sosehr ich mich auch danach sehne, diesen vier Wänden zu entkommen.

Adam unterliegt solchen Beschränkungen nicht.

Ich nehme das Baby auf den Arm.

»Ach, Mann, tut mir leid, hat unser Gespräch sie aufgeweckt?« Ich höre, wie er Kaffee kocht, und weiß, dass er das Telefon zwischen Kinn und Schulter eingeklemmt hat.

»Sie hat jetzt einen Namen. Sie heißt Fleur.«

»Super! Gefällt mir.«

Ich will ihm gerade sagen, dass er unmöglich nach Frankreich fliegen kann, weil die ganze Aktion vollkommen absurd ist und ich mir diesen Wahnsinn nicht richtig überlegt habe, aber dann denke ich: Was sollen wir denn sonst machen?

Ich kann Adam vertrauen. Er würde mir nichts vorenthalten. Er würde mich zu ihr bringen, wenn er sie gefunden hat. Er ist der Richtige für diese Aufgabe. Er ist mein Freund.

»Stell Fleur auf Lautsprecher«, bittet er.

Sie hat die Augen geöffnet und verlangt schmatzend nach ihrem Fläschchen.

»Beeil dich, sie will trinken.«

»Hey, Fleur!«, sagt er. »Hier ist Onkel Adam! Wir kümmern uns um dich, Baby, mach dir da mal keine Sorgen. Und du passt für mich auf deinen Dad auf, abgemacht? Wir finden deine Mum!«

Ich verziehe das Gesicht, als ich höre, wie übertrieben optimistisch er klingt. Im Endeffekt geht es darum, eine widerspenstige Nadel zu finden, die sich tief in einem riesigen

Heuhaufen vergraben hat. Und besagte Nadel dann davon zu überzeugen, wieder mit nach Hause zu kommen.

»Okay, ich bin auf Google Maps«, sagt er. »Wollen wir doch mal sehen, ob ich diesen See finde.«

Ich überlasse Adam seiner Recherche. Ich lege auf, weil Fleur ihre Milch braucht und weil ich sonst vielleicht schwach werde und ihn anflehe, herzukommen, bei mir einzuziehen und immer für mich da zu sein. Und ich weiß, das darf ich nicht, denn es wird Zeit für mich – allerhöchste Zeit wahrscheinlich, jedenfalls war es noch nie so wichtig wie jetzt –, erwachsen zu werden.

Aber mein Gott, im Grunde will ich einfach nur ein Bier. Und vergessen.

Loll kommt ins Zimmer.

»Hast du dich wieder beruhigt?«

Ich bin dabei, Fleur zu wickeln. Falte das Feuchttuch und säubere auch in den Hautfalten.

Dabei halte ich die kleinen Beinchen des Babys – Fleur, Fleur, Fleur, vergiss das nicht – in einer Hand. Füßchen so groß wie mein Daumen.

»Bist du sicher, dass du keine Idee hast, wo in Frankreich Romilly sein könnte?«, sage ich, Lolls Frage ignorierend. »Urlaubsorte aus der Kindheit? Freunde von früher?«

»Nein, mir fällt nichts ein«, murmelt sie zerstreut. »Tut mir leid, Marc.«

Ich betrachte meine Schwägerin in ihren altmodischen Jeans und Ballerinas. Der Unterschied zu Romilly könnte größer nicht sein. Sie ist unnachgiebig und rigide, während Romilly durch den Tag plätschert wie ein sich windender Fluss. Nichts an ihr ist gerade oder symmetrisch: Wenn sie Ende Oktober schweren Herzens ihren Flipflops Lebwohl sagt und beginnt,

Socken zu tragen, sind es immer zwei verschiedene. Eine ihrer Brüste ist etwas größer als die andere; sie hat Ringe an allen Fingern der linken Hand, aber keinen einzigen an der rechten. Dort trägt sie lediglich ein Armband, das ihre Freundin ihr mal geschenkt hat.

»Loll«, sage ich. »Erinnerst du dich an die Mail, in der stand, dass Romilly heute abgeflogen ist? Heute Morgen?«

Keine Antwort.

»Wo war sie davor?«

Loll?

»Was hat sie bis dahin gemacht?«

Doch Loll schweigt. Genau wie wir anderen, weiß auch sie keine Antwort.

Seltsam ist nur, dass sie ausnahmsweise nicht mal eine Meinung hat.

Tag 3, 16:00 h

DIE BESTE FREUNDIN

IM CAFÉ HÖRE ICH SIE REDEN, den Mund zur einen Hälfte voll mit mehlfreiem Schokoladenkuchen, zur anderen mit Klatsch.

»Man weiß ja nie, was bei anderen Menschen im Kopf vorgeht, und man darf der Frau nicht die Schuld geben, bis man die ganze Geschichte kennt …«

Ich sitze vor meinem Laptop an einem Tisch, schreibe eine Mail an unseren Fisch- und Fleischlieferanten und verdränge die Gedanken an Ro, wie sie durchs Café schwebt; an Marc, wie er mit Kaffee und iPad in der Ecke sitzt.

Aber. Aber. Ich warte auf das Aber.

Die Frau, Stella, eine Stammkundin, rüstet sich für den eigentlichen Teil ihres Satzes, den Hauptgang nach der eher schwachen Vorspeise.

Ich versuche, nicht hinzuhören, und tippe *48 Hühnerbrüste.*

»Aber einen neugeborenen Säugling im Stich zu lassen? Wie kann man nur?«

2 ganze Lachse.

Auf unserer lokalen Nachrichten-Website wurde ein Aufruf gepostet. Jeder, der über Informationen verfügt, soll sich melden. Das war Marcs Werk.

Aber sie wüssten auch so Bescheid.

Kleine Stadt – entsprechend geringe Auswahl an Gesprächsthemen.

Ich halte mich zurück.

Tippe weiter.

2 ganze Kabeljaue.

»Ich erinnere mich noch, wie es war, als ich Ray bekommen habe. Das ist schon lange her, aber man würde *alles* für die Kleinen tun. Sie sind so hilflos, so … Ach Gott, wer weiß schon, was im Leben dieser Frau los war? Und ich bin gewiss niemand, der andere verurteilt. Aber ein neugeborenes Baby. Wie konnte sie nur?«

Schon wieder.

Wie konntest du nur, Romilly?

Das ist eine Frage, die mir auch gekommen ist, wenngleich nicht in Form einer Anklage.

Was ich wissen möchte, ist eher: Wie hast du das geschafft, Romilly? So rein praktisch? Oder anders formuliert: Wie war das überhaupt möglich? Wie konntest du spurlos aus dem Krankenhaus verschwinden, nachdem du gerade erst ein Kind zur Welt gebracht hattest? Das ist es, was mir gestern die ganze Zeit im Kopf herumgegangen ist, während ich bei Marc Tee getrunken und Fleur in den Schlaf gewiegt habe. Und es beschäftigt mich immer noch. Wie ist dir das in deinem Zustand gelungen?

Ein Schauer durchrieselt mich.

Danke, Sanjeeta, das wäre für heute dann alles.

Ich klappe den Laptop zu, stehe auf und trete an Stellas Tisch.

»Sind Sie fertig?«, frage ich und deute auf ihre Kaffeetasse. Sie hat mich zuvor nicht bemerkt und errötet prompt. Es sieht aus, als hätte sie Rouge auf die Wangen aufgetragen und vergessen, es richtig zu verteilen.

»Oh, Steffie! Ich habe Sie gar nicht gesehen.« Sie wechselt einen Blick mit ihrer Schwester Rose.

Ich lächle. Sage kein Wort.

Sie interpretiert dies als ein Zeichen, dass alles in Ordnung ist und ich ihre Unterhaltung wahrscheinlich gar nicht mitbekommen habe. Sie legt mir eine Hand auf den Arm. Die Geste soll mich trösten, beschwichtigen. Dummerweise gehört diese Hand zu demselben Körper wie ihr Mundwerk.

»Das macht dann fünfzehn fünfundsiebzig«, sage ich und entziehe ihr meinen Arm.

Münzen werden abgezählt, es wird darüber diskutiert, wer was bestellt hat, und am Schluss wird der exakte Betrag auf das Tellerchen gelegt. Jetzt fällt es mir wieder ein: Sie geben nie Trinkgeld.

Als sie fertig sind, tätschelt mir Stella abermals den Arm.

»Wie geht es Ihnen denn, Liebchen?«, fragt sie.

Ich höre die sanfte Chillout-Musik im Hintergrund, eine von Romillys Playlists. Ich sehe die Schüsseln mit Salat auf dem Tresen, und auf einmal hadere ich mit diesem Ort, der normalerweise ein perfekter Spiegel meiner Persönlichkeit ist: klar und ruhig und aufgeräumt. Heute will ich eine siebzigjährige Frau anbrüllen. Ihr und ihrer Schwester eine Ohrfeige verpassen. Gegen Stühle treten. Gläser mit Müsli durch die Gegend werfen.

Reiß dich zusammen, Steffie.

Sie fährt fort.

»Gibt es schon Neuigkeiten über Ihre Freundin? Wie schrecklich, diese Sache. Einfach schrecklich.«

»Schrecklich. Einfach schrecklich«, echot Rose.

Sie schüttelt sich. »Man möchte es sich gar nicht ausmalen. Der Ehemann muss ja außer sich sein vor Sorge.«

Muss er das? Ich dachte, niemand wüsste, was in ihrem Leben vorgeht? In Wahrheit scheinst du ja eine sehr genaue Vorstellung davon zu haben, von der du auch nicht abrücken möchtest.

»Das sind wir alle«, sage ich. »Wir tun, was wir können, um sie zu finden.«

Ich zögere. Scheiß drauf. Ich liebe dieses Café, aber meine Integrität ist mir wichtiger. Ich hasse Konflikte, aber noch mehr hasse ich es, ein Fußabtreter zu sein.

»Und nur fürs Protokoll, Stella.« Ich spüre, wie mein Herz schneller schlägt. »Romilly ist ein guter Mensch, und gehässige Bemerkungen wie eben helfen niemandem weiter. Es gibt Dinge in ihrem Leben, von denen Sie keine Ahnung haben. Ich kann mir vorstellen, dass genau solche Reaktionen wie Ihre sie davon abhalten, nach Hause zu kommen, und das ist wirklich das Allerletzte, was wir brauchen können. Wie gesagt, wir möchten sie unbedingt wieder bei uns haben.«

Stella macht das indignierte Gesicht einer Frau, die findet, dass sie zu alt ist, um lange um den heißen Brei herumzureden, und dass sie sich durch ihre Lebenserfahrung das Recht erworben hat, kein Blatt mehr vor den Mund nehmen zu müssen, selbst wenn das im Endeffekt nur bedeutet, ein unhöfliches, gemeines Miststück zu sein.

Endlich! Ich bin schon so lange auf dieser Erde, jetzt kann ich mein Leben *richtig* genießen, indem ich ein unhöfliches, gemeines Miststück bin!

»Könnten Sie künftig also etwas freundlicher sein, wenn Sie in unser Café kommen?«, füge ich hinzu, um die Situation ein wenig zu entschärfen.

Tief getroffen ringt sie nach Luft.

»Steffie, ich weiß wirklich nicht, was Sie meinen«, sagt sie pikiert. »Ich habe nur Romillys Wohl im Sinn. Nichts anderes.«

Sie wirft ihrer Schwester einen vielsagenden Blick zu. »Und das des Babys, natürlich.«

Rose zieht eine Augenbraue hoch. Denken die beiden etwa, ich kann ihre Mimik von der Nase aufwärts nicht sehen?

Es heißt ja immer, man solle Respekt vor Älteren haben.

Nein.

Heute nicht, Stella.

»Natürlich.« Ich lächle. »Wenn das so ist, versuchen Sie doch bitte, sich nicht mehr wie ein unhöfliches, gemeines Miststück zu benehmen.«

Tag 3, 16:00 h

DER EHEMANN

DAS BABY LIEGT QUER auf meiner Brust, als ich plötzlich mit einem Ruck erwache. Scheiße. Ich bin mit Fleur zusammen im Bett eingeschlafen. Das ist gar nicht gut, solange sie noch so klein ist. Es besteht die Gefahr, dass ich sie erdrücke. Ich stupse sie an, inspiziere sie, und sie krümmt sich wütend zusammen, weil ich sie beim Schlafen gestört habe. Mein Herzschlag kommt zur Ruhe.

Doch jetzt ist meine Tochter wach und will ihre Milch. Wir gehen nach unten.

Innerhalb weniger Minuten stellt Loll einen Instantkaffee und nach Zucker riechendes Gebäck auf den Tisch.

»Die Polizei hat angerufen«, verkündet sie.

Mein Kopf schnellt in die Höhe.

»Bilder der Überwachungskameras vom Flughafen Manchester. Sie passen zu dem, was die Frau in ihrer Mail geschrieben hat.«

Sie nimmt mir Fleur ab und drückt sie an sich, während sie ihr das Fläschchen gibt.

Ich nicke. Gut, wenigstens ist die Polizei ansatzweise von Nutzen. Sie konnten die Aussage der Passagierin bestätigen.

Ich lasse mich gegen die Rückenlehne meines Stuhls sinken und schiebe mir einen halben Cupcake in den Mund. Wenn Steffie da ist, kriegt man Falafel-Wraps aus dem Café, bei Loll sind es Kohlenhydrate von Tesco. Ich weiß, was ich lieber mag.

»Sonst noch was?«

Sie schüttelt den Kopf. »Das war alles. Aber das ist gut. Ein wichtiger Schritt.«

»Hast du die Bilder gesehen?«

Sie nickt. »Sie ist es, kein Zweifel. Soll ich fragen, ob du hinfahren und dir die Aufnahmen auch noch mal anschauen kannst?«

Ich nicke. Ja. Auf jeden Fall. Ich breche mir noch ein Stück vom Cupcake ab und schiebe es hinterher.

Mittlerweile ist Loll praktisch bei uns eingezogen. Obwohl sie sich so abfällig über Jakes Fähigkeiten als Vater äußert, war er in der Krise zur Stelle, und nach zwei Nächten bei der Nachbarin sind die Kinder nun zu ihm gefahren.

Ich bin froh. Ich weiß nach wie vor nicht, was ich ohne meine Schwägerin auf dem Sofa und meine wechselnden Helfer machen würde.

Der Gedanke ist beängstigend. Und er zehrt an meiner Energie. So muss es sein, wenn Menschen, mit denen man zusammenlebt, sterben. Wenn sich die anfängliche Aufregung gelegt hat, die Beerdigung vorbei ist und alle anderen ins Büro, zu ihren Familien und in ihr Leben zurückkehren, während man selbst den leeren Platz auf dem Sofa anstarrt, wo man früher gemeinsam im Schlafanzug Tee getrunken und den Kandidaten der Brotwoche bei *The Great British Bake Off* Noten von eins bis zehn gegeben hat.

Mein Magen macht einen unangenehmen Satz.

Ich verdränge die Vorstellung. Romilly nie wieder zu sehen, ist undenkbar. Wir haben eine Spur, wir haben Informationen: Das ist wesentlich mehr als gestern. Und wir haben noch etwas: Adam, der bereit ist, nach Frankreich zu fliegen.

»Du siehst so aus, als könntest du den vertragen.« Loll lächelt, als ich meinen Kaffee in einem Zug hinunterstürze und das letzte Stück vom Cupcake esse. Für eine Sekunde lang stellt sich fast so etwas wie Normalität ein.

Ein übermüdeter Vater und die Schwägerin, die kommt, um ihn zu entlasten.

Ich muss mich wieder hinlegen.

»Sollen wir ins Wohnzimmer gehen?«

Ich ziehe mir die Ärmel meines Hoodies über die Hände und setze mich aufs Sofa. Um uns herum herrscht Chaos. Loll folgt mir mit dem Baby im Arm. Ich lasse den Kopf nach hinten gegen das Kissen sinken und merke, wie mir langsam die Augen zufallen.

»Warum gehst du nicht zurück nach oben und ruhst dich mal richtig aus?«, meint Loll. Sie hat das Baby über der Schulter, damit es sein Bäuerchen machen kann.

Ich schüttle den Kopf.

Dann sehe ich mich um.

»Ich schwöre, normalerweise bin ich nicht so unordentlich«, sage ich verlegen.

Loll verdreht die Augen. Etwas Düsteres huscht über ihre Züge.

»Es ist längst nicht so schlimm wie bei Jake, wenn er früher allein zu Hause war«, sagt sie. »Glaub mir. Und nicht nur, als wir kleine Kinder hatten.«

Es gibt kein Gespräch, das Loll nicht in einen Angriff auf Jakes Charakter ummünzen kann.

Was mich betrifft? Ich mag den Mann, ehrlich gesagt.

Nicht, dass ich vorhätte, etwas derart Blasphemisches laut zu äußern.

Sowohl Romilly als auch Loll würden mich lynchen. Sie mögen sich in vielen Dingen unterscheiden, aber schwesterliche Loyalität ist für sie ein Eid, der niemals gebrochen werden darf.

In diesem Moment, während ich nicke und Loll mit einer nichtssagenden Standardantwort abspeise, vermisse ich mein altes Leben schmerzlich. Alles daran. Ich will es wiederhaben. Kein Small Talk mehr auf dem Sofa. Keine Klagen über Jake. Keine erzwungene Höflichkeit. Kein Instantkaffee. Ich will Romillys hausgemachte Suppe, ich will, dass sie ihre Sachen überall herumliegen lässt, ich will ihre laute Chillout-Musik hören und ihre Räucherstäbchen riechen. Ich will, dass sich dieses Haus wieder wie *mein* Haus anfühlt, denn ohne Romilly und in der permanenten Anwesenheit anderer Menschen komme ich mir hier vor wie ein Fremder.

»Loll, ich finde, wir sollten darüber reden. Über die Psychose.«

Ich höre das Tropfen des Wasserhahns im Badezimmer. Wieder und wieder, bis es sich anhört, als käme es aus dem Inneren meines Hirns.

Wir sitzen da und sagen kein Wort.

Es ist so still, dass ich, als Loll Fleur in die Wiege gelegt hat und von ihrem Kaffee trinkt, hören kann, wie sie schluckt. Es ist ein zutiefst intimes Geräusch, und ich winde mich unbehaglich auf meinem Platz.

»Darüber, dass Romilly krank ist. Nicht bei klarem Verstand. Und dass sie irgendwo da draußen ganz allein umherirrt.« Ich lasse nicht locker. »Das macht mir wahnsinnige Angst, Loll.«

Doch Loll schüttelt bloß den Kopf und zieht frustriert die Augenbrauen hoch.

Ich nehme mein Handy, um ihr etwas auf Google zu zeigen.

»Es gibt einige sehr besorgniserregende Berichte über Frauen mit dieser Krankheit.«

In Wahrheit meine ich nicht *besorgniserregend.* Ich meine erschreckend. Kernerschütternd. Lebensverändernd.

Loll weiß das. Sie wendet den Blick ab.

Sie wirkt unruhig. Deswegen? Oder hat es einen anderen Grund?

Loll hält ihre Kaffeetasse in beiden Händen. Der babyrosa Lack auf ihren Fingernägeln blättert ab. An ihrem Knöchel ist ein winziger Fleck Mascara.

Tropf.

Tropf.

Tropf.

Verdammte Scheiße, dieses Haus.

Entschlossen rede ich weiter.

»Wenn sie wirklich eine postpartale Psychose hat, handelt es sich um einen medizinischen Notfall. Zeit ist da ein wichtiger Faktor. Sucht die Polizei noch nach ihr? Sie haben nicht aufgehört, nachdem sie die Aufnahmen der Überwachungskameras gesichtet haben?«

Loll nimmt ihre Brille ab und poliert sie an ihrem Ärmel.

Sie seufzt.

»Ehrlich gesagt, Marc, glaube ich nicht, dass die sich unter einer postpartalen Psychose überhaupt etwas vorstellen können. Der Typ, mit dem ich zu tun hatte, war ein Fossil. Das mit den Überwachungskameras ist alles, was ich bisher erreichen konnte. Aber ich bleibe dran. Ich höre nicht auf, ihnen Dampf zu machen, versprochen. In der Zwischenzeit finde ich es gut, dass wir unsere eigene Spur verfolgen. Vor allem, da sie ja mit den Erkenntnissen der Polizei übereinzustimmen scheint.«

Sie kneift sich in die Haut zwischen ihren Augenbrauen.

»Bestimmt geht es ihr gut«, setzt sie hinzu, stellt ihren Kaffee weg und fängt an aufzuräumen. Rechte Winkel und saubere Türmchen, wischen und stapeln. »Ich kenne Romilly.«

Das macht mich wütend. Loll weiß genau, dass eine psychische Krankheit alles verändert. Warum gibt sie mir so eine Antwort? Und warum glaubt jeder hier im Haus, meine Frau besser zu kennen als ich? Ich denke an Steffie und den Zettel, der zu den Bildern der Überwachungskameras passt.

Das hat mich aus unerfindlichen Gründen auch wütend gemacht.

Loll bleibt vor der Wiege stehen, beugt sich herab und berührt Fleurs winzigen rosafarbenen Fingernagel. Sie hat sich die Brille ins Haar geschoben und reibt sich die Augen. Die Schatten darunter sind so dunkel, dass sie wie aufgemalt aussehen.

»Du bist doch nach wie vor der Ansicht, dass es eine postpartale Psychose ist, oder nicht?«, frage ich ungehalten. Ich kann die Sache einfach nicht auf sich beruhen lassen.

Sie nickt, schweigt jedoch weiterhin.

»Du sagst nämlich fast gar nichts dazu, und ich versuche, mir vorzustellen, was jemanden sonst dazu treiben könnte, so etwas zu tun«, sage ich. »Welchen anderen Grund könnte Romilly haben?«

Loll lässt den Kopf in ihre Hände sinken.

Als sie aufblickt, hat sich ihre Miene verändert. Sie studiert mein Gesicht wie ein Schulbuch.

Dann zieht sie die Augenbrauen hoch.

»Gute Frage«, sagt sie.

Ich sehe sie verständnislos an.

Tag 3, 16:30 h

DIE BESTE FREUNDIN

ICH ZITTERE VOR LAUTER ADRENALIN, als ich mich vom Tisch entferne und zurück hinter den Tresen gehe. Von dort aus beobachte ich, wie Stella und Rose mit verkniffenen Gesichtern das Café verlassen.

Wenigstens denken sie jetzt nicht mehr über Romilly nach.

Zehn Minuten später klingelt mein Handy.

Es ist Davina, die Inhaberin des Cafés.

Ich bin jetzt die Managerin. Das macht, was ich getan habe, umso schlimmer.

»Steffie, was ist passiert?«, fragt sie mit sanfter Stimme. »Ich hatte gerade ein grauenhaftes Telefonat mit einer Frau namens Stella. Was sie über dich gesagt hat … Du kannst doch nicht … So bist du nicht …«

»Doch«, erwidere ich todernst. Innerlich koche ich immer noch. »Ich habe alles genau so gesagt. Sie hat sich Romilly gegenüber wie das letzte Arschloch verhalten.«

Davina seufzt.

»Du weißt, dass ich dich abmahnen muss, oder? Damit ich dieser Frau sagen kann, dass ich etwas unternommen habe? Egal, was gerade in deinem Privatleben los ist, als Managerin darfst du nicht so mit einer Kundin umgehen – schon gar nicht mit einer alten Frau. Ro fehlt uns allen, Süße, aber du kannst die ganze Last nicht alleine tragen. Und du wirst dich ab jetzt so weit wie möglich von den Gästen fernhalten. Mach die Inventur, organisier den Schichtplan … Wir können nicht riskieren, dass so was noch mal vorkommt, wenn du Stress hast. Ach, Steffie. Das sieht dir wirklich gar nicht ähnlich.«

Ich nicke, auch wenn sie das nicht sehen kann. Ich weiß, ich sollte mich schämen und dankbar sein, weil ich nicht gefeuert worden bin. Stattdessen empfinde ich nichts als ein inneres Brodeln, einen unbändigen Zorn.

Später, als mein Körper das Adrenalin langsam abgebaut hat, zittere ich aus einem anderen Grund: Ich spüre, wie ich die Nerven verliere. Wie mir alles entgleitet. Ich habe das Gefühl, dass ich allen Ernstes einer ältere Frau gegenüber hätte handgreiflich werden können. Einfach so. Und dass ich es genossen hätte.

Dabei bin ich ein absolut friedliebender Mensch.

Aber vielleicht sind wir alle nur die Version unserer selbst, die innerhalb der Parameter eines normalen Lebens existiert. Verschiebt man diese Parameter, verschiebt man auch die Grenzen unserer Persönlichkeit.

Vielleicht ist letzten Endes jeder von uns zu allem fähig.

Tag 3, 16:30 h

DER EHEMANN

ICH WECHSLE DAS THEMA.

»Adam fliegt nach Frankreich«, sage ich vorsichtig. »Ich halte das für eine gute Entscheidung.«

Loll nickt. »Es tut mir leid«, sagt sie, und der unangenehme Moment wird unter einer Schicht Zement begraben. »Ich hätte mich anbieten sollen. Es ist nur, die Kinder …«

»Loll, mach dir deswegen keinen Kopf.« Trotz allem, was gerade zwischen uns vorgefallen ist, nehme ich ihre Hand. »Das kann doch niemand von dir verlangen. Du bist eine alleinerziehende Mutter.«

Sie entzieht sich meinem Griff.

»Außerdem musst du arbeiten. Du hast so viele Verpflichtungen. Lass Adam fliegen. Er möchte es. Er kann einfach ein paar T-Shirts in eine Tasche schmeißen und in den nächsten Flieger springen, ohne lange zu überlegen. Er muss nur im Büro Bescheid sagen, und wenn er seinen Laptop mitnimmt, kann er von überall aus arbeiten.«

Mein Gott, die Arbeit.

Mir fällt ein, dass ich wirklich dringend mit meiner Chefin Linds sprechen muss.

Seit ich ihr gesagt habe, dass das Baby da ist, wir uns auf

zwei Wochen Elternzeit für mich geeinigt und meine Vertretung im Musikladen organisiert haben, waren wir nicht mehr in Kontakt.

Das Baby, die Polizei, das Haus … Es gibt so viel, worum ich mich kümmern muss.

»Bestimmt gibt es in Südfrankreich WLAN«, fahre ich fort. »Ich bin mir relativ sicher, dass er auch im Ausland Websites programmieren kann. Für ihn ist es viel unkomplizierter als für dich.«

Oder liegt es daran, dass ich Adam insgeheim mehr vertraue als Loll? Weil ich mir sicher bin, dass er auf meiner Seite steht? Dass er nicht mit mir in einen Wettstreit treten will, wer von uns beiden Romilly besser kennt?

Dass er mich nicht anlügt?

Noch einmal drücke ich Lolls Hand.

Dann denke ich an die gepackte Tasche von gestern Nacht. Daran, dass sie ihre Schuhe anhatte.

»Ich fühle mich so schuldig …«, murmelt sie leise. Sie sieht untröstlich aus.

»Schuldig?« Ich nehme meine Hand weg. Sie ist schweißfeucht.

»Geht es dir denn nicht auch so? Hast du keine Schuldgefühle?«

Ich falte die Hände. »Sollte ich?« Die Worte klingen spröde aus meinem Mund. *Es ist immer der Ehemann.* Will sie darauf hinaus?

Falscher Tonfall.

Ich seufze.

»Weder du noch ich hätten irgendwas tun können.« Ich atme tief durch, um den feindseligen Unterton in meiner Stimme loszuwerden – und um zu vergessen, dass Loll eben ganz ähnlich klang. »Adam macht das. Er holt sie nach Hause. Dann hat Fleur ihre Mutter wieder, und das alles ist nur noch eine böse Erinnerung.«

Um Optimismus bemüht, lächle ich sie an. Ich bin fast ein bisschen aufgedreht.

Aber warum tröste ich dich eigentlich, denke ich. Eigentlich müsste es doch umgekehrt sein.

Als Loll mich ansieht, hat sich ihre Miene verändert, und alles ist wie immer. Sie ist wieder die alte Loll. Pragmatisch und fokussiert.

»Wie sieht der Plan aus?«, fragt sie. »Wenn Adam erst mal da ist, was dann?«

Ich nehme meine Kaffeetasse in die Hand, um ein paar Sekunden Zeit zu gewinnen.

Es gibt keinen Plan.

Aus Romillys Verhalten ist klar ersichtlich, dass sie nicht gefunden werden will. Sie reagiert nicht auf Nachrichten und hat nichts auf Social Media gepostet.

Adams Ziel in Frankreich basiert auf einer bloßen Vermutung, und die wiederum stützt sich auf eine vage Ahnung von Steffie sowie einen Flughafen, von dem aus man meilenweit in jede Richtung fahren könnte. Ich habe dann doch mit der Frau telefoniert, die die E-Mail geschrieben hat, aber sie konnte mir keine weiteren Informationen liefern. Sie hat Romilly nach dem Aussteigen aus den Augen verloren und nicht weiter an den Vorfall gedacht, bis sie in ihrem Airbnb ankam, ihre Mails aufrief und die Lokalnachrichten las. Über den gegenwärtigen Aufenthaltsort meiner Frau weiß sie nicht mehr als wir.

Loll blickt mich erwartungsvoll an.

Ja, was dann?

Meine Wangen brennen. Nicht nur, dass es mir nicht gelungen ist, in einem Moment, der eigentlich der glücklichste und aufregendste unseres Lebens hätte sein sollen, auf meine Frau aufzupassen – jetzt benehme ich mich auch noch genauso wie das Kind, für das mich alle halten. Ich starre die Wand an. Unterdrücke den Drang, ein Loch hineinzuschlagen.

Dann wende ich mich Loll zu.

Sie hätte einen Plan. Sie würde nicht mit schlecht durchdachten Vorschlägen aufwarten.

Sie sieht mich an, doch mein Blick ist in die schlammigen Tiefen meiner Kaffeetasse gerichtet.

Plötzlich fängt Fleur an zu weinen, und ich bin gerettet. Fürs Erste.

Ich gehe ins Nebenzimmer, um ein wenig Ruhe zu haben, und wiege meine Kleine zurück in den Schlaf.

In meinen Armen entspannt sich ihr Körper. Als ihre Atmung tiefer wird, passt meine sich automatisch an. Ich betrachte jeden Millimeter ihres Gesichts. Ich berühre ihre Ohrläppchen. Ich küsse ihre Augenbrauen. Ich komme aus dem Staunen gar nicht mehr heraus.

Und dann sage ich zu ihr: »Es tut mir leid, Fleur. Es tut mir so leid.«

Tag 3, 17:00 h

DIE BESTE FREUNDIN

ICH MUSS IHM VERTRAUEN.

Oder?

Nach Ende meiner Schicht sitze ich am nahezu menschenleeren Strand von Thurstable und schaue in den Himmel, während mir dieser Gedanke im Kopf herumspukt. Es ist ein später Nachmittag im Mai, aber heute sieht das Wetter ganz anders aus als gestern. Mit der Hitze der letzten Woche wird es wohl bald vorbei sein. Es ist ein grässlicher Tag; dunkel wie eine Warnung.

Bestimmt war es richtig, Marc zu sagen, wo Romilly sein könnte. Sie leidet an einer postpartalen Psychose. Das bedeutet, es ist von elementarer Wichtigkeit, dass wir sie finden.

Das bedeutet, es gibt keinen Schuldigen.

Nichts, was man ergründen oder abwägen müsste.

Ich will ein Rätsel lösen, das keines ist.

Aber dann denke ich an das Telefonat, das ich gestern mit angehört habe.

Ich denke an mein schlechtes Gewissen. Ich fühle mich, als hätte ich den wichtigsten Menschen in meinem Leben verraten.

Ich denke daran, dass ich Marc von dem See erzählt habe und mich dies hinterher aus irgendeinem Grund so sehr gestört hat, dass ich einen Gast im Café als Miststück bezeichnet habe.

Es war zutreffend.

Aber trotzdem.

Was macht es im Endeffekt schon für einen Unterschied?, versuche ich mich selbst zu beschwichtigen. Sicher, der See grenzt das Suchgebiet ein, aber durch die Mail – ganz zu schweigen von den Aufnahmen der Überwachungskameras – war Marc ohnehin bereits auf der richtigen Spur.

Warum liegt mir das, was ich getan habe, dann so schwer im Magen?

Ich schreibe Ro mehrere Textnachrichten, doch sie antwortet nicht. Es ist furchtbar, wenn die Gewohnheiten eines ganzen Lebens auf den Kopf gestellt werden, weil die wichtigste Stimme, auf die sonst immer Verlass war, plötzlich schweigt.

Ich versuche es weiter.

Marc sage ich nichts davon.

Ja, sie sind ein Ehepaar. Ich selbst war nie verheiratet, obwohl Adam und ich länger zusammen sind als Marc und Ro, die sich bereits acht Monate nach dem Kennenlernen das Jawort gegeben haben. Aber ich glaube, dass in Frauenfreundschaften eine ähnlich tiefe Verbundenheit bestehen kann wie in einer Ehe. Wir verzichten auf den Sex, der alles verkompliziert, und konzentrieren uns ganz auf die Gespräche. Und genau das wird Romilly zur Rückkehr bewegen, daran glaube ich fest, auch wenn unsere Kommunikation im Moment sehr einseitig ist.

Ich klammere mich an die Hoffnung, als läge sie im Koma: Wenn ich nicht aufgebe, *muss* sie doch irgendwann reagieren.

Ich lasse mich rücklings in den Sand sinken und lege das Handy zur Seite.

In der Ferne grollt der Donner.

Warum ich Marc nichts von meinen Nachrichten erzähle, ist klar.

Weniger klar ist, weshalb ich sie auch Loll verschweige. Loll, die ich schon fast mein ganzes Leben lang kenne. Zu deren Team ich seit jeher gehöre.

Vielleicht ist es ein Bauchgefühl? Der Drang, die beste Freundin an mich zu drücken, und alle anderen sollen draußen bleiben?

Ein stecknadelkopfgroßer Regentropfen landet auf meiner Stirn. Ich wische ihn weg und nehme mein Telefon wieder in die Hand. Ich zögere. Soll ich? Ich möchte sie nicht verschrecken. Aber ich brauche ein Zeichen von ihr. Vielleicht hilft das hier.

Ich glaube, ich weiß, wo du bist, schreibe ich.

Nichts.

Wenn du über irgendwas reden willst, nur mit mir allein, dann bin ich da. Es gibt mich noch, auch wenn du mich nicht sehen kannst. Alles bleibt unter uns.

Die nächste Nachricht:

Ich meine es ernst. Ein vertrauliches Gespräch. Nimm ab.

Ich wage mich noch einen Schritt weiter vor.

Ich kann auch zu dir kommen, Ro. So tun, als würde ich nach dir suchen. Ich würde niemandem sagen, wo du bist. Wir können einfach nur zusammen sein, Wein trinken, uns ein bisschen ausheulen und rausfinden, was du als Nächstes machen willst. Wie auch immer. Ich finde es schlimm, dass du ganz allein bist.

Ist sie denn allein?

Wichtiger als alles andere ist mir, dass sie sich wie ein Mensch fühlt. Wie der Mensch, den ich kenne. Wie meine Romilly.

Ja, sie ist jetzt Mutter, aber sie ist nicht *nur* Mutter: Sie ist auch meine Freundin. Wenn sie sich zu einer derart radikalen

Handlung gezwungen sah, muss es doch einen Grund dafür geben.

Aber ist es der, von dem Marc die ganze Zeit redet? Den Loll bestätigt?

Egal. Ich werde sie ernst nehmen, auch wenn sie selbst das nicht tut. Romilly ist immer sehr hart zu sich. Ich muss sie von diesem eingebildeten Ort zurückzuholen. Denn wenn man sich von sich selbst abwendet, wo um alles in der Welt soll man dann noch hin?

Das ist es, was mich in den dunkelsten Stunden der Nacht umtreibt.

Das ist es, was mir Angst macht.

Das ist die Ursache meiner Schlaflosigkeit.

Der Grund, weshalb ich auf Stella losgegangen bin.

Das und die andere Sache.

Denn wenn ich im Bett liege und nicht schlafen kann, gibt es Momente, in denen kommt mir der Verdacht, dass das Ganze düsterer und verzwickter ist, als es nach außen hin den Anschein hat.

Momente, in denen ich mich frage, wieso Marc – und wenn er mich noch so fest umarmt – mir nicht in die Augen schauen kann.

Momente, in denen mir auffällt, dass es bei Loll ganz ähnlich ist.

Momente, in denen ich sogar meinem eigenen Freund gegenüber misstrauisch werde.

Momente, in denen ich mich frage, ob es in diesem Haus jemanden gibt, der die ganze Wahrheit sagt.

Jemanden, der überhaupt irgendwann mal die Wahrheit gesagt hat.

Tag 3, 17:00 h

DER EHEMANN

IHRE LIDER WERDEN SCHWER, und sie ist schon fast eingeschlafen, da ertönt von der Haustür ein lautes Klopfen. Schlagartig ist Fleur wieder hellwach und reißt die Augen auf. Was ist das für ein Irrsinn?

Die Hebamme.

Verdammter Mist.

Wenn man beruflich mit Eltern zu tun hat, die vor Kurzem ein Kind bekommen haben und alles daransetzen, es zum Einschlafen zu bewegen, sollte man doch eigentlich die Kunst des leisen Anklopfens beherrschen.

Fleur schreit.

Ich gehe zur Tür.

»Na, kleines Mäuschen, vermisst du deine Mummy?«, sagt die Hebamme. Sie wirbelt an mir vorbei ins Haus, dann bleibt sie stehen und sieht mich an. »Tut mir leid, ich bin ein bisschen spät dran. Sie sind mein letzter Termin heute. Gibt es Neuigkeiten?«

Ich funkle sie böse an. Innerlich, versteht sich. Nach außen hin gebe ich mich heiter und gelassen.

Loll steckt den Kopf zur Tür herein.

»Ich gehe kurz einkaufen, während die Hebamme hier ist, dann habt ihr eure Ruhe.«

Bitte nicht, denke ich. Trotz ihrer zahlreichen irritierenden Eigenschaften graut mir bei der Vorstellung, mich mit der Hebamme über all die vielen Dinge unterhalten zu müssen, von denen ich keine Ahnung habe. Und über das, was passiert ist.

»Ja«, sage ich zur Hebamme, als sie anfängt, Fleur auszuziehen, um sie zu wiegen. »Könnte man so sagen. Sie hat jetzt einen Namen. Fleur.«

»Ooh!«, macht sie. »Wie niedlich. Aber ich meinte eigentlich, ob es Neuigkeiten über ihre Mum gibt?«

Ich werde rot. Natürlich. Mein Gott. Was denn sonst? Ich streichle Fleurs Gesicht. Mein armes kleines Baby. Niemand stellt die üblichen Fragen: Wie viel wiegt sie, wie heißt sie, wie ist die Geburt verlaufen? Dafür sind alle viel zu sehr mit der Notlage beschäftigt, in der wir uns befinden.

»Ja«, antworte ich leise. »Wir vermuten, sie ist in Frankreich.«

Ihre Augenbrauen schnellen in die Höhe.

»Frankreich«, wiederholt sie, nimmt Fleur die Windel ab und legt sie auf das Handtuch in der Waagschale. »So. 3,4 Kilo. Wunderbar. Sie nimmt gut zu. Wenn das so weitergeht, hat sie in null Komma nichts wieder ihr Geburtsgewicht erreicht.«

Sie zögert.

Und mir wird bewusst: Ich kann mich gar nicht mehr an ihr Geburtsgewicht erinnern. Macht mich das zu einem schlechten Vater? Die Zahl wurde von anderen Zahlen verdrängt: Wie viele Stunden ist es her, seit wir Romilly zuletzt gesehen haben? Und von der erdrückenden Last meiner Angst, die ich bei jedem Schritt spüre.

Die Hebamme zieht Fleur die Windel wieder an, dann dreht sie sich zu mir um.

»Mit wem ist sie denn nach Frankreich geflogen?«

»Mit niemandem«, antworte ich. »Wir wollen hin, um sie zurückzuholen – na ja, mein Freund.«

Sie nickt ungeduldig. Am Boden kniend, zieht sie Fleur routiniert den Body an.

»Das ist gut«, sagt sie. »Ja.«

Sie hält meine Tochter hoch, als würde sie eine dekorative Vase betrachten.

»Je eher du deine Mummy wieder hast, desto besser – nicht wahr, Mäuschen?«

Sie reicht sie mir und steht auf.

»Aber Marc.« Auf einmal klingt sie freundlicher. Legt mir eine Hand auf den Arm. »Was ich damit sagen will ... Wenn Frauen Kinder zur Welt bringen, stellt das körperlich wie seelisch eine enorme Belastung für sie dar. Eine Geburt, vor allem wenn es die erste ist, zehrt an den Kräften. Danach ist man in der Regel sehr erschöpft und schafft es gerade mal, sich um die alltäglichen Notwendigkeiten zu kümmern. Wenn es das erste Kind ist, kann selbst eine relativ leichte Entbindung wie bei Romilly für Körper und Psyche eine echte Herausforderung sein.«

Ich nicke. M-hmm. Ja. Schon verstanden. Was will sie mir damit sagen?

»Das Ganze ist ein absoluter Ausnahmezustand für Geist und Körper.«

Sie seufzt, aber es ist ein geduldiger Seufzer. Sie möchte auf etwas ganz Bestimmtes hinaus und überlegt, wie sie es am besten formulieren soll.

»Marc, ich helfe seit mittlerweile fünfundzwanzig Jahren Frauen dabei, Kinder auf die Welt zu bringen. Ich spreche aus Erfahrung, wenn ich sage, dass es extrem unwahrscheinlich ist, dass Romilly sich nach einer solchen Strapaze ganz von allein dazu entschlossen hat, ins Ausland zu fliegen. Dass sie ohne Hilfe das Krankenhaus verlassen hat und in ein Flugzeug gestiegen ist, nachdem sie gerade erst ein Kind bekommen hat. Ich würde sogar so weit gehen, zu behaupten, dass es nicht nur unwahrscheinlich, sondern schlichtweg unmöglich ist.«

Tag 3, 17:15 h

DIE BESTE FREUNDIN

NOCH EINMAL HOLE ICH mein Handy aus der Tasche.

Ich bin auf dem Weg zu dir nach Hause. Eine Sprachnachricht an Romilly.

Es ist immer noch dein Haus, denke ich, selbst wenn es so scheint, als hättest du dein Leben an deine Schwester und eine riesige Flasche Putzmittel untervermietet.

Ich versuche es mit einer anderen Strategie.

Ich will sie daran erinnern, wie ihre Welt aussieht. Ihr Freundeskreis.

Daran, wie sich menschlicher Kontakt anfühlt.

Doch vor allem, so wird mir bewusst, nutze ich die Sprachnachrichten als eine Art Tagebuch, als Protokoll einer Zeit, von der ich schon jetzt weiß, dass ich sie niemals vergessen werde, aber deren Einzelheiten zwischen den Schlagzeilen verloren gehen könnten.

Vermutlich hängt das davon ab, wie die Sache ausgeht.

Eigentlich bin ich gar nicht dran, teile ich ihr mit, als wäre sie im Urlaub, und ich würde ihr eine Postkarte mit den neuesten Nachrichten schicken. *Loll hat einen Schichtplan erstellt.*

Das ist kein Witz. Manchmal meine ich zu sehen, wie die Anspannung von Marc abfällt, sobald Lolls Schicht endet, sie das Bleichmittel zurück in den Schrank stellt und Henry sich wieder frei bewegen kann, ohne dass sie permanent hinter ihm her saugt.

Ich bringe immer eine Umarmung und einen Hauch von Leichtigkeit in dieses bedrückende Haus.

Loll – und ich sage dies voller Liebe und mit dem Wissen um die Tabelle, die in ihrer Küche an der Wand hängt und auf der steht, dass es dienstags bei ihr immer (mildes) Chili con carne gibt – hat so etwas wie Leichtigkeit nie gekannt.

Ich stehe auf. Klopfe mir den Sand vom Hosenboden, schüttle ihn mir aus den Haaren und schiebe meine dreckigen Füße in die Birkenstocks. Und dann schicke ich Romilly noch eine Sprachnachricht.

Ein allerletzter Versuch.

Wenigstens für heute Nachmittag.

»Ich frage mich andauernd, was davor passiert sein muss«, sage ich aufs Geratewohl. »Und weißt du, was ich glaube? Ich glaube, es lief schon eine ganze Weile irgendwas schief, auch wenn ich keine Ahnung habe, was.«

Sie wollte nie mit mir darüber reden. Ich wusste nicht, wieso. Die Distanz tat weh.

Ihr Verhalten während der Schwangerschaft beunruhigte mich. Oft habe ich mich gefragt, ob ich jemanden darauf aufmerksam machen sollte. Eine pränatale Depression? Angst vor der bevorstehenden Entbindung? Ich wusste, dass sie wegen einer möglichen genetischen Erkrankung unter ärztlicher Beobachtung stand. Es hatte mit ihrer Mutter zu tun, aber die Einzelheiten kannte ich nicht. Sie war so merkwürdig schweigsam. Während der Schwangerschaft spürte ich zum ersten Mal, wie wir auseinanderdrifteten. Vielleicht war das der Grund.

»Sie wollen einfach sichergehen«, sagte sie mit rosigen Wangen, ein Kopftuch um die kurzen Haare gebunden, während sie im Café einen Tisch abwischte. »Aber keine Angst, es ist nichts Schlimmes.«

Und weil ich es nicht besser wusste, stellte ich keine Fragen. Aus irgendeinem Grund wollte sie nicht mit mir darüber sprechen, und ich respektierte ihre Entscheidung.

»Fast hätte ich Marc gestern davon erzählt – von diesem Gefühl, das ich die ganze Zeit hatte. Einfach nur um zu sehen, ob es ihm ähnlich ging«, sage ich in einer neuen Sprachnachricht an Romilly. »Aber am Ende habe ich es gelassen.«

Aber *warum* habe ich Marc nichts gesagt – ausgerechnet jetzt, wo wir ganz offen zueinander sein sollten? Wo es wichtig ist, dass wir eine Einheit bilden? Marc, Loll, Adam, Steffie und Henry, der Hund: die fünf Freunde, nur ohne Ferienabenteuer, dafür mit Feuchttüchern.

Sicher, es kommen auch andere Leute zu Besuch. Sie bringen Tajines und Brownies und neigen den Kopf zur Seite, während sie ihren Hunger auf Klatsch als aufrichtige Besorgnis tarnen. Es tut mir leid, normalerweise bin ich nicht so zynisch. Aber wir sind ein Team.

Na ja, vielleicht übertreibe ich meine Rolle ein wenig. Ich bin nicht diejenige, die uns anführt, dieser Part gebührt – wie sollte es anders sein? – Romillys formidabler Schwester Loll. Ist es falsch, dass ich mir, all ihrer Kompetenz in Sachen Haushaltsführung zum Trotz, manchmal wünsche, sie würde sich etwas zurücknehmen? Der bloße Gedanke verursacht mir Schuldgefühle, aber manchmal … Lass Marc doch einfach Vater sein. Gib mir die Möglichkeit, mich als Tante ehrenhalber zu versuchen. Und Adam hat vielleicht keine Erfahrung mit Babys, aber man sieht doch, dass er fast platzt vor

Liebe. Gib ihm eine Chance, Loll. Stattdessen kommt sie mit ausgestreckten Armen und verkniffenem Mund herbeigeeilt und nimmt einem das Baby weg. Sie kennt sich aus und sorgt dafür, dass wir anderen uns für unsere Ahnungslosigkeit schämen.

Manchmal glaube ich, die permanente Geschäftigkeit hilft ihr dabei, mich nicht ansehen zu müssen. Uns alle.

Aber ich sollte mich nicht beklagen.

Denn mal ehrlich, was kann ich schon beitragen? Dank Loll habe ich die gute Gewissheit, dass Fleur immer eine frische Windel hat, saubere Fläschchen, die ordentlich aufgereiht im Schrank stehen, gewaschene Bodys und frische Bettlaken. Ich weiß, dass Loll sie gut zudeckt und sämtliche Oberflächen desinfiziert. Dass sie Fleur im Notfall Medizin verabreichen oder ihren wunden Po eincremen kann.

Und das ist beruhigend. Wenn ich an das Schlimmste denke.

Zur Not – so furchtbar diese Vorstellung auch ist – kann das Baby ohne Romilly überleben.

Wir alle könnten ohne Romilly überleben.

Wir *wollen* es aber nicht.

Ich stehe bereits vor ihrer Tür, als ich die nächste Nachricht schicke.

Kein Wort, Ro. Zu niemandem. Nichts ist tabu. Aber rede mit mir.

Wieder muss ich daran denken, wie ich die alten Damen angefahren habe. Dass ich noch nie so wütend war wie in dem Moment. Dann versuche ich zu verstehen: Auf *wen* bin ich eigentlich wütend?

Tag 3, 17:30 h

DER EHEMANN

ICH SEHE DIE HEBAMME mit großen Augen an.

Sie macht ein betretenes Gesicht. Sie weiß, wie peinlich mir das Ganze ist.

Am liebsten würde ich ein Loch in die Wand schlagen.

Nun, da sie es ausgesprochen hat, ist es offensichtlich, nicht wahr?

Ich nehme ihr Fleur ab, die prompt anfängt zu weinen. Ich hole nicht den Schnuller, obwohl ich weiß, dass er in der Küche liegt. Die Hebamme soll nicht denken, dass ich überfordert bin. Dass ich es nicht schaffe, mich um ein kleines Baby zu kümmern, auch wenn ich anscheinend nicht in der Lage bin, die simpelsten Schlüsse in Bezug auf das Verschwinden meiner Frau zu ziehen.

Jemand hat Romilly dabei geholfen, mich und unser Kind zu verlassen.

Und es muss jemand gewesen sein, dem sie vertraut. Jemand, der ihr nahesteht.

Ich denke an Romillys Freunde, die mir Textnachrichten schreiben und sich erkundigen, wie es mir geht. Die vorbeikommen und mir prall gefüllte Tüten vor die Haustür stellen.

Ich denke an Loll, die für uns einkauft. Vorhin habe ich sie am Küchentisch sitzen sehen. Sie wusste nicht, dass ich sie beobachte, und hatte den Kopf gesenkt. Man hörte nichts, aber ihre Schultern bebten, und ihr Nacken war rot wie von einem Sonnenbrand.

Ich selbst habe keine Geschwister. Ich kann nicht nachvollziehen, wie sich eine solche Bindung anfühlt. Aber ich weiß, wie sehr ich leide.

Bei Steffie war es gestern ähnlich. Als wir uns umarmten, brach auf einmal alles aus ihr heraus wie aus einem Vulkan.

Ich kenne das Gefühl.

Jemand, der ihr nahesteht.

Jemand hat meiner Frau geholfen, mich zu verlassen.

Jemand hat meiner Frau geholfen, ihr neugeborenes Baby zu verlassen.

Ich starre auf den Küchentisch. Denke an Lolls bebende Schultern.

Der vegane Karottenkuchen, den Steffie gestern mitgebracht hat, steht noch auf dem Tresen. Ich wünschte, er würde sich in einen KitKat-Riegel verwandeln. Die Lampe – draußen ist es so bedeckt, dass man das Licht einschalten muss – flackert immer noch.

Auf meinem Handy geht eine Nachricht von Adam ein.

Ich hole tief Luft.

Jemand, der ihr nahesteht.

Der Mann, der sich ständig nach meinem Befinden erkundigt. Mein bester Freund.

Die Frau, die mich umarmt und mir Essen bringt.

Die Frau, die weinend an meinem Küchentisch sitzt.

Wie nah ist nah?

Tag 3, 17:40 h

DIE BESTE FREUNDIN

ICH STARRE DIE GRASGRÜNE TÜR AN, die Romilly eines Tages ganz spontan gestrichen hat. Sie hat davon immer noch einen grünen Fleck auf ihren Lieblingsshorts.

Marc öffnet mir mit einem dünnen Lächeln.

»Entschuldige, das war bloß die Arbeit«, lüge ich und stecke das Handy in meine hintere Hosentasche. »Wegen der Schichten nächste Woche. Und, wie läuft es so?«

Ich zwinge mich ebenfalls zu einem Lächeln und nehme meinen Platz im Team ein. Ich suche mir eine Beschäftigung, gehe in die Küche und setze Wasser auf, um Marc einen Kaffee zu kochen.

Ich lege den Karottenkuchen, den ich gestern mitgebracht habe, auf einen Teller und schiebe ihn über den Tisch.

»Iss«, sage ich.

Doch er hat Fleur auf dem Arm, und im nächsten Moment steigt mir ein unangenehmer Geruch in die Nase.

»Ich bin dann mal beim Wickeltisch.« Er lächelt, aber seine Miene ist angespannt. Man sieht ihm an, wie sehr das tägliche Einerlei an seinen Kräften zehrt. »Heb den Kuchen auf.«

Ich nicke geistesabwesend. Während er weg ist, lehne ich mich gegen die Arbeitsplatte und starre auf mein Handy.

Ein Gesicht taucht im Türrahmen auf.

»Oh!«

»Sorry«, sagt Marc. »Ich wollte dich nicht erschrecken.«

Sein Blick geht zu meinem Handy.

Hastig lasse ich es in der Tasche verschwinden.

Ein seltsamer Ausdruck huscht über seine Züge.

Ich verdrehe die Augen. »Schon wieder das Café. Man könnte fast meinen, die kommen ohne mich nicht klar.«

Sein Lächeln ist nicht mehr nur dünn, sondern regelrecht abgemagert. Aber es ist noch da.

Das Wasser kocht.

»Ich wollte nur fragen, ob du meinen ohne Milch und Zucker machen kannst?«, sagt er durch zusammengepresste Lippen und nickt. »Danke, Stef.«

Er sieht alt aus, denke ich, als er kehrtmacht. Er ist dicker geworden; die Falten um seine Augen sind tiefer.

Als er das Zimmer verlässt, fällt mir zum ersten Mal eine kahle Stelle an seinem Hinterkopf auf.

Kaum dass er weg ist, verblasst mein Lächeln.

Ich verstecke mich hinter der Küchentür und sende noch eine letzte Nachricht an Romilly. Diesmal tippe ich, statt eine Sprachnachricht aufzunehmen, das ist unauffälliger.

Und dann war da die Nacht der Entbindung – die Nachricht, die du mir geschickt hast.

Ro hat mir geschrieben, kurz bevor bei ihr die Wehen einsetzten. Das war untypisch für sie, normalerweise rief sie immer an, doch als ich es einige Zeit zuvor bei ihr versucht hatte, war sie nicht rangegangen.

Diese letzte Nachricht war mehr als seltsam.

Alles ist eine Lüge, lautete sie.

Was sollte das bedeuten? Ich sah sie erst mehrere Stunden später, weil ich mit Adam im Pub auf einer Geburtstagsfeier war, aber sobald ich sie gelesen hatte, ging ich nach draußen und versuchte, Romilly zurückzurufen. Keine Antwort. Stattdessen bekam ich wenige Minuten später eine Nachricht von Marc. *Die Wehen haben eingesetzt, sind auf dem Weg in die Klinik.*

Darüber geriet alles andere in Vergessenheit. So ist das, wenn ein neues Leben die Bühne betritt.

Fleur kam auf die Welt, die Entbindung verlief ohne Komplikationen, Romilly ging es gut, und ich dachte mir, dass sie diese merkwürdige Nachricht vielleicht im Anfangsstadium der Wehen geschrieben hatte, als sie vor lauter Schmerzen schon nicht mehr klar denken konnte. Die Nerven, die Aufregung, dieses Gefühl von *Ach du Scheiße, was wird jetzt aus meinem Leben?*. Eine absolute Ausnahmesituation. Man steht in der Warteschlange für einen neuen, noch gänzlich unbekannten Teil seiner Existenz.

Bezog sich die Nachricht darauf? *Alles, was einem über die Geburt gesagt wird, ist eine Lüge?*

Vielleicht.

Keine Ahnung. Nicht mein Fachgebiet.

Aber dann verschwand Romilly spurlos.

Und ich ärgerte mich maßlos und machte mir Vorwürfe, weil ich nicht weiter nachgehakt habe.

Der logische Verstand sagt mir, dass es sich nicht lohnt, weiter darüber nachzugrübeln: Sie hat eine psychische Krankheit, deswegen sind alle Theorien hinfällig.

Trotzdem: Das Gefühl, an jenem Abend etwas Entscheidendes nicht begriffen zu haben – etwas, wodurch dies hier hätte verhindert werden können –, lässt mich nicht los.

Es will einfach nicht verschwinden.

Der Gedanke setzt mir zu wie Marcs kaputter Wasserhahn im Bad. Ich höre ihn bei jedem Schritt, den ich in Romillys Pantoffeln durchs Haus gehe.

Falls überhaupt wird er immer lauter. Mein Daumennagel tut weh, und ich stelle fest, dass ich ihn so weit abgebissen habe, dass die Haut darunter freiliegt. Ich verziehe das Gesicht.

Am Tag der Entbindung hatte sie mir viele Nachrichten geschrieben. Und dann, eine ganze Weile später, kam ihre letzte: traurig, verängstigt, einsam. In der Pause dazwischen musste sich irgendetwas geändert haben.

Was immer Romilly zur Flucht bewogen hat, muss in dieser Zeit passiert sein.

Vor der Geburt.

Im nächsten Moment formt sich ein Gedanke in meinem Kopf, von dem ich kaum fassen kann, dass er mir nicht schon früher gekommen ist.

Ich frage Google, ob man bereits vor der Geburt an einer postpartalen Psychose leiden kann.

Auch wenn ich mir dabei ziemlich dumm vorkomme.

Der Name sagt es doch schon: *post*partum.

Google sieht das genauso und gibt mir eine eindeutige Antwort.

Ein klares Nein.

Postpartum bedeutet: *nach* der Geburt des Babys.

Wenn das, was Romilly zur Flucht veranlasst hat, bereits vorher passiert ist, ist folglich nicht die Psychose schuld an ihrem Verhalten. Sondern etwas ganz anderes.

Tag 3, 18:00 h

DER EHEMANN

ES IST EIN ETWAS HEIKLES GESPRÄCH – um zusätzliche Elternzeit zu bitten, weil die Ehefrau einen mit dem gemeinsamen Baby im Stich gelassen hat.

Nicht unbedingt ein Standardthema.

Für so etwas gibt es keine Vorlagen auf Google.

»Linds?«

Meine Chefin, die Inhaberin des Musikladens, in dem ich arbeite, schweigt seit nunmehr zehn Sekunden. Ich dachte, sie hätte die Meldung im Internet gelesen. Offenbar nicht.

Schließlich gibt sie sich einen Ruck.

»Du liebe Zeit, das ist ja furchtbar. Mein Gott, es tut mir leid, Marc. Es tut mir wirklich sehr, sehr leid.«

Meine Hand ballt sich zur Faust. Sagt das nicht jeder? Wenn ich meine Suche nach Romilly mit »Es tut mir leid« finanzieren könnte, hätte ich keine Probleme.

»Ich meine – hoffentlich ist sie nächste Woche wieder da und es kommt erst gar nicht dazu, aber für den Fall, dass …«, fahre ich hastig fort.

»Selbst wenn sie wieder da ist, Marc«, sagt sie erschüttert, »dann habt ihr doch sicher einiges zu … klären?«

Augenblicklich geht meine Zugbrücke hoch.

Jeder macht sich seine Gedanken. Über unsere Ehe. Darüber, was bei uns hinter verschlossenen Türen abläuft.

Als ob irgendwer auch nur ansatzweise begreifen könnte, was ich und Romilly durchgemacht haben.

»Nimm dir ruhig den ganzen Monat frei, Marc«, sagt sie. »Ich sorge für eine Vertretung. Danach sehen wir weiter.«

Jetzt kommt der unangenehme Teil.

»Kriege ich denn eine … Lohnfortzahlung?«

Linds seufzt. Das Geld muss aus ihrer eigenen Tasche kommen. Es gibt keine staatlichen Hilfen für Leute, denen die Mutter ihrer Kinder abhandengekommen ist.

»Ich bitte dich wirklich nur ungern darum«, sage ich leise. »Aber ich habe jetzt ein Baby und muss Sachen kaufen und …«

Sie fällt mir ins Wort.

»Ich schaue mal, was sich machen lässt, Marc. Ich melde mich dann. In der Zwischenzeit pass gut auf dich auf. Ich kann nicht glauben, dass dir so was passiert. Das ist ja wie im Film.«

Sehr hilfreich.

»Ja«, murmle ich. »Wie im Horrorfilm.«

Ich lege auf.

Jetzt zu Macca.

Ich tippe eine Nachricht an meinen Freund.

Kann nicht zu Andys Junggesellenabschied kommen. Kein Babysitter.

Weil ich eingeschnappt bin, habe ich meine Opferrolle als armer, verlassener Ehemann aufgegeben. Loll hat mir angeboten, auf Fleur aufzupassen. Sie hat mich regelrecht gedrängt, aber mir war klar, was das für einen Eindruck machen würde. Ein Junggesellenabschied, während meine Frau vermisst wird? Schuldig, schuldig, schuldig.

Ich schüttle den Kopf. Schluss damit. Wenn man eingeschnappt ist, hilft einem keiner.

Ich kann unmöglich zu der Party gehen. Ich bin der einzige Elternteil, den Fleur derzeit hat. Ich bin gefesselt, wenngleich aus freien Stücken. Selbst wenn ich könnte, würde ich sie nicht alleinlassen. Nicht jetzt.

Ist doch logisch, Mann. Würde ich momentan auch nicht von dir erwarten, antwortet er, und prompt fühle ich mich noch schlechter. Sieht so jetzt mein Leben aus? Gewissensbisse, sobald ich als alleinerziehender Vater auch nur darüber nachdenke, etwas zu unternehmen? Hätten sie mich sowieso alle schief angesehen – den verantwortungslosen Vater, der in der Ecke sitzt und Wodka trinkt, während seine Frau in einem französischen See badet?

Steffie kommt ins Wohnzimmer.

»Noch einen Kaffee?«

Ich nicke, während ich tippe.

Ich habe meinen letzten noch gar nicht ausgetrunken, aber in diesem Haus gelten die üblichen Regeln nicht mehr. Stattdessen hangeln wir uns von einem Heißgetränk zum nächsten. Halten die Becher, als wären sie Kerzen auf einer Trauerfeier.

Nachdem sie wieder gegangen ist, blicke ich auf.

Starre ins Leere.

Ich spüre eine Zurückhaltung zwischen uns, die früher nicht da war. Eine Distanz. Weniger Umarmungen. Brauchen wir sie nicht mehr, weil wir uns langsam an die Situation gewöhnt haben? Ist es, sobald sich der erste Schock gelegt hat, vielleicht unangemessen, dass Erwachsene sich ständig in den Armen liegen?

Nein, da ist noch etwas anderes.

Ich weiß, dass Steffie mich beim Telefonieren gehört hat. Neuerdings hängt sie selbst ziemlich oft am Handy. Normalerweise ist sie jemand, der erst drei Tage später auf Nachrichten reagiert und sich nicht einmal mehr daran erinnern kann, wann sie sich zum letzten Mal auf Social Media eingeloggt hat. Ich weiß, sie braucht ihr Telefon, um die Leute über Romilly auf dem Laufenden zu halten. Trotzdem. Sie legt das Ding ja kaum noch aus der Hand.

Steffie hat mir oft genug versichert, dass Romilly seit ihrem Verschwinden nicht mit ihr in Kontakt war.

Trotzdem horche ich jedes Mal auf, wenn ihr Handy einen Signalton von sich gibt.

Im wahren Leben gibt es niemanden, mit dem Romilly lieber spricht als mit Steffie. Sie sitzt in unserem winzigen Garten und telefoniert mit ihr, unmittelbar nachdem sie von einer gemeinsamen Schicht im Café nach Hause gekommen ist.

Jemand, der ihr nahesteht.

Während Fleur in meinen Armen schläft, folge ich Steffie in die Küche.

»Steffie? Die Hebamme hat da vorhin etwas erwähnt.«

Sie blickt auf, während sie Kaffeepulver in die Cafetière löffelt. Ein weiterer Bonuspunkt gegenüber Loll.

Fleur entfährt ein kleines zufriedenes Schnauben. Steffie betrachtet sie lächelnd. Die pure Liebe.

»Ja?«

Ich wähle meine Worte sorgfältig. Sie dürfen nicht anklagend klingen. Steffie war diejenige, die mir gesagt hat, dass Romilly in Frankreich ist. Sie hält meine Hand und kocht mir anständigen Kaffee, wenn es mich vor lauter Erschöpfung am ganzen Körper kribbelt. Sie kann nicht dahinterstecken. Ausgeschlossen.

»Sie meinte, es wäre sehr schwierig für Romilly gewesen, das ohne Hilfe durchzuziehen. Ich glaube sogar, sie hat nicht ›schwierig‹ gesagt, sondern ›unmöglich‹. Direkt nach der Entbindung das Krankenhaus zu verlassen und in ein Flugzeug zu steigen.«

Steffie zuckt mit den Schultern. Gießt Wasser in die Cafetière. Stellt sie hin und wickelt sich ihre zum Pferdeschwanz gebundenen Haare um den Zeigefinger. Sie müssten mal wieder gewaschen werden.

»Sie ist keine gewöhnliche Frau«, sagt sie mit einem merkwürdigen amerikanischen Akzent. Es klingt wie ein oft verwendetes Zitat. Vielleicht eine Sache zwischen ihr und Romilly.

Ich nicke.

»Ja.« Ich ärgere mich, versuche aber, ruhig und geduldig zu bleiben. Schiebe ein Lachen dazwischen. »Sicher. Da sind wir uns alle einig. Aber sie ist trotzdem nur ein Mensch. Sie hat trotzdem erst vor wenigen Tagen ein Kind zur Welt gebracht.«

Steffie reagiert nicht.

Natürlich nicht. Sie selbst hat es ja nie miterlebt. Sie kann es nicht verstehen.

Sie steht da und überlegt.

»Na ja, wahrscheinlich kann keiner von uns wirklich nachvollziehen, wie es sich anfühlt, wenn man eine … postpartale Psychose hat.« Sie spricht den Begriff mit nervöser Vorsicht aus, weil sie mit so etwas keine Erfahrung hat. Aber ist da nicht auch eine gewisse Schärfe? »Wenn jemand psychisch krank ist, kann man keine normalen Maßstäbe mehr anlegen.«

Ich schüttle den Kopf. Mir ist unbegreiflich, dass Romilly ihren schmerzenden, blutenden Körper lieber ins Ausland schleppt, statt nach Hause zu kommen, sich in ihr eigenes Bett zu legen, mit ihrem Baby zu kuscheln und in einem sauberen Bademantel Toast mit Erdnussbutter zu essen.

Ich spüre, wie mir die Galle hochkommt.

Ehe ich der Versuchung erliege, Steffie anzufahren, verlasse ich den Raum.

Als ich hinausgehe, drückt sie mit wütender Kraft das Stempelsieb der Cafetière herunter.

Tag 3, 18:15 h

DER EHEMANN

ICH LEERE MEINE KAFFEETASSE und denke nach.

Vielleicht ist Loll das bessere Gegenüber für so ein Gespräch. Immerhin hat sie zwei Kinder zur Welt gebracht.

Doch dann wird mir etwas bewusst, was mir vermutlich schon viel früher aufgegangen wäre, wenn ich mehr als zwei Stunden Schlaf gehabt hätte: Wenn Loll besser als jeder andere weiß, wie unrealistisch ein solcher Alleingang kurz nach der Entbindung ist, warum zum *Teufel* hat sie das in all den Stunden, in denen wir über die Situation gegrübelt und sie analysiert haben, nicht ein einziges Mal von sich aus angesprochen?

Ich schreibe meiner Schwägerin eine Textnachricht.

Kannst du zurückkommen? Jetzt gleich? Ich muss mit dir reden.

Schon unterwegs, antwortet sie.

Wenige Minuten später schließt sie die Haustür auf. Ich habe ihr einen Schlüssel gegeben.

»Ich habe die Sachen an der Kasse gelassen«, sagt sie atemlos, als sie das Wohnzimmer betritt. Fleur und ich liegen auf dem Sofa. Fleur schläft noch. »Was gibt es denn?«

Sie streift sich die bequemen Schuhe von den Füßen. Steht in ihren dicken schwarzen Strumpfhosen da und sieht mich an.

In dem Augenblick wird mir klar, dass sie glaubt, ich hätte Neuigkeiten von Romilly.

»Ist was passiert?«, fragt sie ungeduldig. »Hat sie sich gemeldet?«

Ich begegne ihrem Blick. Dann schüttle ich den Kopf. Nein, nein. Keine Neuigkeiten.

Sie atmet aus. Ihre Schwester ist nicht tot. Jedenfalls nicht toter als gestern.

Ich setze mich auf. Loll bleibt stehen. Dann fängt sie an, um mich herum aufzuräumen. Sie schichtet Briefe und Zettel zu Stapeln und sammelt Untersetzer von der Armlehne auf. Sie beschwert sich halblaut über Steffies Tasse, die diese auf dem Fußboden hat stehen lassen. Das macht Steffie oft, wenn sie mit untergeschlagenen Beinen in Leggings auf dem Sofa sitzt. Nicht einmal zweiundsiebzig Stunden sind vergangen, und wir kennen bereits die Angewohnheiten der anderen. Es ist sogar schon so weit, dass wir uns daran stören. Wie die Mitbewohner in einer WG.

Als sie einen Beistelltisch zur Seite schieben will, um darunter sauberzumachen, zucke ich zusammen.

»Kannst du das bitte lassen?«, fauche ich. Erschrocken sieht sie mich an. Verständlich. Drei Tage lang habe ich nie ein Wort gesagt, wenn sie in meinem Wohnzimmer Staub gewischt hat, und jetzt pfeife ich sie plötzlich zurück und ändere die Spielregeln.

Aber auf einmal macht es mich wütend, dass Loll so tut, als wäre dies ihr Haus und ich ihr Kind.

Sie steht da und hat die Hände gefaltet, um sie am Weiterputzen zu hindern.

»Denkst du, Romilly hätte das alles allein schaffen können?«, frage ich.

»Was meinst du?«

Ich zähle die einzelnen Punkte an meinen Fingern ab. »Sie bringt zum ersten Mal ein Kind zur Welt. Sie ist völlig ausgelaugt. Hat Blutungen. Sie zieht sich an. Packt ihre Sachen. Verlässt das Krankenhaus. Spaziert einfach an den Ärzten und Schwestern vorbei.«

Ich fahre fort. »Sie bucht einen Flug. Fährt zum Flughafen. Steigt in die Maschine. Kauft, was immer sie für die Reise benötigt. Fliegt nach *Frankreich.*«

Loll und ich starren einander an. Es ist fast wie ein Duell. Sie streicht sich ihre dichte schwarze Mähne aus dem Gesicht, dann zieht sie ein Gummi, an dem lauter Haare hängen, von ihrem Handgelenk und bindet sich damit einen Pferdeschwanz.

»Ich kenne die Details nicht«, sage ich. »Aber eine Geburt bringt doch bestimmt körperliche Einschränkungen mit sich, oder? Nachblutungen. Wundsein.«

Ich denke an den Geburtsvorbereitungskurs, den wir zusammen besucht haben.

Loll starrt mich an, als hätte ich sie herausgefordert.

»Schmerzen«, sage ich.

Sie starrt immer noch.

Als sie sich abwendet, tut sie dies nur, um weiter zu putzen.

»Hast du vor, mir zu antworten?«, frage ich lauter als beabsichtigt. Mein Herzschlag dröhnt durch meinen Körper. Was genau will ich eigentlich von ihr hören? Was verspreche ich mir davon? Sie ist hier, oder nicht? Nicht bei Romilly. Sie unterstützt mich rund um die Uhr. Sie ist auch der Meinung, dass Romilly an einer postpartalen Psychose leidet. Darin sind wir uns einig.

Also: Worauf will ich hinaus?

»Kannst du endlich aufhören zu *putzen*, verdammte Scheiße noch mal?«, herrsche ich sie an.

Sie hält inne, in der Hand einen Schnuller, eine Decke und die Fernbedienung. Ich entreiße sie ihr und schleudere sie quer durchs Zimmer. Die Abdeckung springt ab, und die Batterien fallen heraus.

Loll sieht mich an.

»Wenn der Mensch will, mobilisiert er Kräfte, von denen er gar nicht wusste, dass er sie besitzt, Marc«, sagt sie. Ihre Stimme hat einen scharfen, anklagenden Unterton angenommen. »Du weißt schon – wenn er am Limit ist.«

In dem Moment wird mir bewusst, dass sie und Steffie aus demselben Drehbuch zitieren.

Weil sie es zusammen geschrieben haben?

Steffies Kopf erscheint im Türspalt.

»Alles in Ordnung?«

Ihr Blick geht zu Loll.

Und mir kommt ein Gedanke.

Loll und Steffie. Sie stecken unter einer Decke. Sie versuchen, mich zu täuschen.

Tag 3, 19:00 h

DER EHEMANN

MACHT MICH DIE STÄNDIGE Übermüdung paranoid? Seit Fleur da ist, bin ich ganz fahrig. Hatte kaum mehr als eine Stunde Schlaf am Stück.

Ich wäge ab.

Wende dich nicht gegen die einzigen Menschen auf der Welt, die deine Tochter wickeln, ihr das Fläschchen geben, sie behutsam mit einer weichen Decke zudecken. Die singen und ihr Bücher vorlesen, obwohl sie noch nicht mal eine Woche alt ist. Die den Kaffee kochen, der für dich vielleicht den Unterschied zwischen Vernunft und Wahnsinn ausmacht. Die Frau, die über Nacht bleibt, nur für den Fall, dass man sie brauchen könnte, obwohl sie selbst Kinder zu Hause hat.

Sei kein Idiot, Marc.

Ich nicke. Loll nickt ebenfalls flüchtig.

Wir sind uns einig.

Alles bleibt wie gehabt.

Wende dich nicht gegen deine Verbündeten.

Aber ich kann mir nicht helfen, irgendetwas lässt mir keine Ruhe. Wie ein Mückenstich, den man permanent kratzen muss.

Ich verlasse das Zimmer, damit Loll zu Ende aufräumen kann, doch schon wenige Minuten später ruft sie nach mir.

»Ich fahre jetzt nach Hause, Marc«, sagt sie in neutralem Ton. Steffie ist auch kurz zuvor gegangen. »Ich sehe, Adam biegt gerade in die Einfahrt ein, du bist also nicht allein. Und bis er geht, bin ich wieder da.«

Sie macht eine Pause.

»Sag Bescheid, falls ich nachher noch was mitbringen soll.«

Die Worte enthalten eine stillschweigende Übereinkunft: Wir machen so weiter wie bisher und reden nicht mehr über die Unterhaltung von vorhin.

Ich höre auf, Fragen zu stellen, dafür hilft sie meinem Baby weiterhin beim Bäuerchenmachen.

Warum Staub aufwirbeln, wenn man ohnehin bereits in einem Sandsturm steht?

Aber meine Gedanken lassen sich nicht zum Schweigen bringen.

Was weißt du, Loll?

Als ich, nachdem sie das Zimmer verlassen hat, in Richtung Couchtisch schaue, liegt die Fernbedienung wieder neben den anderen. Die Batterien wurden ordnungsgemäß eingelegt, und ich bin mir relativ sicher, dass sie abgestaubt wurde.

»Dann fliege ich also, abgemacht?«, sagt Adam, als er zur Tür hereinkommt und im Flur mit Loll ein paar Höflichkeiten austauscht, während sie in ihre Schuhe schlüpft.

Ich sehe ihn an.

Wenn er könnte, würde er sofort in den Flieger steigen. Er hüpft von einem Fuß auf den anderen wie ein Kind auf einer Party, das gezwungen wird, sich mit den Erwachsenen zu unterhalten, obwohl auf der anderen Seite des Rasens eine Hüpfburg und zehn seiner Klassenkameraden auf ihn warten.

Er steht unter Strom. Ist heilfroh, endlich in Aktion treten zu können, nachdem er so lange zum Nichtstun verdammt war. Abgesehen davon ist er ausgeschlafen und war heute Morgen im Fitnessstudio. Mit einem Stich des Neids erkenne ich, dass das früher auch für mich Alltag war.

»Lass uns einen Plan schmieden«, sagt er, als ich die Haustür hinter ihm schließe.

»Kann ich vorher noch kurz was mit dir besprechen?«

»Klar, Mann.« Er nickt. Ein angedeutetes Stirnrunzeln.

Er folgt mir in die Küche. Beugt sich herab, um Fleur einen Kuss zu geben, die friedlich in ihrer Wiege schläft.

Ich lasse mich am Küchentisch nieder. Adam geht zum Wasserkocher, um Kaffee aufzusetzen. So läuft das jetzt bei uns, Romilly, denke ich, weil ich manchmal im Kopf mit ihr spreche. Die Leute fühlen sich hier wie zu Hause.

Ich beobachte meinen Freund, während er sich etwas zu trinken macht.

Der Spot in der Küche flackert immer noch. Er geht an, aus, an und wieder aus. Niemand spricht darüber. Ich schätze, es wäre meine Aufgabe, die Glühbirne auszuwechseln.

Aber ich bin einfach nicht dazu in der Lage.

Und seien wir ehrlich: Dies hier ist kaum noch ein echtes Zuhause, das man liebevoll pflegt und instand hält, eher ein Marc-und-Fleur-Versorgungssystem; ein Hilfszelt, das für Notleidende und Bedürftige errichtet wurde.

Loll ist nicht die Einzige, die sich scheut, die Opferrolle einzunehmen.

Als ich mir gestern Abend um elf Uhr eine Scheibe Toast gemacht habe, lag eine Buttermarke im Kühlschrank, die ich noch nie zuvor gesehen hatte. Ich habe sie herausgenommen, sie zehn Sekunden lang angestarrt und sie dann gegen die

Wand geworfen, bevor ich leise anfing zu weinen. Ich weinte, bis mir die Augen brannten. Jetzt betrachte ich die hellblaue Wandfarbe und spüre die Erinnerung an meinen Zorn. An der Stelle, wo die Verpackung aufgeplatzt ist, sieht man einen kleinen Fettfleck. Ich stelle mir vor, wie Romilly ihn in einem Jahr entdeckt und mit dem kleinen Finger leicht antippt. *Was ist denn das?*

Wäre ich in dem Moment auch zornig? Oder wäre ich so froh, sie wiederzuhaben, dass es mir nichts ausmachen würde? Oder ist es ohnehin ein unrealistisches Szenario, dass wir nach allem, was vorgefallen ist, einfach wieder in unsere alten Rollen schlüpfen?

Gott, ich vermisse sie so sehr.

Adam wirft einen Blick in den Kühlschrank.

»Ich mache uns schnell ein Sandwich«, sagt er. »Hast du Butter da?«

Ich lache – jedenfalls klingt es annähernd wie ein Lachen. Dann schüttle ich den Kopf.

Ich habe sie entsorgt, gleich nachdem ich sie gegen die Wand geworfen hatte. Lieber gar keine Butter als Mitleidsbutter, die mir jemand wortlos und ungefragt in den Kühlschrank legt. Genau wie die vegetarischen Würstchen, die ich nicht esse, da meine Vegetarismus-Phase bereits zu lange zurückliegt, oder den Käse, der mir zu kräftig schmeckt, weil ich milden Cheddar mit der Konsistenz von Gummi bevorzuge. Und dann war da auch noch etwas undefinierbares Violettes in einem Glas, das Steffie aus dem Café mitgebracht hat.

Adam öffnet einen Schrank und nimmt eine Schachtel Frühstücksflocken heraus.

»Du auch?«

Ich lehne ab. Welche Probleme Loll auch mit sich bringt, das Catering ist bei ihr deutlich besser.

Adam schüttet Milch auf seine Rice Crispies, dann stellt er uns beiden den Kaffee hin.

»Also gut. Tut mir leid. Jetzt bin ich bereit. Schieß los.«

Natürlich wacht Fleur genau in diesem Moment auf und fängt an zu schreien.

Ich nehme sie auf den Arm, wickle sie fester in ihre Decke und wiege sie sanft hin und her, während sie sich an meiner Brust zusammenrollt.

»Hältst du es für möglich, dass Romilly das allein durchgezogen hat?«, flüstere ich.

Hin und her, hin und her. Fleurs Äuglein fallen langsam zu.

Adam löffelt mit verwirrter Miene seine Rice Crispies.

Ich seufze.

»Nach der Geburt sind Frauen doch … du weißt schon, sie haben Schmerzen. Sie bluten.«

Adam nimmt seine Kaffeetasse in die Hand.

»Red weiter«, fordert er mich auf, ehe er sich wieder über seine Schüssel beugt.

»Sie sind körperlich und psychisch am Ende. Das ist eine Erschöpfung, die wir uns gar nicht vorstellen können.«

Ich spüre, wie auch mir die Lider schwer werden.

»Klar, Mann. Sicher.« Er nickt bedächtig.

Das Ganze entbehrt nicht einer gewissen Ironie. Romilly wäre von meinem Empathievermögen beeindruckt: Adam und ich sprechen offen über den Geburtsvorgang.

Genau jetzt würde sie hinter Adam auftauchen und ihn drücken. Sie mag ihn wahnsinnig gern.

Allerdings würde sie versuchen, seine Rice Crispies durch selbst gemachtes Müsli zu ersetzen.

»Die Hebamme hat mich darauf gebracht«, fahre ich fort. »Das muss nicht unbedingt heißen, dass Romilly die ganze Zeit mit jemandem zusammen war. Aber es ist völlig ausgeschlossen, dass sie das alles ohne Hilfe geschafft hat.«

Adam nickt.

»Okay«, meint er kauend. »Wow. Verstehe. Ja, das macht Sinn. Jetzt komme ich mir blöd vor, weil ich nicht selbst darauf gekommen bin. Ich dachte einfach … wegen ihrer Psychose … dass es nur um sie geht und nicht noch jemand anders involviert ist. Tut mir leid.«

Ich spüre, wie meine Wangen glühen. Auch meine Brust fühlt sich heiß an. Die Wärme eines zweiten Herzens ganz nah an meinem.

Ich betrachte meine Tochter.

»Ich habe ja auch nicht daran gedacht – und ich bin ihr Ehemann. Wer könnte das also von dir erwarten?«

Er winkt ab.

»Du bist total übermüdet und musst dich allein um ein neugeborenes Baby kümmern. Da ist es doch klar, dass man nicht den vollen Durchblick hat.«

Jetzt wird mir noch heißer, denn ich komme mir vor wie ein Hochstapler. Kümmere ich mich wirklich allein um Fleur? Ich denke an Loll und daran, wie oft sie meiner Tochter das Fläschchen gibt. Daran, dass Fleur praktisch einen Stammplatz an Lolls Schulter hat. Daran, wie Loll sie streichelt, als würde sie ein Ritual vollziehen, während sie mit ihr durchs Zimmer geht, sie schaukelt und beide gemeinsam zur Ruhe kommen.

Daran, wie ich schon jetzt das Gefühl habe, dass Loll sie besser kennt als ich. Dass sie der wahre Elternteil ist. Daran, wie ich manchmal unsicher im Türrahmen stehen bleibe, ehe ich einen Raum betrete, weil ich keine Ahnung habe, was ich tun soll. Daran, dass ich Angst habe, vielleicht einen ganz besonderen Moment zwischen den beiden zu stören, der im Kern etwas Mütterliches hat.

Erkennt Fleur den Unterschied? Oder besteht für sie eine Mutter lediglich aus einer Stimme, die ihr leise ins Ohr säuselt, und einem warmen Körper? Wie definiert man überhaupt eine Mutter?

»Aber heißt das … dass du nicht mehr an eine Psychose glaubst?«

Ich schüttle mit Nachdruck den Kopf.

»Nein, natürlich nicht. Ich frage mich nur, ob sie unter Umständen bei der Planung ihres Verschwindens Hilfe hatte.«

Ich gebe meiner Tochter einen Kuss aufs Haar. Ich bin immer noch dabei, mich an ihren Duft und ihren Anblick zu gewöhnen.

Adam legt seinen Löffel in die leere Schüssel. Trinkt einen Schluck von seinem Kaffee und verzieht das Gesicht.

»Tut mir leid, Mann, der ist mir ein bisschen stark geraten. Obwohl – kann wahrscheinlich nicht schaden.«

Eine Zeit lang sitzen wir da und schweigen.

»Es muss jemand sein, dem sie vertraut«, sagt er. »Vorbehaltlos. Jemand, der alles für sie tun würde. Für den sie immer an erster Stelle kommt, sogar noch vor Fleur. Denn jeder andere würde ja versuchen, ihr das auszureden, oder nicht? Er würde ihr sagen, dass sie bei ihrem Baby bleiben muss. Dass sie ein Neugeborenes nicht einfach zurücklassen kann.«

Ich nicke. Ja. All diese Gedanken sind mir auch gekommen, während ich heute Windeln wechselte, Fläschchen bereitete und vergeblich versuchte, Zeit für eine Dusche zu finden.

Ich schlürfe meinen Kaffee. Spüre, wie das Koffein kickt.

Adam rutscht auf seinem Stuhl hin und her. Dann steht er auf, trägt seine Müslischüssel zur Spüle und füllt sie mit Wasser.

»Nur wenige Menschen haben jemanden, der bereit wäre, so weit für sie zu gehen«, sagt er. »Jemanden, der um vier Uhr nachts alles andere stehen und liegen lässt, wenn man ihn braucht. Wie viele solche Personen kann es in Romillys Leben überhaupt geben?« An die Spüle gelehnt, bleibt er stehen.

»Nicht viele«, stimme ich ihm zu.

Unsere Blicke treffen sich. Er dreht den Wasserhahn ab und sieht mich an.

Und genau in dem Moment, in dem der Gedanke in meinem Kopf Gestalt annimmt, spricht er ihn aus.

»Zwei vielleicht?«

Tag 3, 20:00 h

DIE BESTE FREUNDIN

WAS, WENN SIE NICHT MEHR LEBT?

Das ist der Gedanke, der sich immer wieder in meinen Kopf schleicht.

Wüsste ich es, wenn es so wäre? Würde ich es spüren?

Ich schiebe den Gedanken beiseite. Natürlich lebt sie noch. Auf jeden Fall. Sie ist in ein Flugzeug gestiegen. Ja, sie war aufgewühlt, aber niemand hat sie dazu gezwungen.

Aber wäre Zwang überhaupt nötig?

Wahrscheinlich nicht, wenn die größte Gefahr für Romilly sie selbst ist.

Das ist der andere Gedanke, der mir keine Ruhe lässt. Wenn die größte Bedrohung für Romilly von Romilly ausgeht, dann besteht diese Bedrohung fortdauernd, in jeder Sekunde.

Es ist Abend, Adam ist bei Marc. Später will Loll kommen und die Nacht bei ihm verbringen, ich werde also nicht gebraucht.

Stattdessen sitze ich auf Ros Stammplatz am Strand, und während die Dünung anschwillt und sich bricht, füllen sich meine Augen mit Tränen.

Ich habe mir die Socken ausgezogen und in meine Turnschuhe gesteckt, die neben mir im Sand stehen.

Es herrscht gerade Flut, und ich gehe barfuß bis ans Wasser. Halte meine Zehen hinein. Schüttle mich vor Kälte.

Romilly würde das nicht stören. Es hat sie noch nie gestört. Sie hätte sich längst kopfüber in die Wellen gestürzt.

Meine Tränen wollen nicht versiegen. Ich wische sie weg und versuche nachzudenken.

Ich habe aufgehört, mich an ihrer letzten Nachricht festzubeißen. Stattdessen gehe ich weiter in die Vergangenheit zurück, zu den Wochen und Monaten davor.

Es gibt keinen Zweifel, dass sich ihr Verhalten verändert hat.

Ein Bild meiner hochschwangeren Freundin erscheint vor meinem geistigen Auge. Sie war so zierlich, dass ihr Bauch riesengroß wirkte. Trotzdem hat sie darauf bestanden weiterzuarbeiten.

Ein Café zu führen, ist harte körperliche Arbeit, und obwohl sie ihre Schichten reduziert hatte und ich diejenige war, die Vorräte in den Keller oder nach oben schleppte und zum fünfunddreißigsten Mal am Tag die Treppe hochlief, sah sie oft sehr erschöpft aus.

»Mach wenigstens öfter mal Pause«, habe ich sie angefleht. »Setz dich hin und trink einen Tee mit den Gästen. Sie mögen dich so sehr. Für sie ist das so, als dürften sie mit einem Stargast zu Mittag essen. Lass es ruhig angehen. Es reicht, wenn du die Kuchenempfehlungen gibst und die Gerichte vorkostest.«

Sie lachte. »Das kann ich.«

»Hör zu«, sagte ich ernst. »Dir ist es zu verdanken, dass der Laden hier so gut läuft. Du bleibst jeden Tag länger. Du putzt, obwohl wir eine Reinigungskraft haben. Du backst in deiner Freizeit Kuchen und bringst ihn mit. Jedes Mal, wenn du dich mit jemandem unterhältst, tust du dabei einen neuen Lieferanten auf. Du musst keinem hier etwas beweisen. Ich liebe es, dich um mich zu haben, aber du musst besser auf dich achtgeben.«

Sie nickte. In den letzten Monaten hatte ich versucht, sie zum Yoga zu animieren, zu Klangbädern und Strandspaziergängen – zu irgendetwas, was gegen die permanente Verspannung ihrer Schultern half. Sie hatte fast immer eine Ausrede parat, und wenn sie doch einmal mitkam, ging es ihr danach nicht besser.

In den letzten Wochen vor der Geburt hielt ich es kaum noch in ihrer Nähe aus. Es tut weh, diesen Gedanken überhaupt zuzulassen, denn jetzt möchte ich sie unbedingt wiederhaben, ganz egal, in welcher Verfassung. Aber so war es.

Ich schob ihr Verhalten auf die Nervosität angesichts der bevorstehenden Geburt. Auf die Beschwerden, die ihr dicker Bauch ihr bereitete. Auf ihren Frust. Sie musste uns andauernd bitten, Dinge für sie zu erledigen: die Kiste Wein aus dem Keller heraufholen, die Milchlieferung in die Küche bringen. Die Arbeit fiel ihr zunehmend schwer.

Aber da war noch mehr: Sie war die ganze Zeit verkrampft, das hatte ich noch nie bei ihr erlebt. Ich kenne ihren Körper. Wir waren keine verkrampften Menschen, Romilly und ich.

Wir *sind* keine verkrampften Menschen.

Doch auf einmal wirkte sie wie ausgewechselt.

Früher war sie zu ihren selbst gemachten Playlists durchs Café getanzt. Playlists, die sie stetig aktualisierte, wann immer ihr ein neuer Song einfiel – vielleicht einer, den sie vom *Festival* im Vorjahr kannte oder den sie oft gehört hatte, im Urlaub, während über den griechischen Inseln die Sonne untergegangen war, oder der auf ihrem Weg zur Arbeit zufällig im Radio lief. Von dieser Romilly war nun nichts mehr übrig. Stattdessen schien sie eine schwere Last mit sich herumzutragen – und damit meine ich trotz seines beträchtlichen Umfangs nicht ihren Babybauch. Es waren die herabhängenden Schultern und der Kopf, der zu schwer wirkte für ihren Hals.

Ich schiebe die Oberlippe vor, als mir eine weitere Erinnerung in den Sinn kommt. Wenn ich in jenen Wochen den Arm um sie legte, versteifte sie sich jedes Mal reflexartig.

»Ist alles okay mit dir, Ro?«, fragte ich sie natürlich viele, viele Male. Wenn sie die Magnettafel ordnete, den Kühlschrank aufräumte, morgens die Kaffeemaschine anwarf und gedankenverloren darauf starrte, ehe ich das Wort an sie richtete und sie zusammenzuckte, als wäre es Mitternacht und sie allein in einer dunklen Gasse.

Ihre Antworten fielen unterschiedlich aus. Meistens sagte sie, dass es ihr gut ging. Manchmal war sie müde. Hin und wieder fauchte sie mich sogar an, was noch nie vorgekommen war.

Ich ärgerte mich über sie, was mir jetzt, in dieser Ausnahmesituation, unfassbar selbstsüchtig erscheint. Ein Luxusgefühl.

Wissen Sie, was ich dachte? Ich hatte Angst, dass Romilly sich von mir abwenden könnte.

Dass sie – wie so viele Freundinnen vor ihr – im Begriff war, auf »die andere Seite« zu wechseln. Dass ich diese Verhaltensänderung *natürlich* nicht verstehen konnte, weil ich keine Mutter war. Weil ich diesen Heiligen Gral der Weiblichkeit noch nicht erlangt hatte.

Ich glaubte, nachvollziehen zu können, was sie durchmachte, aber vielleicht habe ich mich da einer Illusion hingegeben. Vielleicht ist das der Grund, weshalb sie nicht mehr mit mir spricht. Oder vielleicht gibt es auch einen ganz anderen.

Jetzt denke ich doch wieder an ihre letzte Nachricht kurz vor der Geburt.

Ich denke daran, dass wir Romillys Verhalten auf eine postpartale Psychose schieben, aber dass sie, wenn sie in Frankreich ist, logischerweise ihren Reisepass mitgenommen haben muss – und zwar schon ins Krankenhaus. Vor der Entbindung.

Sie muss alles geplant haben.

Sie wusste, was sie tun würde.

Mein Gott. Kaum auszudenken, was in ihrem Kopf vorgegangen sein muss.

Und was bedeutet das für die Theorie der postpartalen Psychose? Eine Theorie, die sich dank Loll und Marc irgendwann zu einer Tatsache entwickelt hat?

Ich schaue mich um.

Ich weiß selbst nicht genau, weshalb ich versuche, Romillys Schritte zu rekonstruieren, aber ich ertappe mich andauernd dabei.

Ich werfe einen Blick auf mein Handy. Bald fängt meine Abendschicht im Café an – eine Privatveranstaltung. Ich schlüpfe wieder in meine Turnschuhe und gehe über den Pfad zurück. Während Café del Mar aus meinen Kopfhörern schallt, überlege ich, ob ich Marc auf die Veränderungen ansprechen soll, die ich in den letzten Monaten bei Romilly wahrgenommen habe.

Aber ich will ihn lieber nicht danach fragen.

Und dann wird mir bewusst: Das muss ich auch gar nicht.

Ich biege in die Straße ein, in der das Goodness Café liegt.

Draußen vor dem Eingang bleibe ich stehen. Der kräftige Duft gegrillter Auberginen dringt nach draußen. Normalerweise würde ich ihn tief einatmen, doch heute halte ich die Luft an.

Ich lehne mich gegen die Fensterscheibe.

Wieder so ein Tag, an dem die Luft schwer und spannungsgeladen ist, als berge sie ein Geheimnis. Ich fächle mir mit dem Ärmel Kühlung zu.

Soweit wir wissen, hast du immer noch dein Handy, schreibe ich meiner verschwundenen Brieffreundin. *Du antwortest zwar nicht, aber die Nachrichten kommen bei dir an. Vielleicht muss ich einfach nur die richtigen Fragen stellen.*

Doch das tue ich nicht; jedenfalls nicht sofort.

Stattdessen berichte ich ihr von den Veränderungen, die mir an ihr aufgefallen sind. Wie seltsam ich mich dabei gefühlt habe.

Und weißt du, worüber ich auch nachgedacht habe, Ro? Über den Zettel im Café. Mit dem Namen des Sees drauf. Ich habe ihn unter der Magnettafel gefunden.

Ich tippe weiter.

Ich möchte einfach nur eine Antwort.

Ich stehe allein vor unserem zweiten Zuhause, rieche den Duft der Auberginen, der sich mit der Seeluft vermischt, und starre auf das Display meines Telefons. Ich habe Angst, einen Fehler zu machen.

Ich schaue hinauf zu dem von Frühlingsblumen eingerahmten Torbogen und versuche, mich an seiner Schönheit zu erfreuen, doch in diesem Moment fällt mir das schwer. Es fällt mir schwer, überhaupt etwas zu empfinden.

Während des Schreibens fange ich erneut an zu weinen.

Ich habe dir gesagt, dass ich weiß, wo du bist, tippe ich. *Wenn es stimmt, willst du dann, dass Marc auch davon erfährt? Damit er kommen und dich holen kann und dass alles endlich vorbei ist?*

Und dann geschieht etwas.

Worte auf dem Display.

Romilly ist online.

Romilly tippt.

Tag 4, 7:00 h

DER EHEMANN

GESTERN NACHT HABE ICH ganz bewusst Romillys Seite des Betts in Beschlag genommen. Ich wollte der Situation etwas Positives abgewinnen, selbst wenn es nur mehr Platz für meine langen Gliedmaßen war.

Nachdem ich viermal aufgestanden bin, um Fleur ihr Fläschchen zu geben, hat mein Muskelgedächtnis die Führung übernommen, und ich bin wieder auf meine Seite gewandert, um Platz für eine imaginäre Romilly zu machen. Wie sich herausstellt, *gibt* es nichts Positives an der Situation.

Mein Schädel dröhnt.

Fleur wacht auf.

Um keine unnötige Energie zu verschwenden, öffne ich auf dem Weg nach unten die Augen gerade so weit, dass ich nicht hinfalle, einen Blick auf die Uhr werfen kann – es ist sieben – und die Dose mit Säuglingsanfangsnahrung finde. Ich kann Loll im Wohnzimmer hören.

Sie hat darauf bestanden, über Nacht zu bleiben.

»Das musst du nicht«, habe ich ihr gestern ungefähr siebzehnmal gesagt.

Sie hat jedes Mal genickt. »Ich weiß. Ich will es aber. Nur für den Notfall. Das ist doch alles ganz schön viel, so alleine, Marc. In den ersten Tagen tut es gut, wenn man Hilfe hat.«

Schweigen. Würde meine eigentliche Helferin bald zurückkehren? Wie lange würde meine Zeit als alleinerziehender Vater andauern?

Ich habe gemerkt, dass Loll während der Nacht in mein Zimmer gekommen ist. Sie hat nach Fleur geschaut, ihr den Schnuller wieder in den Mund gesteckt und ihr eine Hand auf die Brust gelegt.

Sie dachte, ich würde schlafen.

Loll muss immer die Kontrolle haben.

Mit der Flasche in der Hand renne ich zurück nach oben. Fleurs Geschrei wird immer verzweifelter. Sie hat Angst, sie könnte vielleicht nie wieder Nahrung bekommen.

Kaum hat sie den Sauger im Mund, geht ein Seufzer der Erleichterung durch ihren Körper, und sie beginnt energisch zu trinken, während sie sich ganz fest an mich schmiegt. Der Adrenalinschub vom Treppensteigen zeigt Wirkung. Ich bin jetzt hellwach und ganz kribbelig, weil ich unbedingt etwas tun will. Egal, was.

Ich denke an mein gestriges Gespräch mit Adam.

An seine Worte.

Zwei vielleicht.

Uns beiden ist klar, wer damit gemeint war: Sie wissen, wo in meinem Haus die Tassen stehen. Sie legen in Vorbereitung ihres nächsten Besuchs unaufgefordert eine neue Flasche Sauvignon Blanc ins Weinregal. Sie werfen das Leergut immer in den richtigen Abfallbehälter. All das ist Beweis genug.

Nach dem Füttern nehme ich Fleur mit nach unten und übergebe sie ihrer Tante Loll, während ich selbst Kaffee aufsetze.

Das Licht in der Küche flackert. An, aus, an, aus.

Als Adam um zehn Uhr kommt, ist Robin, die Hebamme, gerade fertig, und ich stehe mit Fleur im Arm an der Tür, um sie zu verabschieden. Meine Schlafanzughose hat ein riesiges Loch im Schritt.

Adam und Robin grüßen sich mit einem Nicken, als sie einander in der Einfahrt begegnen.

Ich stöhne wie ein Kleinkind, das einen T-Rex nachmacht.

Adam hört es nicht. Sein Handy klingelt. Er drückt den Anruf weg und schaltet es auf stumm.

»Steffie?«, frage ich, um Normalität bemüht.

Er nickt. »Ich kann sie später zurückrufen. Du, mein Freund, hast jetzt meine ungeteilte Aufmerksamkeit. Und ein … sehr, sehr großes Loch in der Hose, durch das man deine Eier sehen kann.«

»Bye, Robin!«, rufe ich der Hebamme nach.

»Bye, Robin!«, echot Adam.

»Du hättest dir für sie aber auch mal ein bisschen Mühe geben können«, rügt er mich, als ich die große grüne Tür hinter ihm schließe.

Ich schüttle den Kopf und schneide eine Grimasse.

»Hör bloß auf. Wir haben verschlafen. Ich habe ein ganz mieses Gefühl. Was, wenn sie das irgendwo vermerkt – dass ich mich im Wesentlichen vor ihr entblößt habe? Was, wenn sie denkt, ich bin mit Fleur überfordert? Sie hat zwar gesagt, dass sich im ersten Monat nach der Geburt praktisch niemand richtig anzieht, aber ich weiß nicht. Ich glaube, sie wollte bloß nett sein. Und vermutlich meinte sie damit eher, dass Mütter ihre Kinder im Schlafanzug stillen – nicht, dass Väter mit blankem Geschlechtsteil auf dem Sofa einpennen.«

Adam lacht, doch die Atmosphäre im Haus ist mittlerweile so bedrückend, dass es seltsam blechern und deplatziert klingt.

Ich lächle nicht einmal. Ich finde nichts mehr lustig.

Wir begeben uns in die Küche.

»Hast du sie nach den Aufnahmen der Überwachungskameras aus dem Krankenhaus gefragt?«

Das Thema hat er bereits gestern angesprochen.

Ich nicke. »Ja. Sie will sich beim Empfang erkundigen. Eigentlich hat Loll das ja gleich am ersten Tag gemacht, aber sie wird immer an die Polizei verwiesen. Es ist zum Wahnsinnigwerden.«

Daran sollte ich denken, wann immer ich meinen Frust an Loll auslassen will. Sie läuft den Überwachungsaufnahmen hinterher, klärt jeden über postpartale Psychosen auf, wickelt mein Baby und schlägt sich mit der Polizei herum.

Jegliches Misstrauen ihr gegenüber ist reine Paranoia. Nichts weiter.

Ich nehme Fleur mit einem Arm und halte mir mit der anderen Hand notdürftig die Hose zu. So habe ich es auch gemacht, als Robin da war. Ich bin ganz unruhig und kann nicht aufhören, hin und her zu tigern.

»Oh. Sie hat ihre Waage vergessen.«

Ich nehme das Gerät und laufe barfuß nach draußen, um es ihr zu bringen. Hoffentlich kann ich dadurch ein paar Punkte gutmachen.

Als ich zurückkomme, steht Adam mit weit aufgerissenen Augen in der Küche.

»O mein Gott«, entfährt es ihm.

Loll ist gestern Abend nur zum Übernachten hergekommen und gleich frühmorgens wieder gegangen, damit sie ihre

Kinder vor der Schule noch sehen konnte. Sie hatte keine Zeit zum Saubermachen.

Und so sind die Spuren unseres etwas unkonventionellen Männerabends, bei dem wir je zwei Bier und ein Lamm-Balti konsumierten, während Fleur von einem Schoß zum anderen wanderte, noch überall in der Küche zu sehen.

Und zu riechen.

Adam rümpft die Nase.

Anders als sonst war dieser Männerabend zugleich eine Planungssitzung, bei der wir das beste Vorgehen für die Rückholung meiner Frau überlegten und anhand einer hastig hingekritzelten Notiz sowie eines uns halbwegs sinnvoll erscheinenden Radius' rund um den Flughafen Nîmes-Garons die Umgebung eines südfranzösischen Sees auskundschafteten.

Danach schauten wir *Toy Story 4*, aber schon nach den ersten zwanzig Minuten schlief ich ein. Wir hatten uns Fleur zuliebe für den Film entschieden. *Breaking Bad* erschien uns zu brutal, und ehrlich gesagt mag ich Woody und Buzz ohnehin lieber.

Jetzt stehen Aluschalen voll mit angetrockneten Soßenresten und Bierflaschen zwischen halbleeren Milchfläschchen und Chipstüten. In Wahrheit ist es halb so schlimm, trotzdem sieht es so aus, als hätten wir eine – zugegeben etwas sonderbare – Party gefeiert.

»Die Hebamme hat das nicht gesehen«, sage ich hastig. Wann bin ich so paranoid geworden, dass ich mir Sorgen mache, Adam könnte mich verurteilen? Aber auch er weiß: Ich werde ein bisschen genauer beäugt als andere frisch gebackene Eltern. Die Hebammen warten auf Neuigkeiten zu Romilly, aber ihre primäre Verantwortung gilt Fleur. »Ich glaube, nicht mal Loll war hier drin.«

»Ich habe eine Stunde Zeit, dann muss ich zum Flughafen«, sagt er. »Soll ich dir helfen?«

Ich nicke niedergeschlagen, unfähig, der Sache mit Gelassenheit zu begegnen. Mein Blick streift das Chaos, und irgendwie wird mir alles zu viel.

Also macht Adam sich alleine ans Aufräumen, während ich Fleur im Arm halte. Hinterher kocht er uns beiden einen Kaffee. Er nimmt zwei Becher, die Steffie vor langer Zeit Romilly zu Weihnachten geschenkt hat und die mit Fotos aus ihrer gemeinsamen Schulzeit bedruckt sind. Die beiden haben sich im Alter von fünf Jahren kennengelernt.

Ich betrachte die Bilder. Steffie und Romilly Arm in Arm in ihren Schuluniformen. Da Steffie deutlich größer ist, passt Romilly unter ihre Achselhöhle. In den frühen Nullerjahren mit finster geschminkten Augen auf einem Konzert. In einem Pool mit geschlossenen Augen auf identischen Luftmatratzen treibend. Mit zwölf oder dreizehn, in Schlafsäcke eingekuschelt und mit Schlafmasken im Gesicht.

Romilly, Romilly, überall und nirgends.

Ich schlürfe meinen Kaffee.

Fleur liegt auf dem Boden in ihrer Wippe. Mittlerweile ist der Schnuller zu einem vertrauten Anblick geworden. Adam und ich setzen uns an den Tisch. Das Schweigen zwischen uns ist nicht unangenehm, wenigstens nicht für mich. Ich arbeite auf etwas hin.

Adam trinkt hastig. »Gibt es was Neues von der Polizei, worüber ich Bescheid wissen sollte, ehe ich mich auf den Weg mache?«

Ich seufze. »Nicht wirklich. Loll versucht ihnen die ganze Zeit, begreiflich zu machen, dass Romilly an einer psychischen Krankheit leidet und man die Situation nicht mit dem Verschwinden eines normalen Erwachsenen vergleichen kann. Aber es ist mühsam. Sie sagen, es läge keine offizielle Diagnose vor, deshalb hat der Fall für sie keine Priorität. Aber sie haben die Aufnahmen vom Flughafen ausgewertet, das ist immerhin etwas. Wir wissen, dass sie allein war.«

Adam nickt. »Gut, das deckt sich mit den Aussagen der Frau aus der Mail. Die hat ja auch gesagt, dass sie allein war. Und sie hat sie beim Abflug und nach der Landung gesehen.« Adam öffnet einen Schrank und hält mir eine Schachtel mit Creme gefüllter Kekse hin. Ich nehme einen und stecke ihn mir im Ganzen in den Mund.

»Ja«, pflichte ich ihm bei. »Ein Glück, dass es eine Augenzeugin gab. Die Polizei ist ziemlich lahmarschig. Loll macht das fast wahnsinnig. Hast du gestern am Telefon gehört, wie sie die Nerven verloren hat? Sie haben einfach keine Ahnung, was eine postpartale Psychose bedeutet. Sie machen sich keinen Begriff vom Ernst der Lage.«

Ich sehe, wie Adam erschauert. Wir alle wissen, was gemeint ist, wenn wir in solchen Rätseln sprechen.

Romilly könnte bereits tot sein.

Ein lauter Knall lässt mich zusammenfahren.

»Okay«, sagt Adam. »Noch einmal Knuddeln zum Abschied.«

Es war bloß seine Kaffeetasse, die er auf den Tisch gestellt hat. Das ist alles. Was stimmt nicht mit mir?

Adam bückt sich, um Fleur aus ihrer Wippe zu heben und zu knuddeln. Sie seufzt, wie immer glücklich, die Nähe eines menschlichen Körpers zu spüren. »Nicht mehr lange, Mäuschen, dann bringe ich dir deine Mummy zurück.«

Doch er klingt nicht überzeugt. Geistesabwesend blickt er aus dem Fenster.

Draußen vor dem Haus sind Schritte zu hören. Eine regelrechte Stampede auf dem Weg zum Strand. Im Herbst und Winter sind es dreckverkrustete Gummistiefel, im Sommer leisere Sandalen, begleitet vom Geklapper der Eimer und Schaufeln.

Ich wette, dass jetzt mehr Leute einen Blick nach links zu unserem Fenster werfen als sonst. Wir haben eine Tragödie erlitten, das macht uns interessant.

Und wenn sie uns sehen, denke ich, als ein älterer Mann mich am Fenster entdeckt und sich rasch wieder seinem Windhund widmet, erscheinen wir ihnen wie Gefangene. Einer von uns steht immer an diesem Fenster und schaut nach draußen, als wären wir hier drinnen eingesperrt.

Mir kommt es jedenfalls oft so vor.

Was würde Loll tun, wenn ich ein Schild ins Fenster stellen würde?

Helft mir, helft mir, helft mir.

»Adam, kann ich Steffie vertrauen?«

Die Frage ist mir entschlüpft, ehe ich mich eines Besseren besinnen kann. Aber ich musste sie stellen, ehe er weg ist.

Langsam und mit gerunzelter Stirn dreht er sich zu mir herum.

»Was?«, sagt er. Ganz automatisch schaue ich mich um, aber Steffie ist nicht hier. Sie arbeitet im Café.

»Natürlich kannst du das«, sagt er mit einem ungläubigen Lachen. »Sie ist Romillys beste Freundin. Wir sind *zusammen.*«

Eine Pause entsteht. Diesmal lacht keiner. Adam fühlt sich sichtlich unwohl.

»Aber letzten Endes gilt ihre Loyalität doch Romilly, oder? Nicht unserer Familie«, bohre ich nach, obwohl ich weiß, dass es die falsche Entscheidung sein könnte. Adam ist zwar mein Freund, aber zuallererst ist er Steffies Partner. »Es ist nicht wie bei Loll, die Fleur genauso sehr liebt wie ihre Schwester. Die weiß, dass die Kleine ihre Mutter braucht. Steffie ist Romillys beste Freundin. Das hat für sie oberste Priorität. Und sie ist kein besonders mütterlicher Typ. Woher weiß ich, dass sie ihr nicht geholfen hat? Woher weiß ich, dass sie ihr nicht immer noch hilft? Sie schaut ständig auf ihr Handy. Wirklich andauernd.«

Ich höre mich reden und merke, wie paranoid ich klinge, aber ich bin mir sicher, dass an meiner Vermutung etwas dran ist. Loll zu beschuldigen war ein Fehler, aber diesmal liege ich richtig.

»Na ja«, meint er. »Wenn man es so betrachtet, gilt meine Loyalität in erster Linie dir. Dann könnte mir das Kind prinzipiell auch egal sein.«

Adam schmust mit meinem Baby. Drei ihrer Finger bedecken nur einen Teil seines Fingers. In Fleurs eng umgrenztem Kosmos ist er eine der verlässlichsten Größen. Doch in gewisser Weise hat er recht – genau wie Steffie.

»Und das ist ja ganz offensichtlich nicht der Fall«, fährt er fort. Leide ich an Wahnvorstellungen, oder klingt er verärgert? »Wenn du abgehauen wärst, würde ich auch wollen, dass du zu deiner Familie zurückkehrst, weil ich weiß, dass dein Platz hier ist und dass es gut für dich wäre, Mann. Steffie … niemals. So was darfst du nicht sagen.«

Ich sehe ihm in die Augen. Wir alle wissen, dass Steffies und Romillys Freundschaft tiefer geht als die zwischen Adam und mir.

»Aber was, wenn du glauben würdest, dass es *nicht* gut für mich wäre, nach Hause zurückzukommen?«, frage ich.

Er zieht eine Augenbraue hoch, während er halblaut ein Schlaflied singt. Als ich wieder zu Fleur schaue, fallen ihr gerade die Äuglein zu.

»Du machst das ziemlich gut.« Ich flüstere, um den Bann nicht zu brechen.

Einige Minuten lang sitzen wir schweigend da, bis Fleur auf Adams Bauch eingeschlafen ist. Ich habe ihn oft mit seinem kleinen Speckpolster aufgezogen, aber jetzt sieht er im Vergleich zu mir regelrecht durchtrainiert aus.

»Wer auch immer Romilly hilft, muss doch glauben, dass es das Beste für sie ist«, fahre ich im Flüsterton fort. »Selbst wenn wir die Gründe dahinter nicht durchschauen.«

»Entweder das, oder die betreffende Person hatte das Gefühl, keine andere Wahl zu haben«, hält er genauso leise dagegen. »Das Gefühl, Romilly helfen zu *müssen*, weil sie psychisch krank ist. Oder aus Liebe. Menschen, die man liebt, hilft man immer.«

Ich nicke. Da ist etwas Wahres dran.

»Scheiße!«

Ich bin so sehr in Gedanken versunken, dass ein lautes Klopfen an der Tür mir einen Heidenschreck einjagt. Schon wieder.

»Das wird mein Taxi sein«, sagt Adam.

Als er mir Fleur überreicht, ergreift er noch einmal das Wort.

»Ich weiß, wir haben gesagt, dass es jemand aus ihrem unmittelbaren Umfeld sein muss – aber auf keinen Fall eine von den beiden, Mann. Loll und Steffie … das ist völlig ausgeschlossen.«

Er hat recht. Wenn Steffie ihr geholfen hätte, wüsste Adam doch davon. Oder?

Ich mustere ihn forschend.

Aber dann bückt er sich, um seinen Rucksack aufzuheben, sodass ich sein Gesicht nicht mehr sehen kann.

»Ich melde mich, sobald ich gelandet bin«, sagt er, als er sich wieder aufrichtet.

»Vergiss nicht, mich auf dem Laufenden zu halten. Sag mir alles, auch wenn es nur Kleinigkeiten sind.«

Er streckt die Hand aus und streicht mir über den Kopf. Begutachtet meinen Haaransatz. »O ja, da fehlen definitiv ein paar Zentimeter.«

Er lächelt, aber es hat etwas Verbissenes. Dann schultert er den Rucksack und nimmt das Zelt. Normalerweise fährt er damit zum Campen, und letztes Jahr haben er und Steffie die Sachen auf eine einmonatige Südamerika-Reise mitgenommen. Jetzt benötigt er sie für eine ungewöhnliche Rettungsmission.

Er würde es doch wissen.

Er schlüpft zur Haustür hinaus.

Ich trete ans große Erkerfenster im Wohnzimmer und schaue ihm zu, wie er ins Taxi steigt.

Er hält den Kopf gesenkt und merkt nicht, dass ich mit Fleur im Arm dastehe.

In letzter Sekunde, kurz bevor das Taxi losfährt, sehe ich, dass er telefoniert.

Wenn ich es mir recht überlege, ist er neuerdings auch ziemlich oft mit seinem Handy beschäftigt.

Tag 4, 10:30 h

DIE BESTE FREUNDIN

BIS ZUM MORGEN HABE ICH noch keine Antwort von Romilly erhalten, deshalb gehe ich davon aus, dass sie sich dagegen entschieden hat. Aber dann kommt es anders.

Romilly tippt.

Als ihre Antwort endlich gesendet wird, besteht sie nur aus einem einzigen Wort.

Aber das genügt mir.

Nein.

Kurz darauf geht noch eine zweite Nachricht ein.

Du darfst Marc nicht trauen, Steffie. Du darfst ihm auf keinen Fall trauen.

Ach, meine Süße. Es tut mir so leid.

Ich habe Marc von dem See erzählt und ihn – in Gestalt von Adam – direkt zu ihr geführt, obwohl sie ihn ganz offensichtlich nicht sehen will.

Scheiße.

Doch ich reiße mich am Riemen.

Ruhig bleiben.

Romilly leidet an einer postpartalen Psychose.

Darin sind wir uns alle einig.

Nicht wahr?

Was auch immer Romilly zu wollen glaubt, muss nicht unbedingt das *Beste* für sie sein.

Post, post, post.

Ich denke an Marcs Telefonat. Ich denke an den Begriff *Post*partum. Daran, wie sehr sich Romilly vor der Geburt verändert hat. *Prä, prä, prä.*

Wenn ich mich geirrt habe, gibt es nur einen Weg, den Lauf der Dinge noch aufzuhalten. Nur eine Möglichkeit, meinen Fehler wiedergutzumachen. Ich muss dafür sorgen, dass keine weiteren Informationen zu Marc vordringen.

Wenigstens bis ich herausgefunden habe, was genau hier los ist.

Draußen vor dem Café hole ich mein Telefon aus der Tasche und rufe Adam an. Im Hintergrund krakeelt ein schlechter Lokalradio-Moderator. So etwas würde Adam – Sklave seiner stetig wachsenden Neunzigerjahre-Indie-Playlist – niemals freiwillig hören.

Er sitzt im Taxi. Ist auf dem Weg zum Flughafen.

»Ad, hör mir zu«, sage ich, während ich um die Ecke biege und den Weg zum Strand einschlage. Mein Atem ist so laut wie meine Stimme. »Ich weiß, das klingt jetzt verrückt, aber bitte: Wenn du was über Romilly rausfindest, sag Marc nichts. Komm damit erst zu mir. Vielleicht ist das albern, aber ich bin mir nicht mehr sicher, ob wir ihm …«

Er fährt mir ins Wort.

»Wie meinst du das?«, fragt er argwöhnisch. »Nur deshalb fliege ich doch hin. Um Romilly zurückzuholen.«

Ich seufze. Wie soll ich es ihm erklären, wenn ich es selbst kaum verstehe? Wenn ich die Gründe noch nicht durchschaue?

Bis jetzt bestand unser einziges Ziel darin, Romilly zu finden. Nur das war wichtig.

»Okay, okay«, sage ich im Bemühen, das Gespräch wieder einzufangen. »Was ich jetzt sage, darfst du Marc auch nicht erzählen, aber es gibt da ein paar Dinge, was diese postpartale Psychose angeht, die für mich keinen Sinn ergeben. Und außerdem … hat Romilly mir eine Nachricht geschickt.«

Eine Pause tritt ein.

Ich kehre um und gehe zurück in Richtung Café.

Immer hin und her.

»Sie hat dir geschrieben?«, wiederholt er. »Und du hast nichts gesagt?«

»Es war nur eine kurze Nachricht.«

»Ach so. Na, dann ist es natürlich was anderes!«

Das Radio im Hintergrund wird lauter.

»Du hast kein Wort gesagt?«

»Es ist erst eine Stunde her, Adam. Und ich sage es dir doch jetzt.«

»Aber nicht der Polizei.«

»Nein, nicht der Polizei.«

»Und Marc auch nicht.«

Ich zögere kurz. »Nein. Marc auch nicht.«

»Er denkt, sie könnte tot sein, Steffie.«

Schweigen.

Was soll ich darauf antworten?

Ich bin dem Team in den Rücken gefallen. Ich tue jemandem, der es nicht verdient hat, womöglich etwas Schreckliches an.

Innerlich kocht Adam vor Wut. Ich kenne ihn gut genug, um es an seiner Atmung zu hören.

Meg, eine der Kellnerinnen, sieht mich vor dem Café stehen. Sie klopft von innen gegen die Scheibe und hebt fragend die Hände. So viel dazu, dass ich nicht mehr im Service arbeiten soll. Dass ich Gäste angeschnauzt habe, spielt keine Rolle mehr, wenn es Tische gibt, die auf ihren Salat aus Microgreens warten.

»Warte mal kurz, Ad.«

Ich halte zwei Finger in die Höhe, sodass Meg sie sehen kann. »Zwei Minuten«, forme ich lautlos mit den Lippen.

»Was hat sie denn genau geschrieben?«, will er wissen.

Er klingt wie Loll, ohne Umschweife direkt zum Punkt. Eher untypisch für Adam.

Bisher war die Stimmung zwischen uns von Verständnis und Mitgefühl geprägt. Es herrschte die Übereinkunft, dass etwas sehr Schlimmes passiert sein muss, um Romilly zu einem derart drastischen Schritt zu bewegen.

Genau darauf weise ich ihn nun hin.

»Eben«, sagt er. »Es *ist* auch was Schlimmes passiert, und zwar *in ihrem Kopf.* Wenn ich eins weiß, dann, dass die Sache nur geklärt werden kann, wenn alle wieder an einem Tisch sitzen. Gemeinsam, als Familie. Sie braucht ärztliche Hilfe. Wir machen die Sache nicht besser, indem wir sie einfach sich selbst überlassen, während sie mit einer nicht diagnostizierten postpartalen Psychose durch Europa irrt.«

Die Psychose war eine *Theorie*, denke ich. Nur eine Theorie. Wann ist sie zu einer unumstößlichen Tatsache geworden? Oder ist das generell die Art, wie Fakten entstehen? Man wiederholt etwas so oft, bis alle es akzeptiert haben?

»Sie irrt nicht durch Eu…«, beginne ich, doch in dem Moment taucht Meg ein weiteres Mal in meinem Blickfeld auf und deutet auf eine imaginäre Armbanduhr. Ich höre, wie drinnen die Vorbereitungen für den Ansturm zur Mittagszeit beginnen: das Klappern von Geschirr, Stimmen, Teetassen, die auf Unterteller gestellt werden.

Ich seufze.

»Wie auch immer, Adam. Wir kommen vom Thema ab.« Ich senke die Stimme, als ich Gäste bemerke, die an mir vorbei ins Café gehen und etwas aufschnappen könnten. »Sie hat nicht viel geschrieben. Und gleich danach hat sie das Handy ausgeschaltet. Aber sie meinte, es sei wichtig, dass wir Marc nichts sagen.«

Ein zorniges Schweigen folgt. Ein ungläubiges Schweigen. Ein Schweigen, das Hunderte Worte enthält, einen ganzen Streit, vielleicht sogar eine versöhnliche Umarmung zum Schluss, selbst wenn wir uns nicht einig sind. All das steckt in diesem Schweigen oder auch nichts davon. Ich lausche der blechernen Radiomusik am anderen Ende und blicke in Megs verärgertes Gesicht.

Es geht jetzt nicht.

»Adam?«

»Ja, klar, hier ist es gut«, sagt er zum Taxifahrer. »Steffie, ich muss jetzt Schluss machen. Ich bin am Flughafen.«

Er legt auf. Ich versuche ihn zurückzurufen. Vermutlich ist das keine gute Idee, wenn man bedenkt, dass ich im Café gebraucht werde und ohnehin schon spät dran bin; aber ich will, dass er den Ernst der Lage begreift.

Er hat sein Telefon ausgeschaltet.

Ich stecke mein Handy in die Tasche.

Vertrau mir, Adam. Vertrau mir mehr, als du Marc vertraust.

Marc, der ein kleines Baby auf dem Arm hat und im Schlafanzug herumläuft. Der verzweifelt seinen Kaffee hinunterstürzt. Der sich mit beiden Händen die Haare rauft und innerhalb weniger Stunden um Wochen, sogar Monate altert.

Er wirkt nicht wie jemand, der schuldig ist. Wenn er das alles nur spielt, hat er einen Oscar verdient.

Glaube ich wirklich, dass er eine Bedrohung für Romilly darstellt?

Wenn er mir doch gleichzeitig sagt, dass sie an einer Psychose leidet?

Kann ich ihrem Urteil vertrauen?

Kann ich *seinem* Urteil vertrauen?

Hastig schlüpfe ich hinter den Tresen und bediene ein paar Gäste. Es wird langsam voll, die Mittagszeit hat begonnen, aber ich wäre am liebsten woanders.

»Pol, kannst du kurz für mich einspringen?«

Sie macht ein missmutiges Gesicht, verfügt jedoch nicht über das Selbstbewusstsein einer altgedienten Meg, die auf imaginäre Uhren deutet, obwohl ich ihre Vorgesetzte bin. Polly arbeitet erst seit sechs Wochen hier, deshalb traut sie sich nicht, Nein zu sagen.

Noch einmal trete ich vor die Tür. Ich wähle Romillys Nummer. Komm schon. Sag mir mehr. *Irgendetwas.* Sag mir, was Marc getan hat. Oder wenigstens, was er deiner Meinung nach getan hat.

Doch ihr Telefon ist immer noch ausgeschaltet. Es gibt keine Möglichkeit, sie zu erreichen. Ich muss mit den Informationen arbeiten, die ich habe. Mit ihrer Hilfe muss ich eine Entscheidung fällen, die sich auf das Leben aller Beteiligten auswirken wird. Mit ihrer Hilfe muss ich Adam überzeugen.

Zurück im Café, entschuldige ich mich bei Polly.

»Könntest du die Kaffeemaschine auffüllen?«, bitte ich sie, woraufhin sie sich einen Sack Bohnen schnappt.

Ich widme mich derweil dem nächsten Gast.

»Was wollten Sie noch gleich?« Ich gebe mir Mühe, freundlich zu sein, ungeachtet des Durcheinanders in meinem Kopf. *Tu einfach so, als ob.*

Zwei Wraps, ein Brownie, ein Lemon Drizzle, außerdem noch eine Schale Kimchi zum Mitnehmen.

»Sehr gute Wahl.« Ich lächle. »Das Kimchi schmeckt fantastisch.«

Sie reicht mir ihre Kreditkarte.

Während ich darauf warte, dass der Bezahlvorgang abgeschlossen wird, spüre ich, wie mir im Rücken der Schweiß ausbricht, und auf einmal wird mir alles zu viel. Die Hitze. Die Kaffeemaschine. Ich kann nicht mehr.

Der Schweiß läuft mir in Strömen hinunter. Als ich einen Schritt zur Seite mache, gerate ich ins Straucheln. Mein Lächeln ist verkrampft. In meinem Kopf dreht sich alles. Das Kartenlesegerät braucht ewig.

Ignoriere ich Romillys Bitte? Traue ich den Menschen, deren geistige Gesundheit über jeden Zweifel erhaben ist? Oder folge ich meinem Bauchgefühl, so wie ich es bisher immer getan habe?

»Das wär's dann«, sage ich und zurre mein Lächeln noch einmal zurecht. »Möchten Sie den Beleg?«

»Nein, danke«, sagt die Kundin und kehrt zurück in ihr normales Leben, zu ihren alltäglichen Entscheidungen. Ich starre auf die leere Stelle, die sie hinterlassen hat.

Es ist sowieso zu spät.

Adam ist bereits unterwegs. Bald fliegt er durch den bedeckten englischen Himmel hinein ins Pastellblau Südfrankreichs. Zu Romilly. Er wird sie finden, in der Heimat anrufen und Bericht erstatten. Er wird alles, was er in Erfahrung bringt, direkt an seinen besten Freund weitergeben.

Ich gehe zu den Tischen und nehme eine Bestellung auf, ohne mir etwas zu notieren.

Wieder bei der Kaffeemaschine angekommen, starre ich ins Leere. Waren es ein Cappuccino und ein Americano?

Ich betrachte die riesige Tafel aus roségoldenem Metall, die gleich daneben hängt. Berühre mit der Fingerspitze eine der Notizen. Denke an Romillys Zettel.

Natürlich habe ich mir den See im Internet angeschaut. Er wirkte einsam und riesig. Bereits eine flüchtige Google-Suche vermittelte mir einen Eindruck von seiner Tiefe. Dieser See macht keine halben Sachen.

Gewässer haben mich nie so fasziniert wie Romilly, aber ich kann ihre Wahl nachvollziehen. Der See hat wirklich etwas Besonderes an sich.

Andererseits könnte man auch darin ertrinken. Mit Leichtigkeit.

Ich drücke den Knopf der Kaffeemaschine. Zwei Americanos. So lautete die Bestellung.

Ich stelle mir Adam an Bord seiner Maschine vor, wie er recherchiert, Orte von einer Liste streicht und seinen Suchradius festlegt.

Wie kurz ist deine Liste, Adam?

Wie schnell wirst du sie finden?

»Ah!«

Ich habe mir aus Versehen kochendes Wasser über den Arm geschüttet. Hastig halte ich ihn unter den Wasserhahn, damit die Schmerzen nachlassen und ich keine Brandblase bekomme.

Ich denke an Adam, der Romilly zu Marc zurückbringen wird – auch dank des Zettels. Weil ich ihm den entscheidenden Hinweis gegeben habe.

Ich denke an Adam, der sie im letzten Moment rettet.

Wieder stolpere ich, obwohl ich mich gar nicht von der Stelle bewegt habe.

Gott, tut das weh.

Ich schaue mich um.

Nichts. Das Stimmengewirr der Gäste ist so laut, dass niemand mitbekommen hat, wie ich mich verbrüht habe.

Wie oft bleiben Schmerzen unentdeckt, weil die Menschen zu sehr mit sich selbst beschäftigt sind, mit ihrem Kaffee, ihren Gesprächen oder mit dieser neuen App, die sie gerade ausprobieren?

Es wird schlimmer. Ein Stechen, das einfach nicht verschwinden will. Immer mehr Schweiß rinnt mir die Wirbelsäule hinab. Sammelt sich in meinen Achselhöhlen.

Irgendwann wird mir bewusst, was dieses andere Gefühl in mir ist. Es ist Entsetzen, weil ich erkennen muss, dass ich womöglich meine engste, älteste Freundin in Gefahr gebracht habe.

Weil ich nicht länger glaube, dass Romilly psychisch krank ist.

Und wenn es stimmt, was bedeutet das?

Die Schmerzen werden immer schlimmer und schlimmer und schlimmer.

Tag 4, 11:00 h

DER EHEMANN

ICH ZIEHE MICH VOM FENSTER ZURÜCK.

Ein letztes Mal versuche ich, es zu öffnen, aber es klemmt immer noch.

Verdammte Scheiße.

Mein Blick geht durch den Raum.

Adam hat die Küche aufgeräumt, aber der Rest des Hauses versinkt im Chaos. Überall stapeln sich Sachen – Strampler, Fläschchen, schmutziges Geschirr, Post, um die ich nicht gebeten habe. Ich weiß nicht, wie ich der Unordnung jemals Herr werden soll. Es ist, als hätte sie sich in ein menschliches Wesen verwandelt, das mich unter seinem Gewicht erdrücken will.

Ich lege Fleur in ihre Wiege.

Der Spot in der Küche flackert: an, aus, an, aus.

Ich trete gegen die Tür. Gegen die Wand. Ich schreie so laut, dass Fleur davon wach wird. Jeden Moment wird Loll kommen und ihren Dienst antreten, so wie alle hier.

Als ich ins Wohnzimmer gehe, um Fleur zu beruhigen, muss ich an das Gesicht meines besten Freundes denken.

Ich weiß, es klingt übertrieben, aber es gibt nur ein Wort, das seine Miene beschreibt, als er im Taxi den Anruf entgegengenommen hat.

Gequält.

Ist es klug, Steffie zu trauen? Meine Paranoia hat zugenommen: Ist es klug, *irgendjemandem* zu trauen, der behauptet, auf meiner Seite zu stehen?

Ich hatte Loll und Steffie im Verdacht, sich gegen mich verbündet zu haben – aber was, wenn es in Wahrheit Adam und Steffie sind? Die beiden sind ein Paar. Das sticht alles andere aus, ganz egal, wie nahe er und ich uns stehen.

Fleur ist endlich wieder eingeschlafen, und ich lege sie zurück in die Wiege.

Sobald drei geschlossene Türen zwischen uns sind, brülle ich das ganze gottverdammte Haus zusammen.

Diesmal bin ich vorbereitet, als die Hebamme noch einmal vorbeischaut, um mir eine Salbe für Fleurs Ekzem zu bringen. Ich trage eine Jogginghose und ein frisches T-Shirt und habe mir sogar Gel in die Haare geschmiert. Ich achte darauf, dass es nicht zu bemüht wirkt – schließlich bin ich allein mit einem Baby, mache Schreckliches durch und verbringe neunzig Prozent meiner Zeit auf dem Sofa –, aber immerhin gibt es diesmal keine unfreiwilligen Einblicke in meinen Schritt.

Ich mag Robin nicht besonders.

Jedenfalls nicht, wenn ich daran denke, wie sie mich über Romilly ausgefragt hat. Immer weiter hat sie nachgebohrt. Immer weiter.

Nicht, wenn ich daran denke, was ich mit angehört habe, als ich in Pantoffeln nach draußen gerannt bin, um ihr die Waage zurückzugeben. Ich wollte einen guten Eindruck bei ihr machen, während Adam drinnen ein Auge auf Fleur hatte.

Die Scheibe auf der Fahrerseite war heruntergelassen.

Mit der Waage in der Hand näherte ich mich ihrem Auto.

Sie sprach in ein Headset, und im ersten Moment bemerkte sie mich nicht.

»Irgendjemand in dem Haus«, sagte sie laut und deutlich, »weiß mehr über das Verschwinden der Mutter, als er zugibt.«

Dann hob sie den Kopf und entdeckte mich.

Beendete das Telefonat und öffnete die Tür.

»Alles in Ordnung, Marc?«

Errötete sie etwa?

Keiner von uns beiden erwähnte das Gespräch, das sie geführt hatte. Stattdessen reichte ich ihr wortlos die Waage und ging mit klopfendem Herzen davon. Mit wem hatte sie geredet, und wie viel Einfluss besaß die Person? Stand mein Sorgerecht auf dem Prüfstand? Galt ich als Verdächtiger? Wie viel Zeit hatte ich, um Romilly nach Hause zu holen, bevor die Lage vollends meiner Kontrolle entglitt?

Ich war drauf und dran, Adam davon zu berichten. Aber wer stellt sich schon gerne selbst als Verdächtigen hin, und sei es dem besten Freund gegenüber?

Entsprechend groß ist meine Angst vor dem nächsten Aufeinandertreffen mit Robin.

Doch als ich mit Fleur im Arm an die Tür gehe, ist sie es gar nicht.

Ich habe keine Gelegenheit, auch nur Hallo zu sagen, ehe hinter mir jemand ruft: »Ach du Scheiße, was machst du denn hier?«

Mit weit aufgerissenen Augen wirble ich herum. Dort steht Loll, das Reinigungsspray wie eine Waffe in der Hand. Ich habe sie noch nie fluchen hören und verspüre den Drang zu kichern wie ein Kind, das erkannt hat, dass seine Eltern auch nur Menschen sind.

Die Frau draußen auf der Schwelle streckt die Arme aus und nimmt mir Fleur ab. Ich erhebe keinen Protest.

Wie auch, wenn es ihre Großmutter ist?

Oder vielmehr: MawMaw.

»Komm zu MawMaw, du wunderhübsches kleines Mädchen«, sagt sie und drückt Fleur so heftig, dass diese davon aufwacht. Dann sieht sie mich an.

»Grandma passt einfach nicht zu mir. Da denkt man gleich an Stricknadeln und Pantoffeln und so was.«

Sie schüttelt sich.

»Deswegen haben Bill und ich uns über Alternativen schlaugemacht. MawMaw klingt doch schön, oder?«

Sie wartet nicht auf eine Antwort.

»Französisch«, plappert sie munter weiter, als sie hereinkommt und Loll und ich zur Seite treten. »In Louisiana ist das ein großer Hit.«

Wortlos folge ich Romillys und Lolls Mutter, als diese ins Wohnzimmer geht, sich aufs Sofa setzt und als Erstes ein Selfie von sich und Fleur macht. Danach ist sie eine Weile mit ihrem Handy beschäftigt.

»Ich schicke es nur schnell an Bill«, erklärt sie. »Ursprünglich wollte er mitkommen, aber er ist ein bisschen erschöpft vom Flug. Ich habe zu ihm gesagt: ›Reiß dich zusammen, Bill. Schlafen kannst du, wenn du tot bist! Da draußen wartet das Leben auf dich, uns bleibt nicht mehr viel Zeit‹.«

Loll und ich stehen da, während Aurelia redet. Ich muss blinzeln. Ihr Outfit enthält sämtliche Farben des Regenbogens, verschiedenste Materialien und Unmengen von Stoff. Das ist ziemlich überwältigend, wenn man zuvor stundenlang die Wände angestarrt hat. Wenn das eigene Leben grau und trist ist.

Ich werfe einen Blick auf meine Schwägerin, vermag ihre Miene jedoch nicht zu deuten. Sie hat immer noch die Sprühflasche mit dem Putzmittel im Anschlag.

Wir beide warten auf eine Pause im Redefluss.

»Komm und küss deine Mutter, Liebes«, sagt Aurelia, die die Stimmung im Raum ganz offensichtlich nicht richtig liest. Roboterhaft kommt Loll der Bitte nach. Sie gibt ihrer Mutter mit gespitzten Lippen einen trockenen Kuss auf die Wange, ehe sie auf die andere Seite des Sofas zurückkehrt. Ich selbst stehe im Türrahmen und bin fluchtbereit, sollte die Atmosphäre unerträglich werden. Oder Loll anfangen, mit Gegenständen zu werfen. Die Flasche mit Reinigungsmittel sieht so aus, als könnte sie als Erste fällig sein.

Oder falls jemand eine Tasse Tee möchte.

»Möchte jemand eine Tasse Tee?«, frage ich.

»Das wäre sehr nett, Schatz«, zwitschert Aurelia mit einem strahlenden Lächeln. Es ist, als hätte sie vergessen, dass ihre Tochter – Fleurs Mutter – spurlos verschwunden ist. Und dass wir bis vor fünf Minuten noch dachten, sie selbst wäre irgendwo auf dem Kontinent unterwegs.

Ich nicke, froh, eine Aufgabe zu haben, für deren Erledigung ich den Raum verlassen kann. Ich will schon die Milch eingießen, gehe dann aber noch mal kurz nach nebenan, um zu fragen, ob jemand Zucker nimmt.

Als ich die Tür zum Wohnzimmer erreiche, sehe ich, wie Loll ihre Mutter anzischt. Ich verstehe nur ein einziges Wort. »Romilly«.

Bei meinem Eintreten zieht Loll die Handbremse und bricht mitten im Satz ab. Sie blickt auf.

»Oh. Hey, Marc.«

Aurelia, die immer noch ihre Enkelin im Arm hält, hebt ebenfalls den Kopf, wenngleich deutlich langsamer. Falls sie sich durch die Worte ihrer ältesten Tochter zurechtgewiesen fühlt, lässt sie sich nichts anmerken. Im Gegenteil, ihr Gesichtsausdruck ist heitere Gelassenheit.

»Ob ich Zucker möchte?«, fragt sie.

Ich nicke.

Sie nickt ebenfalls.

Die meisten Menschen würden wissen, wie ihre Schwiegermutter ihren Tee trinkt. Aber in den anderthalb Jahren, die Romilly und ich nun schon zusammen sind, ist dies erst die zweite Tasse Tee, die ich für Aurelia koche.

»Nein, danke, Schatz«, sagt sie. Ihre Stimme klingt wie immer.

Jetzt fällt es mir wieder ein.

Jetzt fällt mir so einiges über Aurelia wieder ein.

Ich fühle mich fehl am Platz, als hätte ich die beiden in einem vertraulichen Moment gestört, obwohl wir uns in meinem Haus befinden.

Aurelia schaut ihre Tochter an. Ich habe nicht den Eindruck, dass eine von beiden nachgeben wird, egal, worum es bei ihrer Auseinandersetzung geht. Aurelia drückt Fleur an sich wie einen menschlichen Schutzschild. Aber Loll würde ihre Mutter niemals mit Reinigungsspray attackieren. Höchstens mit ihrer scharfen Zunge, die lange zurückgehaltene Wortraketen abfeuert.

Aurelia, Loll und Fleur. Sie haben den gleichen Blick, die gleichen dunklen Augen. Wieder spüre ich Romillys Abwesenheit: Sie hat natürlich auch diese Augen. Nachdem sie sich die Haare abgeschnitten hatte, kamen sie noch besser zur Geltung.

Ihre Pantoffeln stehen neben Aurelias Füßen.

»Was ist denn?«, will ich von Loll wissen.

Loll zieht den Kopf ein. Aurelia macht es ihr nach.

Keine von beiden spricht.

»Ist das euer Ernst. Wir haben schon genug Probleme, und ihr sagt mir nicht, was los ist?«

Aurelia schüttelt den Kopf. Als sie mich ansieht, wirkt sie, als hätte sie Schmerzen. Ich erinnere mich: Sie kann mit Stress nicht umgehen. Sie braucht eine rosarote Brille. Ein Happy End. Während man selbst im Scheißeregen steht, sitzt Aurelia in ihrem Wohnmobil und erkundet die Weinregionen. Sie schaltet das Telefon aus und dreht die Musik lauter. Sie macht »Om« und denkt sich nichts Böses dabei.

Sie ist hier, das ist immerhin etwas. Ich darf nicht zu hart mit ihr ins Gericht gehen. Man muss sie wie ein Kind behandeln, hat Loll gesagt, auch wenn sie ihren eigenen Ratschlag offenbar nicht beherzigt.

Loll tritt zum Fenster und rüttelt daran, doch es lässt sich nicht öffnen. »Wie hältst du es nur aus, dass dein Fenster nicht aufgeht?«, brummt sie und tigert wie ein Tier im Käfig hin und her. »Da kriegt man ja Beklemmungen.«

Ich seufze.

»Es bringt nichts, wenn ihr euch gegenseitig an die Gurgel geht«, sage ich, als wäre ich ihr Mediator. »Adam ist nach Frankreich geflogen. Romilly ist dort. Er bringt sie zurück, und dann sorgen wir dafür, dass sie eine Behandlung bekommt.«

Aurelias Gesicht fällt in sich zusammen. Sie trägt kein Makeup, ihr graublondes Haar ringelt sich zu krausen Locken. Sie ist wirklich wie ein Kind, denke ich. Keine Ahnung, wie das geht mit zweiundsiebzig Jahren, aber so ist es.

»Es tut mir leid«, sagt sie. »Es tut mir leid, dass sie das von mir hat.«

Sie weiß also Bescheid. Ich frage mich, wann sie es erfahren hat.

Loll wirft einen flüchtigen Blick in ihre Richtung.

»Du kannst dir doch nicht die Schuld daran geben, dass Romilly eine postpartale Psychose hat«, sage ich.

Aurelias Miene gibt nichts preis. Sie starrt aus dem Fenster.

Loll vermeidet es, einen von uns anzuschauen.

Irgendwann wird die Stille unerträglich.

»Ich hole euren Tee«, sage ich und verschwinde in der Küche. Ruhig Blut. Ich höre Fleur im Wohnzimmer quengeln und bereite ihr ein Fläschchen zu.

Als ich zurückkomme, setze ich mich neben Aurelia aufs Sofa, nehme ihr die Kleine ab und stecke ihr den Sauger in den Mund.

»Nur weil Romilly aufgrund einer postpartalen Psychose verschwunden ist«, sage ich, »heißt das noch lange nicht, dass du dafür verantwortlich bist.«

Loll verschränkt die Arme vor der Brust und wendet sich an ihre Mutter. »Das ist die plausibelste Erklärung, Mum. Wir sind uns sicher, dass das der Grund ist.«

Wir sitzen da, und das Schweigen ist so geladen wie die geflüsterte Unterhaltung, in die ich vor wenigen Minuten hineingeplatzt bin. Eigentlich hatte ich vor, Aurelia zu trösten, aber die Situation und ihr Verhalten haben sich so schnell gewandelt, dass dies nun nicht mehr nötig zu sein scheint.

»Und du sagtest, die Polizei …?«, beginnt sie, doch ihre Stimme versagt, und sie kann nicht fortfahren.

Lolls Miene verfinstert sich. »Erinnere mich bloß nicht daran. Heute Morgen habe ich schon wieder mit denen telefoniert, es ist jedes Mal dasselbe Theater. Man wird von einer Abteilung in die nächste weitergereicht.«

»Soll ich das übernehmen?«, frage ich, obwohl ich gar nicht die Kraft habe, mich um eine weitere Baustelle zu kümmern. Ein Neugeborenes und eine verschwundene Ehefrau lasten mich voll aus.

Auf einmal sind meine Lider schwer wie Blei.

Loll hat ein Einsehen. »Nein, Marc, du hast schon genug um die Ohren. Lass mich dir wenigstens das abnehmen. Und in der Zwischenzeit verfolgen wir unsere eigene Spur. Darauf sollten wir uns konzentrieren.«

Wir berichten Aurelia von der Frau im Flieger, von dem Zettel mit dem Namen des Sees. Davon, dass Adam nach Frankreich aufgebrochen ist.

Fleur saugt an ihrer Flasche, hält kurz inne und saugt dann weiter. Nach einer Weile nehme ich sie hoch, und ein lautes Bäuerchen zerreißt die Stille, was unter anderen Umständen sicher lustig gewesen wäre.

»Ich glaube, es ist das Beste, wenn ich nach Hause fahre«, sagt Loll irgendwann. »Ich versuche es noch mal bei der Polizei, und *MawMaw* hat Gelegenheit, Fleur ein bisschen besser kennenzulernen.«

Ihr Tonfall klingt wie ein Augenrollen.

»Mach dir keine Umstände, du musst mich nicht zur Tür bringen«, fährt sie, an mich gewandt, fort. »Kümmere du dich ruhig um Fleur. Und sag Bescheid, falls es Neuigkeiten von Adam gibt. Wobei er ja sicher alles Wichtige an die Gruppe schickt.«

Richtig, wir haben inzwischen sogar eine eigene WhatsApp-Gruppe – nicht weil wir gemeinsam Sport treiben, unsere Kinder im selben Alter sind oder wir mit zweiundzwanzig mal zusammengewohnt haben, sondern weil wir eine Menge Zeit in diesem Haus verbringen und versuchen dahinterzukommen, weshalb Romilly ihr Baby im Stich gelassen hat.

Steffie hat die Gruppe eingerichtet.

Im Wesentlichen dient sie dem Austausch organisatorischer Einzelheiten – wer wann zu mir kommt, wer einen Latte möchte oder ob jemand einen neuen Schnuller für Fleur besorgen kann. Aber sie trägt den Namen »Romilly«, und jedes Mal, wenn eine neue Nachricht eingeht, denke ich im ersten Moment, nur für eine Sekunde lang: Das ist sie. Verdammt noch mal, *endlich*! Ein Lebenszeichen von meiner Frau. Und jedes Mal krampft sich mein Magen schmerzhaft zusammen, wenn ich meinen Irrtum erkenne.

Ich verabschiede mich von Loll und widme meine Aufmerksamkeit Aurelia.

»Also, Marc«, beginnt sie, und ihre übliche sanfte »Lass uns-bei-einer-Schüssel-Tofu-über-alles-reden«-Stimme ist einem raueren Ton gewichen, den ich so nicht von ihr kenne. »Jetzt, wo wir beide allein sind, weil meine eine Tochter außer Landes geflohen und meine andere nach Hause gegangen ist – möchtest du mir da vielleicht etwas sagen?«

Ich sehe sie an. Wahrscheinlich kennt sie diesen Blick auch nicht von mir.

Sie hakt nicht weiter nach.

»Ich könnte mit Fleur einen kleinen Spaziergang machen«, schlägt sie stattdessen vor. »Damit du mal zur Ruhe kommst. Du siehst müde aus, Marc. Vollkommen übernächtigt.«

»Fleur muss schlafen, Aurelia«, entgegne ich ruhig. »Ich glaube, es ist besser, wenn du jetzt gehst.«

Tag 4, 11:00 h

DIE BESTE FREUNDIN

EINE DUNKELBLAU, DIE ANDERE SCHWARZ.

Wie immer trägt er zwei unterschiedliche Socken, der Schwachkopf – jedenfalls in meiner Vorstellung, während ich mir ausmale, wie er ohne Schuhe die Sicherheitskontrolle am Flughafen durchläuft.

Er holt das alte, zerschrammte iPad aus seiner Tasche und dann – ganz zuletzt – sein Handy.

Legt es, immer noch ausgeschaltet, in die Plastikwanne.

Auf meine Anrufe reagiert er nicht.

Schon oft im Leben musste ich mir anhören, ich sei »zu entspannt« – ein Vorwurf, der mich, ehrlich gesagt, immer mit großer Freude erfüllt, vor allem wenn er von jemandem kommt, dessen Herzfrequenz in die Höhe schnellt, sobald der Nachbar seine Hecke zu kurz schneidet oder er in der Pizzeria zehn Minuten auf die Rechnung warten muss. Möge meine Entspanntheit noch lange anhalten.

Momentan allerdings kann ich mir nur schwer vorstellen, jemals wieder entspannt zu sein.

Mach dein Handy an, Adam. Nimm ab.

Seit Ros Nachrichten versuche ich es praktisch ununterbrochen bei ihm.

Ich stelle mir vor, wie er sein Telefon anstarrt, während es sich auf dem Förderband von ihm wegbewegt, und er genau weiß, dass ich jetzt gerade versuche, ihn anzurufen. Doch das interessiert ihn nicht. Er ist ganz auf seine Mission fokussiert.

Früher oder später muss er es wieder einschalten, und sei es nur, um mit Marc zu sprechen. Vermutlich wird er mir dann immer noch die kalte Schulter zeigen.

»Leck mich doch, Ad«, knurre ich, während ich einen Couscous-Salat anrichte und einen roten Saft für eine Stammkundin zubereite, die drei Tage in der Woche herkommt, um bei uns auf ihrem Laptop zu arbeiten. Meine Handflächen sind schweißfeucht.

Bestimmt hat er ein schlechtes Gewissen. Adam ist ein guter Mensch; keiner, der Anrufe oder Warnungen ignoriert. Aber, so wird er sich sagen, hier geht es um Marc, einen guten Freund, dessen Band man für Hochzeitsauftritte weiterempfiehlt und mit dem man sich im Pub trifft. Wie könnte *Marc* für irgendjemanden eine Gefahr darstellen? Er vertraut Marc. Er muss ihn mit seiner Frau wiedervereinigen. Der Rest spielt zu diesem Zeitpunkt keine Rolle.

Lasst mich doch alle in Ruhe, wird er denken. Ich versuche hier gerade, das Leben meines besten Freundes in Ordnung zu bringen. Ich versuche eine Familie zu retten. Mit allem anderen, einschließlich der Beziehung zu einer Frau, mit der er seit vier Jahren zusammenlebt, kann er sich danach immer noch auseinandersetzen.

Nicht, dass er sich für einen Helden halten würde – so ist Adam nicht gestrickt. Aber zweifellos empfindet er es als Erleichterung, endlich eine Aufgabe zu haben, nachdem wir tagelang nicht ein oder aus wussten. Loll kümmert sich um das Baby, und für ihn gab es wenig zu tun, außer Marcs Gesicht anzuschauen, die Nachrichten im Radio zu hören und festzustellen, dass schon wieder eine Stunde vergangen ist. Er kam sich nutzlos vor.

Das kann ich gut verstehen.

Ich habe auch so meine Mühe mit der Situation. Ich bin ein positiver, freiheitsliebender Mensch, und auf einmal bekommt man es mit einer Atmosphäre zu tun, in der man nur noch im Flüsterton spricht, als hätte es einen Trauerfall gegeben. Und dann ist da natürlich noch der Stress im Zusammenhang mit einem neugeborenen Baby – das Geschrei, das Chaos, die Anspannung. Manchmal will auch ich einfach nur noch fliehen. So würde es jedem gehen. Man fühlt sich gefangen in der Enge und wird erdrückt von Traurigkeit. Jedes Mal, wenn ich die Haustür hinter mir zuziehen kann, atme ich erleichtert auf.

Wenn Loll unter uns staubsaugen will, stupst sie gegen unsere Beine. Sie zwingt uns zum Aufstehen, damit sie ein Kissen aufschütteln oder eine Decke zurechtzupfen kann. Zehn Jahre sind wir auseinander, und trotzdem kommt sie mir vor wie meine Mutter.

»Sei nicht so hart zu ihr«, sage ich nichtsdestotrotz, wenn Marc sich über sie beschwert. »Sie kennt es nicht anders. Der Mensch kann nicht aus seiner Haut.«

Und dann ist da noch Marc.

Normalerweise verbringt Adam gerne Zeit mit ihm; ein paar Bierchen, ein abendliches Konzert, ein gemeinsamer Besuch im Fitnessstudio. Nachdem wir die beiden einander vorgestellt hatten, dauerte es nicht lange, bis sich zwischen ihnen eine Freundschaft entwickelte. Doch im Moment tut sogar Adam sich schwer. Marc ist in einer ganz anderen Situation als wir. Er muss sich mit einem neugeborenen Baby zurechtfinden, noch dazu unter Begleitumständen, die niemals hätten eintreten dürfen. Er ist unberechenbar. Schwankt zwischen Traurigkeit und Wut, Gefühle, die Adam und ich gar nicht von ihm kennen. Als ich gestern in die Küche kam, war er gerade dabei, die Hintertür mit Fußtritten zu bearbeiten.

»Was machst du da?«, fragte ich und blieb wie angewurzelt im Türrahmen stehen.

»Entschuldige«, murmelte er. »Manchmal überkommt es mich einfach. Im Moment haben wir alle eine kurze Zündschnur, Steffie.«

Dann verließ er ohne ein weiteres Wort den Raum.

Seitdem haben wir den Vorfall mit keinem Wort erwähnt.

Aber ist es nicht verständlich, dass er wütend ist auf die Welt? Dass er Angst hat? Wir alle wissen um das Risiko für Romilly. Diese schreckliche Furcht. Das ist der einzige Grund, weshalb ich Schuldgefühle habe: Ich weiß, dass Romilly lebt. Wenigstens diese Gewissheit könnte ich ihm geben. Aber ist das möglich, ohne sie zu hintergehen?

In Krisenzeiten verhalten sich die Menschen anders. Man entdeckt Seiten an ihnen, die normalerweise nur diejenigen kennen, die eng mit ihnen zusammenleben.

In Marcs Fall ist das seine Frau.

Wogegen tritt er, wenn du zu Hause bist, Romilly?

Zum ersten Mal überhaupt ziehe ich in Betracht, dass Romilly Angst vor Marc haben könnte.

Doch der Gedanke währt nur kurz, denn wenn es so wäre, hätte sie doch nicht ihr Baby bei ihm gelassen.

Aber was ist mit ihrer Nachricht?

Du darfst Marc nicht trauen, Steffie. Du darfst ihm auf keinen Fall trauen.

Ich dachte, ich hätte alles richtig gemacht. Ich habe versucht, für ihre Familie da zu sein und das Rätsel von innen zu ergründen. Inzwischen frage ich mich, ob ich nicht alles nur noch schlimmer gemacht habe.

Eine Hand auf meinem Arm holt mich in die Gegenwart zurück.

Die junge Frau mit dem Laptop blickt mich an, als ich ihr, in Gedanken versunken, den Salat hinstelle.

»Geht es dir gut, Steffie?«, fragt mich diese ewig lächelnde junge Frau. »Oh, danke, wie lecker – die Haselnüsse obendrauf sehen toll aus.«

»Der schmeckt richtig gut.« Ich erwidere ihr Lächeln. »Ich habe gestern eine Schüssel mit nach Hause genommen. Ich hätte auch drei essen können. Und, ja, mir geht's gut. Wie läuft es mit deiner Krabbelgruppe?«

Sie berichtet mir von ihrer neuen Geschäftsidee, und sie sprüht nur so vor Stolz und Zuversicht und Energie und all den tausend alltäglichen Kleinigkeiten eines Lebens, das kein Katastrophengebiet ist.

Ich spüre, wie es mir vor Neid einen Stich versetzt.

»Freut mich, dass es gut läuft«, sage ich und ziehe mich zurück, bevor ich einen weiteren Gast vor den Kopf stoße. Oder sie mich vor den Kopf stößt. Bevor ich aus heiterem Himmel die Beherrschung verliere. Ich arbeite aus reiner Notwendigkeit im Service. Ich weiß, ich darf mir keine Fehltritte mehr erlauben, und ich habe Angst davor, wie ich reagieren könnte, wenn jemand etwas Falsches sagt.

Zwei Stufen auf einmal nehmend, renne ich die Treppe nach oben ins Büro, wo ich mich zunächst vergewissere, dass niemand in der Nähe ist.

Dann trete auch ich gegen eine Wand, ehe ich vor Schmerz das Gesicht verziehe, weil ich mir in meinen dünnen Chucks den Zeh gestoßen habe.

Genau wie Marc.

Vielleicht war es wirklich nur ein Moment der Verzweiflung, mehr nicht.

Ich verlasse das Büro und gehe in die Küche.

»Wo hast du gesteckt?«, will unsere Köchin Jane wissen. »Ich habe vor zwei Minuten geklingelt. Das da wird langsam kalt.«

Ich nuschle eine Entschuldigung, nehme einen Teller mit Auberginencurry und zwei Suppen und kehre damit nach unten zurück. Wieder frage ich mich, was Adam wohl gerade macht. Ich stelle mir vor, wie er sich den Rucksack über die Schulter schwingt …

»Guten Appetit«, sage ich und serviere das Essen, ehe ich im Weggehen das Handy aus meiner Tasche ziehe.

Er hat bloß Handgepäck mitgenommen, obwohl er nicht wusste, wie lange die Suche nach Romilly dauern würde. Wir sind bestimmt schon fünfundzwanzig- oder dreißigmal miteinander geflogen. Er reist immer mit leichtem Gepäck.

Mein Puls beschleunigt sich.

Der Duft von Janes Curry – köstlich, würzig, mit genau dem richtigen Maß an Schärfe – verursacht mir Übelkeit.

Ich muss Ruhe bewahren.

Ich habe Adam lediglich eine grobe Richtung vorgegeben. Es gab ja auch noch die E-Mail der Frau, die Romilly gesehen hat, und die Bilder der Überwachungskameras; es war also nicht allein meine Schuld. So oder so: Ihren genauen Aufenthaltsort kennen wir nicht, stimmt's?

Vielleicht brauche ich also gar kein schlechtes Gewissen zu haben.

Abermals denke ich an die Nachricht, die sie mir geschickt hat, kurz bevor bei ihr die Wehen einsetzten. An die Gespräche, die Marc und Loll über Romillys psychische Gesundheit geführt haben. Daran, wie sie immer sofort verstummen, wenn ich ins Zimmer komme. Ich habe viel zu oft den Kopf in den Sand gesteckt. Wenn ich ehrlich sein soll, macht mir das Thema Angst.

Trotzdem habe ich Google dazu befragt.

Untypisches Verhalten. Warum sonst sollte Romilly das Land verlassen haben, wenn nicht infolge einer postpartalen Psychose, die dazu führt, dass sie Entscheidungen trifft, die sie unter normalen Umständen niemals treffen würde? Entscheidungen, die rational nicht nachvollziehbar sind?

Noch ein anderer Begriff sprang mir ins Auge: *Wahnvorstellungen.*

Ich erschauere jedes Mal, wenn ich daran denke.

An ihr Misstrauen gegenüber Marc.

Und dann wurde der Einsatz ein weiteres Mal erhöht. Durch Worte, die einen brutal auf den Boden der Tatsachen zurückholten.

Selbstgefährdendes Verhalten.

Suizid.

Auf einmal kam es mir so vor, als hätten wir es mit einer tickenden Zeitbombe zu tun.

Ich höre es in dem Tropfen des Wasserhahns.

Spüre es im Flackern der Lampe in der Küche.

Jedes Mal, wenn ich einen meiner Fingernägel traktiere.

Tick, tick, tick.

Was, wenn ich das getan habe, was für sie das Beste ist? Was, wenn die Hilfe, die sie von mir braucht, anders aussieht, als sie denkt?

Doch mein Magen rebelliert gegen diesen Gedanken.

Sobald ich kurz die Hände frei habe, schlüpfe ich ins Freie und rufe noch einmal bei Adam an. Sein Telefon ist wieder eingeschaltet, trotzdem nimmt er nicht ab.

»Arschloch«, knurre ich halblaut und stecke mein Handy zurück in die Tasche.

Er weiß, was ich ihm sagen will. Wenn er nicht rangeht, bedeutet das, er glaubt mir nicht und sieht daher auch keinen Sinn in einem Gespräch.

Er muss sich auf seine Mission konzentrieren. Meine plötzliche Paranoia in Bezug auf Marc und meine Weigerung zu akzeptieren, dass Romilly krank ist, müssen fürs Erste warten.

Also lässt er es klingeln.

Es klingelt, während er den letzten Bissen von seinem Thunfisch-Sandwich isst, seinen Rucksack nimmt und auf die Anzeigentafel schaut, um herauszufinden, zu welchem Gate er muss.

Es klingelt, während er sich in seinem Adam-typischen Schlendergang auf den Weg macht und dabei im Rucksack nach seiner Maske sucht. Er findet sie zerknittert ganz unten am Boden.

Irgendwann wird er ins Flugzeug steigen und sein Telefon ausschalten.

Ein kurzer Flug von Manchester nach Nîmes-Garons, und Adam ist fast bei Romilly.

Ich kehre zurück ins Café. Werfe einen Blick auf die Uhr.

Denke an die tickende Zeitbombe.

Ich räume höflich lächelnd einen Tisch ab.

Sekunden später fallen die Teller in meiner Hand klirrend zu Boden, und als Polly neben mir in die Knie geht und mich in den Arm nimmt, frage ich mich im ersten Moment, was sie dazu veranlasst hat. Erst dann wird mir bewusst, dass ich hemmungslos schluchze. Die Brandwunde, meine Schmerzen, die Einsamkeit, die Angst, meine schreckliche Sehnsucht nach Romilly – auf einmal bricht sich alles Bahn. Gewissheit, Ungewissheit, Schuldgefühle. Alles ist außer Kontrolle.

Sie hält mich ganz fest, bis ich mich wieder beruhige. Damit ich nicht auseinanderfalle. Genauso machen wir es mit Fleur, wenn sie schreit und schreit und wir wissen, dass sie eigentlich dringend Schlaf braucht.

Nein, ich bin definitiv kein entspannter Mensch mehr.

Wie kann man entspannt sein, wenn man nicht weiß, wie es der besten Freundin geht? Wenn sie so weit weg ist, dass man keine Möglichkeit hat, es herauszufinden?

Wie kann man entspannt sein, wenn man den Verdacht hegt, dass der Mann, der sich rührend um ihre Tochter kümmert, womöglich ein Lügner ist?

Auf einmal wird die Last zu groß.

Ich stelle mir Marcs Gesicht vor, als er gegen die Tür tritt.

Was, wenn dieser Mann nicht der ist, für den ich ihn immer gehalten habe? Was, wenn in diesem Haus etwas vorgefallen ist?

Etwas so Schlimmes, dass eine Frau deshalb sogar ihr neugeborenes Baby zurückgelassen hat?

Wieder einmal bemühe ich Google.

Nur, dass es diesmal nicht um Romilly geht.

Ein Wort, Marc. Nur ein einziges Wort.

Soziopath.

Tag 4, 12:30 h

DER EHEMANN

FLEUR LIEGT IN IHRER WIEGE. Sie ist gleich nach dem Füttern eingeschlafen und sieht aus wie ich nach acht Flaschen Bier. Lächelnd streiche ich durch ihr flaumiges Haar. Mein Herz tut weh, wenn ich sie anschaue, auch wenn Loll bestimmt sagen würde, dass das physisch unmöglich ist.

Ich befinde mich in diesem ganz besonderen Zustand, der eine Mischung aus Erschöpfung, Aufregung und überbordender Liebe ist, während Fleur in aller Seelenruhe ihr Nickerchen macht.

Ich döse auf dem Sofa. Hin und wieder fahre ich mit einem Ruck in die Höhe und werfe einen Blick auf mein Handy, ob Adam sich gemeldet hat, auch wenn ich bereits in der Sekunde des Aufwachens weiß, dass es dafür noch zu früh ist.

Ich schaue nach, ob Fleur noch leise schnarcht, und streichle ihre Haare, ehe ich erneut wegdämmere.

Das geht eine ganze Weile so.

Im Halbschlaf driften meine Gedanken in die Vergangenheit.

Einmal bin ich an meinem freien Tag ins Goodness Café gegangen, um Romilly Hallo zu sagen und vielleicht einen Gratiskaffee abzustauben. Ich glaube, ich wollte mich auch vergewissern, dass sie nicht zu hart arbeitete. Sie war zu der Zeit im dritten Monat schwanger, erst am Tag zuvor waren wir bei der vorgeschriebenen Ultraschalluntersuchung gewesen.

Ich setzte mich an einen Tisch und beobachtete, wie sie in ihren schwarzen Nikes, die rechte Hand an der Hüfte, in der linken einige mit Avocado beschmierte Teller, mit einem breiten Lächeln im Gesicht dastand und mit den Gästen plauderte. Ihr Bauch praktisch noch nicht zu sehen.

Sie hatte mich noch nicht entdeckt, und aus unerfindlichen Gründen gefiel es mir so. Ich wollte sie noch eine Weile ungestört in ihrer natürlichen Umgebung beobachten. Wollte die Blase noch nicht zum Platzen bringen.

Gott, ich liebte sie so sehr.

Ein älterer Mann reichte ihr ein Glas mit den Resten einer orangefarbenen Flüssigkeit darin. Er hatte seinen Enkel auf dem Schoß und drückte ihn an sich. »Kinder sind doch das Schönste auf der Welt.«

Sein Blick ging zu ihrem Bauch, und ich sah, wie sie zögerte. Es war noch etwas früh, um das mit der Schwangerschaft offiziell zu machen.

Unbemerkt trat ich neben sie, und als ich sie am Arm berührte, zuckte sie vor Schreck zusammen.

Ich blieb noch ein Weilchen. Sie bot mir Grießkuchen mit Pistazien an, aber ich verzog das Gesicht und fragte, ob es stattdessen auch Sticky Toffee Pudding gebe.

Ich erinnere mich noch daran, wie ich mich im Café umsah, während sie nachschauen ging, und bei mir dachte: Das hier ist ihre Welt. Auf der Anlage lief ein Morcheeba-Album, von dem ich wusste, dass sie es ausgewählt hatte. Die Musik war ihr ganz persönlicher Soundtrack. An der Wand hing eine Tafel, die über und über mit Romillys Handschrift beschrieben war. Darauf standen die Zeiten für Yogakurse, Mal-Workshops, Kalligrafiekurse und die monatlichen Gruppenspaziergänge.

Dieser Ort war mehr als nur ein Café; er war ein Treffpunkt, hier schlug das soziale Herz unseres Ortes. Und Romilly, die Managerin, hatte es zu dem gemacht, was es war.

Meine Frau buchte lokale Künstler, damit sie Kurse in Bildhauerei gaben, und Köche, die koreanische Kochseminare anboten. Sie kannte die Namen aller Gäste und überlegte lange, welche Gerichte sie ihnen empfehlen und was sie tun konnte, damit sie sich noch ein bisschen wohler fühlten.

Viele Menschen kamen schon um neun Uhr früh, um im Goodness Café zu arbeiten. Sie richteten sich in einer Ecke ein, blieben bis siebzehn Uhr und betrachteten die anderen Stammgäste als ihre Kollegen. Romilly arbeitete viel. Das Café gehörte ihr nicht, aber sie wirkte wie die Eigentümerin. Sie sehnte den Tag herbei, an dem sie endlich hier oder an einem ähnlichen Ort etwas Eigenes würde eröffnen können.

»Fantasiert ihr wieder von eurem Café?«, fragte ich einmal, als sie mit Steffie bei uns im Garten saß.

»Ich glaube, das Wort, nach dem du suchst, ist *planen*«, entgegnete Steffie. Sie lächelte, aber ihr Tonfall war scharf. Sie mag es nicht, wenn sie das Gefühl hat, man würde sie für dumm oder albern halten. Und sie mag es erst recht nicht, wenn Männer sie von oben herab behandeln.

Die beiden meinten scherzhaft, dass, wenn man am Strand lebte und den Nachnamen Beach trug, für ihr Café nur ein einziger Name infrage kam. Eines Tages würde es das Beaches Café geben. Es war alles nur eine Frage der Zeit.

Doch ich hatte den Überblick über unsere Finanzen und wusste es besser. Die Leute mochten mich für einen Träumer halten, aber diesen beiden Frauen konnte ich nicht das Wasser reichen.

»Hey, Bob, wir starten nächsten Monat einen Buchclub«, sagte Romilly an jenem Tag, als sie sich vom Tisch entfernte. Sie fischte ein Stück Kreide aus ihrer hinteren Hosentasche und schrieb das Datum an die Tafel. »Du magst doch historische Romane, oder? Dann solltest du auf jeden Fall vorbeikommen. Die Autorin ist angeblich die neue Hilary Mantel.«

Das zauberte dem Mann ein Lächeln ins Gesicht. Ich betrachtete sie unverwandt. Sie strahlte mehr als jedes Klischee einer schwangeren Frau, auch wenn ich wusste, dass sie – als überzeugte Vegetarierin – zum Frühstück eine ganze Schinkenpizza verdrückt hatte, um die anhaltende Morgenübelkeit zu vertreiben.

»Harte Zeiten mit diesen Gelüsten«, hatte sie gemurmelt, während sie sich das letzte Stück in den Mund schob. »Gott sei Dank, dass du die noch im Tiefkühlfach hattest.«

Das war um acht Uhr morgens gewesen.

Ich hatte gelacht und ihr einen Kuss auf die kurzen schwarzen Haare gegeben. Der Anblick überraschte mich hin und wieder immer noch. Aber Romilly stand die Frisur ausgezeichnet. Jemand, der solche Augen und Gesichtszüge hatte wie sie, konnte alles tragen.

»Ich bin jederzeit zur Stelle, wenn du eine Notration Schwein am Morgen brauchst«, sagte ich. »Obwohl die meisten Menschen um diese Uhrzeit wohl einem Bacon-Sandwich den Vorzug geben würden. Aber jeder so, wie er mag, richtig?«

Sie musste würgen. »Ich weiß, es ist heuchlerisch, so zu tun, als wüsste man nicht, wo Fleisch herkommt, und wenn ich es esse, sollte ich mich auch damit auseinandersetzen, aber …

kannst du das bitte anders formulieren? Wenigstens solange ich schwanger bin?«

Sie stand auf, umarmte mich und stöhnte an meiner Brust.

Fleur regt sich. Noch immer zwischen Schlafen und Wachen, Vergangenheit und Gegenwart gefangen, nehme ich sie aus der Wiege und drücke ihren kleinen, zarten Körper an meine Brust.

Draußen steckt Loll den Schlüssel ins Schloss. Sie ist außer Atem. Aurelia ist vor fünfzehn Minuten gegangen. So lange war ich noch nie mit meiner Tochter allein.

Meine Lider werden schon wieder schwer.

Egal, was die Hebamme zu mir gesagt hat.

Egal, wie Loll mich manchmal beäugt.

Egal, was Aurelia vorhin andeuten wollte.

Egal, wie Steffie mich neuerdings ansieht.

Eins steht fest: An jenem Tag, in jenem Moment waren Romilly und ich glücklich.

Es ist immer der Ehemann – das ist viel zu kurz gedacht.

Es gibt kein *immer*. Im Grunde ist damit gemeint: *Schau dich im nächsten Umfeld um.*

Ich bin nicht der Einzige, der Romilly nahesteht.

Schaut euch ihre Schwester an, denke ich.

Ihre Mutter.

Schaut euch ihre beste Freundin an. Oder meinen besten Freund. So wie ich es seit Neuestem tue.

Schaut sie euch ganz genau an.

Und seid bloß nicht diejenigen, die zuerst blinzeln.

Tag 4, 17:00 h

DIE BESTE FREUNDIN

HENRY WIRD ALLMÄHLICH ALT. Er ist jetzt sieben, und meistens läuft er langsamer, als mir lieb ist. Wenn ich einen eigenen Hund haben wollte, würde ich mir einen Welpen anschaffen, der genauso quirlig und albern ist wie ich. Ich wäre eine dieser unmöglichen Personen, die mit ihrem Hund an der Leine joggen gehen, während der sorgfältig zugeknotete Kackebeutel an der Jacke baumelt.

Aber im Moment ist mir das gedrosselte Tempo ganz recht.

Ich halte Henrys Leine in der einen und meine Schuhe in der anderen Hand, während ich barfuß über den feuchten Sand laufe.

Hin und wieder versuche ich, das Tempo ein wenig anzuziehen, doch er versteht den Wink nicht.

Henry ist jemand, der sich stets in seiner ganz eigenen Geschwindigkeit fortbewegt.

Tut das am Ende nicht jeder?

Irgendwann halten wir an. Ich setze mich hin und lasse den Blick über den riesigen Strand schweifen. Zurzeit herrscht Ebbe, und das Meer ist so weit draußen, dass man kaum glauben mag, dass es einem manchmal bis zu den Füßen reicht. Dass man einfach hineinspringen und losschwimmen könnte. Aber das kann man. Romilly konnte es. Und sie hat es getan.

Ich streichle Henrys Kopf, und er schmiegt sich mit dem Rücken an mich, damit ich ihn an den Beinen kraule. Ich lächle. Den Gefallen tue ich dir doch gern, mein Freund.

Ich war immer schon der Ansicht, dass wir uns ein Beispiel an seiner Lebensphilosophie nehmen sollten. Sein erster Gedanke bei allem lautet: »Wie viel Spaß würde das machen?« Er ist frei von Zynismus, hat keine Vorurteile, hegt gegen niemanden einen Groll und will einfach nur ein guter Freund sein.

Ich seufze. Wann hat das Leben aufgehört, so unkompliziert zu sein?

Ich versuche es noch einmal bei Adam. Er hätte vor drei Stunden landen müssen, aber bislang habe ich noch nichts von ihm gehört.

Na ja, denke ich. Bestimmt ist Romilly wie ein Ehering, den man im hohen Gras verloren hat: praktisch unauffindbar.

Ich rutsche im Sand hin und her.

»Steffie!«, ertönt plötzlich hinter mir eine Stimme, die ich zunächst nicht einordnen kann, bei der ich jedoch spontan an einen Luftballon denken muss, aus dem eine Woche nach der Geburtstagsparty langsam die Luft entweicht. Es ist das Gefühl, dass mir eine Anstrengung bevorsteht. Eine Anstrengung, die sich nicht lohnt. So fühlt es sich an, wenn man auf eine entfernte Bekannte trifft.

»Leonie, wie geht es dir?«, frage ich, als ein Schatten über mich fällt. Sie setzt sich neben mich in den Sand, legt mir eine Hand auf den Arm und neigt den Kopf zur Seite, als würde sie nach einem besonders anstrengenden Dauerlauf Dehnübungen machen. Meine Frage ignoriert sie.

»Wie geht es *dir*, Babe? Ich habe das mit Romilly gehört.«

Du hast etwas gehört, und jetzt möchtest du gerne noch mehr hören, denke ich. Und mal ganz ehrlich: eine Frau jenseits der dreißig, die »Babe« sagt, obwohl man sich nur einmal im Jahr begegnet? Zieht bei mir nicht.

Aber ihre Augen funkeln. Sie wartet.

Leonie ist mit Romilly und mir zur Schule gegangen. In unserer Grundschulklasse von zwanzig Schülern waren wir – eine absolute Anomalie in dem Jahr – die einzigen drei Mädchen. Romilly und ich waren praktisch unzertrennlich und saßen immer nebeneinander auf dem Teppich, zwei Paar nackter Beine, ein langes und ein kurzes unter all den Jungs, die das Glück hatten, Hosen tragen zu dürfen. Aber mit Leonie wurden wir nie so richtig warm. Sie saß auf der anderen Seite, außerhalb unserer kleinen Welt. Warum, weiß ich nicht. Es war nicht so, dass mit ihr etwas nicht gestimmt hätte. Wir harmonierten nur einfach nicht zusammen.

Jetzt sind ihre nackten Beine wieder da, ausgestreckt neben meinen im Sand. Ich spüre, wie sie mich ansieht, blicke aber weiterhin aufs Meer. Zwing mich doch dazu, dir was zu sagen, denke ich. Die Sekunden vergehen, und sie beginnt nervös zu werden. Ihr ist unbehaglich zumute. Ich überrasche mich selbst, indem ich ihr Verhalten nicht spiegele. Es interessiert mich nicht, ob ihr die Situation unangenehm ist. Mir kommt das Schweigen nur recht. Ich bin gerade nicht in der Stimmung für eine Unterhaltung.

»Ich gehe dann mal«, sage ich irgendwann. »Der Hund muss zurück.«

Als ich mich bereits auf den Weg gemacht habe, ruft sie mir nach: »Das ist Romillys Hund, oder?«

Ich nicke, bezweifle jedoch, dass sie es sehen kann, denn ich entferne mich immer weiter von ihr. Von einer Welt, für die das Verschwinden meiner Freundin nichts weiter ist als pikanter Klatsch.

Ich stelle mir vor, wie sie zu ihrem Freund nach Hause kommt. »Die beiden waren immer schon ein bisschen seltsam«, wird sie sagen. Aber vielleicht mache ich auch zu Unrecht ein Miststück aus ihr. Waren wir seltsam? Auf alle Fälle hatten wir kein Interesse daran, weitere Freundinnen zu finden, wenn das die Definition von »seltsam« ist. Unsere kleine Einheit veränderte sich nicht, so wie es bei Freundschaften normalerweise der Fall ist, wenn einer dritten, vielleicht auch noch einer vierten Person Platz gemacht wird oder sie am Ende gar zerbricht. Stattdessen blieben wir zusammen, zufrieden mit unserer Entscheidung und in dem Wissen, dass wir keine bessere Wahl hätten treffen können. Wir tuschelten und kicherten. Wir hatten unsere Geheimnisse, Romilly und ich, das war immer schon so.

Ich gehe so schnell, wie Henry es mir erlaubt. Zwischendurch bleibt er immer wieder stehen, um an seinen Lieblings-Laternenpfählen zu schnüffeln. Er tut dies mit großer Gründlichkeit, als hätte er sich gerade zu einem guten Glas Wein hingesetzt.

Ich habe Leonie im Ohr und Adam im Kopf, aber Romilly ist trotzdem am lautesten. Sie pocht direkt in meinem Herzen, obwohl ich überhaupt nicht schnell gegangen bin.

Schon wieder bleibt Henry stehen, diesmal an seinem Lieblingsbusch. Flüchtig gräbt er im nahe gelegenen Gras.

Irgendwann setzen wir unseren Weg fort.

Einige Schritte vom Haus entfernt, sehe ich, wie jemand auf die Straße tritt. Ein Mann. Ich schätze ihn auf Anfang zwanzig, aber allmählich komme ich in das Alter, wo er genauso gut fünfzehn sein könnte. Er hat die Hände tief in den Taschen seiner Jeans vergraben. Ein Schopf roter Haare, Nike-Sneaker, die über den Asphalt rennen, und gleich darauf ist er um die Ecke verschwunden. Zu Fuß. Also kein Lieferant.

Kam er aus Marcs und Romillys Vorgarten?

Ich runzle die Stirn.

»Da wären wir, Henry-Hund«, murmle ich, als wir in den Gartenweg einbiegen.

Kaum bin ich durch die unverschlossene Tür ins Haus getreten, da taucht Marc auf.

»Adam hat gerade angerufen«, verkündet er triumphierend. »Er ist gelandet und sofort zum See gefahren. Bald haben wir sie, Stef, bald haben wir sie!«

Das Pochen in meiner Brust wird stärker.

Es ist, als würde Romilly von innen gegen meine Rippen trommeln, um mir zu sagen, dass ich ihn aufhalten soll. *Was hast du getan, Steffie, was hast du getan?* Und ich kann ihr keinen Vorwurf daraus machen.

Was *habe* ich getan?

Tag 4, 18:00 h

DIE BESTE FREUNDIN

MARC BEMERKT DAS ENTSETZEN NICHT, das mir einige Sekunden lang ins Gesicht geschrieben steht, ehe ich mich am Riemen reiße und es mir gelingt, eine neutrale Miene aufzusetzen. Er hebt mich hoch und wirbelt mich im Kreis herum. Meine Sneaker baumeln in der Luft, meine Arme schlackern wie die einer Vogelscheuche.

Oder einer Leiche.

»Wir werden sie finden, Stef!«, sagt er. »Wir werden sie finden!«

Er wirkt richtig aufgedreht. Ist kaum noch zu bremsen.

Der Hund trottet davon, sobald ich seine Leine loslasse. Marc hält mich weiterhin fest, obwohl ich mich von ihm losmachen will. Sein Griff ist ein wenig zu hart.

Es ist wieder einmal ein schwüler Tag, und mir tropft der Schweiß vom Körper.

Er hat keine Ahnung, dass Adam sich nicht bei mir meldet. Woher auch? Dann müsste er ja auch wissen, was ich mit meinem Freund besprochen habe, und es ist vollkommen ausgeschlossen, dass Adam ihm das verraten hat.

Nein, Adam hat einfach nur beschlossen, seine ursprüngliche Aufgabe zu erfüllen und mich weiterhin abzublocken.

Wahrscheinlich denkt er, dass ich überreagiere und mit der Zeit schon wieder zur Vernunft kommen werde.

Du hast ihre Nachricht nicht gelesen, Ad, denke ich. Sonst würdest du mich verstehen.

»Marc, du tust mir weh«, sage ich. Als er mich loslässt, sehe ich die Druckstellen an meinen Oberarmen.

Doch er ist zu sehr mit anderen Dingen beschäftigt, um sich zu entschuldigen.

Wir gehen in die Küche, wo ich Henry sein Fressen hinstelle und seinen Napf mit Wasser fülle. Er frisst wie Adam, das Gesicht tief in der Schüssel vergraben.

Ich beobachte Marc, der die Arme über den Kopf streckt und auf und ab springt, als würde er Aufwärmübungen machen.

Er ist regelrecht high. Von der Neuigkeit. Von der Hoffnung. Davon, dass sich endlich etwas bewegt.

Deshalb ist ihm meine Reaktion auch nicht aufgefallen. Ich bin unwichtig. Er ist im Rausch.

»Henry ist voller Sand«, sage ich. »Ich nehme ihn mit in den Garten und spritze ihn mit dem Schlauch ab.«

Auf einmal wirkt Marc verärgert, und ich weiß, dass er einen Monolog halten wollte und ich ihm die Möglichkeit dazu verwehrt habe.

Jetzt hat er kein Publikum.

Du meinst, er hat niemanden, mit dem er seine Freude darüber teilen kann, dass er möglicherweise bald wieder mit seiner psychisch kranken Frau vereint ist?, sagt eine Stimme in meinem Kopf – wahrscheinlich Adam, der Marc vertraut und mich daran erinnert, dass er kein schlechter Kerl ist.

Das ist er bestimmt auch nicht.

Oder?

Während ich einen entzückten Henry mit dem Gartenschlauch säubere, hole ich mein Handy aus der Tasche und starre darauf. Ich will, dass es piepst. Komm schon, Ro. Melde dich.

Meine Hände zittern. Ich spüre den Druck der Verantwortung und den drohenden Kontrollverlust. Der Schlauch rutscht mir aus der Hand.

»Ich wünschte, ich könnte sie sehen«, sage ich leise zu Henry, der sich ausgiebig schüttelt.

Ich richte den Wasserstrahl wieder auf ihn.

Wenn ich sie sehen könnte, wüsste ich, was los ist. Wie soll man eine Sache anhand zweier Textnachrichten und jeder Menge wilder Mutmaßungen beurteilen?

Ich setze mich ins Gras und spritze noch weiter, nachdem Henry längst sauber ist. In meinen Achselhöhlen juckt der Schweiß.

Schließlich drehe ich den Hahn ab. Henry bellt aus Protest. Er hat gerade versucht, Wasser direkt aus dem Schlauch zu trinken.

»Tut mir leid, Kumpel«, sage ich. »Das Allgemeinwohl. Wasser sparen und so weiter. Leider geht es niemals nur um uns und um das, was wir wollen.«

Noch einmal schüttelt er sich mit aller Kraft. Danach sind meine Klamotten vollständig durchnässt.

Gewissensbisse nagen an mir, und da ist dieses ungute Gefühl, weil ich unter Zeitdruck stehe und nicht die Möglichkeit habe, so lange über alles nachzudenken, bis ich zu einer eindeutigen Antwort gelange.

Diesen Luxus habe ich nicht.

Wenn Romilly krank ist und eine Gefahr für sich selbst darstellt, muss ich handeln.

Wenn Marc etwas so Schreckliches getan hat, dass sie sich zur Flucht gezwungen sah, muss ich handeln.

Meine Entscheidung, welche dieser beiden Versionen ich glaube, wird für die Menschen, die ich liebe, dauerhafte Konsequenzen haben – nicht zuletzt für ein kleines Baby, das ich zu meinem eigenen Erstaunen bereits nach kurzer Zeit ins Herz geschlossen habe.

Dass Adam der Version von Marc und Loll glaubt, ist klar. Und warum auch nicht?

Sobald Henry abgetrocknet ist, kehre ich mit ihm ins Haus zurück.

Marc lächelt mich an. Die merkwürdige Stimmung von eben ist verflogen.

»Kaffee?«, fragt er. »Nein, warte, ich mache dir einen deiner ausgefallenen Kräutertees.«

Während der Wasserkocher läuft, kommt er zu mir und nimmt mich in die Arme. Zum ersten Mal, seit seine Frau verschwunden ist, wirkt er glücklich, und wie könnte man es ihm verdenken?

Meine eigenen Gefühle hingegen sehen vollkommen anders aus. Meine Finger tasten nach Nägeln, die ich längst abgekaut habe.

Die kaputte Glühbirne flackert. Langsam bin ich geradezu besessen davon. Warum wechselt er sie nicht aus? Ich kneife ganz fest die Augen zu.

Tick, tick, tick.

»Ich bin dir dankbar für alles, was du tust, weißt du das?«, sagt er mit gefühlsgeladener Stimme. »Du hast deine Arbeit, und trotzdem bist du die ganze Zeit hier. Du kümmerst dich um Fleur, du gehst mit Henry spazieren, du bringst uns was zu essen mit.«

Er gibt mich frei. Ergreift stattdessen meine Hand.

»Ich weiß, du bist Romillys Freundin, aber ich habe dich auch lieb. Ohne dich würde ich das alles hier niemals schaffen.«

Er umarmt mich erneut, diesmal noch fester als zuvor, und wieder ist da dieses Gefühl, nicht atmen zu können. Als müsste ich die Tür aufreißen und nach Luft schnappen.

Er findet die richtigen Worte.

Doch mein Instinkt rät mir, kein einziges davon zu glauben.

Tag 4, 18:00 h

DER EHEMANN

ICH SEHE ZU, WIE SICH STEFFIE durch mein Haus bewegt. Wie sie mit ihren unlackierten, abgekauten Fingernägeln die Tasse anfasst, über deren Rand das Bändchen eines Kräuterteebeutels hängt.

Ich vermute, sie war in der Nähe und hat den Typ aus dem Haus kommen sehen. Trotzdem hat sie ihn mit keinem Wort erwähnt oder gefragt, wer er war.

Warum nicht, Stef?

»Trägst du Romillys Pantoffeln?«, frage ich. In Wahrheit ist es gar keine Frage, denn selbstverständlich weiß ich, wie die Pantoffeln meiner Frau aussehen.

Stefs Füße sind zwei oder drei Nummern zu groß, sodass die Fersen hinten überstehen.

Sie schaut nach unten, als hätte sie ganz vergessen, sie angezogen zu haben.

»Ja, tut mir leid. Ist dir das unangenehm?«

Ich zucke mit den Achseln.

Wo sind überhaupt noch die Grenzen?

Der vertraute Geruch von Pfefferminze und Süßholz durchdringt die Luft. Romillys Lieblingstee. Natürlich hat Steffie sich dafür entschieden.

Wenn zwei Menschen sich so nahestehen wie Steffie und Romilly und schon so lange miteinander befreundet sind, gibt es viele Ähnlichkeiten. Manchmal ist es, als wäre Romilly noch hier, und es gibt Momente, in denen kann ich das kaum ertragen.

Sie beißt von einer Karotte ab.

Legt den Kopf in den Nacken, um ihre Muskeln zu dehnen.

Hör auf, wie Romilly zu sein.

Hör auf damit.

Hör auf.

Irrational, ich weiß.

Sie kann nichts dafür. Nicht wirklich.

Heute ist ein guter Tag. Vor zehn Minuten war ich noch euphorisch.

Dann kam der Absturz.

Ich muss hier raus.

Alle sind so bemüht um mich, dass sie meine Welt Stück für Stück immer weiter eingeschränkt haben und ich fast nur noch innerhalb dieser vier Wände existiere. Ich habe keinen Grund mehr, vor die Tür zu gehen. Einkäufe – die falschen Marken, Dinge, die ich nicht brauche – stapeln sich im Kühlschrank, ehe sie die Chance haben, zur Neige zu gehen; der Hund bekommt regelmäßig seinen Auslauf.

Versuchen sie absichtlich, mich im Haus festzuhalten? Wollen sie mich hier einsperren?

Falls ja, werden sie heute keinen Erfolg damit haben.

Es ist ein heißer Tag. Ich brauche frische Luft. Freiraum. Und ich muss ungestört telefonieren. Es ist dringend.

»Ich mache mit Fleur einen Spaziergang«, teile ich Steffie mit. »Es könnte eine Weile dauern. Wenn du gehst, kannst du dann abschließen und den Schlüssel unter den schwarzen Eimer legen?«

»Ich kann doch mit ihr gehen«, sagt sie, doch ich schüttle energisch den Kopf.

»Nein. Wie gesagt, du hast schon genug zu tun. Ich bin dir dankbar, wirklich, aber jetzt bin ich mal dran. Ich möchte mit meiner Tochter spazieren gehen.«

»Aber Loll hat gesagt …«

Ich stutze. Interessant.

»Was hat Loll gesagt?«

Steffie zuckt die Achseln. »Na ja, dass wir dir so viel wie möglich abnehmen und für dich da sein sollen.«

Erst als ich den Kinderwagen fertig machen will, wird mir bewusst, dass ich überhaupt nicht weiß, wie man mit dem Ding umgeht. In dem Moment fällt es mir wie Schuppen von den Augen: Sie haben mir die Flügel gestutzt. Sie haben es mir unmöglich gemacht, im realen Leben zu funktionieren. Es war keine Paranoia.

»Kann ich dir helfen?«, fragt Steffie und wird barsch von mir zurückgewiesen. Ich kämpfe eine Weile mit dem Kinderwagen, fange an zu fluchen und zu treten, bis es mir schließlich mit roher Gewalt gelingt, ihn aufzuklappen.

Fünf Minuten später liegt Fleur im Wagen, ihre winzigen Füßchen sind zugedeckt, und ich will gerade die Haustür öffnen, als mein Handy klingelt.

»Hey, Mann«, sage ich. »Wie läuft's?«

Vom Flur aus sehe ich, wie Steffie, die sich auf dem Sofa über ihr Telefon beugt, die Schultern hochzieht. Ihr Kiefer spannt sich an. Was hat sie nur?

Während ich mit Adam telefoniere, höre ich im Hintergrund die Grillen zirpen und fühle mich sofort an einen Trip nach Barcelona erinnert, den Romilly und ich kurz nach unserem Kennenlernen gemacht haben. Ich weiß noch, wie wir nach dem Abendessen nach Hause gingen, die Glieder und Zungen vom Sangria gelockert, die Schultern von der Sonne des Tages geküsst, die Sonnenbrillen im Haar, weil wir sie zu Beginn des Abends noch gebraucht hatten. Die Kleidung klebte uns am Körper. Begleitet vom Konzert der Grillen schliefen wir ein; wir hatten die Fenster sperrangelweit geöffnet, doch keine Brise kühlte unsere nackte Haut. Die Nächte waren windstill.

»Hey«, sagt Adam. »Hörst du mir überhaupt zu?«

Habe ich das geträumt? Barcelona hat sich so real angefühlt. Oder war es bloß ein besonders intensiver Tagtraum? Scheiße, ich verliere noch den Verstand. Das ist der Schlafmangel, wenn man ein kleines Baby hat. Und wenn dich in so einer Situation die Frau verlässt.

»Keine Ahnung, was gerade passiert ist«, sage ich. »Sorry, Ad. Red weiter.«

Ich bin wie benebelt. Fleur gibt einen Laut von sich, der so klingt, als würde sie sich über die Verzögerung unseres Spaziergangs beschweren. Ich gebe ihr den Schnuller.

»Ich glaube, ich mache Fortschritte«, sagt Adam. »Ich bin zum See gefahren und habe mit ein paar Leuten gesprochen, ob es irgendwo in der Nähe eine Unterkunft gibt. Ziemlich viele schicke Hotels, aber einige haben auch einen Campingplatz erwähnt, der deutlich billiger ist. Er liegt ein bisschen außerhalb, man findet ihn nicht ohne Weiteres, aber da will ich als Nächstes hin. Mit ein bisschen Glück ist sie dort.«

Ich nicke. »Mmm-hmmm.«

Die Einzelheiten interessieren mich nicht, schließlich will ich keinen Urlaub buchen. Ich will einfach nur wissen, wie der Stand der Dinge ist.

Er fährt fort.

»Ich hoffe bloß, dass auf dem Campingplatz heute noch was frei ist. Ganz zu schweigen von WLAN und einem Platz zum Arbeiten … Wie gesagt, es ist alles ganz schön teuer hier, und bald geht die Hochsaison los …«

Eine bedeutungsvolle Pause tritt ein. Soll ich ihm anbieten, die Kosten zu übernehmen? Ich weiß ja nicht einmal, ob ich ab übernächster Woche noch bezahlt werde. Ganz zu schweigen davon, dass nicht abzusehen ist, wie viel Geld die Suche nach Romilly und alles, was danach kommt, verschlingen wird. Nein, ich kann unmöglich für Adams Reise aufkommen.

Also schweige ich. Und warte ab.

»Aber das wird schon irgendwie«, meint er schließlich, auch wenn es nicht danach klingt.

Ich schaue auf. Steffie beobachtet mich. Ich trete einen Schritt zurück und richte den Blick nach unten. Sie hat immer noch Romillys Pantoffeln an.

»Okay, Mann, alles klar, ich bin gerade auf dem Sprung – ich wollte mit Fleur einen kleinen Spaziergang machen.«

»Kann Steffie nicht mit ihr rausgehen?«, fragt er.

Das macht mich wütend. Ich wische mir den Schweiß von der Stirn.

»Ein paar Dinge kriege ich auch noch alleine hin. Sie ist schließlich meine Tochter.«

Marc Beach, das ewige Kind. Selbst jetzt noch.

Adam schweigt. »Das war nur ein Vorschlag, um dir ein bisschen Arbeit abzunehmen.«

Sicher. Ihr habt mir so viel abgenommen, dass ich jetzt förmlich darauf *brenne*, endlich etwas zu tun, aber ich kann weder einen Kinderwagen schieben noch im Pub ein Bier trinken, weil ich angeblich zu traumatisiert bin, also sitze ich völlig nutzlos im Haus herum und habe nichts Besseres zu tun, als mir immer und immer wieder das Hirn darüber zu zermartern, wie zum Teufel es so weit kommen konnte.

Ich seufze.

»Ich weiß. Aber ich brauche sowieso frische Luft. Melde dich, wenn du am See bist.«

Er räuspert sich, und ich weiß, was als Nächstes kommt, ist ihm unangenehm – noch unangenehmer, als mich um Geld zu bitten.

»Hör zu, Kumpel, erzähl Steffie lieber noch nichts, okay? Warten wir erst mal ab, wie sich die Dinge entwickeln.«

Ich schiele zu Steffie hinüber. Sie verfolgt das Telefonat aufmerksam aus der Ferne, auch wenn sie nicht hören kann, was Adam sagt, und meine eigenen Redebeiträge minimal sind.

Ich lege die Stirn in Falten. Nicke. »Alles klar. Kein Problem.«

Steffie sieht mich an. Zumindest *glaube* ich, dass sie nicht hören kann, was Adam sagt.

Warum will er nicht, dass sie Bescheid weiß?

Ist hier etwa eine Dynamik am Werk, die ich nicht durchschaue?

»Irgendwas Neues?«, fragt Steffie, kaum dass ich aufgelegt habe. Sie fächelt sich mit einem Food-Magazin Kühlung zu.

»Noch nicht«, sage ich. »Aber hoffentlich bald. Fleur und ich sind so ungefähr eine Stunde lang weg. Eigentlich kannst du nach Hause gehen, Stef – wir kommen den Rest des Tages schon alleine klar. Sobald Fleur schläft, werde ich noch ein bisschen über mentale Gesundheit bei Müttern lesen. Ich will genau wissen, womit wir es zu tun haben, damit wir alle nötigen Schritte einleiten können, sobald Romilly wieder zu Hause ist.«

Sie will etwas entgegnen, bricht jedoch ab.

Ein kaum sichtbares Nicken.

»Dann hole ich jetzt meine Sachen und gehe«, sagt sie und schlüpft vorsichtig aus Romillys Pantoffeln. Stellt Romillys Lieblingstasse neben die Spüle. Gibt mir Romillys Leben zurück.

Ehe sie geht, hält sie noch einmal inne.

»Du weißt, dass es heute noch Gewitter geben soll? Es hat gerade angefangen zu regnen. Wegen eures Spaziergangs, meine ich …«

Ich antworte nicht.

Sie hat einen Regenschutz für den Kinderwagen in der Hand, den sie mir wortlos hinhält.

Kaum bin ich draußen, wird der Regen stärker. Tropfen prasseln auf mich nieder. In der Einfahrt stülpe ich den Regenschutz über den Kinderwagen, während ich halblaut vor mich hin fluche. Ein weißer Transporter mit dem Logo einer Ofenreinigungsfirma fährt rasant an mir vorbei und spritzt mich nass.

»Fick dich!«, brülle ich ihm hinterher. »FICK DICH! FICK DICH FICK DICH FICK DICH!«

Ich gehe los.

Werde schneller.

Blitze zucken über den Himmel.

Während ich durch den Regen stapfe, denke ich daran, dass die Stimmung bei Verlassen des Hauses, ehe Steffie in die eine und ich in die andere Richtung gingen, irgendwie seltsam war. Ich setze einen Fuß vor den anderen. Ein dicker Tropfen rinnt von meiner Nasenspitze. Erst schreit Fleur wutentbrannt, doch dann ist sie auf einmal so still, dass ich den Regenschutz abnehmen und kontrollieren muss, ob sie noch atmet, woraufhin sie prompt wieder loslegt.

Ich gehe noch schneller.

Irgendwann fange ich an zu rennen.

Wir haben einander nicht angefasst, denke ich. Mein Atem geht schneller. Ich höre den Donner durch die Kapuze meiner Steppjacke.

Es gab keinen Blickkontakt zwischen uns.

Auf einmal war da das Gefühl, als wäre unser Team in Auflösung begriffen. Ein Gefühl wie am letzten Schultag vor den Ferien.

Vielleicht hat das auch sein Gutes.

Ich renne immer weiter, bis der Regen nachlässt.

Alles muss irgendwann zu Ende gehen, Steffie.

Tag 4, 19:00 h

DIE BESTE FREUNDIN

ADAM GEHT *IMMER* NOCH NICHT ans Telefon, obwohl ich eben mitbekommen habe, wie er Marc angerufen hat, um ihm aus Frankreich zu berichten. Und nicht nur das: Er hat ihn gebeten, mir nichts zu sagen, während ich in Romillys flauschigen Pantoffeln auf der Couch saß und mir überflüssig vorkam.

Wir haben uns entlang der Geschlechtergrenzen in zwei Lager gespalten, und das obwohl ich seit vier Jahren mit diesem Mann in einer Beziehung lebe. Obwohl Marc und er sich überhaupt nur kennen, weil Ro und ich die beiden einander vorgestellt haben.

Ich spüre es wieder, dieses plötzliche Aufflackern von Zorn.

Ich weiß genau, was Adam sagen wird, wenn er endlich wieder mit mir spricht: dass sein Schweigen nichts mit mir zu tun hatte. Dass er sich auf Marc konzentrieren musste. Ich bin lediglich ein Kollateralschaden.

Aber sein völliges Desinteresse, was meine Meinung und meine Einschätzung der Lage angeht … Mich überkommt eine Wut, wie ich sie nicht oft empfinde. Stella-Level.

Ich ziehe mir die Sneakers an und verlasse Romillys Haus. Um den Kopf frei zu bekommen, fange ich an zu laufen. Schon bald spüre ich, wie sich der Nebel lichtet, als ich immer schneller und schneller laufe. Zum allerersten Mal bin ich in der Lage, meine Gedanken klar zu formulieren.

Der Regen rauscht.

Meine Gedanken sind folgende:

Der Grund, weshalb Marc so viel Wert darauf legt, uns glauben zu machen, dass Romilly an einer postpartalen Psychose leidet – eine Diagnose, die ihm gewissermaßen auf einem Silbertablett serviert wurde, da er oft zu Romillys Terminen mitkam – ist, dass er damit etwas anderes verschleiern will.

Etwas, was er getan hat.

Es regnet heftiger.

Und deshalb will meine Freundin auch nicht, dass ich ihm vertraue.

Das muss es gewesen sein, was Ro in den Monaten vor der Geburt so stark belastet hat.

Und was immer er getan hat, vor der Entbindung muss etwas noch Schlimmeres vorgefallen sein. Kurz bevor sie mir diese beunruhigende Nachricht geschickt hat.

Inzwischen gießt es in Strömen. Das Wetter meint es ernst.

Offenbar war es so schlimm, dass Romilly deswegen unmittelbar nach der Geburt ihrer Tochter das Land verlassen hat. Weil sie das Gefühl hatte, keine andere Wahl zu haben.

All das bedeutet, dass Marc nicht der Mann ist, für den ich ihn gehalten habe.

Hier kommt das, was Google über Soziopathen zu sagen hatte:

Soziopathen lügen. Sie sind aggressiv. Sie planen niemals lange im Voraus, und sie blenden andere Menschen mit ihrem Charme.

Ich denke an Marc, dieses große Kind, wie er mit seiner Band auf der Bühne steht.

Soziopathen empfinden keine Schuld, wenn sie jemandem ein Leid angetan haben. Sie machen einfach weiter, als wäre nichts passiert.

Sie kochen dir eine Tasse Tee.

Sie beißen ein Stück vom Karottenkuchen ab, lächeln und sagen dir, wie gut er schmeckt. Sie beteuern, ihre Frau und ihr Kind zu lieben. Aber das ist alles gelogen.

Mein Magen krampft sich zusammen.

Ich beschleunige meine Schritte, bis ich fast Sprintgeschwindigkeit erreicht habe, während der Regen immer stärker wird und Blitze den nachmittäglichen Himmel zerschneiden.

Was ich nicht verstehe, ist, ob Loll wirklich daran glaubt, dass ihre Schwester unter einer postpartalen Psychose leidet. Und falls nicht, warum sie das Spiel dann mitspielt. Sie kennt sich so gut mit dieser Krankheit aus; sie würde für Romilly durch einen eiskalten Ozean schwimmen. Wie passt das zusammen?

Mein Atem geht stoßweise. Der Regen tropft von meiner Nasenspitze.

Mir wird bewusst, dass Marc sich selbst die perfekte Ausrede konstruiert hat. Selbst wenn Romilly sich bei mir meldet, würde ich ihr nicht glauben, ganz egal, was sie sagt, weil er mich – denkt er zumindest – davon überzeugt hat, dass sie psychisch krank ist.

Meine Schuhe trommeln rhythmisch auf das Pflaster.

Der Donner rollt. Es schüttet wie aus Kübeln.

Marc spekuliert darauf, dass ich kein Risiko eingehe. Dass ich ihm helfe, sie nach Hause zu holen, gerade *weil* ich ihre beste Freundin bin.

Darauf spekuliert er mehr als auf alles andere.

Als wäre ich eine Jury von Geschworenen. *Wir sehen es als hinreichend erwiesen an …*

Ich bin gut in Form, doch als ich immer schneller durch das Unwetter renne, wird mir irgendwann die Luft knapp.

Und dann passiert etwas, womit Marc garantiert nicht gerechnet hat. Als ich in meine Straße einbiege, klingelt endlich, endlich mein Telefon und ich lese Adams Namen auf dem Display.

»Du Arsch«, stoße ich keuchend hervor und werde langsamer. Ich versuche, das Handy unter meiner Kapuze vor der Nässe zu schützen. »Wenn du glaubst, dass ich jemals wieder ein Wort mit dir rede, nachdem das hier vorbei ist – wenn du denkst, du kannst weiterhin bei mir wohnen bleiben, dann hast du dich geschn…«

Ich stecke den Schlüssel ins Schloss unseres Apartments und schüttle mir den Regen aus dem Gesicht. Ich bin immer noch stinksauer und male mir aus, wie gerne ich ihm mit der Faust ins Gesicht schlagen würde – meine jüngst entdeckte Gewaltbereitschaft nimmt langsam Formen an –, als die Person am anderen Ende das Wort ergreift.

»Steffie«, meldet sich eine Stimme, die mir vertraut ist wie keine andere, auch wenn sie klingt, als wäre sie entzweigebrochen.

»Hier ist nicht Adam. Hier ist Romilly.«

Tag 4, 18:00 h

DIE FRAU

ALS ER KOMMT, bin ich im Wasser.

Ich bin mit langsamen Brustzügen so weit rausgeschwommen wie möglich. Jetzt bin ich erschöpft, meine Beine fühlen sich an wie Pudding, und in meinem Unterleib pocht ein tiefer Schmerz.

Ich habe kaum noch Kraft und trete Wasser, bis ich wieder genug Energie gesammelt habe, um zurück ans Ufer zu schwimmen. Ich blicke auf.

Und da steht er.

Adam.

Am Ufer des Sees.

Er ist barfuß, Sneakers und Socken liegen neben ihm im Sand. Er hat darauf gewartet, dass ich eine Pause einlege.

Meine Brust zieht sich zusammen.

Ich sehe mich nach Marc um.

Dann geht mein Blick wieder zu Adam.

Nein.

Er bestätigt es mir mit einem unmerklichen Kopfschütteln: Marc ist nicht hier.

Gleich darauf wird mir bewusst, dass meine Füße den Grund berühren und ich wieder stehen kann. Ich suche nach einem

Fluchtweg. Adams Kopfschütteln zum Trotz ist mein Kampf-oder-Flucht-Reflex noch nicht ganz verschwunden.

Lauert er vielleicht irgendwo außer Sichtweite? Wartet er nur auf ein Zeichen seines Freundes?

»Ich bin allein, Romilly«, ruft Adam, als ich zaghaft über die Steine in Richtung Ufer stakse. Ein paar Leute drehen sich um. »Ich bin allein!«

Das ist der Moment, in dem ich zusammenbreche. Empathie ist das Letzte, womit ich gerechnet habe, nachdem ich das Schlimmste getan habe, wozu eine Mutter fähig ist.

Ich stehe da und warte, regungslos bis auf die Schluchzer, die meinen Körper schütteln, während Adam vollständig angezogen ins Wasser watet, mich auf seine Arme nimmt und an Land trägt.

»Danke«, wispere ich, als ich mich wieder einigermaßen beruhigt habe. Wir sitzen nebeneinander auf den Steinen. Mein Atem geht flach. »Ich weiß, dass du Marc anrufen willst, aber kannst du damit noch warten und mich erst anhören? Bitte? Könntest du mir einfach nur …«

Unerklärlicherweise nickt er.

Steckt sein Handy zurück in seine Tasche.

Vorher erhasche ich noch einen Blick auf den Sperrbildschirm: eine wunderschöne Nahaufnahme von meiner besten Freundin Steffie.

Auf der Fahrt zum Campingplatz über die schmale, einspurige Straße schweigen wir.

Wir wissen, die Zeit fürs Reden wird kommen, aber noch nicht jetzt.

Stattdessen lassen wir die Scheiben herunter, da die Klimaanlage des günstigen Mietwagens nicht allzu viel ausrichtet, und die Grillen füllen die Stille aus.

Als Adam nach rechts lenkt, um einen deutlich schnelleren Fahrer vorbeizulassen, schleudert es mich zur Seite.

»Entschuldigung«, murmelt er.

Ich schüttle den Kopf. Zu mehr sind wir im Moment nicht in der Lage.

Nach unserer Ankunft setzen Adam und ich uns mit einem Bier vor meinem Zelt in den Schatten des Vordachs. Unter dem Handtuch, das ich mir um den Körper gewickelt habe, trage ich immer noch den Bikini, der in der Hitze inzwischen getrocknet ist. Der Pool ist geschlossen, die Bar ebenso, selbst die ausgedehnten Petanque-Partien vom frühen Abend sind mittlerweile zu Ende gegangen. Die meisten Leute sind unterwegs, um das Nachtleben der Region zu erkunden, essen blutig gebratene Steaks und nehmen sich bei einer Fischsuppe und einem Glas Rosé vor, am nächsten Morgen früh aufzubrechen, weil sie den Pont du Gard besichtigen oder eine Bootstour bei den Calanques machen wollen.

»Ist niemand bei dir?«, fragt Adam irgendwann und späht in mein winziges Einmannzelt, das ich mir nach meiner Ankunft gekauft habe. Das war natürlich nicht geplant gewesen. »Wir dachten ... Na ja, die Hebamme meinte, jemand müsse dir geholfen haben. Dass du das Krankenhaus allein gar nicht hättest verlassen können.«

Ich trinke einen tiefen Schluck aus meiner Flasche. »Ach so. Ja. Stimmt, ich habe das hier nicht alleine gemacht.«

Adam runzelt die Stirn. Eine leicht beschwipste Frau um die sechzig kommt am Zelt vorbei und winkt uns zu. *»Bonjour!«*, ruft sie. *»Bonnes vacances!«*

Ich sehe uns durch ihre Augen: ein stilles britisches Pärchen im Urlaub, das ein schnelles Bier genießt.

Freudlos erwidere ich ihr Lächeln. Hebe die Hand, um ein paar widerspenstige Locken glatt zu streichen, die sich an meiner Stirn gebildet haben.

Das Bild ist nicht ganz zutreffend.

Sie geht weiter zu ihrem eigenen Zelt.

»Es ist niemand hier mit mir in Frankreich«, sage ich. »Aber davor hatte ich Hilfe.«

Adam hebt auffordernd eine Braue, doch ich führe es nicht weiter aus. Andere Dinge sind wichtiger.

»Geht es dem Baby gut?«, frage ich. Mir fällt das Pronomen auf. Noch habe ich es nicht verdient, von *meinem* Baby zu sprechen.

Adam lehnt sich in einen der Klappstühle, die der Campingplatz seinen Gästen zur Verfügung stellt. Ich bin froh, so kurzfristig einen Platz zum Übernachten gefunden zu haben. Den brauchte ich gestern Abend, denn nachdem ich erledigt hatte, weshalb ich hergekommen war, gab es keine Rückflüge mehr.

»Ihr geht es großartig.« Er lächelt und spricht bedacht, als könnten ein Übermaß an Gefühlen oder eine zu hohe Lautstärke mir Schaden zufügen. Als hätte er Angst, mich in irgendeiner Weise zu reizen, weil er nicht weiß, was ich dann tun würde. Wenn sie schon *dazu* fähig ist, dann …

»Möchtest du ein paar Fotos sehen?«

Ich schüttle den Kopf. Mit klopfendem Herzen wende ich den Blick ab. Panik setzt ein. Nein. Nein. Ich habe all das nur geschafft, weil ich nicht an das Baby gedacht habe. Heute Nachmittag bin ich über einen Umweg zu meinem Zelt gegangen, um nicht am Spielplatz vorbeizukommen. Habe weggeschaut, als ich die kleinen Kinder sah, die mit ihren Fäustchen auf das Wasser im Planschbecken einschlugen.

»Wie habt ihr mich gefunden?«

Er erzählt mir von Steffie und dem Zettel.

Da fällt mir wieder ein, dass ich mir den Namen des Sees notiert habe, nachdem ich ihn in einer ruhigen Minute im Café auf Instagram gesehen hatte. Als jemand kam, um eine Bestellung aufzugeben, habe ich ihn schnell irgendwo hingeschoben.

»Steffie kennt mich in- und auswendig.«

Wie es der Zufall will, fühle ich mich momentan wirklich so, als wäre mein Inneres nach außen gedreht worden.

Doch als er mir von der Meldung auf der Nachrichten-Website berichtet, davon, dass ich gesehen wurde, von der Polizei und den Aufnahmen der Überwachungskameras, wirft mich das völlig aus der Bahn. Ich habe mich so oft gefragt, wie sich mein Handeln auf meine Familie auswirken würde, dass ich keine Sekunde lang über die darüber hinausgehenden Konsequenzen nachgedacht habe.

Adam stellt sein Bier hin. Beugt sich nach vorn und verschränkt die Finger ineinander.

Wir sitzen da und schweigen. Erst jetzt merke ich, wie laut das Zirpen der Grillen auch hier geworden ist.

Nach einigen Minuten sehe ich ihn an.

»Ich erzähle dir alles, Adam«, versichere ich ihm. »Aber gib uns vorher noch ein Bier, ja?«

Er holt zwei Flaschen aus der Kühltasche. Dabei ist keinerlei Begeisterung im Spiel, es ist eher so, als würden wir die Morphindosis an unserem Tropf erhöhen – eine reine Notwendigkeit für das, was uns bevorsteht.

Dann beginne ich.

Die Sache ist kompliziert.

Einfach wird das nicht.

Aber dies sind die Gründe, die einen Menschen dazu treiben, Hals über Kopf seine Familie zu verlassen. Sein Zuhause. Ein kleines Baby, das wenige Stunden zuvor noch in seinem Bauch gelebt hat. Dies sind die Gründe, die mich dazu getrieben haben, etwas Unaussprechliches zu tun.

Tag 4, 19:00 h

DIE FRAU

ZWEI TAGE BEVOR BEI MIR die Wehen einsetzten, war ich beim Zahnarzt. Als ich fertig war und meinen dicken Bauch zur Tür hinausschob, tauchte hinter mir Marcs Bandkollege Macca auf.

»Romilly! Dachte ich mir doch, dass du es bist. Warte, ich helfe dir«, sagte er und hielt mir die Tür auf. »Wie geht es dir so?«

»Wir haben uns ja seit Ewigkeiten nicht mehr gesehen«, fuhr er fort, als ich mich draußen auf dem Gehsteig zu ihm umdrehte. »Wow, coole Frisur.«

Etwas befangen berührte ich meinen Kurzhaarschnitt. Bei unserer letzten Begegnung reichten mir die Haare noch fast bis zum Hintern.

»Tja, ich schätze, ihr Rockstars neigt dazu, eure Familien aus der Szene fernzuhalten«, sagte ich. »Was im Schuppen unten in deinem Garten passiert, bleibt im Schuppen unten in deinem Garten, stimmt's?«

Macca lachte. »Du hast ja so recht, Romilly. Wenn ich nicht gerade Füllungen kriege oder meine Backenzähne geröntgt werden, bin ich ein echter Rockstar. Nicht, dass wir damit rechnen, berühmt zu werden, ehe wir einen neuen Gitarristen gefunden haben.«

Er sah mich an.

»Dein Mann fehlt im Schuppen unten in meinem Garten«, sagte er und fuhr sich mit der Hand durchs Haar. »Ich kann immer noch nicht glauben, dass er ausgestiegen ist. Wir standen *so* kurz vor dem Durchbruch!«

Natürlich machte Macca bloß einen Scherz. Aber wissen Sie, wer andauernd behauptete, kurz vor dem Durchbruch zu stehen, und es tatsächlich glaubte? Marc. Marc würde irgendwann mal ein Star werden – was Maccas Bemerkung nur noch seltsamer machte. Ich schwieg, weil es mir peinlich war, dass ich nicht wusste, worauf er anspielte. Weil ich verwirrt war. Weil ich Schweigen für den besten Weg hielt, um herauszufinden, wovon er sprach, ohne dabei ein schlechtes Licht auf mich und meine Ehe zu werfen.

»Vor vier Monaten ist er ausgestiegen, und wir können niemanden finden, der auch nur annähernd so gut ist wie er«, meinte Macca. »Die Musikwelt hat einen schweren Verlust erlitten, Romilly.«

Mein Magen hätte sich zusammengekrampft, aber dafür reichte der Platz in mir nicht mehr aus.

Stattdessen füllte sich meine Kehle mit Galle.

Vier Monate. Seit vier Monaten log Marc mich schon an.

Während Macca noch weiterredete, ergriff ich die Flucht. Mein Bauch, so murmelte ich, brauche dringend ein Sofa.

Marc war seit vier Monaten nicht mehr in der Band, die er selbst gegründet hatte und die ein wesentlicher Teil seiner Identität war. Wenn wir auf Hochzeiten Fremde trafen, erwähnte Marc nur nebenbei, dass er in einem Musikladen arbeitete. Die Band, seine Gitarre – das waren die Hauptschlagzeilen. Seine große Leidenschaft. Und wenn Marc eins war, dann leidenschaftlich.

Wenn er in der Zeit, die er angeblich bei der wöchentlichen Bandprobe verbrachte, in Wahrheit etwas anderes tat, dann musste es etwas sein, was er noch mehr liebte als die Musik.

Ein Piepsen holt mich zurück auf den Campingplatz, nach Frankreich, ins Hier und Jetzt.

Ich schaue auf. Adam schaut auf sein Handy.

Dann sucht er meinen Blick.

Wir wissen beide, wer es ist.

Doch Adam streckt nicht die Hand nach dem Telefon aus. Es liegt einfach nur da, zu weit weg, als dass ich den Text auf dem Display lesen könnte, und leuchtet wie eine kleine Bombe.

Ich sehe mich um. Zwei französische Teenager tragen mehrere Pizzaschachteln für ihre Familie vor sich her, in der anderen Hand ein Achterpack mit den bauchigen kleinen Bierflaschen. Im Vorübergehen lächeln sie Adam und mir zu.

»Bonsoir!«

Ich lächle zurück. Hebe die Hand zum Gruß. Als ich Adam anschaue, sehe ich, dass er sich nicht die Mühe gemacht hat. Seine Miene ist nachdenklich und erwartungsvoll.

Ich erzähle weiter.

Nachdem ich mich von Macca verabschiedet hatte, ging ich an den Strand. Es sind so viele Stufen bis nach unten, dass es die meisten Besucher abschreckt. Ich kann selbst kaum glauben, dass ich es im neunten Monat auf mich nahm.

Aber wenn man sich die Mühe machte, wurde man mit einem riesigen Strand belohnt, den man ganz für sich allein hatte. Und diese Ruhe. Nur ein paar Leute in Gummistiefeln waren mit ihren Hunden unterwegs, sonst war es praktisch menschenleer. Ein krasser Gegensatz zu dem Touristenstrand eine Meile weiter nördlich. Dort gab es Eimer und Schaufeln zu kaufen und sechs verschiedene Sorten Eis am Stiel.

»Sobald ich unten war, habe ich sofort Loll angerufen«, erzähle ich Adam.

Schon wieder piepst sein Handy.

Er steckt es in die Tasche, ohne einen Blick darauf zu werfen.

»Niemand ist so ehrlich wie meine Schwester. Loll nimmt nie ein Blatt vor den Mund. Als ich ihr erzählte, was mit Macca passiert war, hat sie mich bestimmt zwanzigmal gefragt, weshalb ich Marc nicht einfach *fragen* würde, wo er während der Bandproben hingeht.«

»Und weshalb *hast* du ihn nicht gefragt?«

»Weil ich hochschwanger war und mich nicht damit auseinandersetzen wollte. Ganz schön erbärmlich, oder?«

Am Strand dachte ich lange und gründlich nach.

Vor der Schwangerschaft konnte ich immer am besten nachdenken, wenn ich im eiskalten Meer von Thurstable schwamm. Dabei verlangsamte sich mein Herzschlag, und meine Gedanken sprudelten nur so. Die schiere Willenskraft, die nötig war, um sich im eisigen Wasser fortzubewegen, putzte meinen Geist blank wie ein Brillentuch. An dem Tag hätte ich alles für dieses Gefühl gegeben.

Aber ich konnte nicht ins Wasser. Damals noch nicht.

Stattdessen beobachtete ich die Leute in Neoprenanzügen auf ihren SUP-Boards oder in ihren Kajaks. So ein Strand ist das: Man geht dorthin, um aktiv zu sein. Zum Herumsitzen ist es zu kalt.

Ich vergrub das Kinn im Kragen meiner Jacke.

Wenn der Wind ging, war die Kälte schneidend.

Ich rutschte auf dem Hintern ein Stück weiter vor, in Richtung Wasser. Bohrte die Finger in den feuchten Sand. Ich dachte an meinen alten Körper vor der Schwangerschaft und daran, mit welcher Selbstverständlichkeit ich ins tiefe Wasser gewatet war.

Ein schleimiger See. Ein krötengrüner Teich. Ich schwimme in jedem Gewässer, aber am liebsten hier, an der Küste, an der ich aufgewachsen bin, in dem Meer, in dem ich schon als Kind geplanscht habe. Für mich waren dreizehn Grad Wassertemperatur mild.

Es ist keine besonders reizvolle Küste. Nicht unbedingt sehenswert. Kein Vergleich zum französisch anmutenden englischen Süden und auch nicht so dramatisch wie die Landschaft in Schottland. Aber sie gehört mir. Ich sehe ihre Schönheit.

Sobald ich ein bisschen Zeit hatte, zog ich mir meinen Wetsuit an und schwamm los.

»Dass ich es an dem Tag nicht tun konnte, als ich es am meisten gebraucht hätte«, murmle ich. »Das war hart.«

Eine Frau in meinem Alter zog ihr SUP-Board ins Wasser und lief nebenher, bis es tief genug war, dass die Finne nicht mehr den Grund berührte. Sie hatte Erfahrung, in wenigen Sekunden kniete sie elegant auf dem Brett und tauchte das Paddel ins Wasser. Ich war weit weg, konnte aber sehen, wie sie aufatmete. Den Tag hinter sich ließ. Verarbeitete, was immer sie verarbeiten musste.

Im Wasser zu sein ist wie Meditation. Rein, raus, vorwärts, immer weiter.

Ich seufzte. Lag, auf die Ellbogen gestützt, im Sand und sah ihr zu. Mein Bauch wurde rhythmisch von innen getreten. Hey, Baby. Nicht mehr lange, und es würde auf die Welt kommen. Ich konnte seinen Umriss durch die Haut meines Bauches erkennen.

In der nächsten Stunde bewegten sich die Paddler immer weiter und weiter weg. Über mir hörte ich das Geräusch der Ultraleichtflugzeuge, die immer über diesem Küstenabschnitt schweben, einzig übertönt vom schamlosen Geschrei der Möwen.

Wie es der Zufall wollte, war für diesen Abend eine Bandprobe angesetzt. Um neunzehn Uhr lag ich in der einzigen Position, die noch halbwegs bequem war, in meinem Umstandsschlafanzug auf dem Sofa.

Marc kam die Treppe herunter und zog sich seine Chucks an. Er hatte keine Gitarre dabei; normalerweise wäre ich davon ausgegangen, dass sie im Flur stand oder er sie bereits ins Auto geladen hatte. Doch nun fiel mir ihr Fehlen auf.

»Fährst du zu Macca?«, fragte ich, während ich aus einem Kissen eine Unterlage für meinen Bauch machte.

Der Blick, den er mir zuwarf, war eigenartig.

»Natürlich«, sagte er.

Ich wusste ja, dass er mir seit vier Monaten die Wahrheit verschwieg, aber dass er mir so ungerührt ins Gesicht log, war trotz allem ein Schock.

Ich starrte ihn an.

»Was?«, fragte er. Er nahm sogar Blickkontakt auf. Nicht schlecht.

Ich schüttelte den Kopf: nichts. Schaltete irgendeine dämliche Datingshow ein und schob die Hände unter das Kissen, damit er nicht sah, dass sie zitterten. Dann wünschte ich ihm einen schönen Abend.

Kaum war er weg, schaltete ich den Fernseher wieder aus. Schweigend saß ich da und ging im Kopf verschiedene Szenarien durch.

Erst mal kriege ich das Kind, sagte ich mir, dann sehen wir weiter. Aber irgendwann dachte ich: Scheiß drauf. Ich habe keine Angst davor, eine alleinerziehende Mutter zu sein. Ich habe nur Angst davor, mein Leben lang angelogen zu werden.

Ich habe Angst vor dem Mann, zu dem Marc geworden ist.

Ich drehe mich zu Adam um.

»Es kam nicht von einem auf den anderen Tag, dieses seltsame Benehmen. Die Sache mit der Band war ein Schock, ja, aber es gab noch ganz andere Vorfälle bei uns, von denen niemand etwas weiß, Adam.«

Adam nimmt seine Sonnenbrille ab und sieht mich an.

»Auch ich nicht?«, fragt er.

Ich schüttle den Kopf.

»Auch Steffie nicht?«

Wieder ein Kopfschütteln.

Ich hatte Angst davor, mich noch weiter von dem Menschen zu entfernen, der ich war. Davor, meine Freunde zu verlieren. Davor, dass ich nach Junkfood lechzte wie nie zuvor, und mir das Zeug reinschaufelte, als gäbe es kein Morgen. Wahrscheinlich war es eine Art Trost. Davor, dass Marc ständig unangemeldet im Café auftauchte. Er sagte, mein Beruf sei bedeutungslos. *Spiel dich nicht so auf mit diesem Schwachsinn von wegen sozialer Mittelpunkt des Ortes. Du bist eine stinknormale Kellnerin, nicht mehr.* Davor, permanent daran erinnert zu werden, wie dumm, dumm, dumm ich doch war. Davor, dass ich mir immer und immer wieder die Videos von Marcs Band auf YouTube ansehen musste, damit ich endlich begriff, wie gut er war. Damit ich verstand, dass ich allein die Schuld daran trug, dass seine Karriere nicht richtig in Gang kam. Denn eins stand fest: Ich unterstützte ihn nicht genug. Das war mein Problem. Nie unterstützte ich ihn.

Vor alldem hatte ich Angst. Davor, dass dieser stetige Tropf nun mein Leben war. Und davor, was das am Ende mit meiner Seele machen würde.

Etwas stieg in mir hoch.

Und während ich auf dem Sofa saß, mir durch die kurzen Haare strich und mich fragte, was mein Mann wohl gerade machte, kamen die Erinnerungen.

Das Nächste, was ich wahrnahm, waren Finger, die sich in meine Haut gruben.

Es war ein Uhr früh. Wo auch immer Marc den Abend verbracht hatte, jetzt war er wieder zu Hause.

Ich war endlich eingeschlafen. Die Beschwerden, die mit einer Schwangerschaft im dritten Trimester einhergingen, bedeuteten, dass es Ewigkeiten gedauert hatte, eine halbwegs bequeme Position zu finden.

Ich wachte davon auf, dass mein Mann an meinem Pyjama zerrte.

»Ich habe Angst, Marc«, flüsterte ich, zusammengerollt wie ein Kind und bis auf die Knochen müde. »Das Baby sitzt so tief.«

Ich machte mir Sorgen. Alles, was ich wollte, war, in den Arm genommen zu werden.

Er zog weiter an meinem Pyjama.

Mein Körper versteifte sich.

»Marc, ich habe Angst«, wiederholte ich. »Ich habe Angst um das Baby.«

Ich drehte mich von ihm weg. Auf einmal war meine Müdigkeit verflogen.

Stille.

Dann stand er auf. Schlug die Tür hinter sich zu.

Das Baby hatte mich gerettet. Ich machte mir keine Illusionen.

Unten im Erdgeschoss zerschellte eine Flasche an der Wand.

Das Geräusch erschreckte mich so sehr, dass ich prompt wieder Angst um das Baby bekam und stundenlang seine kleinen Tritte zählte. Als Marc das nächste Mal heraufkam, war ich endlich eingedämmert.

Nur, um erneut wachgerüttelt zu werden.

»Weißt du, wie demütigend es war, von dir zurückgewiesen zu werden? Warum machst du so was?«

Der Gin in seinem Atem löste bei mir einen Würgereiz aus.

Ich entschuldigte mich, damit es aufhörte.

»Nein«, hauchte er. »Ich will dir erklären, was du mit mir gemacht hast. Du bist meine Frau. Es ist deine Aufgabe, mir zuzuhören, wenn es mir nicht gut geht.«

Meine Lider waren bleischwer.

»Morgen früh …«, wimmerte ich.

Er schüttelte den Kopf. Zerrte mich in die Höhe und aus dem Schlafzimmer. Es konnte nicht warten.

»Ich mache dir Kaffee, dann wirst du wieder wach.«

Ich war schwanger und durfte überhaupt keinen Kaffee trinken. Er wusste das.

Egal. Er befand sich an einem Ort, der mit der realen Welt nichts mehr gemein hatte.

»Ich war so müde, dass ich kurz stehen bleiben musste, um mich zu sammeln. Er hat mich geschubst. Hat gesagt, ich soll gefälligst weitergehen.«

Ich ringe nach Luft.

»Geht es dir gut?«, fragte Adam.

Ich nicke, doch in der schwülen Hitze habe ich das Gefühl, zu ersticken. Möglicherweise liegt es auch an der Erinnerung.

Ich versuche tief durchzuatmen.

Es war leichtsinnig zu glauben, dass meine Schwangerschaft mich schützen würde. Am Ende konnte er sich doch nicht beherrschen.

»Adam«, sage ich. Eine kurze Pause. »Als Marc mich geschubst hat, stand ich oben an der Treppe.«

Tag 4, 20:00 h

DIE FRAU

BEDEUTET ADAMS SCHARFES ATEMHOLEN, dass er mich versteht?

Ich trinke einen Schluck Wasser und blicke ihm forschend ins Gesicht.

Dann setze ich meine Erzählung fort.

»Du kennst unsere Treppe – sie ist steil, und der Fall war hart«, sage ich leise. Zum allerersten Mal spreche ich diese Worte aus, die selbst für mich einen unheimlichen Klang haben.

Doch jetzt brechen sie aus mir hervor.

»Marc war untröstlich. Er hat geweint und immer wieder gesagt: ›Was, wenn dem Baby etwas passiert ist?‹ Aber ich hatte keine Zeit, ihn zu trösten. Ich wollte ihn nicht in meiner Nähe haben. Und er war in keinem guten Zustand, weil er den ganzen Gin ausgetrunken hatte, bevor er die Flasche an die Wand geworfen hat. Also habe ich mich um zwei Uhr morgens allein ins Auto gesetzt und bin ins Krankenhaus gefahren, um einen Ultraschall machen zu lassen. Ich habe meine Schmerzen und die Blutergüsse ignoriert, weil ich wissen musste, ob es dem Baby gut geht.«

Natürlich hätte ich in der Notaufnahme sagen sollen, was wirklich vorgefallen war. Im Nachhinein bereue ich, es nicht getan zu haben. Sonst wäre es jetzt aktenkundig.

Aber ich tat es nicht. Stattdessen behauptete ich, ich sei gestürzt, als ich mir ein Glas Wasser holen wollte und dabei mit meinem dicken Bauch aus dem Gleichgewicht gekommen sei.

Ich war hochschwanger, mein Körper unförmig und aufgedunsen, trotzdem kam ich mir vor wie ein halber Mensch, während ich mitten in der Nacht ganz allein auf dem Plastikstuhl der Notaufnahme saß. Während ich den Ärzten ins Gesicht log. Während ich meinem Baby leise zuredete. *Bitte, sei gesund. Bitte, sei gesund.* Während ich mir vorwarf, das Baby in Gefahr gebracht zu haben, indem ich bei Marc geblieben war.

»Nächstes Mal bitten Sie Ihren Mann, Ihnen ein Glas Wasser zu holen«, sagte die Frau, die den Ultraschall durchführte. »Männer, was? Wo ist er denn jetzt?«

Ich nuschelte irgendetwas von wegen Arbeit.

Männer.

Sie hatte ja keine Ahnung.

Auf der Heimfahrt weinte ich vor lauter Erschöpfung. In wenigen Stunden begann meine Schicht im Café. Ich wusste, dass ich mich krankmelden musste. Und was dann? Würde ich ihn verlassen? Was würde er dann tun? Wo sollte ich hin?

All diese Gedanken schwirrten mir im Kopf herum, als das Auto ins Schlingern kam, und als ich den Kopf hob, sah ich etwas vor mir, das dort nichts zu suchen hatte.

Einen Zaun.

Direkt vor mir.

Scheiße.

»Ach, Romilly«, murmelt Adam.

Jäh ins Hier und Jetzt zurückgerissen, erschrecke ich im ersten Moment über seine Anwesenheit.

»Ich bin auf der Rückfahrt am Steuer eingeschlafen.« Ich kann die Tränen endgültig nicht mehr zurückhalten. »Ich war die ganze Nacht wach.«

Sie laufen mir über das Gesicht.

»Im neunten Monat schwanger, und ich bin am Steuer eingeschlafen.«

Tag 4, 20:30 h

DIE FRAU

MEIN BEIN KRIBBELT, weil ich so lange im Schneidersitz gesessen habe, also stehe ich auf und stampfe mit dem Fuß auf das verdorrte Gras, soweit mein Flipflop dies zulässt. Ich wische mir die Tränen von den Wangen.

»Zum Glück konnte ich in letzter Sekunde noch ausweichen. Zum Glück herrschte zu dem Zeitpunkt kaum Verkehr. Glück. Pures Glück. Das ist der einzige Grund, weshalb wir jetzt hier sitzen.«

Wenngleich nicht vollzählig. Oh, meine Kleine. In jener Nacht waren wir noch zusammen. Und jetzt?

»Zu Hause hat Marc sich von seiner besten Seite gezeigt«, fahre ich fort. »Gott, es war ein Unterschied wie Tag und Nacht. Diese Erleichterung, ausnahmsweise mal nicht zu streiten. Er hatte sich von dem Schrecken erholt und war wieder nüchtern. Unter Tränen hat er mir immer wieder gesagt, wie sehr er mich und unser Baby liebt.«

Er machte mir eine Wärmflasche. Rief für mich im Café an und sagte, ich könne nicht kommen, weil ich krank sei. Räumte das Haus auf, während ich schlief. Brachte mir nach dem Aufwachen Kräutertee und Rühreier ans Bett.

»Ich dachte, der Vorfall hätte ihn wachgerüttelt und dass sich jetzt alles ändern würde.«

Ich lache: wie naiv.

»Er wusste nicht mal, was mir im Wagen passiert ist. Hat mir keine Chance gegeben, irgendwas zu erzählen. Und ich dachte nur: Wozu auch? Aber die Angst nach meinem Treppensturz hat bei ihm einen Schalter umgelegt. Auf einmal war er regelrecht besessen von seiner Rolle als werdender Vater. Er wollte es unbedingt besser machen als seine Eltern. Sich neu erfinden, noch mal ganz von vorne anfangen. Ich dachte, wenn das Baby erst mal da ist, lässt seine andauernde Wut auf mich vielleicht nach.«

Ich habe ihn mir ausgemalt, unseren Neustart mit Anfang dreißig. Mit allem Drum und Dran: ein familientaugliches Auto. Ein Dachgepäckträger. Neue Handtücher fürs Bad.

Ich suche Adams Blick.

Ich weiß nicht genau, ob es mir guttut, das alles offen auszusprechen, oder ob es mir Angst macht. Ich habe aufgehört, meine Gefühle zu analysieren, ich weiß nur, dass einige von ihnen stärker geworden sind als andere.

»Ist dir jemals etwas an ihm aufgefallen?«, frage ich verzweifelt.

Adam fixiert mich angestrengt, als würde er einen Sehtest machen.

Er greift nach meiner Hand.

»Marc hat gesagt, du hättest eine postpartale Psychose«, sagt er so leise, dass ich ihn kaum verstehen kann. Er ist ganz behutsam, als wollte er einem Terroristen die Waffe abnehmen.

»Und nach allem … Romilly, nach allem, was du mir eben erzählt hast, habe ich das Gefühl … dass das eine plausible

Erklärung ist. Der Mann, den du da beschreibst – das passt nicht zu Marc, und das weißt du auch. Könnte es vielleicht sein, dass du die Geschichte irgendwo gelesen hast?«

Es ist ein beängstigendes Gefühl, erst vorzupreschen, nur um dann jäh mit einem Faustschlag in die Magengrube gestoppt zu werden. Wie ein Flugzeugabsturz.

»Wenn du eine postpartale Psychose hast, bedeutet das, dass du unter Wahnvorstellungen leiden könntest.«

Pause.

»Paranoia.«

Pause.

»Krankhaftem Misstrauen.«

Er glaubt es wirklich.

Er zählt die Symptome an seinen Fingern ab.

»Verdammt noch mal, Adam, ich *kenne* die Krankheit. Ich stand während der Schwangerschaft unter Beobachtung. Ich habe Aufsätze darüber gelesen. Ganze Bücher. Alles, was das Internet zu dem Thema zu bieten hat.«

»Und bist du …«

Ich versteife mich.

»Du willst wissen, ob ich eine postpartale Psychose habe?«, falle ich ihm ins Wort. »Nein, habe ich nicht. Das Problem ist nur – und ich wette, Marc weiß das ganz genau –, dass ich es natürlich auch leugnen würde, wenn ich eine *hätte*. Insofern glaubt mir wahrscheinlich niemand.«

Ich höre das Flehen in meiner Stimme.

»Er legt es darauf an, mich als verrückt hinzustellen, Adam. Das ist sein Ziel.«

Eine postpartale Psychose.

Ausgerechnet das, Marc?

Aber spiele ich ihm mit meinem Verhalten nicht in die Hände?

Adam kann seinen Frust nicht verbergen.

»Die Sache ist doch die, Romilly: Gesetzt den Fall, das ist wahr und keine Einbildung – nein, lass mich ausreden. Mal angenommen, alles ist genau so, wie du es gesagt hast. Es bleibt doch trotzdem unbegreiflich, dass du *nach Frankreich* geflogen bist und dein neugeborenes Baby im Krankenhaus zurückgelassen hast. Habe ich recht?«

Ich drehe die Ringe an meinen Fingern. Immer im Kreis herum.

»Also. Warum hast du es getan, Romilly?«

»Es gibt hier eine Frau.« Ich sehe ihn an. »Eine Frau, von der ich dachte, sie könnte mir helfen, die Wahrheit über Marc zu beweisen. Ella. Sie ist seine Ex.«

Ich drehe.

Drehe.

Immer im Kreis herum.

»Aber sie hat dir nicht geholfen?«

Ich schlucke. Noch etwas, das ganz anders gelaufen ist als erhofft. »Nein, hat sie nicht.«

Immer im Kreis herum.

Ich spreche weiter, auch wenn ich weiß, dass ich Marc damit nur weitere Munition liefere. Ich klinge wie eine Wahnsinnige. Es ist nur logisch, dass Adam mir nicht glaubt.

Er macht sich nicht einmal die Mühe, mehr über Ella zu erfragen. Er hält sie für ein Hirngespinst.

»Ich habe in den letzten Tagen viel Zeit mit Marc verbracht«, sagt er stattdessen, wobei er jede einzelne Silbe behutsam betont. »Ich habe gesehen, wie schlecht es ihm geht. Und dir doch auch, Romilly! Du hast eine ganze Menge durchgemacht.«

Ich starre ihn an. Meinen guten Freund, der vor mir sitzt und mir unverwandt in die Augen schaut.

»So ein Verhalten passt nicht zu dir, Romilly.«

»Mein Verhalten passt zu dem, was er mir angetan hat, Adam.«

»Aber Ro. Ich kenne dich. Und ich weiß, dass du *niemals* dein neugeborenes Baby im Stich lassen würdest – nie im Leben, ganz egal, was Marc getan hat. Es sei denn, du bist nicht bei klarem Verstand. Das ist die einzige Erklärung, Romilly. Jedenfalls die einzige, die für mich auch nur annähernd Sinn ergibt.«

Meine Hände ballen sich zu Fäusten.

Gott, natürlich. *Natürlich.* Genau das denkt er.

»Adam, ich wollte mein Baby doch gar nicht im Stich lassen!«, sage ich laut, obwohl er nur wenige Zentimeter entfernt sitzt und die Teenager ganz in der Nähe ihre Pizza essen, während die Erwachsenen sich noch einen *vin rosé* gönnen. »Ich wollte nur *Marc* verlassen!«

Ich denke daran, wie gründlich mein Plan fehlgeschlagen ist. Bei der bloßen Vorstellung ist mir immer noch nach Weinen zumute. Welch bittere Ironie.

»Ich habe das Baby nicht im Stich gelassen, Adam«, wiederhole ich. »Sie hat mich da rausgeholt, und dann ist sie noch mal zurückgegangen, um das Baby zu holen. Aber als sie ins Zimmer kam, stand er auf einmal da. Es war noch nicht mal sechs Uhr früh! Er hätte gar nicht dort sein dürfen. Wahrscheinlich wollte er ein Auge auf mich haben, so wie immer. Sie konnte mir das Baby also nicht bringen.«

Ich höre seinen Atem.

Und meinen auch.

»Seitdem hat sie es immer wieder versucht.«

Ein gedämpftes Platschen ist zu hören, als jemand weit entfernt in einen Pool springt. Wahrscheinlich in einem der Ferienhäuser. Urlauber, die nach dem Abendessen noch eine Runde schwimmen möchten. Darauf folgt ein lautes Kreischen der Freude oder Trunkenheit oder einer Kombination aus beidem.

Die Ausgelassenheit tut weh, weil ich selbst so sehr leide. Weil alles komplett aus dem Ruder gelaufen ist. Weil ich mir nichts auf der Welt so sehr wünsche, wie meine Tochter wieder bei mir zu haben.

»Wer?«, fragt er mit einem seltsamen Unterton in der Stimme. »Wer ist *sie*?«

Und mir wird bewusst, dass er Angst hat. Schreckliche Angst davor, seine Freundin könnte ihn die ganze Zeit belogen haben. Und davor, was das für sie und ihre gemeinsame Zukunft bedeuten würde.

Tag 4, 21:00 h

DIE FRAU

»MEINE SCHWESTER«, erlöse ich ihn. »Natürlich war es meine Schwester, Adam.«

»Loll wusste Bescheid? Aber sie …«

Ich denke an meine große Schwester, die nie Filme schaut oder Romane liest, weil sie keinen Sinn darin sieht, sich mit fiktionalen Inhalten zu beschäftigen. Warum sollte man mit so etwas seine Zeit vergeuden, wo es doch so viele *Fakten* gibt, die man sich aneignen kann? Meine Schwester ist ein durch und durch nüchterner Mensch, eine Pharmazeutin, die jedem, der an den Tresen ihrer kleinen Apotheke tritt, Tatsachen und Wahrheit verkauft.

Und trotzdem hat sie neben ihnen auf dem Sofa gesessen und ihnen eine Lüge nach der anderen aufgetischt.

Ich verstehe, dass dies jeden, der davon erfährt, verblüffen muss. Aber Loll hat noch eine weitere hervorstechende Eigenschaft: Sie ist sehr gründlich.

»Sie versucht, sich bei Marc einzuschmeicheln, damit er ihr vertraut und sie mit dem Baby allein lässt«, sage ich leise.

Adams Brustkorb hebt und senkt sich im schnellen Rhythmus seiner Atemzüge.

»Damit sie sie in einem unbeobachteten Moment mitnehmen und zu mir bringen kann. Ich konnte überhaupt nicht klar denken, geschweige denn, mir einen vernünftigen Plan zurechtlegen. Ganz im Gegensatz zu Loll. Das Problem ist nur, dass Marc das Baby nie aus den Augen lässt. Vielleicht hat er so ein Gefühl, dass er auf sie aufpassen muss, für den Fall, dass ich sie holen komme.«

Jetzt drehe ich das Armband an meinem Handgelenk. Immer im Kreis herum.

»Er macht seine Sache gut«, sagt Adam abwehrend.

Ich nicke. Das wundert mich nicht.

»So war es immer schon. Marc kann super mit seinen Nichten und Neffen umgehen. Sein Kinderwunsch war viel größer als meiner.«

Ich weiß, wie das alles auf einen Außenstehenden wirken muss: Pluspunkte für Marc, weil er sich um sein eigenes Kind kümmert. Minuspunkte für mich, weil ich mich widernatürlich verhalten und mein Baby im Stich gelassen habe.

Kein Wunder, dass mir niemand glaubt.

Das Baby war gewollt, aber Marc war die treibende Kraft dahinter. Galt das nicht für alles in unserem Leben? Er hatte sogar eine praktische kleine App für mich. Eines Tages hat er sie einfach auf meinem Handy installiert, als er es sowieso gerade in der Hand hatte, um meine Nachrichten zu lesen.

Wenn die App ihm sagte, dass der Zeitpunkt günstig war, zog er mir vorsichtig den Slip aus.

Das erste Mal lag ich einfach nur da und hoffte, dass es nicht klappen würde. Dass wir noch ein bisschen mehr Zeit zu zweit haben würden. Wir waren erst seit neun Monaten zusammen.

Mein Wunsch ging nicht in Erfüllung.

Aber das macht nichts, dachte ich. Das macht nichts. Hatte Loll nicht vor Freude gekreischt, als ich ihr kurz nach der Hochzeit mitgeteilt hatte, dass ich schwanger war?

Hat sie mir nicht gesagt, wie selten es heutzutage sei, einen Mann zu treffen, der sich binden und eine Familie gründen wollte? Und noch dazu war er so gut aussehend, nicht wahr? Sie knuffte mich in die Seite. Win win win win win.

Welches Recht hatte ich, mich zu beklagen, weil es mir lieber gewesen wäre, noch etwas zu warten? Ich, eine Frau über dreißig mit einer ganzen Schar von Ex-Freunden, die sich alle nicht hatten festlegen wollen. Wie selbstgerecht! Wie undankbar!

Ich kehre in die Gegenwart zurück. Denk nach, Romilly, denk nach.

»Adam, hat Marc dir gesagt, dass er mir Nachrichten geschickt hat, nachdem ich verschwunden bin?«

Adam nickt. »Natürlich. Er wollte wissen, wo du steckst. Er hat dich angefleht, nach Hause zurückzukommen. Er wollte dir Sicherheit vermitteln. Er hat gesagt, er schreibt dir andauernd, genau wie wir alle.«

Ich lache. Zumindest klingt es so ähnlich wie ein Lachen.

»Das ist nicht ganz dasselbe«, flüstere ich.

In der Ferne ist Dance Music zu hören. Ein Club in den Hügeln, der sämtliche Teenager im Umkreis von zwanzig Kilometern anzieht, weil es hier keine größeren Städte gibt. Marseille ist zu weit weg, und sie sind noch zu jung, um ihr wunderschönes Dorf und ein rustikales Bistro zu schätzen. Sie sehnen sich nach Schweiß, Bier und Chaos.

»Adam, in seinen Nachrichten hat er mir immer und immer wieder damit gedroht, dass er mir das Baby wegnimmt. Dass er mich verhaften oder einweisen lässt. Ich dachte, wenn ich zu ihm zurückkomme, habe ich endgültig keine Chance mehr.«

»Und deshalb sitzen wir jetzt hier, stimmt's?«

Marcs Nachrichten waren nichts anderes als Gewalt. Genauso gut hätte ich bewusstlos in einem Graben liegen können.

»Das Risiko war zu groß. Ich musste einen anderen Weg finden, sie zu mir zu holen.«

Ich wische mir mit der Handfläche über die Stirn. Das Innere meiner Brust fühlt sich eng und verdorrt an.

Adam lässt den Kopf in seine großen, mir so vertrauten Hände sinken. Die Haut an seinen Knöcheln ist trocken. Als ich den Kopf hebe, sehe ich den exakten Moment, in dem die Sonne hinter den Bergen untergeht. Dann schaue ich zur Seite, in sein Gesicht. Wangen, die man tätscheln möchte. Augen voller Güte.

Er ist immer noch nicht überzeugt.

»Ich dachte, wenn ich nach Hause komme, nimmt er sie mir weg.« Ich wiederhole mein Argument noch einmal, damit er es auch wirklich begreift. »Deshalb wollte ich weg von ihm, und Loll sollte sie mir bringen. Verstehst du?«

Es war eine emotionale Entscheidung. Eine Entscheidung aus Panik. Vielleicht eine Entscheidung als Mutter, auch wenn ich nicht naiv bin. Ich weiß, wie viele eine solche Rechtfertigung infrage stellen würden.

Adam rutscht von seinem Stuhl, um sich auf den Boden zu setzen, und zieht die Knie an die Brust.

»Nein, Romilly, ich verstehe überhaupt nichts«, sagt er geduldig. »Alles, was ich sehe, ist das, was Marc mir gesagt hat:

eine Frau, die an einer psychischen Krankheit leidet und jeden Sinn für die Realität verloren hat.«

Ich höre das Telefon in seiner Tasche vibrieren.

Sehe, wie seine Finger sich darauf zubewegen.

Ich halte den Atem an.

Tag 4, 21:30 h

DIE FRAU

ICH LASSE MICH NEBEN IHM NIEDER. Vorsichtig. Die Geburt ist nicht mal eine Woche her. Alles tut noch weh.

Ich nehme seine Hand.

»Hör mir zu, bevor du mit ihm redest«, beschwöre ich ihn. »Tu mir wenigstens diesen einen Gefallen. Ich sitze hier vor dir, es kann nichts passieren. Hör einfach an, was ich zu sagen habe, und danach kannst du tun, was immer du für richtig hältst. Du hast nichts zu verlieren.«

Ein kaum wahrnehmbares Nicken. Daran klammere ich mich. Irgendetwas hält ihn davon ab, Marc zu verraten, wo ich bin. Selbst wenn es nur die Angst ist, ich könnte die Flucht ergreifen.

Das Telefon bleibt in der Tasche.

»Das erste Mal, dass es zu körperlicher Gewalt kam, war während unserer Flitterwochen«, sage ich. Meine Stimme ist kaum lauter als ein Flüstern. Wie er ziehe auch ich die Beine an. »Ich habe ganz nebenbei erwähnt, dass Stef sich gut mit meinem Ex-Freund versteht. Da ist er ausgerastet.«

Adam lässt den Kopf hängen.

»Wie konnte das passieren, ohne dass ich davon wusste?«, fragt er, ohne aufzublicken. »Ich kann doch nicht sämtliche Anzeichen übersehen haben. Dazu kenne ich ihn zu gut.«

Ich will nicht desillusioniert klingen, das steht mir nicht, aber manchmal kann man einfach nicht anders. Manchmal zieht die Welt einen runter.

»Ich glaube, das sagt sich jeder, Adam. Ob es sich nun um Freundschaften oder Beziehungen oder Ehen handelt. Gibt es überhaupt jemanden, der alles sieht?«

In Wahrheit besteht die Welt aus zwei Schichten. Da ist die Oberfläche, die wir bereitwillig mit anderen teilen, und die Schicht darunter, die wir geflissentlich ausblenden, wenn wir uns erkundigen, wer die letzte Frühlingsrolle möchte, oder von den neuen Wasserhähnen in der Küche schwärmen, während wir insgeheim an den Knoten in unserer Brust oder unseren selbstmordgefährdeten Bruder denken. Die echten Wahrheiten kommen kaum je auf den Tisch.

Ich muss es aussprechen.

»Wusstest du, dass Marc eine schwere Kindheit hatte?«

Adam schnaubt. »Ach, Romilly, wir haben doch alle …«

Ich hebe die Hand.

»Tu das nicht, Adam. Behandle mich nicht von oben herab. Wir alle haben unser Päckchen zu tragen, ja, aber bei ihm ist es anders. Er schleppt seins immer noch mit sich herum. Was ihm in der Schule angetan wurde, das Mobbing, die Schikane durch die anderen Kinder – all das hat er nie verarbeitet. Ich habe versucht, ihm zu helfen, aber er meinte, er bräuchte keine Hilfe. Er ist sehr, sehr gut darin, das zu verbergen. Manchmal gibt es lange Phasen zwischen seinen Ausbrüchen, in denen habe ich mir dann eingeredet, dass es besser geworden ist.

Und all die anderen Sachen habe ich irgendwie rationalisiert. Den Spott, die Manipulationen.«

Adam verzieht das Gesicht.

Ich erinnere mich an das Gespräch mit seiner Mutter im Anfangsstadium ihrer Demenz letztes Jahr. Es war unsere erste Begegnung. Marc war nicht erpicht darauf, aber ich hatte ihn dazu gedrängt. Es war mir wichtig, seine Mutter kennenzulernen.

Ich kämmte mir die Haare, die mir damals noch bis über die Hüften reichten, und bügelte meine Jeans.

»Sieh mal einer an«, dröhnte seine Mutter so laut, wie man es ihr angesichts ihrer zerbrechlichen Gestalt kaum zugetraut hätte, als wir das Pflegeheim betraten. »Hast du endlich jemanden gefunden, der sich mit dir abgeben will? Hauptsache, du zeigst ihr keine deiner alten Schulfotos. Ich weiß nicht, was sie zu dem fetten Sonderling sagen würde, der du warst, bevor du dich neu erfunden hast. Gott, diese Haut! Wenn du im Raum warst, hat es mir den Appetit aufs Abendessen verdorben.«

Sie schüttelte sich. Tat so, als müsste sie würgen.

Ihr Grinsen eine Sekunde später war ebenso breit wie grausam.

Seine eigene *Mutter*. Ich war sprachlos vor Entsetzen.

Ich umklammerte Marcs Hand ganz fest. Als er sie mir mit einem Ruck entzog, hinterließ er eine Spur aus Schweiß.

Irgendwann fand ich die Sprache wieder. Ich murmelte, dass wir während der Pubertät wohl alle nicht besonders attraktiv ausgesehen hätten, und bestimmt sei er trotzdem auf seine Art schön gewesen. Und so weiter.

Sie beugte sich so dicht zu mir, dass ich ihren Atem riechen konnte.

»Glauben Sie mir, das war er nicht. Die einzige Möglichkeit, an Mädchen ranzukommen, war, wenn er sie so betrunken gemacht hat, dass sie nicht mehr wussten, was sie taten. Dass sie die Eiterbeulen in seinem Gesicht nicht mehr gesehen haben …«

In dem Moment kam eine Pflegerin, um mit Marc über eine Erhöhung der Medikamentendosis seiner Mutter zu sprechen.

Als wir gingen, rief sie mir nach: »In Wahrheit schreibt man seinen Namen mit K, wissen Sie das? Lassen Sie sich bloß nicht täuschen. Er hat absolut nichts Exotisches an sich. Er ist ein hundsgewöhnlicher, fetter, pickliger Mark mit K!«

Ihr Gelächter verfolgte uns bis nach draußen.

Wir machten all die anderen Unternehmungen, die wir uns für den Trip nach Sussex vorgenommen hatten: Wir gingen an den Strand und aßen zu Abend, bevor wir ins Hotel zurückkehrten und einschliefen.

Doch für den Rest des Tages lag ein Schleier mühsam unterdrückter Wut über meinem Verlobten. Ich war in seiner Gegenwart extrem vorsichtig. Ging wie auf Eierschalen.

Ich erzähle Adam von der Begebenheit.

»Ich denke, seine Mutter hat ihren Anteil daran«, sage ich abschließend, »dass er Frauen so abgrundtief hasst.«

Tag 4, 21:45 h

DIE FRAU

»OKAY. MAL ANGENOMMEN, das alles ist wahr«, sagt Adam. »Wenn wir es nicht von selbst gemerkt haben, warum hast du uns dann nichts gesagt? Wir sind doch gute Freunde, Romilly. Wir hätten es nicht ignoriert, ganz egal, wie wir zu Marc stehen.«

Ich nicke. Diese Frage habe ich mir selbst auch schon tausendmal gestellt.

»Ich weiß, es klingt idiotisch …«, murmle ich beschämt.

Adam schüttelt den Kopf. »Nein. Sag es mir einfach.«

»Ich war überzeugt davon, dass ein Baby alles verändern würde. Dass es ein Neuanfang für uns wäre. Dass sich die Probleme damit in Luft auflösen würden.«

Es ist schwer, ihm begreiflich zu machen, wie sehr eine Schwangerschaft den Alltag bestimmt.

»Ich dachte … Wir erwarteten ein Kind zusammen. Wie kann man sich denn nicht von seiner besten Seite zeigen, wenn man ein Kind erwartet? Das war ganz schön naiv.«

Je weiter meine Schwangerschaft fortschritt, desto schlimmer wurde es.

Mein Bauch wuchs, und Marcs Wut hielt Schritt. Es gab Teile seiner Persönlichkeit, auf die ich zuvor schon hin und wieder kurze Blicke erhascht, die er aber immer erfolgreich unterdrückt hatte. Nun ließen sie sich nicht mehr verbergen. Seine Bitterkeit. Die permanenten abfälligen Kommentare und Anweisungen während des Tages. Der rasende, urplötzlich aufwallende Zorn in der Nacht. In den Anfangstagen unserer Beziehung hatte er mich mit Liebesbekundungen förmlich überschüttet, und das kam immer noch hin und wieder vor. Es war dann jedes Mal wie der erste Schuss einer Droge, und ich bemühte mich verzweifelt, mehr davon zu bekommen. Er würde wieder so werden wie früher, wenn ich nur das Richtige sagte oder tat.

Doch das Gegenteil war der Fall.

Ich wollte wissen, welches Geschlecht das Baby hatte, aber Marc erlaubte es mir nicht, und insgeheim dachte ich bei mir: gut so. Lassen wir uns überraschen. Denn wenn ich gewusst hätte, dass ich ein Mädchen erwartete, hätte ich mich einer beängstigenden Wahrheit stellen müssen. Ich hatte zwar nie die Befürchtung, dass er seiner Tochter etwas antun könnte, solange sie noch ein Kind war, aber sobald sie größer wurde – eine junge Frau, die ihm widersprechen, sich gegen ihn auflehnen und Fehler machen konnte … Davor hatte ich sehr wohl Angst.

Ich sehe Adam an. Suche nach etwas, das ihm vielleicht bekannt vorkommt.

Erinnert er sich an all die Male, wenn wir nicht wir selbst waren, Marc und ich? Wenn er anrief und die Stimme seines Freundes heiser klang, nachdem er mich kurz zuvor zusammengeschrien hatte, weil ihm wieder mal irgendetwas an mir missfiel und ich zu müde war oder zu viel Angst um mein Baby hatte, um Widerstand zu leisten?

Weiß er noch, wie oft ich Steffies Anrufe ignoriert habe, weil Marc meinte, unsere Freundschaft grenze schon an Abhängigkeit, das sei nicht normal, und sie würde sich zu sehr an mich klammern?

Erinnert er sich an den Streit zwischen Steffie und mir, nachdem sie eine flapsige Bemerkung über meinen Verlobungsring gemacht hatte, weil es ihrer Meinung nach ein Ring war, den ich mir niemals selbst ausgesucht hätte. Danach habe ich eine Woche lang nicht mit ihr gesprochen, denn sie hatte den Nagel auf den Kopf getroffen: Es war tatsächlich ein Ring, den ich mir niemals ausgesucht hätte. Es war ein Ring, den Marc ausgesucht hatte. Manchmal, wenn ich ihn betrachtete, fragte ich mich, ob er ursprünglich für jemand anders bestimmt gewesen war und er ihn gekauft hatte, bevor wir uns kannten.

Ob er ihn für Ella gekauft hatte.

Noch ein Gedanke, den ich verdrängte. Um zu überleben, musste ich ziemlich viele Gedanken verdrängen.

Früher war der Lärm in unserem Haus von Marcs altem Plattenspieler gekommen, der David-Bowie-Alben spielte. Jetzt kam er von zuschlagenden Türen und zerbrechenden Gläsern. Und von Marc, der mit der Faust auf die Wände einschlug.

Danach dröhnende Stille, während ich meinen Ehemann verarztete. Während ich möglichst leise weinte. Während ich die Tritte des Babys zählte, auf der linken Seite lag und mich vergewisserte, dass das Gift, das sich in unserem Haus ausbreitete, noch nicht bis zu ihm vorgedrungen war.

Aber natürlich war Adam nichts aufgefallen. Was ich an Energie übrig hatte, investierte ich in die Arbeit, eine perfekte Fassade aufrechtzuerhalten: Bei uns ist alles gut. Gut, gut, gut.

In Wahrheit lebte ich in einer privaten Hölle, die ich – jemand, der sonst gerne und viel redet – mit niemandem teilen konnte. Noch dazu in einer Zeit, die alle für die glücklichste meines Lebens hielten.

Im Nachhinein kann ich kaum verstehen, wie ich es geschafft habe, mir einzureden, dass die Dinge, die Marc während der Schwangerschaft tat, uns nicht weiterhin verfolgen würden, wenn das Baby da war. Wieso ich nicht begriff, dass dieser Mann der letzte Mensch war, den ich in meinem Umfeld brauchte?

Steffie meinte oft, dass die Gesellschaft Eltern als die einzig wahren Erwachsenen feiern würde, sodass man den Eindruck bekam, alle anderen über achtzehn würden bloß so tun als ob, gefangen in der Oberflächlichkeit ihres kinderlosen Lebens.

Aber genau das habe ich auch gedacht. Und man sieht ja, wohin es mich gebracht hat.

»Ich bin mit einer alleinerziehenden Mutter aufgewachsen, Ad. Ich habe mir gesagt, dass nichts von alldem wichtiger ist als die Notwendigkeit, meinem Baby eine intakte Familie zu bieten.«

Wage ich es fortzufahren?

»Nicht mal, als Marc eine Grenze überschritten hat, die kein Mensch je überschreiten darf.«

Tag 4, 22:00 h

DIE FRAU

ICH SEHE ADAM AN und beginne eine Geschichte, die ich eigentlich nie erzählen wollte.

»Adam, hier in diesem See war ich seit sieben Monaten zum ersten Mal wieder schwimmen.«

Und das hatte nicht das Geringste mit meiner Schwangerschaft zu tun.

Davon hätte ich mich niemals abhalten lassen.

»Wie kommt's?«, fragt er.

Ich beiße mir auf die Lippe.

Als es passierte, waren wir seit ungefähr einem Jahr zusammen und seit vier Monaten verheiratet. Ich war zum Schwimmen an den Strand gegangen. Es war ein ziemlich kalter Nachmittag, eigentlich bereits früher Abend, und außer mir war keine Menschenseele dort.

Bis er kam.

»Marc ist am Strand aufgetaucht und zu mir ins Wasser gewatet. Er war wieder mal wütend auf mich, weil ich seiner Meinung nach zu viel Zeit am Strand verbrachte. Ja, der Mann konnte sogar auf Meerwasser eifersüchtig sein. Ich habe versucht, von ihm wegzuschwimmen, war aber noch zu nah am Ufer, und dann hat er plötzlich die Hand nach mir ausgestreckt und mich gepackt.«

Die Kehle wird mir eng.

Ich schlucke.

»Es passierte aus heiterem Himmel, Adam. Ohne jede Warnung.«

Ich versuche zu atmen.

»Er war schon in Rage, als er ankam.«

Ich habe wieder angefangen, an meinen Ringen zu drehen. Immer und immer im Kreis herum.

»Ich hatte nicht mal Zeit, eine Frage zu stellen oder irgendwas zu sagen, um ihn zu beschwichtigen.«

Dreh.

Dreh.

»Er hat mein Gesicht genommen.«

Mir wird bewusst, dass ich flüstere. Aus Entsetzen über meine eigenen Worte.

»Und meinen Kopf unter Wasser gedrückt. Dieser Griff … ich konnte nichts dagegen ausrichten, Adam. Ich habe noch nie so was gefühlt. Er war hart wie Stahl. Anders kann ich es nicht beschreiben.«

Ein Aufschrei und gleich darauf ein Platschen, als wieder jemand in einen Pool springt. Doch ich registriere es kaum. Nun, da ich einmal angefangen habe, muss ich es auch zu Ende bringen.

»Im nächsten Moment war ich unter Wasser. Es fühlte sich an, als würde es mein Gehirn fluten. Ich habe die ganze Zeit versucht, den Kopf zu drehen, aber es ging nicht.«

Ich blicke zu Adam auf. Meine Stimme ist noch leiser geworden.

»Irgendwann habe ich einfach aufgegeben.«

Ich fahre fort, meinen Freund anzusehen. Er ist ein guter Kerl. Ich weiß, dass es ihm beinahe unmöglich sein muss, einen Mann wie Marc zu verstehen.

»Warum hat er aufgehört?« Adams Stimme ist kalt wie Eis.

Ich seufze. »Weil ich ihn auf etwas aufmerksam gemacht habe.«

Ich musste auf meinen Bauch zeigen. Mit dem Kopf unter Wasser konnte ich die Worte »Ich bin schwanger« nicht aussprechen, also deutete ich mit dem Finger nach unten und hoffte, dass er es begreifen würde.

Und dass er mich am Leben ließ.

Warum hatte ich es ihm nicht schon vor einer Woche gesagt, gleich nachdem ich es herausgefunden hatte?

Weil seine Wutanfälle immer schlimmere Formen annahmen.

Weil ich wusste: Sobald ich einem Mann, dessen größter Wunsch es war, Vater zu werden, eröffnete, dass ich sein Kind erwartete, würde ich nie mehr von ihm loskommen. Ich konnte es nicht so machen wie seine Ex Ella, von der ich durch meine Internetrecherchen wusste, dass sie ein neues Leben in Frankreich hatte. Nein. Ich würde für immer an ihn gefesselt sein, unentwirrbar wie die Ketten in einer Schmuckschatulle.

Nachdem er mich aus dem Wasser gezogen hatte, schrie er mich an, weil ich ihm die Schwangerschaft verheimlicht hatte, und dann weinte er, während ich behauptete, ich hätte es gerade erst festgestellt und auf einen besonderen Moment warten wollen, um es ihm zu sagen.

Ob er mir glaubte? Das weiß der Himmel. Aber er entschuldigte sich bei mir. Unzählige Male. Es gab Umarmungen und Ausreden: Er hätte einen schlechten Tag gehabt, sonst hätte er so etwas niemals getan. Er hätte mich sowieso gleich losgelassen, und wenigstens wäre ich jetzt nicht mehr so besessen vom Wasser.

Ich wurde in ein Handtuch gehüllt, und fürsorgliche Arme lotsten mich zurück den Strand hinauf und bis nach Hause. Ich hatte sein Gesicht gesehen, als er hörte, dass wir ein Kind erwarteten.

Ich hatte recht: Jetzt war ich geschützt.

»Dachte ich zumindest.«

Musst du noch mehr hören, Adam?

Wenn du mehr hören willst, es gibt noch mehr.

Unbeholfen stehe ich vom Boden auf und lasse mich wieder auf den Campingstuhl sinken. Als ich die Knie an die Brust ziehe, fallen meine Flipflops auf die Erde. Ich spüre eine Mücke auf meinem großen Zeh und schlage nach ihr.

Ich strecke die Hand nach meiner Wasserflasche aus und trinke einen Schluck. Der Abend ist so schwül und drückend, dass mir alles wie eine enorme Anstrengung vorkommt. Ich versuche mich so wenig wie möglich zu bewegen, nur so lässt sich die Hitze aushalten.

Ich mustere meinen guten Freund. *Unseren* guten Freund. Oder mache ich mir etwas vor? Ist er in erster Linie Marcs Freund? Habe ich vielleicht gar keine Chance?

Adam dreht sich herum, sodass er mich anschauen kann, ohne sich dabei den Hals verrenken zu müssen. Er schweigt.

Wie so oft in letzter Zeit denke ich zurück an den Tag unserer Hochzeit. Adam stand neben Marc (war es rückblickend nicht ein wenig seltsam, dass er jemanden als Trauzeugen ausgesucht hatte, den er erst seit wenigen Monaten kannte?), Steffie neben mir. Eine Wiese auf einer Farm mit Blick auf die Landschaft von Nordwales. Der Ort, an dem wir jede Woche unsere Eier holten, eins fünfzig in die Vertrauenskasse warfen und das Angebot im Gemüsekarren in Augenschein nahmen. Wir hatten uns mit dem Betreiberpaar Alicia und Jim sowie ihren Töchtern Trixie und Anastasia angefreundet, die immer in Gummistiefeln herumliefen und ihre riesigen selbst gezogenen Blumenkohlköpfe und eingelegte Rote Beete verkauften. Als ich ihnen eröffnete, dass wir heiraten wollten, war Alicia diejenige, die vorschlug, die Hochzeitsfeier auf ihrem Hof auszurichten, auch wenn der Termin recht kurzfristig war. Ich war von dem Angebot begeistert.

Die eigentliche Eheschließung wurde relativ freudlos auf dem Standesamt vollzogen, aber bei der Feier danach ließen wir es so richtig krachen. Ich trug ein Vintagekleid mit Glockenrock und lief barfuß durchs Gras. Eigentlich hatte ich mir vorgestellt, meine Zehen in den Sand zu graben, während ich Marc das Jawort gab, aber eine Strandhochzeit in England war witterungstechnisch zu riskant, meinte er, und außerdem wäre es doch das Beste, keine Zeit mehr zu verlieren. Warum zögern? Er wollte, dass wir uns so bald wie möglich um Nachwuchs kümmerten.

Also wurde es eine Wiese, und die war als zweite Wahl wirklich nicht schlecht.

Während der Zeremonie ließ ich den Blick über das dramatische walisische Bergpanorama schweifen, mit dem wir in Thurstable gesegnet sind. Dieser unvergleichliche Ort mit seinen unzähligen Blautönen, die so aussehen, als hätte jemand geöffnete Füllhalter in den Himmel geworfen, und die Tinte wäre ausgelaufen.

Ich sah Steffie an, dann richtete ich den Blick auf meine Füße. Auf meinem großen Zeh waren ein paar Schlammspritzer zu sehen.

Als ich »Ja, ich will« sagte, blickte ich in die Augen eines Alpakas. Als Marc das Ehegelübde wiederholte, wieherte ein Pferd, als würde es uns zujubeln. Vermutlich konnte man unser

Gelächter über das gesamte Mündungsgebiet hinweg hören, und mein Grinsen war so breit wie der Mittelgang zwischen den aufgestellten Stühlen.

Alles wird gut, dachte ich. Die unschönen Dinge, die passiert waren, gehörten nun mal zum Leben. Niemand konnte immerzu perfekt sein. Was machte es schon, wenn Marc hin und wieder schlechte Laune hatte? Was machte es, wenn er sich mitunter nicht beherrschen konnte? Was machte es, wenn ihn manche Dinge, die ich tat, verärgerten? Glaubte ich etwa, erwachsen sein bedeutete nichts als Eggs Benedict zum Brunch und verlängerte Wochenenden in Barcelona?

Jetzt geht mein Blick zu Adam, der noch immer auf der Erde sitzt.

Sein Handy liegt neben ihm.

Ich reiche ihm meine Wasserflasche. Er trinkt einen Schluck daraus und gibt sie mir zurück.

Ich rede weiter. Meine düstere Geschichte ist noch nicht zu Ende.

Zum wiederholten Mal leuchtet das Display auf.

Ich weiß, dass Marc ihm Nachrichten schickt.

Und ich weiß, dass mir die Zeit davonläuft.

Tag 4, 22:15 h

DIE FRAU

»ZWEI TAGE NACHDEM ICH die Treppe runtergefallen war und den Beinahe-Autounfall hatte, setzten bei mir die Wehen ein. Drei Wochen zu früh. Das ist ziemlich ungewöhnlich beim ersten Kind. Wahrscheinlich lag es am Schock.«

Ich zittere am ganzen Leib. Das war der letzte halbwegs normale Moment, bevor alles ganz furchtbar schieflief.

Adam steht auf und geht einige Schritte über den Campingplatz, um unsere Flaschen in den Glascontainer zu werfen. Ein rascher Schulterblick. Er hält sich für diskret, aber ich weiß genau, dass er mich keinen Moment aus den Augen lässt. Er überwacht mich an Marcs Stelle.

Als er zurückkommt, macht er sich noch ein Bier auf.

»Du auch?«

Ich schüttle den Kopf. Nach neun Monaten Abstinenz sind zwei Flaschen mehr als genug.

Ich muss einen klaren Kopf behalten.

Es war ein Samstag. Ich saß auf einem großen Gymnastikball in unserer Küche und hatte den Inhalt meiner Krankenhaustasche vor mir auf dem Tisch ausgebreitet. Überall lagen Hemdchen, winzige Windeln und Flaschen mit isotonischen

Getränken herum. Ich war gerade dabei, alles noch einmal neu zu packen.

Fixiert auf die unzähligen kleinen Details, die in diesem Stadium der Schwangerschaft eben wichtig sind. Mein Kopf war so voll, dass er wehtat. Zwei Ungetüme bestimmten meine Gedanken und kämpften erbittert um die Vorherrschaft. Brauchte ich wirklich Gartenmatten in meiner Krankenhaustasche? Betrog mich mein Ehemann, während er angeblich bei der Bandprobe war? Wenn ich ihn heute verließ, wohin sollte ich mit meinem Baby nach Hause kommen? Wenn ich ihn nicht verließ, war ich dann in Gefahr?

Die Glühbirne in der Küche flackerte.

Wir müssen die auswechseln, dachte ich in einem der letzten Augenblicke, in dem solche Alltäglichkeiten noch eine Rolle spielten. Bevor Marc hereinkam und alles seinen Lauf nahm.

»Hallo«, sagte ich.

Er hob den Kopf. Nahm die Cafetière. »Was willst du denn mit den Gartenmatten?«

»Während der Geburt darauf knien«, sagte ich. Es war mir peinlich, über diese Dinge zu sprechen. So langweilig. So unsexy. »Das wurde beim Vorbereitungskurs erwähnt, weißt du noch? Dass sie in manchen Positionen nützlich sein können. Na ja, nicht so wichtig.« Ich lachte unbeholfen.

»Ich glaube, du bringst da was durcheinander«, sagte er spöttisch. »Sie haben ja wohl kaum echte Gartenmatten gemeint.«

Die Bewunderung, die er mir nach meiner Rückkehr aus dem Krankenhaus entgegengebracht hatte, war ihm mittlerweile langweilig geworden. Ich hätte mich in den Hintern beißen können, weil ich so naiv gewesen war zu glauben, sie könnte dauerhaft anhalten. Sie hatte nicht einmal ein einziges Wochenende überlebt. Wie oft war das jetzt schon vorgekommen?

Meine Wangen fingen an zu brennen. Ich hätte lieber aufrecht gestanden. Selbstbestimmt. Stolz.

Aber das Baby war so groß und schwer, und mittlerweile saß ich die meiste Zeit oder wippte in einem sanften Rhythmus auf meinem Ball auf und ab.

In mir war ein Schalter umgelegt worden. Ich wusste, dass ich eine Antwort brauchte. Klarheit. Ich musste mich von Marc trennen, und wenn ich das ohnehin vorhatte, wozu dann noch länger schweigen?

Zu meinem Ärger bebte meine Stimme, als ich das Wort ergriff.

»Marc, wo gehst du hin, wenn du angeblich mit der Band probst?«

Ich erschauere bei der Erinnerung an seine Miene, als er langsam von seinem Kaffee aufblickte. Dieses Grinsen. Diese Arroganz. Das Wissen, dass es vollkommen unwichtig war, ob ich es herausgefunden hatte, weil ich ihn sowieso nie verlassen würde.

Zurück im Hier und Jetzt breche ich meine Erzählung ab und sehe Adam an. Ich sehe die dunklen Schweißflecken in den Achselhöhlen seines T-Shirts.

Am schlimmsten war seine Gleichgültigkeit. Er brachte es nicht einmal fertig, entschuldigend zu klingen.

»Das interessiert dich doch gar nicht wirklich«, murmelte er wie ein trotziges Kind.

»Du hast recht«, entgegnete ich. »Es interessiert mich nicht. Ich will nämlich nicht mehr mit dir zusammen sein. Ich will die Scheidung.«

Ich hatte ihn nicht verlassen, als er versucht hatte, mich im Meer zu ertränken, aber die Treppe war der Tropfen gewesen, der das Fass zum Überlaufen brachte. Die Gefahr für mein Baby war zu groß. Ich dachte oft daran, was seine Mutter an jenem Tag im Pflegeheim zu mir gesagt hatte: Sicher, sie litt an Demenz, aber waren mir nicht einige Dinge vertraut vorgekommen? Marc, ein hasserfüllter, wütender Mann, der jahrelang von Frauen zurückgewiesen worden war und ihnen nun unbedingt zeigen wollte, wer das Sagen hatte?

Und bald wäre der dürftige Schutz, den meine Schwangerschaft mir bot, vorbei.

Ich dachte an den Vorfall am Strand.

Welchen Grund hätte er jetzt noch, von mir abzulassen? Worauf wartete ich hier, außer auf den Tod?

Ich hörte auf zu wippen.

Er brach in Gelächter aus.

»Scheidung! Selbst deine Familie weiß, dass du nichts Besseres kriegst als mich. Also rede gefälligst nie wieder so mit mir.«

Und dann begann das übliche Spiel. Er verhöhnte mich, hielt mir vor, was ich alles falsch gemacht und auf welche Weise ich unsere Beziehung zerstört hätte. Er trat hinter mich. Ich spürte die Bewegungen des Babys. Seine Finger strichen meinen Nacken entlang, und im nächsten Moment riss er mich rückwärts vom Gymnastikball zu Boden.

Aber diesmal kam noch etwas Neues hinzu.

»Diese Sache mit der Band – du führst dich auf wie eine Verrückte.« Seine Stimme war so leise, dass ich eine Gänsehaut bekam. Diese Ruhe – als wäre ihm soeben eine Idee gekommen. »Weißt du, dass Wahnvorstellungen ein frühes Anzeichen dafür sind, dass man den Verstand verliert?«

Er wandte sich ab.

»Kein Wunder«, knurrte er. »Der Wahnsinn steckt in deinen Genen.«

Ich hasste ihn für seine Lügen. Es war wirklich passiert. Macca hatte es mir gesagt.

Oder etwa nicht?

Aber ich hasste ihn auch für alles andere. Für die Verachtung in seiner Stimme. Für die flapsige Art, mit der er über psychische Krankheiten sprach, ohne jedes Mitgefühl. Ich hasste ihn stellvertretend für meine Mum. Hätte er sie während ihrer postpartalen Psychose erlebt, die das Schlimmste war, was sie je im Leben durchgemacht hatte, hätte er wahrscheinlich gelacht und sie als »durchgeknallt« bezeichnet.

Wieder einmal fragte ich mich, was für eine Zukunft unserem Kind bevorstand, sollte es ein Mädchen werden.

Das Baby hatte sich inzwischen so tief gesenkt, dass ich das Gefühl hatte, es könne jeden Moment aus mir herausrutschen. Ich versuchte, möglichst gleichmäßig zu atmen.

Bist du ein Mädchen? Und wenn nicht, ist das überhaupt besser? Ein Junge, der ein solches männliches Vorbild hat?

»Was?«

»Es steckt in deinen Genen«, wiederholte er. »Deshalb stehst du ja auch unter Beobachtung, stimmt's? Weil du eine genetische Prädisposition zum Wahnsinn hast.«

Ich hasse dich, ich hasse dich, ich *hasse* dich, Marc.

Er schwang sich auf die Arbeitsplatte in der Küche und ließ wie ein Teenager die Beine baumeln. Das war reine Provokation. Würde ich allen Ernstes wagen, Widerstand zu leisten? Ich legte mir die Hand auf den Bauch, wie um ihn zu stützen. Betastete meinen Nacken, der vom Sturz schmerzte.

Ein seltsames Ziehen ging durch meinen Bauch. Nicht jetzt. Nicht jetzt.

Aber das Baby interessierte sich nicht für Termine.

Innerhalb von Sekunden lag ich zusammengekrümmt am Boden, dann wie eine schlaffe Puppe auf meinem Gymnastikball und rang keuchend nach Luft. Das konnte doch nicht sein. Ich hatte noch drei Wochen. Ich schaute zu meinem Telefon, das auf dem Tisch lag.

Dann suchte ich Marcs Blick. Wenn die Leute sagen, verletzende Worte sind schlimmer als körperliche Schmerzen, haben sie die Rechnung ohne Geburtswehen gemacht. In diesem Moment wäre nichts, was er sagte, noch zu mir durchgedrungen. Komm schon, dachte ich. Mach mich ruhig fertig. Es interessiert mich nicht.

Doch das war ein Irrtum.

»Wenn du dich von mir trennst oder anfängst, Lügen über mich zu verbreiten«, sagte er, den Blick auf meinen Bauch geheftet, »dann nehme ich dir das Baby weg, das schwöre ich bei Gott. Ich nehme dir das Baby weg und sage allen, dass du geisteskrank bist. Dann wird niemand, der noch all seine Sinne beisammenhat, dich mehr in die Nähe unseres Kindes lassen.«

Ich blickte auf.

Ich hatte mich getäuscht. Es gab durchaus Worte, die noch zu mir durchdrangen.

Atmen, atmen, atmen.

Atmen.

Als Marc grinsend zur Toilette ging, hatte ich Zeit, Steffie eine Nachricht zu schicken. Ich tippte, während ich stoßweise atmete. Ich wusste, bald würden die Wehen kommen und etwas Schlimmeres vielleicht noch früher. Ich tippte gegen die Zeit an, bevor es ernst wurde und die Vorgänge in meinem Körper meine ganze Aufmerksamkeit erforderten.

Alles ist eine Lüge, schrieb ich und begriff, dass es tatsächlich losging. Es waren Schmerzen, wie ich sie noch nie erlebt hatte. Ich schrieb so schnell ich konnte, voller Fehler und überflüssiger Buchstaben.

Senden.

Bald würde ich einem Menschen das Leben schenken. Mein Körper war stark. *Ich* war stark.

Ich wollte noch eine zweite Nachricht hinterherschicken, um die erste zu erklären. Mir war bewusst, dass es ein Schock für sie sein musste. Marc, der all die typischen Jekyll-und-Hyde-Klischees erfüllte? Die Leute hielten ihn für schrullig, für einen Spaßvogel, einen lieben Kerl, ein großes Kind. Für einen altmodischen Romantiker, einen Traditionalisten, der mir zur Verlobung einen großen, teuren Diamantring gekauft hatte, den er sich nicht leisten konnte und der mir nicht einmal gefiel und den ich niemals in einer Million Jahren für mich selbst ausgesucht hätte.

Aber früher oder später würden sie die Wahrheit erkennen.

Atmen, atmen, atmen.

Ich fing an zu tippen.

Aber dann kam er aus dem Bad zurück, und zwischen zwei Wehen ließ ich das Handy in meiner Krankenhaustasche verschwinden.

Mein Ehemann setzte sich mit dem Rücken zur Wand auf den Küchenboden. Fing meinen Blick ein. Ich stützte mich am Ball ab. Die nächste Welle war im Anmarsch. Er merkte es nicht einmal. Unser Baby kam, und er war zu sehr mit seinen Drohgebärden beschäftigt, um diese Tatsache zu registrieren.

»Du hast die Kontrolle über deinen eigenen Verstand verloren und dir all die Sachen über die Band bloß ausgedacht«, sagte er. »Als ob irgendjemand dir erlauben würde, das Baby zu behalten, wenn ich ihnen erzähle, was mit dir los ist.«

Das sind die Wehen, dachte ich. Ich sollte die Zeit dazwischen stoppen. Aber dafür hätte ich jemanden gebraucht, der den Timer bediente. Jemanden, der nicht nur um sich selbst kreiste.

»Mit meinem Verstand«, keuchte ich, »ist alles in bester Ordnung.«

Er zog eine Augenbraue hoch. »Bist du sicher?«

Die Wahrheit? Er hatte ihn zu diesem Zeitpunkt schon so gründlich zerstört, dass ich wirklich nicht mehr sicher war. Ich wusste gar nichts mehr.

Tag 4, 22:30 h

DIE FRAU

ICH VERSUCHTE, die richtigen Worte zu finden, um ihm etwas entgegenzusetzen.

Ich versuchte, nach meinem Telefon zu greifen, um Hilfe zu rufen oder meine Nachricht an Steffie zu beenden.

Ich versuchte, Gewissheit zu erlangen, dass er log. Daran zu glauben, dass andere Menschen ihn über kurz oder lang durchschauen würden.

Das würden sie doch, oder?

Atmen.

Nur, dass in dem Moment meine Fruchtblase platzte. Auf einmal ging alles ganz schnell, und mir blieb keine andere Wahl, als mich von meinem Mann ins Krankenhaus fahren zu lassen, obwohl er erst kurz zuvor damit gedroht hatte, mir das Baby wegzunehmen. Obwohl er versuchte, mir einzureden, dass ich nicht bei Verstand war. Obwohl er, so wurde mir zum ersten Mal wirklich bewusst, ein Gewalttäter war. Es gab keine Romantik, keinen Überschwang an Liebe, nur falsche Freundlichkeit, die übertrieben genug war, um mich seine Grausamkeiten ertragen zu lassen. Selbst während der Fahrt – er war völlig aufgekratzt und fuhr viel zu schnell – drohte er mir in Dauerschleife damit, dass ich mein Baby nie zu Gesicht bekommen würde.

Im Krankenhaus, wo wir weniger als zwei Stunden später – die Wehen schritten erschreckend schnell voran – unser Kind auf der Welt willkommen heißen würden, machte er unerbittlich weiter. Du bist geisteskrank, du bist geisteskrank, du bist geisteskrank, sagte er, sobald die Schwestern das Zimmer verließen.

Ich nehme dir das Baby weg. So lautete der Soundtrack, der meine Wehen begleitete.

Du bist geisteskrank.

Wenn sie auf die andere Seite des Raumes gingen.

Ich nehme dir das Baby weg.

Während er mir die Stirn abtupfte.

Du. Bist. Geisteskrank.

Wenn man etwas dreimal sagt, wird es wahr. Heißt es nicht so? Wie oft muss man etwas hören, bis man es so tief verinnerlicht hat, dass das eigene Gehirn es von selbst reproduziert? Bis es zu einer unumstößlichen Tatsache wird?

Du bist geisteskrank.

Du bist geisteskrank.

Du bist geisteskrank.

Ich höre es immer noch. Ein hässliches Wort. Gedankenlos. Grausam in seinem Mangel an Nuanciertheit und Empathie.

Du. Bist. Geisteskrank.

Tag 4, 22:45 h

DIE FRAU

ICH VERSUCHE, TIEF DURCHZUATMEN, aber die Worte sitzen in meiner Kehle fest, und sosehr ich mich auch bemühe, es geht einfach nicht.

»Alles in Ordnung?«, erkundigt sich Adam. »Romilly, geht es dir …«

Ich kann nicht sprechen, nicke jedoch und drücke seine Hand, damit er mir einen Moment Zeit gibt, nur einen kurzen Augenblick.

Ich will nach Hause. Ich will meine Hochzeitsfotos zerreißen. Ich will bei meinem Baby sein. Ich will mein Leben zurück. Ich will schlafen. Ich will, dass alles aufhört.

Einen Moment, lass mich nur überlegen, wie ich das abschalte.

Irgendwann geht es vorüber.

»Besser?«, fragt er.

Ich nicke und ziehe abermals die Beine an. Manchmal geschieht es ganz unvermittelt, auf der Straße, abends im Bett oder wenn ich gerade über etwas ganz anderes rede und denke, alles ist okay. Manchmal reißt es mich brutal aus dem Schlaf, und ich finde keine Ruhe mehr, obwohl es erst zwei Uhr nachts ist.

Aber es waren nicht nur die Panikattacken, sondern auch mein Ehemann. Er wollte reden. Es interessierte ihn nicht, dass ich im dritten Trimester und todmüde war. Es galt, die Liste meiner Fehler aufzuarbeiten.

Ich lasse Adams Hand los und denke an diese endlosen Nächte. An meine Arbeit im Café. Wie ich manchmal versuchte, einen Brownie in eine Papiertüte zu stecken, und merkte, dass selbst dafür die Kraft nicht reichte. Wie ich den Kopf hob und sah, dass Steffie mich mit gerunzelter Stirn betrachtete. Wie ich ihren Blicken auswich.

Adam steht auf und entfernt sich ein paar Schritte.

Als er unter das Vorzelt zurückkehrt, hat er den letzten noch fehlenden Teil der Geschichte ergänzt.

»Du willst mir also sagen …«, beginnt er, noch immer geduldig. »Du willst mir sagen, du hattest so große Angst vor Marc, dass du bei erstbester Gelegenheit aus dem Krankenhaus geflohen bist, obwohl du gerade erst entbunden hattest?«

Ich nicke.

»Mir ist klar geworden, dass das Bild der heilen Familie, an das ich mich geklammert hatte, nicht mehr existiert. Ich lag im Krankenhaus und musste die ganze Zeit daran denken, was er zu mir gesagt hatte. Dass er mir das Baby wegnehmen würde. Dass er allen Leuten erzählen würde, dass ich verrückt bin. Ich habe ihm geglaubt, Adam. Dieser Mann ist zu allem fähig.«

Und unser Kind war ein Mädchen. Dieser Gedanke quälte mich die ganze Nacht. Ein Mädchen, das irgendwann zu einer Frau heranwachsen würde. Wozu verdammte ich meine Tochter?

Adam reibt sich mit den Fingerspitzen die Stirn.

»Wir mussten weg, bevor er die Möglichkeit hatte, sie mir wegzunehmen. Ich habe Loll noch vom Krankenhaus aus angerufen.«

Er presst die Finger tiefer in seine Haut.

»Wenn Marc mich jetzt findet, nach allem, was ich getan habe …«

Adam bittet mich nicht, den Satz zu vollenden. Stattdessen bearbeitet er mit den Fingern seine Stirn, als würde er Teig kneten.

»Noch mal zurück zu dieser Frau, wegen der du hergekommen bist.«

Bedeutet das, ich bin zu ihm durchgedrungen? Habe ich eine Chance?

Ich sehe mich um. Es ist dunkel. Teenager torkeln vorbei. Sie spüren die Wirkung der ersten gemeinsamen Bierchen mit ihren Eltern, die im Urlaub die Zügel lockerlassen. Bald werden die Erwachsenen schlafen gehen und, wenn der Morgen kommt, in Shorts und Sandalen auf der Terrasse eine *chocolat chaud* trinken.

»Sie heißt Ella.«

Ich warte darauf, dass er den Namen wiedererkennt. Nichts. Aber warum auch? Marc und Adam kennen sich ja nicht länger als Marc und ich.

Anfangs habe ich aus reiner Neugier Recherchen über seine Ex-Freundin angestellt, so wie es wohl jeder macht. Er hatte mir ihren Nachnamen nicht verraten, aber ich hatte genügend Informationen zusammengetragen, um sie einige Monate nach unserem Kennenlernen auf Google aufzuspüren. Es war komplett harmlos. Neugier über die Vorgängerin, weiter nichts.

Aber Ella war wichtig, das spürte ich. Sie war die einzige Ex, die Marc je erwähnte – und auch das nur, wenn ich ihn dazu drängte. Ich wollte mehr über seine Vergangenheit erfahren. Wollte die Lücken ausfüllen. Doch wann immer er über sie sprach, veränderte sich sein Gesicht auf eine Art und Weise, die mich schon damals beunruhigte. Als ich wissen wollte, wie es mit ihnen auseinandergegangen war, blieb er vage.

Später, als die Situation zwischen mir und Marc immer weiter eskalierte, beschloss ich, ihr eine Nachricht zu schicken.

Ich weiß, es ist merkwürdig, dass ich mich einfach so bei dir melde, schrieb ich. *Aber ich erwarte ein Kind von deinem Ex-Freund Marc. Wir sind verheiratet. Gibt es etwas, was ich über eure Beziehung wissen sollte?*

Was ich mir davon erwartete?

Erfahrungsaustausch. Jemanden, mit dem ich mich identifizieren konnte. Jemanden, der mir bestätigte, dass ich nicht verrückt war: Wenn dein eigener Ehemann versucht, dich zu ertränken, ist das *kein* normales Verhalten, sondern ein Akt der Gewalt. Doch je länger ich alles für mich behielt und lächelte, desto größer wurden meine Selbstzweifel. Ich machte mir Sorgen, dass ich womöglich überreagierte.

Was auch immer ich mir von Ella erhoffte, ich bekam es nicht.

Sie blockierte mich, ohne mir zu antworten. Danach änderte sie die Privatsphäre-Einstellungen sämtlicher Accounts. Einige verschwanden sogar ganz aus dem Netz.

Als ich mein Baby im Krankenhaus zurückließ und die Drohnachrichten von Marc begannen, wusste ich, dass ich es noch einmal versuchen musste. Wenn er tatsächlich anfing, aller Welt gegenüber zu behaupten, ich hätte eine postpartale Psychose, war sie die einzige Person, die beweisen konnte, dass er log. Dass es nicht an mir lag, sondern an ihm.

Und hatte ihre Reaktion auf meine erste Kontaktaufnahme nicht gezeigt, dass ich mit meiner Vermutung, was zwischen den beiden während ihrer Beziehung vorgefallen war, höchstwahrscheinlich richtiglag?

»Sie ist die Einzige, die weiß, wie er wirklich ist«, sagte ich an dem Tag, als ich das Krankenhaus verließ, zu Loll.

»Das stimmt nicht«, entgegnete sie. »Jetzt weiß ich es auch. Du hast es mir gesagt.«

Doch mein Wort allein reichte nicht aus.

Marc hatte Erfolg mit seiner Version der Geschichte. Er, ein schlechter Kerl? Er kümmerte sich Tag und Nacht aufopferungsvoll um sein Baby und tat gleichzeitig alles, um seine Frau vor den Auswirkungen einer schrecklichen psychischen Krankheit zu bewahren.

Ich schrieb Ella von Lolls Account aus. Auch das blockierte sie.

Als Nächstes rief ich die Sprachenschule in Südfrankreich an, in der sie unterrichtete. Dort erklärte man sich bereit, ihr eine Nachricht zukommen zu lassen. Als ich jedoch wenig später noch einmal nachhakte, sagte man mir, ich solle nicht mehr anrufen. Beim dritten Mal wurde einfach aufgelegt.

Ich begann meine Sachen zu packen.

Loll stand neben mir und räumte alles, was ich in die Tasche packte, wieder aus, so als wäre ich ein Kind, das von zu Hause ausreißen will.

»Das kann doch nicht dein Ernst sein.« Sie gab sich Mühe, nicht die Stimme zu erheben, obwohl ihr anzuhören war, dass sie ihren Frust am liebsten laut herausgeschrien hätte. »Du willst ins Ausland fliegen und dein Baby hierlassen? Als wäre die Situation nicht schon dramatisch genug, Romilly! Wenn du in der Nähe bleibst, kannst du deine Tochter schneller wiedersehen. In Frankreich wärst du viel zu weit weg. Und wozu das alles? Diese Ella will nicht mit dir reden, das hat sie doch unmissverständlich klargemacht.«

Ich berührte meine Haare. Hielt einen Moment lang beim Packen inne. Wandte mich von meiner Schwester ab, sodass sie nur noch mein Profil sehen konnte.

»Weißt du, warum ich kurze Haare habe, Loll?«

Wie gesagt, früher reichten sie mir bis zu den Hüften.

Aber zwei Monate zuvor war ich eines Morgens aufgewacht und hatte sie abgeschnitten vorgefunden, über das ganze Schlafzimmer verstreut wie Konfetti.

Tag 4, 23:00 h

DIE FRAU

MEINE HAARE WAREN SO LANG, dass ich darauf sitzen konnte. Sie waren mein Markenzeichen. Jeder, dem ich begegnete, sprach mich darauf an. Ich mochte es, wie hippiemäßig und fließend sie aussahen.

Ich liebte meine Haare.

Eines Abends hatte ich in meinem Überschwang nach einer für unsere Verhältnisse guten Woche spaßeshalber eine Bemerkung über Marcs dünner werdendes Haar gemacht. Er war immer noch attraktiv, und es stand ihm – wen kümmerte es also?

Das war ein Fehler.

Loll ließ sich auf das Krankenhausbett sinken. Hielt den Atem an.

»Ist das dein Ernst?«, fragte sie. »Er hat dir die Haare abgeschnitten?«

»Ich weiß, du versucht das alles zu begreifen«, sagte ich und setzte mich neben sie. »Aber es gibt Dinge, die sind für einen Außenstehenden nicht nachvollziehbar. So etwas … Irgendwann wusste ich gar nicht mehr, dass das, was er mit mir macht, nicht normal ist.«

Pause.

»Ich glaube, Ella könnte mich verstehen.«

Warum ich das dachte?

Ein Bauchgefühl. Ihre ablehnende Reaktion auf meine Kontaktaufnahme. Marcs verächtlich geschürzte Lippen, wann immer er ihren Namen erwähnte. Die wachsende Überzeugung, dass dieses Verhalten so tief in seinem Innern verwurzelt war, dass er gar nicht anders handeln *konnte.*

»Eine gesichtslose Person zu blockieren, ist eine Sache«, sagte ich zu Loll, stand auf und warf meinen Schlafanzug in die Tasche. Diesmal holte sie ihn nicht wieder heraus. »Aber wenn ich erst mal vor ihr stehe – wenn sie sieht, dass ich ein Mensch bin, und ihr klar wird, was ich durchmache ... dann wird sie mit mir reden, ich weiß es ganz genau.«

»Und dann?«, fragte meine Schwester. Ihre Geduld war am Ende. Auch sie hatte einiges durchgemacht. »Selbst wenn, was erreichst du damit?«

»Sie kann mir helfen, es zu beweisen.« Ich ließ mich nicht beirren. »Falls er behauptet, er hätte mir nie etwas getan, und ich würde mir das alles nur ausdenken. Genau das wird er nämlich tun, das ist dir doch klar?«

Ich sah sie an. Fragte mich, ob sie zweifelte. Ob es einen Teil von ihr gab, der ihrem Schwager glaubte, der Fläschchen für sein Baby vorbereitete, und nicht ihrer völlig aufgelösten Schwester, die einen Pyjama in eine Tasche stopfte?

»Und wie genau soll sie dir dabei helfen, es zu beweisen?«, wollte sie wissen.

»Sie hat es doch selbst erlebt«, beharrte ich. »Also muss sie etwas in der Hand haben. Sie kann mir helfen, den Fall wasserdicht zu machen.« Es war das erste Mal, dass ich es aussprach. »Damit ich ihn wegen häuslicher Gewalt anzeigen kann.« Ich hielt inne. »Wenn ich nicht hinfliege, Loll, sehe ich meine Tochter nie wieder, das weiß ich. Er ist ein rachsüchtiges Arschloch.«

Ich sprach mit ausdrucksloser Stimme. Eine reine Faktenaussage. Ich brauchte etwas, das den Ausschlag zu meinen Gunsten gab. Marc war schlau; er machte seine Sache gut. Ella war der einzige Trumpf, den ich in der Hand hatte.

Loll schnaubte. »*Natürlich* wirst du deine Tochter wiedersehen, Romilly. Als würden wir jemals zulassen, dass er sie dir wegnimmt.«

Aber sie begriff nicht. Sie wusste nicht, wie bösartig er sein konnte. Sie hatte seine Drohungen nicht gehört. Wenn er mir die Haare abschnitt, bloß weil ich ihn mit seinem zurückgehenden Haaransatz aufgezogen hatte, was würde er dann tun, sobald ihm bewusst wurde, dass ich versucht hatte, ihm sein Kind zu stehlen?

Welche Rache wäre angemessen für ein solches Vergehen?

»Um Himmels willen, dann lass mich wenigstens mitkommen«, flehte sie.

Aber ich musste es allein tun.

»Außerdem musst du mein Baby holen«, sagte ich ihr.

Also buchten wir in aller Eile den Flug, und Loll fuhr mich zum Flughafen. Ich war körperlich extrem geschwächt. Ich gehörte ins Bett, und selbst die extrastarke Hygieneeinlage konnte den Wochenfluss, der nach einer Entbindung einsetzt, nur notdürftig auffangen.

»Ich kann dich wirklich nicht umstimmen?«, fragte sie, als ich aus dem Auto stieg.

»Nein.«

Im Flieger versuchten einige Passagiere, ein Gespräch mit mir anzufangen.

Ich versuchte, mich unsichtbar zu machen.

Danach achteten sie darauf, mich nicht mehr anzusehen, so wie Leute es tun, wenn sie das Gefühl haben, dass jemand nicht ganz normal ist.

Kurz nach der Landung in Frankreich, noch am Flughafen, übergab ich mich vor lauter Entsetzen über das, was ich getan hatte, an einem Baum. Ich hatte meine Tochter zurückgelassen. Doch ich glaubte an das, was ich gesagt hatte: Es war der einzige Weg.

Als ich in meinen Mietwagen stieg und losfuhr, sickerten mir wie aus einer undichten Leitung immer wieder Gedanken an das Baby in den Kopf, und zwischenzeitlich war ich wie losgelöst von der Realität, sodass die Fahrt etwas Unwirkliches bekam. Hinweisschilder stellten die weißen Wildpferde der Camargue als fantastische Einhörner dar. Als ich später aufwachte und die schlaffe Haut an meinem Bauch sah, unter der ich bis vor Kurzem noch mein kleines Mädchen getragen hatte, fragte ich mich, ob ich die leuchtend pinkfarbenen Flamingos bloß geträumt hatte.

Kein Baby weinte. Es herrschte Stille wie nach einem Tod.

Ich fuhr direkt zu der Sprachenschule, an der Ella unterrichtete, und weil sie nicht da war, hinterließ ich ihr eine Nachricht. Niemand brachte mich mit der Frau in Verbindung, die vor einiger Zeit angerufen hatte. Man wünschte mir lächelnd einen schönen Urlaub und alles Gute für das Wiedersehen mit meiner alten Freundin.

Später auf dem Campingplatz bekam ich eine Sprachnachricht von ihr. Sie war bereit, sich mit mir zu treffen, da ich so weit gereist sei, doch sie warnte mich vor: Es gebe nichts zu erzählen.

»Treffen wir uns morgen nach der Arbeit um siebzehn Uhr am Lac de Peïroou«, sagte sie. Ich lächelte. Bevor sie mich blockiert hatte, hatte ich mir den See auf ihrem Instagram-Account angeschaut. Sie war wie ich eine passionierte Schwimmerin.

In dieser Nacht schlief ich unruhig.

Ich träumte, ich säße in einem Boot. Die Wogen türmten sich, und das Boot schaukelte, und der Fremdenführer erzählte etwas auf Französisch, während ich mich an meine Übersetzung klammerte. Irgendetwas über Fischreiher. Die Frau neben mir spähte durch ihr Fernglas. Mum fragte, ob sie es sich kurz ausborgen dürfe, und ich sah sie völlig entgeistert an. Nicht einmal die Romilly im Traum wusste, ob sie real war. Ob irgendetwas real war. Vielleicht war ich in Wahrheit neunzehn und erlebte gerade ein Abenteuer, und meine Brustwarze war nur deshalb nass, weil ich beim Aussteigen aus dem Boot ein paar Schritte durchs Wasser hatte waten müssen, um eine wunderschöne Insel zu besichtigen, eine Million Meilen vom Rest der Welt entfernt. Vielleicht. Vielleicht. Vielleicht.

Keuchend fuhr ich aus dem Schlaf. Mein T-Shirt war feucht, meine Brüste spannten.

Ich verließ das Zelt, um Wasser zu holen, und betrachtete die anderen Frauen, denen ich auf dem Zeltplatz begegnete. Ihre straffen, unbewohnten Körper. Gesichter, die keinen Grund hatten, traurig zu sein. Münder, die nicht den Drang verspürten, sich zu übergeben. Mir wurde bewusst, was ich am meisten vermisste: eine weiße Leinwand zu sein.

Ich blickte an mir herunter. Der dicke, unförmige Bauch. Die Beine, die ich vor der Geburt nicht mehr rasiert hatte. Ich konnte meinen schalen Atem riechen. Ich spürte die Nässe meiner auslaufenden Brüste.

Ich war keine weiße Leinwand, sondern eine, die vollständig mit Schwarz übermalt worden war. Innerlich verkohlt, ausgebrannt.

Ella und ich trafen uns am See. Es war, als würde sich ein Kreis schließen: Ich hatte sie gefunden, indem ich tief in diese Gegend eingetaucht und so auf die Spur ihrer Schule gekommen war.

Ich lenkte meinen geliehenen Peugeot die unbefestigte Piste hinauf. Es gab kein Hinweisschild, niemand außer den Einheimischen wusste von dem See, das hatte sie mir zuvor gesagt. Dementsprechend unerwartet kam die scharfe Linkskurve. Ich hielt mir den schmerzenden Unterleib. Presste eine Hand zwischen meine Beine, als müsste ich meine Eingeweide daran hindern herauszurutschen. Sie fühlten sich an, als hätten sie sich verflüssigt.

Ich nahm Kurs auf den Schatten des verwilderten kleinen Wäldchens ein Stück abseits vom Wasser, das an eine große Pferdekoppel angrenzte.

Ich war zu früh. Natürlich. Ich hatte einen Spaziergang durch die Hügel gemacht, bis ich nicht mehr konnte, und jetzt tat mir alles weh. Ich hatte nichts zu tun und wusste nicht, wohin mit mir.

Ich zog mein weites Jerseykleid aus und ließ es zu Boden fallen, dann ging ich barfuß über die Steine ans Ufer. Trotz der Schmerzen und obwohl ich seit Monaten Angst vor dem Wasser hatte, zögerte ich nicht.

Diesmal kam keine Panik in mir hoch. Die Flashbacks blieben aus. Etwas hatte sich verändert, und ich wollte unbedingt ins Wasser.

Im See blickte ich auf meine Brüste herab und sah, wie sich um meine Brustwarze herum ein kleiner feuchter Fleck bildete. Mein Gefühl der Ruhe verflog.

Sobald das Wasser tief genug war, warf ich mich mit einem lauten Klatschen kopfüber hinein. Innerhalb von Sekunden war ich untergetaucht.

Doch während ich schwamm, hatte ich den Eindruck, mich in einer Postkarte zu befinden, so unwirklich fühlte es sich an. Vielleicht war das Leben nichts als ein kleines Rechteck aus Papier, das in den Briefkasten geworfen wurde.

Ich blieb im Wasser, bis sie kam, sich die Espadrilles von den Füßen streifte und sich zu mir gesellte. Wenigstens bis zum Rand. Dort ließ sie sich mit lang ausgestreckten Beinen auf der Erde nieder. Ich schwamm zu ihr.

»Kommst du mit rein?«

Ich versuche alles, damit du bleibst.

Sie zog die Knie an. Schüttelte den Kopf. Eine gute Minute lang sagte sie kein Wort.

Sie sah sich um. Ich kam raus und setzte mich neben sie.

»Danke, dass du gekommen bist«, sagte ich. Ein Lächeln. Sie reagierte nicht darauf.

»Ich gehe nicht mehr ins Wasser«, sagte sie schließlich. »Beim letzten Mal war der Mistral zu stark, daran erinnere ich mich noch.«

Sie hielt ihr Gesicht in die Sonne.

»Schwer vorstellbar an einem Tag wie heute, oder? Aber der Wind kann ganz schön heftig sein.«

Ich sah, dass ihre Hände zitterten.

Meine Haut war innerhalb weniger Sekunden getrocknet.

Was immer dieser Mistral zu bieten hatte, die frühsommerliche Sonne legte sich mindestens genauso ins Zeug. Meine Schultern brannten, weil ich mich gestern nicht eingecremt hatte.

Schutz vor Sonnenbrand ist ein grundlegender Akt der Selbstfürsorge.

Ich hatte meine Tochter im Stich gelassen.

Ich hatte keine Selbstfürsorge verdient.

Ich hatte gar nichts verdient.

»Tut mir leid, dass du extra die weite Reise gemacht hast«, meinte sie irgendwann, während wir am Seeufer saßen. »Aber ich habe dir ja gesagt, dass ich dir nicht weiterhelfen kann. Daran hat sich nichts geändert.«

Ich spürte, wie mein Herz sich zusammenkrampfte. Es musste funktionieren. Es *musste.* Ich hatte meine Tochter verlassen und war in ein anderes Land geflogen.

»Aber du warst doch lange mit Marc zusammen.« Ich hörte die Verzweiflung in meinen Worten. »So, wie er über dich redet – das ist nicht normal. Ich brauche jemanden, der meine Aussagen bestätigt. Jemanden, der mich versteht. Jemanden, der beweisen kann, dass es nicht an mir liegt, sondern an ihm. Jemanden, der …«

Sie schüttelte den Kopf. »Nein, da irrst du dich«, sagte sie mit mitleidsvollem Blick. Doch ihre Stimme klang hart. »Es war nur eine kurze Beziehung ohne große Bedeutung, Romilly. Ich bin inzwischen verheiratet. Ich kann dir absolut nichts über Marc sagen. Wenn ich ehrlich sein soll, erinnere ich mich kaum noch an ihn.«

Mit diesen Worten stand sie auf, nahm ihre Schuhe und suchte sich auf nackten Füßen grazil einen Weg über die Steine.

»Ich bin extra den weiten Weg gekommen!«, rief ich ihr nach. Mittendrin schlug meine Stimme in ein kehliges Schluchzen um. »Mein Baby ist noch nicht mal eine Woche alt, und ich bin hier bei dir! So aussichtslos ist meine Lage, Ella. So aussichtslos!«

Ich glaubte zu sehen, wie sie zögerte.

»Bitte!«, rief ich. Ich versuchte, ihr nachzulaufen, aber mir tat noch immer alles weh, und auf den Steinen kam ich nur langsam voran. »Ich weiß, dass du lügst! Ich weiß es, Ella!«

Doch sie stieg in ihren Wagen und fuhr so schnell davon, dass die Reifen auf dem Kies schlingerten.

Die jungen Franzosen steckten die Köpfe zusammen und kicherten. Eine kam zu mir und fragte mich, ob es mir gut gehe, aber ich war zu keiner Antwort fähig.

Eine halbe Stunde später saß ich immer noch weinend am Ufer. Es war, als hätte Ella mir den letzten Funken Hoffnung geraubt.

Ich hatte nur aus einem einzigen Grund das Land und mein erst wenige Tage altes Baby verlassen: um jemanden zu finden, der mit Marc das Gleiche durchgemacht hatte wie ich. Jemanden, der in der Lage war, die Richtigkeit meiner Aussagen zu bezeugen. Und sie behauptete, es wäre nur eine kurze, unbedeutende Beziehung gewesen, an die sie sich kaum noch erinnerte.

Es sei nichts Nennenswertes vorgefallen.

Aber warum gehst du dann nicht mehr ins Wasser, Ella, obwohl es doch so heiß ist und du an einem wunderschönen See lebst, den du oft besuchst. Obwohl du eine begeisterte Schwimmerin bist oder zumindest früher eine warst?

Aus demselben Grund wie ich?

Ich greife nach der Kühltasche und hole noch ein Bier für Adam heraus. Diesmal nehme ich auch eins für mich selbst.

»Ich weiß, es ist schwer, so etwas über einen Freund hören zu müssen«, sage ich, als er die Flasche absetzt und schwer schluckt. »Erfahren zu müssen, wie er mich behandelt hat.«

Adam schweigt.

Ich mustere seine Miene. Rechne mit Betroffenheit, weil er hintergangen wurde. Mit Entsetzen über Marcs Lügen.

Doch da ist nichts dergleichen. Nur Mitleid.

»Sie meinte also, Marc hätte ihr nie etwas angetan?«

Ich nicke.

Adam entfährt ein leiser Seufzer.

»Und das hat dir nicht zu denken gegeben?«, sagt er sanft. »Du bist nicht auf die Idee gekommen, dass bei dir in Wahrheit vielleicht auch nie etwas vorgefallen ist?«

Tag 4, 23:15 h

DIE FRAU

»MEIN PROBLEM IST FOLGENDES, RO«, meint Adam mit einem Seufzer. »Wenn es wahr ist, was du sagst, dann hättest du ihn doch jederzeit verlassen können. Warum hast du nicht gewartet, bis du aus dem Krankenhaus wieder zu Hause bist, und dich auf *normalem* Weg von ihm getrennt?«

Ich schüttle frustriert den Kopf. »Unser Leben ist nicht *normal*. Das ist es schon lange nicht mehr.«

Adam sieht mich an. Die Farbe weicht ihm aus dem Gesicht.

»Jetzt ist die Kleine da, und was auch passiert, Marc würde niemals zulassen, dass ich sie bekomme.«

Ich frage mich, ob das lange Schweigen, das danach eintritt, ein gutes oder ein schlechtes Zeichen ist.

Endlich ist es so spät, dass es den meisten Leuten im Freien zu kühl wird. Ich trage nur ein T-Shirt und Shorts über meinem Bikini, aber Adam zittert in seinem Hoodie. Die angebotene Decke lehnt er ab.

»Hör zu, Romilly. Ich muss dir was sagen.«

Was denn noch? Ich bin so unsagbar müde.

»Loll sieht die Sache so wie er«, sagt Adam vorsichtig, als wäre er immer noch dabei, mir die Pistole zu entwinden. »Sie denkt auch, dass du eine postpartale Psychose hast.«

Ach du Scheiße.

»Nein, das stimmt nicht.«

Er macht Anstalten zu widersprechen, doch ich falle ihm ins Wort.

»Sie tut nur so«, beharre ich und schüttle dazu energisch den Kopf. »Sie tut so, damit er denkt, er kann ihr vertrauen. Sie will ihn in Sicherheit wiegen und dann mit dem Baby zu mir kommen. Ich habe es dir doch erklärt, sie hat mir geholfen. Sie ist auf meiner Seite.«

Jetzt ist Adam derjenige, der den Kopf schüttelt. Nein nein nein nein nein. Er hat seine eigene Version der Geschichte. Sie ist drei Tage alt, und Marc hat sich große Mühe gegeben. Eine neue Fassung ist da nicht willkommen.

»Tatsache ist, dass du nach Hause kommen musst, Ro«, sagt er entschieden. Ein Hauch von Ungeduld hat sich in seine Stimme geschlichen. »Fleur braucht dich.«

Ein Faustschlag nach dem anderen.

»Fleur?«

»Es war doch klar, dass er ihr einen Namen geben würde, Romilly«, sagt er sanft. Entschuldigend.

Aber das war ein Name, den er während der Schwangerschaft vorgeschlagen hat. Er hat genau gesehen, wie ich die Nase darüber rümpfte, während ich in dem Buch mit Babynamen blätterte und zahlreiche *andere* Namen darin ankreuzte.

Du Arschloch, Marc. Du dreckiges Arschloch.

Fleur.

Meine Tochter.

Ich lasse die letzten vier Tage im Kopf Revue passieren.

Ich weiß, wie es aussieht, dass ich mein Baby im Stich gelassen habe.

Ich weiß, dass es absolut schrecklich von mir war. Unentschuldbar.

Aber wenn man Angst hat und nicht weiterweiß und etwas so dermaßen missglückt wie mein Plan, dann kommt eins zum anderen, und irgendwann steckt man so tief im Schlamm, dass man die Stiefel nicht mehr freibekommt.

Und dann ging das mit Marcs Textnachrichten los. Sie bestätigten das, wovor er mich bereits gewarnt hatte: Er würde allen sagen, dass ich den Verstand verloren hatte. Er würde mir unsere Tochter wegnehmen. Er würde dafür sorgen, dass ich sie nie wiedersehen durfte. Ende, aus.

Meine mangelnde Tauglichkeit als Mutter: Mehr Argumente brauchte er nicht, um gegenüber sich selbst zu rechtfertigen, dass es die einzig vernünftige Lösung wäre, mir das Baby wegzunehmen. Dazu fähig war er auf jeden Fall. Er hatte genug Grausamkeit in sich, genug Bitterkeit.

Ich war keine gute Mutter. Indem er mir das Baby wegnahm, handelte er lediglich verantwortungsbewusst.

Adam unterbricht meinen Gedankengang.

»Und was passiert jetzt?«

»Na ja«, sage ich. »Ich bitte dich, Marc nicht zu verraten, wo ich bin. Und du machst es wahrscheinlich trotzdem?«

Er lässt den Kopf in die Hände sinken.

»Romilly, Mann, wie kann ich es ihm denn verschweigen? Du hast ein Baby zu Hause, das dich *braucht.* Und einen Mann, der sich darauf verlässt, dass ich die Sache für ihn in Ordnung bringe. Der sagt, dass du krank bist. Und jetzt behauptest du, dass es dein Leben zerstören würde, wenn ich es ihm sage. Und dann ist da noch meine Freundin, die denkt … Ich habe so das Gefühl, dass sie Marc nicht über den Weg traut. Wahrscheinlich teilt sie deine Meinung …«

Ich habe so oft überlegt, ob ich Steffie sagen soll, was Marc mir antut. Aber ich hatte zu große Angst, dass sie nicht in der Lage wäre, es vor Adam geheim zu halten. Ich machte mir Sorgen, dass er es Marc sagen könnte – und was dann los wäre, wenn ich von meiner Schicht im Café nach Hause kam.

Ich vertraue Steffie.

Aber wie hätte ich sie darum bitten sollen, dem Menschen, den sie liebt, so etwas zu verschweigen?

Ich dachte daran, dass wir strikt darauf achten müssten, es niemals in unseren Textnachrichten zu erwähnen, für den Fall, dass Adam ihr Handy neben dem Bett liegen sah.

Adam schlägt härter als nötig nach einer Mücke, die auf seinem Arm gelandet ist.

Ich zucke zusammen.

Schweigend sitzen wir da und lassen die vergangenen Stunden sacken.

Schließlich breitet er die Arme aus und zieht mich fest an sich. Er streichelt mir die Haare, deren fehlende Länge immer noch ein Schock ist. Tröstet mich, als wäre ich ein Kind. Ich bin drauf und dran, an seiner Schulter einzuschlafen.

So müde bin ich.

So unfassbar erschöpft.

Deshalb ist es umso schlimmer, als er mitten in dieses Gefühl der Geborgenheit hinein etwas absolut Vernichtendes sagt.

Tag 4, 23:30 h

DIE FRAU

»ICH WEISS, DASS DU ALLES GLAUBST, was du mir gerade erzählt hast. Aber das hat mit deiner Krankheit zu tun. Es sind … Wahnvorstellungen.«

Er seufzt.

»Je mehr du redest, desto mehr Symptome treffen auf dich zu. Alles deutet darauf hin, dass du krank bist. Wirklich *alles*.«

Ich kann nichts tun. Er hat recht: Alles, was ich ihm bislang erzählt habe, deckt sich mit Marcs Behauptungen.

»Ich war auf eurer Hochzeit, Ro. Ich *weiß*, dass ihr verrückt nacheinander wart.«

»Das stimmt ja auch! Wir waren verliebt oder was auch immer. Aber die Dinge haben sich geändert.«

»So schnell?«

Ich fasse Adam bei den Schultern, doch er entzieht sich meinem Griff, erschrocken über den unerwarteten Körperkontakt.

Ich murmle eine Entschuldigung.

»Pass auf«, sage ich und schaue ihm in die Augen. Ich bin die pure Verzweiflung. »Du kennst mich. Was jetzt passiert, hängt allein von dir ab. Ich kann nicht viel machen, um dich noch zu beeinflussen. Wenn du Marc verrätst, wo ich bin, habe ich keine andere Wahl, als mich der Situation zu stellen.«

Als ich weiterspreche, klingt meine Stimme fester. »Aber über eins musst du dir im Klaren sein.«

Er schaut auf. Diesmal ist es die Veränderung in meinem Tonfall, die ihn erschreckt.

Aber ich muss kämpfen.

»Du trägst die Verantwortung für das, was geschieht. Wenn du es Marc sagst, ist alles, was er danach tut, *deine* Schuld.«

Adam beißt sich auf die Lippe. Zieht sich die Ärmel seines Hoodies über die Hände. Inzwischen spüre selbst ich die Kälte.

Er sagt kein Wort.

Dann hält er mir von seinem Platz auf der Erde aus das Handy hin.

»Ruf Loll an«, sagt er und lässt seinen Kopf in die Hände sinken. »Erzähl ihr alles. Mal sehen, wozu sie mir rät.«

Doch als ich die Nummer meiner Schwester wähle, nimmt sie nicht ab.

Adam ist verwirrt.

»Versuch's noch mal«, sagt er. »Es kann doch eigentlich nicht sein, dass sie nicht rangeht, wenn ich anrufe. Sie weiß doch, dass ich bei dir sein könnte.«

Doch auch beim nächsten und übernächsten Mal nimmt sie nicht ab, und nach sechs Versuchen geben wir auf.

Ein nagendes Gefühl macht sich in mir breit.

Wo kann sie nur sein?

Sie schaltet nie ihr Handy aus, schon gar nicht jetzt, während sie bei mir zu Hause ist, um auf Fleur aufzupassen. Ihre eigenen Kinder sind bei Jake.

»Dann sprich mit Steffie«, sagt er. »Ich brauche eine zweite Meinung zu deiner Geschichte.«

Geschichte. Trotzdem tue ich, was er sagt. Es ist meine einzige Chance.

Als ich Steffie alles berichtet habe, könnte ich weinen vor lauter Müdigkeit.

»Ist es okay, wenn wir morgen weiterreden, Romilly?«, fragt Adam. Auch er ist erledigt. Ich betrachte ihn forschend. Versuche, die Situation einzuschätzen.

Ich glaube nicht, dass er Marc sagen wird, wo ich bin. Jedenfalls nicht sofort.

Ich habe eine Gnadenfrist erhalten.

Um sieben Uhr früh bin ich hellwach.

Als ich aus dem Zelt krieche, steht die Sonne am Himmel. Adam ist bereits fertig angezogen und wartet auf mich.

Ich blinzle in den Tag; schon so hell. In dieser Jahreszeit ist das Tageslicht immer Sieger.

Eigentlich dürfte Adam noch gar nicht auf den Beinen sein, nachdem wir uns gestern so lange unterhalten haben.

Was ist los?

Dann sehe ich sein Gesicht, und in meinem Inneren stirbt etwas.

»Ich habe mit Marc gesprochen«, sagt er.

Marc hat ihm gestern Abend *natürlich* erzählt, wie glücklich wir waren. Wie sehr wir uns auf das Baby gefreut haben. Dass er völlig am Boden zerstört ist. Dass die bloße Vorstellung, er könnte mir etwas antun oder schlecht über mich reden, ihn fassungslos macht. Er *liebt* mich doch. Der arme Marc weinte am Telefon, war untröstlich wegen der schlimmen Dinge, die ich über ihn verbreitet hatte.

Während Adam all dies sagt, pocht in meinem Kopf ein dumpfer Schmerz, weil ich gestern nicht ausreichend Wasser, dafür aber drei Bier getrunken habe.

Ich wende den Blick von der Sonne ab.

»Er war todtraurig, Romilly. Vollkommen fertig.« Er seufzt. »Aber er versteht dich. Er weiß, dass du nicht ... in bester Verfassung bist.«

Um uns herum erwacht langsam der Campingplatz. Zelte werden geöffnet. Autos werden beladen. Papiertüten mit Buttercroissants und leckerem *pain au chocolat* werden gebracht. Manche Kinder können nicht warten, sie haben die Gesichter schon jetzt voller Krümel.

Mein Herz bricht auf und beginnt hart zu schlagen.

Adam hält meine Hand, und ich erinnere mich daran, wie er gestern Abend dasselbe gemacht hat. Eine federleichte, zaghafte Berührung.

Er beißt sich auf die Lippe; saugt sie zwischen seine Zähne.

»Romilly, es ist nicht so, wie du denkst. Ich bin mir sicher, dass du zu hundert Prozent von dem überzeugt bist, was du mir erzählt hast.«

Er hebt die Hände ans Gesicht und reibt sich eine juckende Stelle mit mehrere Tage alten Bartstoppeln.

»Ich habe mit Marc gesprochen, und er hat mir erklärt, wie eine postpartale Psychose sich äußert. Das ist ...«

»Ich *weiß*, wie sie sich äußert, Adam. Wir haben gestern Abend darüber gesprochen. Ich *habe keine postpartale Psychose.*«

»Aber die wenigsten Frauen können das bei sich selbst beurteilen, Romilly!«, entgegnet Adam, am Ende seiner Geduld. Er ist der am wenigsten überzeugende Amateur-Psychologe, den man sich vorstellen kann, und jetzt steht er hier und will mir eine Diagnose stellen.

Ich funkle ihn an. Ja, dessen bin ich mir durchaus bewusst, verdammt noch mal.

»Willst du mit meiner Mum sprechen?«, frage ich. Eine Eingebung. Warum bin ich nicht schon früher darauf gekommen? »Sie hatte die Krankheit! Ihretwegen stand ich unter Beobachtung. Sie weiß, dass ich sie nicht habe.«

»Aber sie kennt Marc nicht«, sagt er leise. »Wie oft hat sie ihn getroffen? Sie lebt im Ausland. Zweimal vielleicht? *Ich kenne Marc.*«

»Nein, du kennst eine *Version* von ihm«, fauche ich hitzig, weil wir das immer und immer wieder durchkauen müssen. »Er löscht meine Playlists und die Filme auf meiner Wunschliste. Er hat mir die Haare abgeschnitten, *während ich geschlafen habe.*«

Ich höre die Ohnmacht in meiner Stimme.

»Manchmal kommt es mir so vor, als würde er versuchen, *mich* zu löschen, Adam. Und ich will nicht gelöscht werden.«

Keine Reaktion.

»Du hast die letzte Woche mit ihm verbracht«, beschwöre ich ihn. »Hast du wirklich nie irgendwelche Aggressionen bei ihm beobachtet oder einen Wutanfall, der ein bisschen überzogen war?«

»Was heißt schon überzogen, Ro? Er hat gerade seine Frau verloren. Er muss sich ganz alleine um ein neugeborenes Baby kümmern.«

»Was ist mit Steffie?«, fahre ich in wachsender Verzweiflung fort. »Habt ihr euch noch mal unterhalten, nachdem ich mit ihr telefoniert habe?«

Er nickt. »Natürlich. Ich wollte ja ihre Meinung hören.«

Wieder sehe ich diesen Ausdruck in seinen Augen: Mitleid.

Oh.

Meine beste Freundin glaubt nicht mir, sondern Marc. Selbst nachdem sie mit mir gesprochen hat. Selbst nachdem ich ihr alles erzählt habe.

In dem Moment weiß ich, dass es vorbei ist. Es hat keinen Sinn, es weiter zu versuchen. Ich werde niemanden überzeugen.

Wie auch?

Denn wenn Steffie mir nicht glaubt und Adam mir nicht glaubt, muss ich einer Tatsache ins Auge blicken: Auch in mir regen sich Zweifel. Alles ist zunehmend verschwommen.

Ich weiß nicht mehr, ob *ich* mir glaube.

Am Abend zuvor

DIE BESTE FREUNDIN

AM TELEFON HÖRE ICH MEINE normalerweise so gelassene Freundin weinen, als wäre jemand gestorben.

Ihr Bericht beginnt zunächst plausibel, wird aber schon bald immer wirrer. Sie schweift vom Thema ab, schlingert hin und her, taumelt, gerät ins Stolpern und fällt. Manchmal weint meine liebe Ro so heftig, dass ich sie vor lauter Tränen kaum noch verstehen kann. Dann wieder spüre ich eine unbändige Wut in ihr, die ich nicht von ihr kenne. Eine Wildheit, die fast etwas Animalisches hat.

Nichts, was ich sage, vermag sie zu beruhigen.

Es ist schwer, bei ihrem Bericht den Überblick zu behalten, aber das Wenige, was ich verstehe, passt so gar nicht zu Romillys Welt, in der Neoprenanzüge in der Dusche hängen und samstags Pad-Thai gegessen wird.

»Ich war normal!«, schluchzt sie. »Früher war ich ganz normal.«

Ich zittere vor Angst, auch wenn ich gleichzeitig versuche, sie zu trösten. In Wahrheit bin ich mit der Situation heillos überfordert. Denn obwohl ich nicht daran zweifle, dass Marc sich ihr gegenüber mies verhalten hat – und dass unmittelbar vor der Geburt etwas wirklich Schlimmes passiert sein muss –, so kommt mir seine Version der Ereignisse doch glaubwürdiger vor.

Romilly hingegen klingt wahnhaft. Anders kann man es nicht beschreiben. Paranoid. Sie steht vollkommen neben sich.

Irgendwann verabschieden wir uns, und mein Freund kommt ans Telefon. Er verspricht mir, dass er gut auf sie aufpassen, mich bald wieder anrufen und sie wohlbehalten nach Hause bringen wird.

»Danke, Liebling«, flüstere ich, ehe wir auflegen.

Unsere eigenen Konflikte sind vergessen. Romilly und dieses Chaos sind jetzt alles, was zählt.

»Also, was denkst du?«, fragt Ad eine Stunde später, als wir uns endlich ungestört unterhalten können.

Romilly ist zur Ruhe gekommen und schläft, berichtet er mir. Sie liegt im Zelt, er sitzt davor. Als Wachtposten.

Ich seufze. Das Trauma ist mir unter die Haut gegangen, ich fühle mich dumpf und niedergeschlagen. Und ich habe schreckliche Angst vor dem, was als Nächstes kommt.

»Ich finde, sie klang nicht wie Ro«, sage ich, auch wenn ich nicht genau weiß, was das eigentlich bedeuten soll. »Ich mache mir Sorgen um sie. Ich habe Angst. Was denkst du?«

Ein langes Ausatmen. »Ich glaube, sie war aufgewühlt, weil sie mit dir gesprochen hat.«

»Aber …« Ich wappne mich.

»Aber du hast recht, sie ist nicht sie selbst. Und ihre Geschichte ist …« Er hat Mühe, den Satz zu beenden, und ich glaube zu hören, wie er ein Schluchzen unterdrückt.

Meine Gedanken überschlagen sich. Ich darf jetzt keinen Fehler machen.

Wir reden zehn Minuten lang, bis Adams Akku leer ist.

Am Schluss sind wir uns einig. So schrecklich es auch ist, Marc hat recht. Romilly leidet unter Wahnvorstellungen. Marc hat viel falsch gemacht, keine Frage, und vielleicht waren die beiden in ihrer Beziehung unglücklicher, als uns bewusst war, aber er ist *nicht* gewalttätig. Die Anschuldigungen sind völlig aus der Luft gegriffen. Sie entbehren jeder Grundlage und könnten beiden ernsthaft schaden. Von ihrer Tochter ganz zu schweigen.

Wir müssen in allererster Linie an Fleur denken.

Mit Schlafmaske und einer halben Tonne Lavendel auf dem Kopfkissen krieche ich ins Bett. Doch nichts hilft. Ich kann einfach nicht abschalten.

Ich hole einen alten Korb mit Fotos. Romilly und ich in Federboas bei unserer Schulabschlussfeier. Romillys lange Gothic-Phase ist erst vor Kurzem recht abrupt zu Ende gegangen und hat einer Vorliebe für Blümchenmuster Platz gemacht. Fotos von meinem Besuch an Romillys Uni, im Kreis längst vergessener Freunde. Sieben oder acht von uns in hässlichen Schuhen in einem Bowling-Center. Mit damals noch viel zu großen Bikinioberteilen an einem Strand in Cornwall. Romilly im Urlaub mit meiner Familie, so wie immer. Meine Mum drückt sie an sich, und ich stehe auf ihrer anderen Seite. Ich kann nicht aufhören zu weinen, während ich den Stapel unserer alten Postkarten durchlese.

Wir haben uns sogar geschrieben, wenn wir zusammen im Urlaub waren. Romillys Familie verreiste nie. Die Beziehung zwischen Loll und ihrer Mutter war angespannt, und da Aurelia alleinerziehend war, hatte sie immer viel um die Ohren. Urlaubsreisen wurden da lediglich als eine zusätzliche Belastung angesehen. Außerdem brachten sie etwas zu viel gemeinsame Zeit mit sich.

Ro war für mich eine Art Schwester ehrenhalber, die mit uns zusammen am Familientisch Lasagne zu Abend aß, und so war sie eben auch die vierte Person auf unseren Urlaubsreisen. Ich hatte ihre Füße im Gesicht, wenn wir im Lake District im Wohnwagen übernachteten, am Strand der Costa Dorada trugen wir zum ersten Mal Bikinis, und auf Zakynthos tranken wir unsere ersten Cocktails in einer Bar, nachdem wir uns abends heimlich rausgeschlichen hatten.

Und wir schrieben einander Postkarten, während wir nebeneinander am Strand saßen.

»Wahrscheinlich würde es mehr Sinn machen, jemand anderem zu schreiben«, murmelte Ro oft.

»Wem denn?«, antwortete ich dann, ohne in meinem Gekritzel innezuhalten.

Es war eine ernst gemeinte Frage.

Als wir mit der Uni fertig waren und uns in derselben Gegend niederließen, hörte ich auf, ihr zu schreiben, aber Romilly machte weiter. Sie schrieb mir eine Karte aus dem Museum für Naturgeschichte; aus Legoland, wo auch ihre Nichte eine krakelige Zeile beisteuerte; aus ihren Flitterwochen. Aus dem neuen Café am Ende der Straße. Oder von zu Hause, weil sie einfach Lust hatte, mir ein paar Zeilen zukommen zu lassen.

Während ich diese Karten lese, dabei ihre Stimme von früher im Ohr habe und die Welt draußen schläft, beruhigen sich meine Gedanken allmählich, und ich kann die Dinge besser einordnen.

Das ist der Moment, in dem mir Zweifel kommen.

Ich denke an lange zurückliegende Ereignisse.

Ros Schreckhaftigkeit, wenn man unerwartet hinter ihr auftauchte. Manchmal reichte es schon, einfach nur »Hallo« zu sagen. Das war früher nie so gewesen. Oder die Augenringe. Die Art, wie sie sich Junkfood reinschaufelte. Man hatte nicht das Gefühl, dass sie es aus Genuss tat, sondern eher so, als würde sie Drogen konsumieren. Dann der extreme Schock nach dem Haarschnitt. Es war, als hätte sie sich einen Arm oder ein Bein abgeschnitten. Es kam völlig aus heiterem Himmel, dabei waren ihre Haare doch ein Teil ihrer Persönlichkeit. Sie wollte weder darüber reden noch empfand sie irgendeine Begeisterung für die neue Kurzhaarfrisur. Und sie ging nicht mehr schwimmen, obwohl ich Freundinnen kannte, die selbst hochschwanger noch im Meer gebadet hatten. Ich hätte gedacht, Romilly würde sich ihr liebstes Hobby nicht nehmen lassen, und sei sie auch dick wie ein Buckelwal. So hatte sie es sich wenigstens vorgenommen, das weiß ich.

Ich habe alles auf die Schwangerschaft geschoben, aber jetzt frage ich mich, ob in Wahrheit nicht etwas anderes dahintersteckte.

Ich erinnere mich an einen Vorfall zwischen Romilly und mir, als ich ihr mal eine Frage über Outdoor-Hochzeiten stellte. Eine Bekannte von mir spielte mit dem Gedanken, im Freien zu heiraten, und ich wollte ein paar Tipps an sie weitergeben. Aber Romilly blockte komplett ab. Verdutzt musste ich zusehen, wie sie sich wortlos abwandte und ging. Das war ein völlig unerklärliches Verhalten für eine Frau, die sonst immer hilfsbereit war und ihre Erfahrungen jederzeit gerne teilte, wenn andere einen Nutzen daraus ziehen konnten. Für eine Frau, die von ihrer eigenen Hochzeitsfeier so begeistert gewesen war.

Ich gehe noch weiter zurück.

Bis zu einem Tag, an dem Marc den Arm um sie legte und daraufhin ein Ausdruck in ihr Gesicht trat, den ich nicht von ihr kannte. Beinahe wie Hass. Das sah den beiden überhaupt nicht ähnlich. Sie waren keines dieser Paare, die sich im Privaten so oft streiten, dass es unweigerlich auch in der Öffentlichkeit durchschimmert. Ich rechne nach. Das muss zwei oder drei Monate vor Fleurs Geburt gewesen sein.

Da waren die merkwürdigen Gespräche und Kommentare. Ein seltsamer Blick hier und da. Telefonate hinter vorgehaltener Hand – so viel Privatsphäre hatten wir sonst nie gebraucht. Ein Mangel an Details, obwohl Romilly sonst die Königin der Details war. Der Streit wegen ihres Verlobungsrings. Diese Kühle zwischen uns, die oft mehrere Wochen anhielt.

Ich wunderte mich über einen Menschen, den ich zu gut kannte, um mich bei ihm noch über irgendetwas zu wundern. So ist das nach fast dreißig Jahren Freundschaft.

Ich starre auf die vor mir ausgebreiteten Fotos.

Aber wenn Ro die Wahrheit sagt und Marcs Behauptung eine Lüge ist, wirft das eine wesentliche Frage auf: Wieso beharrt auch *Loll* darauf, dass ihre Schwester eine postpartale Psychose hat?

O mein Gott.

Loll ist auf Marcs Seite.

Die blonden Härchen an meinen Armen stellen sich auf.

Aber warum?

Nein. Nein.

Ich denke daran, wie Loll ihn manchmal ansieht, wenn er ihr den Rücken zugekehrt hat. Als würde sie ihm am liebsten ein Messer hineinrammen. Im nächsten Moment schaut sie wieder ganz normal aus, und ich stelle meine eigene Wahrnehmung infrage. Habe ich es mir vielleicht bloß eingebildet?

Das kann schnell passieren, wenn man zu viel Zeit in diesem Haus verbringt.

Das flackernde Licht in der Küche.

Der tropfende Wasserhahn.

Das klemmende Fenster. Keine Luft zum Atmen.

Ich knibble an meinen Fingernägeln, als würde ich an einem losen Faden ziehen.

Marcs Telefonat in der Küche, das ich mit angehört habe; seine Panik, sein Flehen.

Das ständige Pochen auf seiner Version der Wahrheit, in der sich alles nur um Romillys Geisteszustand dreht.

Die Tatsache, dass er, wenn er wirklich glauben würde, dass Romilly an einer postpartalen Psychose leidet, der Polizei doch die Türen eingerannt hätte, um dafür zu sorgen, dass man die Sache ernst nimmt. Dass alle über die Gefahr, die Romilly für sich selbst darstellt, im Bilde sind.

Er wäre außer sich gewesen vor Sorge.

Was zum Teufel geht hier vor?

Der Faden löst sich.

Dann das Gespräch mit ihr.

Er löst sich noch ein Stückchen weiter.

Dieses Gespräch.

Und beginnt aufzuribbeln.

Ich habe mich geirrt, denke ich mit aufsteigender Panik. Ich habe mich geirrt.

Scheiße.

Ich rufe Adam an, aber der geht nicht ran. Wahrscheinlich ist sein Handyakku noch leer. Er hatte keine Ahnung, wo er ihn auf dem Zeltplatz aufladen sollte. Es war stockfinster, und es gab niemanden, den er hätte fragen können.

Das Herz hämmert in meiner Brust.

Ich werfe einen Blick zur Uhr. Hier ist es Mitternacht, also ein Uhr in Frankreich.

Ich lasse mich auf die Matratze sinken.

Was jetzt?

Natürlich versuche ich es als Nächstes bei Loll. Im Gegensatz zu Adam ist ihr Telefon immer aufgeladen, und sie nimmt Tag und Nacht ab. Meine Vermutung ist, dass sie sowieso nur zu neunzig Prozent schläft. Zehn Prozent von ihr bleiben wach und sind allzeit bereit, aus dem Bett zu springen, sollte ein weinendes Kind oder eine Freundin mit Liebeskummer ihre Aufmerksamkeit verlangen. Oder für den Fall, dass jemand etwas weiß, was ihre Schwester wieder mit ihrem Baby vereinen könnte.

Nur, dass sie diesmal *nicht* abnimmt.

Ich versuche es noch einmal.

Komisch.

Die Wände unserer kleinen Wohnung rücken immer näher zusammen, also ziehe ich mir eine Leggings und ein Sport-Shirt an und schnappe mir meine Turnschuhe. Ich will mir den Kopf freilaufen, bis ich mit Loll reden kann. Hier in der Gegend fühle ich mich zu jeder Zeit sicher; so ist das bei uns.

Ich ziehe die Tür hinter mir zu. Das Telefon nehme ich mit für den Fall, dass Loll sich zurückmeldet. Ich laufe los. Nach einer Weile höre ich Schritte hinter mir. Ich werde schneller und spüre, wie mein Herzschlag den Rhythmus der fremden Schritte aufnimmt, die immer näher kommen, bis sie schließlich rechts neben mir sind.

Meiner Selbstsicherheit zum Trotz muss ich daran denken, dass ich um diese Uhrzeit normalerweise nie jemandem begegne. Mit angehaltenem Atem umklammere ich das Handy fester.

Doch er zieht an mir vorbei. Asics an den Füßen, Kopfhörer im Ohr – bloß ein nächtlicher Jogger so wie ich. Seit der

Pandemie sind wir zahlreicher geworden. Wir haben die Gewohnheit beibehalten, uns Zeiten auszusuchen, zu denen auf den Straßen nicht viel los ist.

Ich drossle die Geschwindigkeit auf Schritttempo.

Was jetzt?

Ich könnte die Polizei verständigen und sagen, dass meine Freundin möglicherweise von ihrem Ehemann bedroht wird. Aber welche Beweise hätte ich dafür? Und würden sie nicht zu demselben Schluss kommen wie ich gestern Abend? Würden sie sich nicht auf Marcs Seite schlagen und anfangen, Romilly genauer unter die Lupe zu nehmen? Sich fragen, warum sie aus dem Krankenhaus geflohen ist und ihre Tochter zurückgelassen hat? Das ist das Letzte, was sie jetzt braucht.

Nein, ich darf nicht zur Polizei gehen. Das Risiko ist zu groß.

Ich denke an Marcs Telefonat. An den Mann, den ich auf der Straße vor seinem Haus gesehen habe. Daran, dass Loll hinter seiner Theorie der postpartalen Psychose steht.

Was geht hier vor?

Ich laufe wieder schneller, immer schneller, bis ich kaum noch Luft bekomme.

Tag 5, 7:00 h

DIE FRAU

»TUT MIR LEID, aber das Wichtigste ist jetzt, dass wir nach Hause fliegen und dir professionelle Hilfe besorgen. Wir kriegen das wieder hin. Deine Familie wartet auf dich.«

Ich sehe Adam an.

Wer würde sich eine solche Geschichte *ausdenken?* Jemand, der an Wahnvorstellungen leidet, vermutlich. Jemand, der paranoid ist. Und Marc kann sehr überzeugend sein. Überzeugend genug, um zwei der Menschen, die mir auf der Welt am nächsten stehen, weiszumachen, dass ich lüge.

Meine Hoffnung erlischt; ein Feuer ohne Zunder. Ich habe keine Möglichkeit mehr, den Lauf der Dinge noch zu ändern.

Bis mir eine Idee kommt.

»Warte hier.« Ich verschwinde im Zelt und wühle in meinen Sachen.

Bestimmt zählt Marc darauf, dass ich mein Handy weggeworfen oder es irgendwo im See versenkt habe, damit mein Standort nicht geortet werden kann. Er irrt sich. Es ist ausgeschaltet, aber ich habe es noch. Man kann seine Verbindung zur Außenwelt nicht vollständig kappen, wenn man einen Teil von sich darin zurückgelassen hat. Das wissen alle Eltern. Sogar Rabenmütter wie ich.

Allein die Gewissheit, dass ich es jederzeit einschalten und in dem Haus anrufen könnte, in dem mein Baby – *Fleur* – lebt, hat mich diese Tortur durchstehen lassen.

Jetzt kann es mir als Beweis dienen.

Ich scrolle durch die Vielzahl ungelesener Nachrichten und versuche, nicht auf die Absender zu achten. Trotzdem springen mir ihre Namen ins Auge – Steffie, Loll, meine Mutter. Endlich gelange ich zu dem Thread, nach dem ich gesucht habe.

Marc.

Ich reiche Adam das Handy.

»Scroll dich durch«, bitte ich ihn. »Scroll so weit zurück, wie du willst.«

Adam tut es, und sein Gesicht wird immer bleicher und bleicher, obwohl die Sonne bereits heiß vom Himmel brennt. Währenddessen drehe ich das Armband an meinem Handgelenk. Es war ein Geschenk von Steffie zu meinem dreißigsten Geburtstag. Ich drehe, drehe, drehe.

Dann mache ich mit meinen Ringen weiter.

Das muss ihn doch überzeugen. Warum habe ich nicht früher daran gedacht? Einen Moment lang zweifle ich erneut an mir. Weil ich an Wahnvorstellungen leide? Weil ich nicht bei Verstand bin?

Aber die Nachrichten existieren, ich habe sie direkt vor Augen. Sie sind der Beweis – für mich selbst und für Adam.

Ja!

Ich sehe meinem guten Freund beim Lesen zu.

Wahrscheinlich habe ich nicht an Marcs Nachrichten gedacht, weil ich erschöpft und gebrochen und emotional am Limit bin. Weil ich erst vor wenigen Tagen entbunden habe.

Aber ich habe *keine* Psychose.

Ich schlage mit der Hand auf mein Bein, um eine besonders hartnäckige Mücke zu vertreiben.

»Adam«, sage ich, während ich in meiner Tasche nach dem Insektenspray suche. »Ich weiß, dass das schwer zu verdauen ist. Ich weiß, dass es jedem deiner Instinkte und deiner Loyalität zuwiderläuft, aber bitte, *sag Marc nicht*, wo ich bin.«

Er schweigt.

Wortlos starrt er auf das Handy. Auf die schrecklichen Drohungen, die Marc mir kurz nach meinem Verschwinden gesendet hat. Auf seine beißenden Kommentare und Schlimmeres. Auf die wortreichen Entschuldigungen dazwischen, bevor alles wieder von vorne losging. Unser Leben im Miniaturformat.

»Romilly«, sagt er mit Panik in der Stimme.

Ich höre auf, an meinen Ringen zu drehen, und hebe den Kopf.

»Ich habe ihm gesagt, wo du bist. Schon vor Stunden. Ich war mir so sicher, dass du Hilfe brauchst.«

Scheiße.

»Aber er braucht doch mehrere Stunden, bis er hier ist«, sage ich, mehr zu mir selbst. Ich will mich beschwichtigen. Mich daran hindern, in Katastrophenstimmung zu verfallen. »So schnell kann er doch gar nicht hier sein.«

Adam schiebt mich ins Zelt.

»Er war bereits in Frankreich, als ich ihn angerufen habe, Romilly. Er ist gestern noch in den Flieger gestiegen. Er meinte, er hätte nicht länger untätig rumsitzen können. Er wollte sich hier mit mir treffen.«

Im Zelt stolpere ich und falle der Länge nach hin.

»Fang an zu packen«, ruft er von draußen. »Du musst sofort anfangen zu packen. Ich gehe schnell und zahle die Platzmiete, und dann hauen wir ab. Ernsthaft. Beeil dich.«

Ich stopfe Schlafanzug, Hygieneeinlagen und Schmerztabletten in meine Tasche.

Unterwäsche. Shorts. Zahnbürste.

Doch kaum habe ich angefangen, meinen Schlafsack zusammenzurollen, dringt eine neue Stimme durch die Zeltplane an mein Ohr.

Schweigend krieche ich ins Freie.

Noch immer am Boden kniend, blicke ich auf.

Da ist er, mit unserer winzigen Tochter auf dem Arm. Sie trägt einen Strampler, den ich ihr gekauft habe, und er murmelt einen Namen in ihr Haar, den ich ihr nicht gegeben habe. Mein Ehemann Marc.

Tag 5, 7:10 h

DIE BESTE FREUNDIN

ES HAT EINE GANZE WEILE GEDAUERT, aber irgendwann bin ich endlich eingeschlafen, auch wenn bereits nach wenigen Stunden mein Handy klingelt.

Adam. Er muss eine Ladestation gefunden haben.

»Ad, ich habe die ganze Nacht lang nachgedacht und …«

Er lässt mich nicht ausreden. Ich höre, dass er außer Atem ist.

»Romilly hat mir seine Nachrichten gezeigt …«, stößt er hastig hervor. »Stef, er lügt.«

Ich will etwas erwidern. Ihm sagen, dass ich zu demselben Schluss gekommen bin und wir uns einig sind: kein Wort zu Marc.

Doch er gibt mir keine Gelegenheit dazu.

»Es war zu spät«, fährt er verzweifelt fort. »Ich hatte es Marc schon gesagt. Ich dachte, es wäre meine … Pflicht, und ich würde das Richtige tun. Verdammte Scheiße. Ich dachte, ich muss verantwortungsvoll handeln. An Fleur denken.«

Ich empfinde Angst, echte Angst. Zuerst manifestiert sie sich in meinen Beinen, die sich auf einmal wie Pudding anfühlen.

Ich habe keine Zeit, Adam zu trösten.

»Hol sie da raus«, sage ich. »Haut einfach ab, wohin auch immer. So schnell ihr könnt.«

In der eintretenden Stille höre ich Bedauern, aber das macht das, was er sagt, nicht leichter.

»Stef, sie ist weg.« Sein Schluchzen wird heftiger. »Ich habe sie nur für ein paar Minuten aus den Augen gelassen, um die Rechnung zu bezahlen, und als ich zurückkam … war sie nicht mehr da. Eine Frau, die hier arbeitet, hat gesagt, sie sei in ein Auto gestiegen. Mit einem Mann, der ein Baby auf dem Arm hatte. Marc war schon in Frankreich, als ich ihn angerufen habe. Er hatte von sich aus beschlossen herzufliegen.«

Innerlich vor Zorn brodelnd, setze ich mich im Bett auf.

»Wie. Zum. Teufel. Konntest. Du. Sie. Alleinlassen?«

Er habe doch bezahlen müssen, sagt er, sonst hätten sie nicht abreisen können. Er habe gedacht, wenn Ro währenddessen ihre Sachen packte, würde es schneller gehen. Es hätte doch keinen Sinn gemacht, dass sie Zeit verschwendete, indem sie mit ihm und sechs anderen Touristen in einer Schlange wartete, weil das Kartenlesegerät kaputt war.

Ich schreie ihn nicht weiter an. Wozu? Er ist genauso verzweifelt und verängstigt wie ich. Und bei ihm kommen noch die Schuldgefühle hinzu.

Stattdessen beende ich das Gespräch. Jetzt gibt es nur noch eins: Ich muss nach Frankreich zu meiner Freundin und hoffen, dass es noch nicht zu spät ist.

Tag 5, 7:10 h

DIE FRAU

»GUT, DASS ADAM NICHT DA IST«, sagt er und sieht mich über Fleurs Schulter hinweg unverwandt an. Ich blinzle immer noch ins Sonnenlicht. »Das hier geht nur uns beide etwas an.« Er berührt mit der Stirn den Kopf unseres Babys. »Und unsere Tochter.«

Ich bewege mich wie in Trance.

Alles andere tritt in den Hintergrund, als ich auf meine Kleine zugehe, sie Marc aus dem Arm nehme und tief ihren Duft einatme. Sie riecht nach Seife, ein bisschen nach Keksen und seltsam vertraut.

Sie ist wie ein Magnet, der mich anzieht.

Das Gefühl überwältigt mich. Am liebsten würde ich sie wieder in mich hineinschieben. Meine Haut als Schutzbarriere zwischen ihr und jeglicher Art von Bedrohung. Ich betrachte Marcs verkniffenen Mund.

Noch einmal ganz von vorne anfangen.

Ich halte sie fest.

Marc tritt mit ausgestreckten Armen und fragend hochgezogenen Brauen auf mich zu. *Darf ich?*

Darf er?

Ich bin nicht schnell genug mit meinem Nein und werde

zusammen mit Fleur, die auf meinem Arm schläft, von meinem Mann in die Arme geschlossen.

Als er sich von mir löst, nimmt er mir auch unsere Tochter wieder ab.

Ich weiß, dass es nicht in meinem Interesse ist, Einwände dagegen zu erheben.

»Das ist alles etwas aus dem Ruder gelaufen«, sagt er milde, während er die Kleine an seiner Schulter birgt, sodass sie mir ihren winzigen Rücken zukehrt.

Er hebt beschwichtigend die Hand.

»Hör zu, vielleicht habe ich mich manchmal nicht von meiner besten Seite gezeigt. Für Männer ist es verwirrend, wenn die Frau schwanger wird. Das Ende einer Ära. Da kommt so viel Verantwortung auf einen zu. Man fühlt sich an den Rand gedrängt. Und es ging alles so schnell bei uns. Jedes Verhalten hat einen Kontext, Romilly.«

Du warst derjenige, der unbedingt ein Kind wollte. *Du.*

»Aber du *kennst* mich.«

Ich spüre, wie meine Überzeugung ins Wanken gerät.

»Wir brauchen Zeit für uns allein, um das zu klären«, fährt er fort. Seine Stimme ist sanft und gütig. »Zeit als Familie. Es tut mir leid, dass ich so unhöflich bin, aber Adam hat keine Kinder. Er ist nicht verheiratet. Er kann das alles nicht verstehen. Er macht sich keinen Begriff von der Größenordnung.«

Er streichelt den seidigen dunklen Haarflaum unserer Tochter. Ich starre auf ihren Hinterkopf.

Ihre Haare sehen aus wie meine.

Marc zieht fragend die Augenbrauen hoch. Stimmt's? Ich kenne die Antwort nicht. Ich weiß nur, dass ich diesem Mädchen folgen muss, wohin auch immer.

Das Wiedersehen mit Marc hat mich in tiefe Verwirrung gestürzt. Das Monster, das ich in meinem Kopf erschaffen habe, hat einen zurückgehenden Haaransatz, Nike-Sneakers an den Füßen und Tränensäcke unter den Augen. Es legt die Stirn in Falten und blinzelt in den strahlenden Tag, weil es seine Sonnenbrille vergessen hat.

Ich denke an Ella, die alles abgestritten hat.

Aber ich habe seine Nachrichten doch selbst gelesen.

Oder nicht?

Ein weiteres Problem ist meine Gehirnkapazität. Ich bin so sehr damit beschäftigt, dieses kleine Geschöpf anzuschauen, das ich neun Monate lang in meinem Bauch getragen habe, dass für andere Überlegungen gar kein Platz ist. Vielleicht ist es doch einfacher als gedacht. Vielleicht geht es wirklich nur um mich, ihn und sie – ein Dreieck. Vielleicht habe ich die ganze Sache nur unnötig kompliziert gemacht.

Ich bin so müde.

Steffie war auch der Ansicht, dass ich krank bin.

Genau wie Adam.

Würde ich es überhaupt merken, wenn ich Wahnvorstellungen hätte? Oder würde es sich genauso anfühlen wie jetzt: *Das kann doch nicht wahr sein! Was denkt er sich dabei?*

Ich spüre eine Hand in meinem Rücken. Marc lotst mich zum Auto. Murmelt mir beim Gehen leise ins Ohr.

Nichts ist beängstigender als dieser eine immer wiederkehrende Gedanke: dass ich meinem eigenen Verstand nicht trauen kann.

Tag 5, 8:00 h

DIE BESTE FREUNDIN

»STEF?«, SAGT SIE SCHARF.

Wir beantworten jeden Anruf im Notfallmodus.

»Aurelia. Alles in Ordnung?«

»Was ist passiert?«, fragt sie benommen, als wäre es mitten in der Nacht.

Dann wiederholt sie meine Eingangsfrage. »Ist alles in Ordnung?«

»Ich weiß nicht genau«, sage ich. »Kannst du reden?«

»Ja«, sagt sie. »Ich bin im Hotelzimmer. Bill schläft noch tief und fest.«

Keine Ahnung, ob ich das Richtige tue, aber etwas anderes ist mir nicht eingefallen. Ich erzähle ihr alles. Dann mache ich mich auf den Monolog gefasst. Auf ihren Appell, die beiden in Ruhe zu lassen. Dem Familienverbund zu vertrauen.

Ich weiß ziemlich genau, mit welcher Reaktion ich rechne: dass Mütter zu ihren Kindern gehören. Dass Marc richtig handelt, indem er Romilly nach Hause holt. Dass Romilly unter einer postpartalen Psychose leidet, mit der nicht zu spaßen ist. Dass Marc – *ich bitte dich!* – doch keine Gefahr für Romilly darstellt. Marc ist vielleicht ein großes Kind, aber in diesem Fall hat er recht: Egal, wie die näheren Umstände sind, Romilly muss zu Hause sein, mit Pantoffeln an den Füßen und dem Baby an der Brust.

Doch es kommt anders.

»Sie sind allein? Wie konnte das passieren?«

Eine Erwachsene hat sich eingeschaltet, und ich fühle mich schuldig. Ich schäme mich. Adam und ich haben es vermasselt.

»Stef? Stef? Was hast du gesagt, wo sie sind?«

»In den Alpillen. Irgendwo in der Nähe von Les Baux.«

Ich höre, wie ein Laptop hochgefahren wird.

»Die Maschine nach Nîmes kriegen wir nicht mehr, und Flüge dahin gibt es nur einmal am Tag, selbst von London aus. Aha, verstehe, mal sehen ... Okay. Buch uns, so schnell du kannst, zwei Flüge von Manchester nach Marseille. Das ist nur unwesentlich weiter weg. Melde dich, wenn du das erledigt hast.«

Sie legt auf, und ich starre noch eine Weile das Handy an. Aber für eine Schockstarre ist jetzt keine Zeit.

Stattdessen tippe ich die Easyjet-App auf meinem Handy an, suche die Verbindung Manchester-Marseille heraus und kaufe zwei Tickets.

Der Flug geht in sechs Stunden.

Halt durch, meine Freundin.

Halt durch.

Tag 5, 7:15 h

DIE FRAU

KOMM SCHON.

Auf einmal schäme ich mich. Panik steigt in mir hoch.

Marc liebt Neunzigerjahre-Musik. Partys. Milden Cheddar. *Toy Story.*

Eine Bedrohung für mich? Habe ich das richtig verstanden?

Mein Mann legt mir lächelnd den Arm um die Taille. Wir gehen im Gleichschritt, ein kleines Team. Ich sehe ein Pärchen mit einem winzigen Baby vorbeischlendern. Es ist wie ein Spiegel unserer selbst: bodenständig und vertraut.

Ich habe meine Tochter auf den Arm genommen und drücke sie an mich. Sie ist wieder bei mir, und ich werde sie nie mehr verlassen.

»Schau uns an. Eine richtige kleine Familie.« Marc lächelt. Es ist ein warmherziges Lächeln voller Liebe, doch sein Griff ist fest.

Ich versteife mich.

Adam hat ihm geglaubt. Und Steffie auch.

Vielleicht war ihre anfängliche Einschätzung also doch richtig.

Vielleicht sollte ich dieses eine Mal mehr auf andere vertrauen als auf mich selbst.

Marcs Griff um meine Taille wird noch enger. Ich erschauere innerlich, lasse mir jedoch nichts anmerken.

Unaufhaltsam schiebt er mich in Richtung Auto.

»Sollten wir nicht auf Adam warten?«, frage ich und werfe einen Blick über die Schulter zurück. »Damit er weiß, wo wir sind?«

»Alles klar bei Ihnen?«, erkundigt sich eine Campingplatz-mitarbeiterin.

»Alles bestens«, antwortet Marc bestimmt. Er lächelt. Ich wiederhole es im Stillen. Bestens, bestens, bestens. Mein Baby ist bei mir, wie könnte es mir da nicht gut gehen? Ich fühle mich wie benebelt, aber *das* ist klar.

»Wir reisen ab, zurück nach England. Unser Freund bezahlt die Platzmiete. Vielen Dank für den schönen Aufenthalt.« Sie lächelt mich an.

Marc lässt mich nicht los. Auf meine Frage bezüglich Adam gibt er keine Antwort. Dreißig Sekunden später sitzen wir im Auto.

Ein Klicken, und die Türen sind verriegelt.

Wir machen uns auf die Fahrt in die Berge.

Tag 5, 13:00 h

DIE BESTE FREUNDIN

AURELIA UND ICH TREFFEN UNS erst nach den Sicherheitskontrollen am Gate, deshalb können wir uns nur mit Maske unterhalten. Die Gläser von Aurelias Brille beschlagen, sodass sie sie alle paar Minuten abnehmen und an ihrem Pullover abwischen muss.

Die kurzen Blicke auf ihre Augen genügen, um ihre Angst zu sehen.

Als ich sie umarme, wird ihr ganzer Körper steif.

Heute sieht sie noch jünger aus als sonst. Die krakelige Mascara fehlt. Ihre halb blonden, halb grauen Haare umrahmen in lockeren Wellen ihr Gesicht.

Sie wirkt in sich zusammengesunken.

Als ich nach unten schaue, sehe ich, wie sie ihre Finger ineinanderkrallt.

Auf dem Weg durchs Flughafengebäude schaue ich sie immer wieder von der Seite an. Sie macht mich nervös.

»Hast du von Loll gehört?«, will sie wissen. »Sie hat sich gestern Abend nicht zurückgemeldet. Sieht ihr gar nicht ähnlich.«

Der Satz löst etwas in mir aus.

»Ja, bei mir war es genauso. Deshalb habe ich dich angerufen. Zweite Wahl, Aurelia, ich weiß. Es tut mir leid. Vielleicht ist sie einfach früh ins Bett gegangen? Das war ja alles ganz schön viel für sie.«

Wir nehmen auf zwei Sitzen unterhalb der Anzeigentafel Platz und versuchen erneut, Loll zu erreichen. Nichts. Aurelias Stirn ist permanent gerunzelt. Ich vermute, dass meine nicht wesentlich anders aussieht.

»Wie kommt es, dass du nicht bei ihr bist?«, frage ich.

Sie zieht eine Augenbraue hoch, ohne mich anzusehen, und schreibt weiter ihre Textnachricht. Wir haben noch nicht ausgelotet, wie viel die jeweils andere weiß.

»Das ist mir zu viel Stress, in einem Haus mit den Kindern. Außerdem verstehen Loll und ich uns besser, wenn wir eine gewisse Distanz zueinander wahren.«

Sie schickt die Nachricht mit einem Fingertippen ab.

»Ich habe Jake gebeten, nach ihr zu sehen«, murmelt sie. »Nur um auf Nummer sicher zu gehen.«

Sie hält inne. Lacht unbeholfen.

»Es kann ja nicht sein, dass meine *beiden* Töchter spurlos verschwinden.«

Die Frau neben uns blickt alarmiert auf.

Mit gedämpfter Stimme sage ich: »Loll geht es doch bestimmt gut, oder?«

Darauf einigen wir uns. Marc ist mit dem Baby in Frankreich, also wo sollte Loll sein, wenn nicht zu Hause, wo sie Erdnussbutter auf Toastbrotscheiben schmiert, sich um die Mathe-Hausaufgaben kümmert und das Wohnzimmer von Staub reinigt?

Doch als ich Aurelias Hand nehme, klebt ihre Handfläche trotz Klimaanlage an meiner. Sie zittert leicht, als ich sie drücke.

»Schau nach, wo dieser Campingplatz ist«, weist sie mich an, als wir uns zu Gate sieben begeben. »Ich miete uns vor Ort ein Auto.«

Die Köpfe über unsere Telefone gebeugt, stehen wir in der Schlange beim Boarding.

»Wird sie …?«

Ich schaue auf.

»Sollten wir …?«

Noch einmal.

Jedes Mal bringt Aurelia mich zum Schweigen. Erst mal alles regeln, dann können wir uns unterhalten. Vorher ist nicht die Zeit dazu.

Im Flieger unternehme ich den nächsten Versuch.

Sie hebt die Hand.

»Ich will nur noch schnell eine Nachricht an Bill schicken«, sagt sie, »bevor wir die Handys ausschalten müssen. Gib mir eine Minute.«

Als sie fertig ist, schielt sie zu der jungen Frau auf dem Platz neben mir, doch die hat sich abgeschottet. Große, teure und zweifellos effektive Kopfhörer sowie die Maske lassen sie annähernd gesichtslos erscheinen, als sie sich über ihr iPad beugt.

Ich bin erleichtert. Wir können offen reden.

Ich berichte Aurelia, was Romilly mir erzählt hat. Wie Marc sie behandelt hat. Wie sich an dem Abend, als bei ihr die Wehen einsetzten, alles zuspitzte. Seine Nachrichten danach. Die Drohungen, ihr Fleur wegzunehmen.

Die Sache mit ihren Haaren.

Aurelia verzieht das Gesicht.

Der Tag, an dem er versucht hat, sie zu ertränken.

Sie nickt langsam. Ja.

Das alles ist ihr nicht neu.

Als das Anschnallzeichen erlischt, kommen die Flugbegleiter vorbei und bieten uns Getränke an.

»Zwei Gin Tonic, vielen Dank, meine Liebe«, sagt Aurelia.

»Aber wir müssen doch nachher noch fahren«, protestiere ich.

Aurelia winkt ab und klappt meinen Tisch herunter.

»Nur einen.« Sie sieht mich an. Nimmt schon wieder ihre Brille ab. »Gott weiß, wir können ihn vertragen.«

Sie putzt sich die Brille am Saum ihrer Bluse. Die Geste erinnert mich an Loll.

»Loll hat angerufen, sobald Romilly nach der Entbindung bei ihr war«, sagt sie. »Sie hat mir alles erzählt. Romilly und ich haben während der Schwangerschaft hin und wieder miteinander telefoniert. Ich dachte mir schon, dass irgendwas los sein muss. Dass etwas mit ihr nicht stimmt.«

Sie schweigt einen Moment lang. Presst die Lippen aufeinander.

»Ich dachte, vielleicht ist es der Stress wegen der bevorstehenden Geburt, vielleicht hat sie Angst … Oder sie sorgt sich, weil sie im Café aufhören muss. Niemals in einer Million Jahren hätte ich vermutet, dass es etwas mit Marc zu tun haben könnte. Völlig ausgeschlossen. Gott! Marc ist so *liebenswert.* Er ist aufgetaucht, als es Romilly schlecht ging. Als sie es satthatte, allein zu sein, und sich endlich wieder verlieben wollte.«

»Seine ständigen Nachrichten«, murmle ich, als es mir wieder einfällt. »Er hat ihr schon nach dem ersten Date gesagt, dass er sie liebt. Wie überstürzt sie geheiratet haben. Und dann kam gleich das Baby …«

Ich seufze.

Aber es war so furchtbar romantisch. Das fanden wir alle, erst recht im Vergleich zu den sprunghaften, verantwortungslosen Männern in Romillys Vergangenheit.

Wir wussten nichts von Ella. Wir wussten nicht, dass er dasselbe schon mit einer anderen Frau gemacht hatte. Wir ahnten nicht, wohin der Weg führen würde.

»Ich wünschte, ich wäre nach Frankreich geflogen, um sie zu suchen«, sage ich in meinen Plastikbecher. »Ich hätte ihr Gesicht gesehen und Bescheid gewusst. Ganz bestimmt.«

Die Gründe, weshalb ich nicht geflogen bin, waren absolut lächerlich: die Arbeit. Niemand konnte mich vertreten. Wen kümmert so was überhaupt?

Aurelia fällt mir kopfschüttelnd ins Wort.

»Ich bin mir nicht sicher, ob Marc das überhaupt zugelassen hätte«, sagt sie fest, »also mach dir deshalb keine Vorwürfe. Es war nicht deine Entscheidung.«

Ich lasse mir das durch den Kopf gehen.

»Glaubst du ihr denn?«, frage ich. »Alles?«

Aurelia blickt mich an.

Die meisten Menschen wollen die Gefühle ihres Gegenübers an den Augen ablesen. Ich persönlich bevorzuge den Mund mit seinen Auf- und Abschwüngen, Lippen, die sich schürzen oder verziehen können. Aber wir befinden uns mitten in einer Pandemie, sie trägt ihren Mund-Nase-Schutz. Wir haben uns daran gewöhnt, auf diese Art zu reisen.

Während der Wagen mit den Getränken weitergeschoben wird, nimmt sie ihren Gin, zieht sich die Maske unters Kinn und trinkt einen großzügigen Schluck. Dann sagt sie: »Vergiss nicht, Loll hat viel Zeit mit ihr verbracht. Nachdem sie aus dem Krankenhaus verschwunden ist, war Romilly zunächst bei ihr.«

So viele Geheimnisse. So viele verschiedene Facetten. So viele Menschen, die sich gegenseitig anlügen, während sie zusammen Tee mit Milch trinken.

Ros Mutter lässt den Kopf gegen die Lehne ihres Sitzes sinken.

»Loll wollte nicht, dass sie nach Frankreich fliegt. Sie war ganz aufgelöst und hat sich große Sorgen um ihre Schwester gemacht – so weit weg und ohne das Baby. Außerdem hat sie nicht daran geglaubt, dass Ella ihr helfen kann.«

Sie schüttelt den Kopf.

»Sie war wütend, weil Romilly sie erst kurz nach der Geburt eingeweiht hat. Sie ist wie ihre zweite Mutter, Steffie, und sie hatte die ganze Zeit nicht den Schimmer einer Ahnung, dass etwas nicht stimmte.«

Als sie das sagt, errötet sie, und ihre Augen füllen sich mit Tränen.

Ich drücke ihre Hand.

Ihre Augen verschleiern sich.

»Als wir Romilly mit achtzehn zur Uni brachten, damit sie Kunstgeschichte studieren konnte, hat Loll auf dem Nachhauseweg ununterbrochen geweint.« Sie zupft ihre Maske zurecht, als könnte sie so dafür sorgen, dass ihre Stimme deutlicher klingt. »Ich weiß, sie hat zwei Kinder, aber ehrlich gesagt glaube ich, dass sie ihre ersten Erfahrungen mit der Mutterrolle mit Romilly gemacht hat. Das Ganze hat sie viel mehr mitgenommen als mich.«

Sie lacht.

»Ich habe sie immer wieder gefragt: ›Was um alles in der Welt ist denn los mit dir, Louisa?‹ Ich weiß noch, wie sie so laut geweint hat, dass es sogar den Motor meines zehn Jahre alten Volvos übertönt hat. Die Klapperkiste schaffte nicht mehr als siebzig.«

Auch ich muss lachen, wenngleich aus anderen Gründen.

»Ich wusste gar nicht, dass Lolls richtiger Name Louisa ist«, sage ich. Wir gehen sehr behutsam miteinander um.

Sie verdreht die Augen. »An dem Namen Loll ist Romilly schuld. Sie hat damit angefangen, als sie noch ein Baby war, und irgendwie ist er hängen geblieben.« Sie wird wehmütig. »Wie das eben so ist bei Schwestern«, fügt sie leise hinzu.

Eine Pause.

Als sie weiterspricht, schwingt Traurigkeit in ihren Worten mit.

»Mir ist klar, dass ich keine sehr gute Mutter bin. Aber ich liebe sie, weißt du, Stef? Ich liebe sie über alles.«

Als die Frage, ob wir eine kleine Tüte Käsekräcker möchten, unserem Gespräch ein vorläufiges Ende setzt, gibt Aurelia sich einen Ruck.

Ich umklammere ihre Hand, als müsste ich sie in Sicherheit ziehen. Mehr kann ich nicht tun, bis wir ungestört weiterreden können.

Der Gedanke an Loll kehrt zurück und mit ihm ein Gefühl der Unruhe. Ich denke an ihre Loyalität und ihre Güte – Eigenschaften, die wir für zu unsexy hielten, um sie richtig wertzuschätzen, als wir noch jünger waren. Bevor es zur Krise kam. Wie sehr wir sie jetzt brauchen. Wie sehr wir *Loll* jetzt brauchen.

Hinter uns knuspert jemand geräuschvoll einen Pringle nach dem anderen. Mir fällt wieder ein, wo wir sind.

»Loll war immer da«, fährt Aurelia fort, und ihre Stimme bricht. »Wenn es so schlimm war, wieso hat Romilly ihr nicht schon viel früher was gesagt?«

Die Frau neben uns nimmt die Kopfhörer ab und kramt zwei Minuten lang in ihrer Tasche herum. Aurelia und ich schweigen, bis sie die Kopfhörer wieder aufsetzt.

»Ich schätze mal, sie wollte ihre Familie schützen«, sage ich. »Ihre zukünftige Familie.« Meine Stimme ist nicht lauter als ein Flüstern.

Aurelia nickt. »Sie hat Loll vom Krankenzimmer aus angerufen, sobald Marc nach der Entbindung gegangen war, und es ihr erzählt. Es brach alles aus ihr heraus, während sie ihr Neugeborenes an der Brust hatte. Sie war völlig aufgelöst. Sie sagte, dass er ihr das Baby wegnehmen würde. Dass er den Leuten erzählen würde, sie sei eine verantwortungslose Mutter. Sie hatte eine Tochter, die eines Tages zur Frau werden würde. Wie sollte Marc diese junge Frau nicht hassen, sobald sie anfing, ihm Widerworte zu geben?«

Aufgelöst? Das würde Marc natürlich sofort als Symptom umdeuten – als einen Beweis dafür, dass Romilly tatsächlich unter einer postpartalen Psychose leidet.

Ich bin tief beunruhigt.

»Loll meinte, sie müsse sie da rausholen«, sagt Aurelia. »Sie konnte nicht länger warten.«

Jetzt kommt der entscheidende Punkt.

»Rom und dem Baby ging es gut, sie standen kurz vor der Entlassung, insofern hat meine Loll nicht verantwortungslos gehandelt …«

Ich sehe sie ungläubig an. Wie bitte? Ich kann verstehen, dass sie ihre Töchter in Schutz nimmt, aber *nicht verantwortungslos?*

Sie registriert meinen Gesichtsausdruck und senkt die Stimme noch weiter.

»Also schön. Aber es war zu keinem Zeitpunkt gefährlich. Es ging den beiden gut, sie waren kerngesund. Romilly hat Loll mitgeteilt, um wie viel Uhr Marc zurückkommen wollte. Loll meinte, sie würde sie auf der Stelle abholen, den Rest könnten sie sich dann später überlegen.«

Ich verziehe das Gesicht, als ich mir ihre Schuldgefühle ausmale, nachdem ihr Plan so gründlich schiefgegangen ist.

»Loll wollte ihre Schwester und das Baby holen und zu sich nach Hause bringen. Hauptsache weg von ihm.«

Sie bietet mir ein antiseptisches Gel an, und ich halte ihr die Handfläche hin. Sie reibt es auf ihre Brille.

»Ich verstehe immer noch nicht. Wie kommt es, dass sie Fleur zurückgelassen haben?«

»Loll konnte nicht beide auf einmal mitnehmen«, sagt sie, und ihr Tonfall verändert sich. Auf einmal nehme ich Trostlosigkeit darin wahr. »Romilly hatte sich gut erholt, es war eine relativ leichte Geburt verglichen mit vielen anderen Frauen, aber beim ersten Kind ist es natürlich immer anstrengend, und sie hatte starke Nachblutungen. Sie brauchte Hilfe. Und dann waren da noch ihre Sachen. Loll hat sie gestützt, ihre Tasche genommen und sie zu ihrem Auto gebracht. Hinterher ist sie noch mal zurückgegangen, um das Baby zu holen, das alleine im Zimmer schlief. Aber auf einmal war Marc da – angeblich um Romilly einen Schlafanzug zu bringen.«

Sie verdreht die Augen. »Alles Lügen. Es war ein Kontrollbesuch. Sie meinte, so was wäre bei ihm ganz normal.«

Mir kommt etwas in den Sinn. Früher fand ich es immer süß, wenn er im Café saß, während sie Schicht hatte. Dabei kam er in Wahrheit nur vorbei, um sie zu überwachen.

»Wie auch immer, Loll hat sich unbemerkt weggeschlichen und ist zu Romilly auf den Parkplatz gelaufen. Die war völlig außer sich. Sie hat versucht, zurück ins Krankenhaus zu gehen, aber Loll wusste, was dann passieren würde. Wenn Marc erfahren hätte, dass sie ihn verlassen wollte und versucht hatte, das Baby mitzunehmen, wäre sie in großer Gefahr gewesen. Sie hat ihr versprochen, das Baby später zu holen.

Fürs Erste war es wichtig, Romilly wegzubringen. Zu Hause lag Loll mit ihr unter der Bettdecke und hat ihr gut zugeredet. So wie früher, als sie Kinder waren. Aber Romilly sagte nur, dass sie *sofort* das Baby holen müssten. Sie ließ sich nicht beruhigen.«

Ich schaue sie eine Sekunde zu lange an.

»Nein. Sie war absolut klar im Kopf«, sagt Aurelia mit Nachdruck. Sie weiß genau, was mein Blick zu bedeuten hat. *Gab es zu dem Zeitpunkt irgendwelche Anzeichen auf eine postpartale Psychose? Wenn auch nur der geringste Zweifel besteht, Aurelia, dann sprich es jetzt aus.* »Loll hat ihre Liste mit typischen Symptomen gezückt. Hat ihre Schwester genau beobachtet. Aber da war nichts. Es wäre jeder Frau so gegangen wie ihr, wenn sie plötzlich von ihrem neugeborenen Baby getrennt worden wäre.«

»Aber Loll hat doch selbst gesagt, dass sie es für eine postpartale Psychose hält ...?«

»Ja«, bestätigt sie. »Zum Schein. Marc sollte denken, dass sie auf seiner Seite ist, damit sie Romilly das Baby bringen konnte. Leider ist Marc Fleur fast nie von der Seite gewichen – mit Absicht, nehme ich an ...«

Ich denke daran, dass wir bei ihm zu Hause Tee getrunken und Fleur abwechselnd auf den Schoß genommen haben. Das sprichwörtliche Dorf. Ich denke daran, wie Loll für Marc Käsetoast gemacht und ihm gesagt hat, er solle sich etwas überziehen, weil er so aussah, als wäre ihm kalt. Wie sie ihn sanft ermunterte, seine Pasta zu essen. Wie sie ihn und Fleur bemuttert hat. Ich denke an unser Team. An alles, was darin vorging. Im Geheimen.

»Sie hat ihn die ganze Zeit gehasst«, sage ich. »Sie hat ihm kein Wort abgekauft.«

Ich sehe, wie Aurelias Atemzüge unter der Maske kürzer werden und das Material von ihrem Mund eingesaugt wird.

Sie nickt.

Es vergeht ein Moment, in dem sie sich bewusst darauf konzentrieren muss, zur Ruhe zu kommen. Nach einer Weile zieht sich die Maske nicht mehr so stark zusammen.

Ich seufze. Er war so ein guter Vater. Ich weiß, es war nur für kurze Zeit, aber das ist die eine Sache, die ich nicht mit dem Rest vereinbaren kann: wie sich dieser Mann in den letzten fünf Tagen gegenüber Fleur verhalten hat.

Aurelia bückt sich, holt eine Tube Handcreme aus ihrer Tasche und reibt sie sich so energisch in die Haut, als könne ihr der Druck als eine Art Ermahnung dienen: Sei entspannt, lass deine Wut los, bleib ruhig.

Dann blickt sie auf.

»Wenn du mich fragst, ob ich ihr glaube …«, sagt sie streng. »Ob ich glaube, dass Marc uns davon überzeugen will, dass Romilly an einer postpartalen Psychose leidet, um von sich selbst und seinem eigenen psychotischen Verhalten abzulenken? Ja. Ich glaube ihr.«

Sie schüttelt langsam und traurig den Kopf. Von rechts nach links, von links nach rechts.

»Sie hat gesagt, dass er gefährlich ist, Stef, und dass er ihr wehtut. Alles, was ich gesehen habe, war ein attraktiver Mann. Ein solider Kandidat für eine feste Beziehung, der sich eine Familie wünscht. Was sagt das über mich als Mutter aus?«

Ich lege ihr eine Hand auf den Arm. Was sagt das über uns alle aus? Er wusste seine dunklen Seiten gut zu verbergen. Abermals denke ich daran, wie er sich seine kleine Tochter an die Schulter legt, damit sie ihr Bäuerchen machen kann.

Dieser Mann?

Dann stelle ich mir vor, wie er gegen die Wand tritt.

Genau dieser Mann.

Aurelia zieht sich abermals die Maske herunter und trinkt den letzten Schluck von ihrem Gin Tonic, als wäre es der erste Schnaps auf einer Beerdigung oder die letzte Party vor dem Lockdown.

Mein Herz hämmert.

Der Flug dauert noch vierzig Minuten. Die meiste Zeit davon schweigen wir.

Tag 5, 8:00 h

DIE FRAU

AUCH MIT EINER ANDEREN SACHE hat mein Ehemann recht: Wir müssen reden.

Ich wünschte, meine Mum wäre hier. Der Gedanke schockiert mich, denn er kommt mir sonst nie.

Aber meine Mutter ist in England. Wir haben sie aus Spanien herbeigerufen, nachdem ich vergeblich versucht hatte, mit meinem Baby aus dem Krankenhaus zu fliehen, und auch Loll in ihrem Bemühen gescheitert war.

»Das ließe sich doch nicht als Kindesentführung interpretieren, oder, Schatz?«, fragte sie gleich nach ihrer Ankunft nervös.

Ich riss ihr fast den Kopf ab. *Mein* Kind. *Mein* Recht. Nein, es war definitiv keine *Entführung*!

Loll und meine Mum tauschten einen Blick. Danach nahmen sie das Wort nie wieder in den Mund.

Jetzt betrachte ich Marc, der die Hände locker am Lenkrad hat.

»Es gibt einiges zu besprechen«, sagt er mit einem erzwungenen Lächeln. Ich stelle mir vor, wie ich am Fuß der Treppe liege und mir unter Schmerzen den Bauch halte. Wie ich am Steuer meines Autos erschrocken die Augen aufreiße.

Wie das Wasser – die große Liebe meines Lebens – für mich zu einem Angstgegner geworden ist, nachdem Marc mich fast ertränkt hätte. Ich denke an die Panikattacke, die ich hatte, als ich danach das erste Mal schwimmen gehen wollte. Das, was mich immer beruhigt hatte, weckte jetzt nur noch Grauen in mir. Ich balle die Hand zur Faust, damit sie nicht zittert. Aber es muss getan werden. Ich kann nicht davor weglaufen – dass er neben mir sitzt, beweist dies.

»Adam wird es sicher verstehen.«

»Aber wir hätten ihm wenigstens einen Zettel dalassen können, einen …«

»Er ist nicht blöd. Er wird schon von allein darauf kommen. Er war ja derjenige, der mir gesagt hat, wo du bist, vergiss das nicht.«

Ich nicke, um ihn zu besänftigen.

Gleich darauf spüre ich eine Hand auf meiner Schulter. Eine Warnung.

Ich nicke noch einmal, diesmal überzeugender.

Tag 5, 15:15 h

DIE BESTE FREUNDIN

ICH BIN RUHELOS UND KAUE auf meinen bereits abgebissenen Fingernägeln herum. Aurelia hat sich das Bordmagazin vorgenommen, allerdings liest sie nicht wirklich darin, das erkennt man an der Geschwindigkeit, mit der sie die Seiten umblättert.

Als ich zehn Minuten später aufblicke, sehe ich, dass ihr Tränen über das Gesicht laufen. Jetzt bin ich beinahe froh, dass ich ihren Mund nicht sehen kann. Die Maske bietet Schutz in einer Situation, die sonst zu entlarvend wäre. Die Frau mit den Kopfhörern sieht kurz hoch, senkt jedoch hastig wieder den Blick.

Dann fängt Aurelia kaum hörbar an zu sprechen. Ich beuge mich ganz dicht zu ihr, damit ich verstehen kann, was sie sagt.

»Wieso sind wir noch nicht da?« Sie ringt die Hände und sieht mich an. »Ich muss sie doch beschützen. Das ist meine Aufgabe.«

Dann schlägt sie mit den Händen so heftig auf die Armlehnen, dass die Frau neben ihr es spürt und abermals den Kopf hebt. Ich entschuldige mich mit einem Blick.

Wenn das alles stimmt … Romilly. Ganz allein mit Marc.

Ich erschauere.

Noch zwanzig Minuten bis zur Landung.

Tag 5, 8:00 h

DIE FRAU

ICH MUSTERE MARC, während er mit uns an einen unbekannten Ort fährt. Er hat sein Handy im Schoß liegen und folgt den Anweisungen des Navis.

Immer wieder muss ich ihn ansehen.

Wer zum Teufel bist du?, denke ich. Und warst du immer schon so, in irgendeiner verborgenen Schicht deines Marc-Seins?

Deines Mark-Seins.

Ich weiß, als Kind hatte er es schwer. Wurde schlimm gemobbt. Ausgelacht und gnadenlos von Mädchen verspottet zu werden, die ihn keines zweiten Blickes würdigten – so etwas hinterlässt Spuren.

Und dann war da auch noch seine Mutter. Ihre Aufgabe wäre es gewesen, ihm zu helfen, stattdessen hat sie es nur noch schlimmer gemacht.

Auch sie hat über ihn gelacht. Lauter als alle anderen.

»Was guckst du mich so an?« Marc lächelt. Sein Tonfall ist heiter.

Ich wende den Blick ab und schaue stattdessen auf die Straße, die sich in scharfen Kurven windet, aber dann sanft abfällt und hinunter zwischen Olivenhaine und Weingärten führt.

»Wunderschön, oder?«, sagt er verträumt. Auch er sieht aus dem Fenster.

Ich umklammere den Sitz, damit Marc nicht sieht, wie sehr meine Hände zittern. Ich konzentriere mich auf den Turmfalken, der uns von hoch oben beobachtet. Ich versuche, mich daran zu erinnern, was *miel* bedeutet, das, so entnehme ich einem handgeschriebenen Schild, am Straßenrand verkauft wird. Hauptsache, ich kann meine Gedanken irgendwie im Zaum halten. Eine weitere Panikattacke verhindern. Marc beschwichtigen.

Als wir wegen einiger Fahrradfahrer langsamer fahren müssen, werfe ich einen Blick auf die Rückbank, und es raubt mir fast den Atem. Ein winziges Baby, das in seiner Babyschale schläft. Ja, Marc hat tatsächlich eine Babyschale fürs Auto organisiert. Wenn man mit kleinen Kindern verreist, muss man gut planen, das weiß ich von Loll. Die Tatsache, dass er es mit ihr nach Frankreich geschafft hat, kommt für mich einem Wunder gleich. Aber war er nicht ganz wild darauf, endlich Vater zu werden? Hat er mir nicht gesagt, das sei sein größter Wunsch?

Er murmelt etwas Unverständliches. Ich bitte ihn nicht, es zu wiederholen, da ich weiß, dass er sich über die Mountainbiker in ihren engen Trikots ärgert, die unsere Weiterfahrt verzögern. Die Kurven hier sind viel zu eng, als dass man überholen könnte. Ich erschauere bei der Vorstellung, wie Marc in einer unübersichtlichen Biegung ausschert. Ich erinnere mich an die Nacht, in der mir am Steuer die Augen zufielen. Es gelang mir gerade noch rechtzeitig, dem Zaun auszuweichen.

Und dann stelle ich mir vor, ich würde auf einem dieser Fahrräder sitzen. Einfach den Hügel hinabsausen, weg von ihm. Den Fahrtwind spüren. Die Freiheit.

Endlich können wir die Radfahrer passieren und beschleunigen wieder.

Im allerletzten Moment biegt Marc scharf nach links auf eine unbefestigte Piste ab. Und dann sind wir am Ziel.

»Ich wusste, dass wir Zeit für uns brauchen würden«, sagt er munter. »So was kann man nicht in einem Zelt klären. Wir hatten Glück, dass das Haus hier so kurzfristig noch verfügbar war, als ich gestern Abend beschlossen habe herzukommen. Na ja, wahrscheinlich liegt es daran, dass noch nicht Hochsaison ist.«

Ich erwidere nichts, aber er antwortet sich selbst in Form eines ausschweifenden Monologs darüber, wie hübsch doch Haus und Gegend seien. Eine fertige Geschichte eigens für mich.

Ich schalte ab. Stelle mir vor, wie es wäre, alles Geschehene rückgängig zu machen.

Ich stelle mir vor, wie ich aus der Schlange am Flughafen zurücktrete. Wie meine Füße sich rückwärts zum Taxi bewegen und wir zu Lolls Haus fahren. Wie ich den Aufzug nach oben zur Wochenstation nehme. Und dann stelle ich mir die lange schmerzhafte Zeitspanne vor, die mit dem Sonnenuntergang begann und in tiefster Finsternis endete – nur ich und mein Baby und die Gedanken an das, was mir bevorstand.

Während Marc so tat, als wäre nichts gewesen. Er schrieb mir eine Textnachricht, um mich zu fragen, ob er mir am nächsten Morgen einen Egg McMuffin ins Krankenhaus mitbringen solle. Erkundigte sich, ob ich noch mal über seine Namensvorschläge nachgedacht hätte. Als wäre alles wie immer. Als wäre unsere Beziehung nicht zu einer toxischen, grausamen Farce verkommen. Als wären wir nicht im Begriff, dieses Leben einem weiteren Menschen zuzumuten. Als hätte ich nicht wenige Tage zuvor zusammengekrümmt am Fuß der Treppe gelegen. Als hätte ich den Ärzten nicht die Wahrheit über diesen Sturz verschwiegen. Als wäre ich nicht nur noch ein Schatten meiner selbst, ein Wrack. Als hätte er nicht versucht, mich umzubringen. Als hätte er mir nicht damit gedroht, mir meine Tochter wegzunehmen und Lügen über meinen psychischen Gesundheitszustand in die Welt zu setzen, damit ich sie nicht mehr sehen durfte.

In jener Nacht habe ich im Krankenhaus im Bett gelegen und versucht, all diese Probleme auszublenden.

Doch statt zu verschwinden, waren sie immer größer geworden, bis sie das ganze Zimmer ausfüllten.

Irgendwann hörte das Baby auf zu weinen. Ich legte sie in ihr Bettchen und betrachtete sie.

Wie kann ich dir vormachen, dass es okay ist, so zu leben, kleine Frau? Und bekomme ich überhaupt die Chance dazu, wenn dein Vater seine Drohung wahrmacht?

Denn die meisten seiner Drohungen macht er wahr. So viel weiß ich inzwischen.

Mir wurde auch bewusst, dass es bei den Personen, die Marc hasste, ein klares Muster gab. Angefangen bei denen, die über seine Haut und seine Figur gelacht hatten, als er sechzehn gewesen war, über seine Mutter bis hin zu Ella und mir. Wir alle hatten eins gemeinsam.

Genau wie meine kleine Tochter.

Jetzt war sie noch zu jung, um Widerstand zu leisten, aber was würde passieren, wenn sie es tat?

Eine Hebamme kam ins Zimmer.

»Wie fühlen Sie sich?«, fragte sie mit sanfter, freundlicher Stimme. Sie warf einen Blick auf das Baby. »Jetzt scheint mir

Ihr Zeitfenster zum Schlafen zu sein. Dann lasse ich Sie mal in Frieden. Meine Schicht endet gleich, vielleicht sehen wir uns also morgen Abend.«

Sie schmunzelte.

»Aber mit ein bisschen Glück nicht. Wahrscheinlich sind Sie dann schon wieder zu Hause und starten in Ihr neues Leben zu dritt.«

Mein Magen machte einen Satz.

Zu zweit, dachte ich. Was, wenn diese Familie nur aus zwei Personen besteht? Ich zog diese Vorstellung vor. Sie machte mir nicht so große Angst.

»Was ist, wenn ich Hilfe brauche?«, fragte ich.

»Ach, Sie können jederzeit die ambulante Hebamme anrufen. Aber normalerweise kriegen junge Eltern das hin – meistens jedenfalls. Wenn Sie als Team zusammenarbeiten.«

Ich meinte keine Hilfe mit dem Baby.

Sie lächelte. Ich weiß, sie dachte an den Mann, der mir während der Wehen Mut gemacht und mit den Hebammen gescherzt hatte. Der wusste, wo die Snacks waren, und sie herausholte, wann immer ich einen zusätzlichen Energieschub benötigte. Dieser begeisterte neue Vater, dem die Tränen kamen, als er zum ersten Mal sein Kind in den Armen hielt. Der mit glänzenden Augen und einem Kaffee in der Hand durch den Gang eilte. Mein Marc. Das lebensfrohe große Kind.

Das Ausmaß seiner Falschheit war kaum zu fassen.

Und dann ging alles schief.

Mein Baby in den Händen des Mannes, dem wir eigentlich hatten entfliehen wollen. Am Ende musste er gar nichts tun, um sie mir wegzunehmen. Ich hatte sie ihm widerstandslos überlassen.

Ich lebte im finstersten aller Albträume.

Was für eine grausame Ironie.

Ich schlüpfte bei Loll unter und kam langsam wieder zu Kräften, wenigstens körperlich. Ich ruhte mich aus. Aber meine Gedanken quälten mich weiterhin.

Ich wusste, dass ich nicht länger von meinem Baby getrennt sein konnte, ganz egal, wie die Alternativen aussahen. Also packte ich meine jämmerlich kleine Tasche, zog mir eine weite Hose an und machte Anstalten, nach Hause zurückzukehren. Ich war wirklich dazu bereit, was auch immer mich dort erwarten mochte.

Dann gab mein Telefon einen Piepston von sich.

Du hast dein Baby im Stich gelassen, lautete die erste Nachricht. *Dafür stecken sie dich ins Gefängnis. Ist dir eigentlich klar, was du getan hast?*

Danach folgte ein Link.

Aussetzung eines Babys: Wenn eine Mutter oder ein Vater das eigene, noch nicht zwölf Monate alte Kind an einem Ort ablegt oder zurücklässt in der Absicht, die elterliche Verantwortung dauerhaft abzugeben, stand dort.

Vor dem Gesetz wird dies als schwere Straftat gewertet. Nach erfolgter Anklage verliert der betreffende Elternteil das Sorge- sowie jegliches Umgangsrecht.

Die Erläuterung klang sehr amerikanisch, aber bestimmt, so dachte ich mit klopfendem Herzen, war die Rechtslage in Großbritannien ähnlich.

Ich lag in einem fremden Bett und las den Abschnitt immer und immer wieder durch.

Aber das habe ich doch gar nicht getan, dachte ich. Ich habe sie nicht zurückgelassen.

Oder?

Marc schrieb noch weitere Nachrichten. Dutzende, vielleicht sogar Hunderte. Links. Drohungen.

Dinge über meinen angeblichen Geisteszustand.

Wer um alles in der Welt würde mir glauben, wenn ich erzählte, was er mir angetan hatte – einer Frau, die ihr eigenes Baby im Stich gelassen hatte?

Ich brauchte Beweise. Ich schrieb Ella von Lolls nie benutztem Facebook-Account aus, doch sie blockierte mich auch dort. Niemand, der noch all seine Sinne beisammenhatte, würde mir Glauben schenken – der Frau, von der alle dachten, sie litte an einer postpartalen Psychose. Die nie zuvor ein Wort darüber verloren hatte, dass ihr Mann sie misshandelte. Aber was, wenn ich nicht die Einzige war? Ich wusste, dass es noch jemanden wie mich gab. Ich erkannte es an Marcs Reaktion, wann immer Ellas Name fiel. Und daran, dass sie meine Kontaktversuche abblockte. Ich wusste es, und ich war zum Äußersten bereit.

Deshalb spielte es für mich auch keine Rolle, dass sie in Frankreich lebte.

Von Lolls Bett aus buchte ich per Handy einen Flug.

Nur einen Tag und ein Gespräch, dann hätte ich eine Verbündete. Ein Team. Jemanden, mit dessen Hilfe ich Marc zur Strecke bringen konnte. Eine Möglichkeit, mein Baby zurückzubekommen. Und mein Leben.

Tag 5, 18:00 h

DIE BESTE FREUNDIN

ALS WIR VOM MIETWAGENDEPOT aus starten, biegen wir gleich als Erstes zweimal falsch ab. Alles an Marseille – selbst dieser abgelegene Außenposten des Flughafens, an dem die Billigflieger landen – schüchtert mich ein.

Nach Verlassen des Flughafengeländes folgt ein Kreisverkehr auf den nächsten. Die Verkehrsführung ist dermaßen kompliziert, dass die Ruhe, die ich mir von einer Fahrt durch die Provence erhofft hatte, reine Fantasie bleibt.

Dies ist nicht das Marseille, in dem man gemütlich am Hafen sitzt und einen großen Teller mit dampfend heißen Meeresfrüchten zu Mittag isst. Wir sehen nichts von den Märkten mit Säcken voller nordafrikanischer Gewürze, sondern nur die Peripherie, Bezirke, die niemand freiwillig betritt und durch die man lediglich hindurchfährt. Alles wirkt groß und bedrohlich.

Ich sehe keine Weinberge.

Keine Olivenhaine.

Nur Kreisverkehre und eine riesige Decathlon-Filiale.

Ich betätige diverse Knöpfe am Armaturenbrett, um herauszufinden, wo die Klimaanlage ist. Doch selbst ohne Kühlung ist es im Auto nicht so drückend wie in Marcs und Romillys Haus.

Gott, dieses Haus.

Ich denke an das Fenster, das ich vergeblich versucht habe zu öffnen. An die Lampe in der Küche, die ständig an- und ausging, an und wieder aus.

Ich erschauere vor Erleichterung, diesem Haus entkommen zu sein, auch wenn ich mir gleichzeitig vor Frust auf die Lippe beiße, weil wir schon wieder an einem beschissenen Kreisverkehr angelangt sind.

Aurelia langt in ihre Tasche und holt ihr Handdesinfektionsmittel heraus.

Ich blicke geradeaus auf die Straße. Muss mich erst daran gewöhnen, auf der rechten Seite zu fahren.

Ich denke an alles, was sie mir im Flieger erzählt hat. Es gibt einen Teil von mir, der neidisch ist auf das Vertrauen, das Ro ihrer Schwester in jener Nacht geschenkt hat. Warum ist sie nicht zu mir gekommen? Sie beschwert sich andauernd über Loll, und wir reden scherzhaft darüber, dass ich die Schwester bin, die sie nie hatte. Mir war nicht klar, dass Romilly in Loll gar keine Schwester sieht, sondern eine Mutter.

Lolls Schmallippigkeit. Romillys offenes Herz. Es stimmt nicht, dass Romilly Loll nicht mochte. Sie verstand sie bloß nicht immer.

Wir beide waren stets auf Augenhöhe, und von dem Moment an, als Ro das Krankenhaus verließ, brauchte sie in erster Linie eine Mutter.

Das Auto ist klein, und Aurelia und ich sind uns körperlich so nah, dass ich spüre, wie sich ihr Körper verspannt. Sie schüttelt den Kopf wie Henry, wenn er nass ist. Greift abermals in ihre Tasche, um ihre Brille gegen eine Sonnenbrille einzutauschen.

»Wohin jetzt?«, frage ich, als wir uns einer Kreuzung nähern.

Sie umklammert ihr Telefon mit dem Routenplaner.

»Nach der Ausfahrt links und dann die erste rechts«, sagt sie.

»Irgendwelche Neuigkeiten von Loll?«, frage ich.

Sie schüttelt den Kopf. Nichts.

Loll würde einen Anfall bekommen, wenn sie wüsste, dass wir ohne sie hier sind. Aber was blieb uns anderes übrig?

Aurelia nimmt die Erzählung wieder auf, die sie unterbrochen hat, ehe wir aus dem Flugzeug gestiegen sind, die Passkontrolle durchlaufen und den Mietwagen abgeholt haben. »Loll dachte, es würde nur ein paar Stunden dauern. Sie dachte, sie könnte Marc sagen, er solle sich ein bisschen hinlegen, und sie würde das Baby schnappen und zu Romilly bringen.« Sie erschauert. »Aber er hat sich geweigert, Fleur aus den Augen zu lassen. Es war der reinste Albtraum.«

»Denkst du, er wusste es?«, frage ich. »Dass sie Ro geholfen hat?«

Sie schüttelt den Kopf. »Ich glaube nicht. Zu Anfang auf keinen Fall. Wahrscheinlich ist er einfach nur besessen davon, immer die Kontrolle zu haben. Ich glaube, er ist paranoid, obwohl er bestimmt nicht mal weiß, weswegen. Im Kreisverkehr die erste Ausfahrt«, murmelt sie. »Folge dem gelben Wagen.«

Ich zögere, ehe ich es ausspreche. »Aber er *liebt* das Baby.«

Aurelia dreht sich ruckartig zu mir herum.

Trotzdem habe ich das Gefühl, dass es wichtig war, es zu sagen. Mag sein, dass Marc das Baby nicht allein lassen wollte, weil er immer alles kontrollieren muss. Aber ich habe sein Gesicht gesehen. Seine Hände, als er Fleurs winzigen roten Po eingecremt hat. Seine Augen, wenn er aufwachte und im ersten Moment nicht wusste, wo sie ist.

Loll und Aurelia sind Ros Familie, deshalb liegt es auf der Hand, dass sie ihn kategorisch als böse betrachten. Aber dieser Mann ist absolut vernarrt in seine kleine Tochter.

Wie viel Gewicht hat das in diesem Zusammenhang?

Aurelia ignoriert meinen Einwurf.

Ich setze den Blinker. Besinne mich darauf, in welche Richtung ich in einen französischen Kreisverkehr hineinfahren muss. Ich bin nervös. Aurelia merkt nichts davon.

»Als Loll mir erzählte, was Marc Romilly angetan hat, habe ich mich sofort in den nächsten Flieger gesetzt.«

Ich will ihre Hand nehmen, aber sie hat sich zusammengekauert, als wolle sie sich selbst umarmen.

»Zwei Töchter, die mit ihren Nerven am Ende waren. Loll wollte helfen und hatte das Gefühl, stattdessen alles nur noch schlimmer gemacht zu haben.«

Wieder verspüre ich das Bedürfnis, sie zu berühren. Diesmal streichle ich ihre Hand, die ganz weich ist von der Handcreme und klein wie die eines Kindes.

Ein Laut kommt tief aus ihrer Kehle. Sie schluckt.

»Die nächsten paar Meilen einfach immer geradeaus«, sagt sie brüsk, als ich den Blinker setze, um auf eine Schnellstraße aufzufahren. Ich lasse ihre Hand los, schalte in den fünften Gang und versuche, mich aufs Fahren zu konzentrieren.

Aber nun, da sie einmal angefangen hat zu reden, kann sie nicht mehr aufhören.

»Marc hat natürlich gleich bei Loll angerufen und ihr gesagt, dass sie weg ist«, fährt sie fort. »Sie meinte, sie würde sofort zu ihm kommen.«

Ich stoße den Atem aus. »Bestimmt war ihr nicht wohl dabei, Ro allein zu lassen.«

»Du hast ja keine Ahnung.« Aurelias Tränen laufen über. Doch sie schüttelt den Kopf und redet weiter.

»Als ich bei Loll ankam, habe ich Romillys Flipflops aus dem Flur weggeräumt, damit nichts darauf hindeutete, dass sie bei ihrer Schwester war, falls jemand zufällig vorbeikam.«

»Haben Lolls Kinder denn nicht gefragt, was los ist?«, sage ich, nachdem ich mich plötzlich an die beiden erinnert habe.

Hinter mir hupt jemand. Ich wechsle auf die mittlere Spur und hebe im Rückspiegel eine Hand. *Pardon. Pardon.*

Aurelia reibt sich die Schläfe, als hätte sie dort Schmerzen.

»Gott, Lucy«, sagt sie. »Manchmal vergesse ich, wie groß sie schon ist. Zehn Jahre. Sie wollte natürlich wissen, wo das Baby ist, weil Romilly ganz alleine zu ihnen gekommen war. Sie dachte, mit dem Baby würde etwas nicht stimmen, das hat Loll gemerkt, aber sie war so mit Romilly beschäftigt, dass sie sich keine Gedanken darüber gemacht hat, wie die Mädchen das Ganze verarbeiten. Was in ihren kleinen Köpfen vorgeht.«

Sie schiebt sich die Brille hoch und reibt sich die Augen. Dann dreht sie sich in einer langsamen Bewegung zu mir um. Ich glaube, sie will etwas zu meiner Bemerkung von eben sagen: dass man nicht leugnen kann, wie sehr Marc seine kleine Tochter liebt.

»Romilly hatte nie die Befürchtung, er könnte dem Baby etwas antun, Stef.«

Dann murmelt sie wie zu sich selbst: »Was ist das überhaupt für eine Aussage? Als würde es das, was er meiner Tochter angetan hat, wiedergutmachen.«

Sie beißt sich auf die Lippe.

»Loll hatte trotzdem schreckliche Angst, das Baby allein zu lassen. Sie wollte nicht, dass der Kleinen etwas passiert, deshalb hat sie jede Nacht bei Marc geschlafen, während ich und Jake uns abwechselnd um die Kinder gekümmert haben. Und deshalb hat sie dich und Adam in Schichten eingeteilt. Sie ist sogar nachts in sein Schlafzimmer geschlichen und hat das Babyfon eingeschaltet. Die Arme hat kaum ein Auge zugemacht.«

Ich befinde mich auf der rechten Spur, weil ich unsicher bin und lieber nicht zu schnell fahren will, doch für Romilly zählt jede Sekunde. Also blinke ich und schere, um wieder auf die mittlere Spur zu gelangen, nach links aus, was mir immer noch unnatürlich vorkommt.

»Was hat sie denn zu Lucy gesagt?«, hake ich nach, weil ich mehr erfahren muss. Mehr, mehr, mehr.

Da die linke Spur frei ist, wechsle ich erneut. Aurelia scheint gar nicht mitzubekommen, wohin wir fahren oder was außerhalb des Autos vor sich geht. Außerhalb ihrer Geschichte.

Sie lacht. »Dass es dem Baby gut gehe, die Sache aber ›etwas kompliziert‹ sei. Dann hat sie sich Vorwürfe gemacht, weil sie ihren Kindern so ein schlechtes Vorbild ist.«

Sie legt den Kopf in ihre Hände. In diesem Moment möchte ich wirklich gerne mit Loll sprechen und ihr sagen, dass sie nicht schlecht ist. Im Gegenteil, sie ist einer der besten Menschen, die ich kenne, auch wenn mir das nicht immer bewusst war.

Wo zum Teufel ist sie abgeblieben?

»Keira hat die Hände in die Hüfte gestemmt und ist in der Tür stehen geblieben. Angeblich hat sie gesagt: ›O ja, mit *komplizierten* Sachen kennen wir uns aus‹.«

Ich muss schmunzeln. Werfe einen Blick in den Spiegel. Keira ist drei.

Die Uhr am Armaturenbrett springt eine Minute weiter.

»Schreib Adam noch mal«, bitte ich sie. »Sag ihm, dass wir auf dem Weg sind.«

Aurelia nickt und schickt eine Nachricht ab. Aber welchen Unterschied macht das schon?

Ich denke an den Gin Tonic im Flieger. Ich wünschte, ich könnte noch einen haben. Vielleicht auch nur den letzten Tropfen aus meinem Glas, den ich übrig gelassen habe, weil ich Angst hatte, ich könnte über dem zulässigen Promillewert liegen oder beschwipst auf einer französischen Schnellstraße fahren müssen.

Jede Sekunde, die wir in diesem Auto verbringen, schwebt Ro in Gefahr.

All meiner Unsicherheit zum Trotz trete ich das Gaspedal durch.

Ich stelle mir die beiden vor, Loll und Romilly. Am liebsten möchte ich in das Bild hineinklettern und uns dreien die Decke über den Kopf ziehen. Süßen Tee trinken und alles andere vergessen.

Aurelias Schultern beben. Sie hat eine große Last auf sich genommen.

»Sie hätte mich bitten können«, sage ich leise, »ihr dabei zu helfen, das Baby rauszuholen.«

Aurelia nickt. »Ja, hätte sie. Aber es wäre ein Risiko gewesen, Steffie. Dein Freund ist Marcs bester Freund. Du dachtest, sie hätte eine postpartale Psychose. Es war zu gewagt, darauf zu vertrauen, dass du ihm das Baby wegnehmen und zu Loll bringen würdest. Außerdem hätte das mit Sicherheit juristische Konsequenzen nach sich gezogen. Das wäre eine ziemlich große Bürde gewesen. Bei Familienmitgliedern ist das eine andere Sache …«

Eine Pause folgt, dann ein ganz pragmatischer Gedanke:

»Außerdem hätte Marc keinen von euch mit dem Baby allein gelassen. Du hättest auch nicht mehr tun können als Loll.«

Ich bewege meine Schultern. In meinem Nacken hat sich ein Schmerz eingenistet, weil ich mich während des Fluges die meiste Zeit zu Aurelia umgedreht habe. Ich wünschte, Romilly wäre hier, um mich zu massieren, so wie sie es an langen Tagen im Café manchmal getan hat. Ich wünschte, Romilly wäre hier, Punkt.

Wie es ihr wohl gerade ergeht?

Ich stelle sie mir vor, mit Marc und einem Baby, dessen Namen sie nicht selbst aussuchen durfte. Die pervertierte Version einer Kleinfamilie im Provence-Urlaub, Flipflops an den Füßen, den Nacken voller Sonnencreme.

Aurelia wirft einen Blick auf ihr Handy. »Die nächste Ausfahrt«, sagt sie, dann sieht sie mich an. »Sie ist noch ein Kind, Steffie.«

Aber ich habe das Bedürfnis, Romilly zu verteidigen. Es gibt verschiedene Formen des Erwachsenseins. Nur weil sie ihre Handtücher nicht akkurat faltet, heißt das nicht, dass sie unreif ist.

»Und du bist dir sicher mit … allem?«, frage ich. »Was ihre Psyche angeht? Die Sache mit Marc, das war keine … Wahnvorstellung?«

Es fällt mir schwer, es auszusprechen.

»Na ja, ich bin keine Expertin«, meinte Aurelia mit einem Seufzer, der sagt, dass sie immer und immer wieder darüber nachgedacht hat, jedes Mal, wenn sie von Marc zurückkam, der ihr sein Telefon unter die Nase gehalten und von einer postpartalen Psychose gesprochen hatte. Denn selbst wenn sie zu neunundneunzig Komma neun Prozent sicher war – selbst wenn sie jeden Tag mit ihrer Tochter gesprochen hat … Es gab eine Vorgeschichte. Und wenn man etwas rund um die Uhr eingetrichtert bekommt … ist es da nicht ganz natürlich, dass man anfängt zu zweifeln?

Dasselbe gilt für die arme Loll.

Diese Angst wohnte schon so lange in ihr, und die ganze Zeit hat sie sich um Fleur gekümmert, war höflich zu Marc, hat Windeln gewechselt, die Spülmaschine eingeschaltet, war Ros Verbindung zur Außenwelt und hat so getan, als wäre sie auf Marcs Seite. Ist immer ruhig geblieben, um ja keinen Verdacht zu erregen …

Und Romilly, völlig verzweifelt ohne ihr Kind, barfuß im Flanellpyjama … Prompt kriege ich keine Luft mehr.

Beim Gedanken an Loll spüre ich wieder eine ungute Ahnung.

»Ach, nein, entschuldige, wir müssen diese Ausfahrt nehmen!«, ruft Aurelia eine Sekunde zu spät.

Als ich rasant auf die rechte Spur wechsle, drückt der Fahrer hinter mir zornig auf die Hupe. Aurelia stützt sich an der Tür ab.

»Sorry«, murmle ich, doch ihr Blick ist verschleiert. Sie ist mit ihren Gedanken ganz woanders.

Ich schaue mich um, als wir gezwungen sind, das Tempo zu drosseln, weil wir von der Schnellstraße auf eine Landstraße abgebogen sind. Am Straßenrand steht ein Karren voll mit dunkelroten Kirschen, so dick und prall, dass ich selbst aus der Entfernung die schmackhaftesten aussuchen könnte. Wir kommen an einer *boulangerie* vorbei, und der Duft warmer Butter weht durch die geöffneten Wagenfenster herein. Dazu Gesprächsfetzen, schnelles Französisch mit einzelnen Brocken Englisch dazwischen. Urlauber schlendern neben Einheimischen, die von der Arbeit heimkommen. Europa erholt sich langsam von einem durch den Brexit und die Pandemie gezeichneten Jahr.

Es gibt viele Gründe, weshalb ich mich noch lange an diesen Sommer erinnern werde.

Mein Magen macht einen Satz. Hoffentlich werde ich mich auch daran erinnern, dass es uns gelungen ist, meine Freundin wohlbehalten nach Hause zu holen.

Und nicht an etwas anderes.

Tag 5, 9:00 h

DIE FRAU

JASMIN WÄCHST AN DER VORDERSEITE des *mas*, eines malerischen französischen Bauernhäuschens, das auf Airbnb sicher als »rustikal« beschrieben wurde. Das *mas* steht ganz allein; seine einzigen Nachbarn sind mehrere Ölbäume, die das Land bestimmt über Jahre hinweg zum *apéro* mit Oliven versorgen könnten.

Das Haus ist nicht besonders luxuriös. Ich schätze, es war die einzige Unterkunft, die so kurzfristig frei war.

Eine Autotür wird geöffnet und zugeworfen.

Ich steige vorsichtig alleine aus.

Neben dem Haus stehen zwei rostige alte Sonnenliegen und warten auf Urlauber, die zufrieden damit sind, den ganzen Tag in der Gesellschaft des anderen zu verbringen, während sie in der einen Hand ihren Gin Tonic halten und sich mit der anderen hin und wieder eine Olive in den Mund stecken. Kaum vorstellbar, dass wir vor nicht allzu langer Zeit genau dasselbe gemacht haben.

Marc bleibt zurück, als ich in Richtung Haustür gehe. Ich kann mich nur langsam fortbewegen. Kies knirscht unter meinen Schuhen, die Sonne ist heiß wie ein Grill. Meine Haut brennt, und ich habe das Gefühl, ich könnte innerhalb von Sekunden geröstet werden.

Marc lehnt sich in den Fond des Autos und befreit die Babyschale vom Sicherheitsgurt. Dann nimmt er sie heraus und trägt sie wie eine Handtasche in der Armbeuge.

»Ich kann sie nehmen.« Ich strecke die Hand aus, zucke dann jedoch zusammen.

Er blockt mich mit seinem Arm.

»Nein, nein«, sagt er freundlich. »Du hast gerade erst entbunden.«

Wir tun wieder so, als wäre alles normal. Du hast gerade erst entbunden. Danach bist du außer Landes geflohen und hast dein Kind zurückgelassen. Aber trotzdem: Du hast gerade erst entbunden.

Ich versuche, langsam einzuatmen, damit mir die Luft nicht in der Kehle stecken bleibt und mein Herz beim Anblick meines Babys nicht zu schnell schlägt. Frischer Lavendel. Wilder Thymian. Schuldgefühle.

Angst.

Ich höre Marcs leicht gepressten Atem.

»Lass uns reingehen«, sagt er leise. Mit einer Hand in meinem Rücken schiebt er mich vorwärts.

Seit meiner Flucht habe ich mir diesen Moment in jeder Sekunde ausgemalt.

Mein Inneres zog sich zusammen, während ich an all die Fertigkeiten dachte, die Marc gerade lernte und wie er mich mit seinem Wissen über unsere kleine Tochter überholte, obwohl wir noch vor wenigen Tagen nebeneinander an der Startlinie gestanden haben.

Er ist jetzt ein Vater.

War ich währenddessen eine Mutter?

War ich überhaupt irgendetwas?

Während ich im See schwamm, nahm niemand von mir Notiz. Als ich mich am Ufer abtrocknete, nahm niemand von mir Notiz.

Ich sah annähernd so aus wie eine junge Frau, die ihren Sommerurlaub genießt. Jedenfalls nah genug dran.

Niemand sah das Baby, das nicht da war.

Niemand wusste, dass ich kürzlich Mutter geworden bin.

Niemand wusste, dass ich mich, wenn mein Blick trübe wurde, fragte, ob Marc sich noch daran erinnerte, wo ich die Babycreme hingetan hatte. Ob er die Bodys auch heiß genug wusch.

Doch wenn man näher herankam, konnte man es sehen: die Hautschürze an meinem Bauch, die bis zum Bersten geschwollenen Brüste. Und natürlich gibt es auch Dinge, die man nicht sieht: die Dammnaht. Dass ich manchmal stöhne, weil ich von zu langem Stehen Schmerzen bekomme.

Es ging nicht anders, habe ich mir eingeredet, wann immer die Panik in mir hochstieg. Nur für einen Tag.

Marc hielt sämtliche Trümpfe in der Hand, denn in den Augen der Welt hatte ich meine Tochter im Stich gelassen. Wieder und wieder las ich seine Nachrichten. Im Stich gelassen, im Stich gelassen, im Stich gelassen.

Ich musste dafür sorgen, dass man verstand, warum ich so gehandelt hatte. Wenn Marc versuchte, mir meine Tochter wegzunehmen, brauchte ich etwas, das für mich sprach.

Ich brauchte jemanden auf meiner Seite, von dem niemand dachte, er sei psychisch krank. Jemanden, der sich hinstellte und sagte: Ja. Marc ist gewalttätig. Marc lügt. Marc misshandelt andere. Glaubt ihm nicht.

Einen Tag, mehr würde ich nicht brauchen, um Ella zu einer Aussage zu bewegen.

Dann konnte ich zu meiner Tochter zurückkehren und mein neues Leben mit ihr beginnen.

Aber jetzt habe ich es nicht mehr eilig, nach Hause zu kommen, denn meine Tochter ist hier.

Sie beide sind hier.

Marc öffnet die Haustür.

»Nach dir«, sagt er höflich.

Ich stehe im Eingangsbereich, als er hinter mir eintritt und das Baby aus der Schale nimmt.

Ich spüre einen stechenden Schmerz an meinen Unterarmen und richte den Blick nach unten. Ich stelle fest, dass es sich keineswegs um die Vorboten eines Sonnenbrands handelt, sondern meine Haut an Brust und Armen bereits von gestern übel verbrannt ist. Ein Mangel an Selbstfürsorge und die kurze Zeit in der Sonne haben von meiner bleichen englischen Haut ihren Tribut gefordert, und es war niemand da, der mir einen Sonnenschutzfaktor 50 aufgedrängt hätte.

Marc wiegt unsere Tochter in seinen langen Armen. So muss Liebe aussehen.

Ich stelle mir eine Verbundenheit zwischen ihnen vor, mit der ich nicht konkurrieren kann.

Seltsamerweise empfinde ich nichts, als ich sehe, wie er den Haustürschlüssel in seiner Tasche verschwinden lässt. Wenn Marc da ist, hat Marc die Macht: So ist das Leben.

»Warum Frankreich?«, fragt er.

»Wegen Ella«, flüstere ich. Es ist sinnlos, es ihm jetzt noch zu verheimlichen.

Er runzelt die Stirn. Beißt sich auf die Lippe. »Ella?«, sagt er unbekümmert. »Wer ist Ella?«

Als er sich zu mir umdreht, wickle ich mir eine Strähne meiner allmählich nachwachsenden Haare so fest um den Finger, dass es wehtut. Trotzdem wickle ich fester und immer fester.

Bis es sich anfühlt, als würde ich meinen Finger strangulieren.

Tag 5, 18:30 h

DIE BESTE FREUNDIN

ICH STARRE AUS DEM FENSTER.

Die industriell geprägten Ausläufer der Stadt sind inzwischen nur noch eine ferne Erinnerung. Am Rand der breiten Straßen sehe ich kleine hölzerne Buden, in denen frische Melonen und Feigen angeboten werden. Wir passieren ein *magasin du vin* nach dem anderen, vor deren Türen sich unzählige Kisten mit Côtes de Provence stapeln.

»Loll hat alles versucht«, sagt sie. »Hat Marc gesagt, er solle mal wieder richtig ausschlafen. Hat ihm angeboten, mit Fleur spazieren zu gehen. Aber er hat sie nicht aus den Augen gelassen.«

Vielleicht hatte das Gefühl der Klaustrophobie weniger mit flackernden Glühbirnen zu tun, sondern eher mit Lolls innerer Anspannung, die ich unbewusst aufgesaugt habe.

»Was ich immer noch nicht begreife, ist, wieso sie das Land verlassen hat«, sage ich. »Es ist doch unlogisch, den Abstand zu Fleur noch weiter zu vergrößern, wenn sie sie unbedingt wiederhaben wollte.«

Aurelia nickt. Seufzt.

»Loll und mir ging es genauso. Gott, es war so unfassbar frustrierend. Aber Romilly hat darauf bestanden, dass es keinen anderen Weg gibt. Sie meinte, diese Ella wäre die einzige Lösung. Aber offenbar war es am Ende ja doch vergeblich.«

Ich habe keine Ahnung, wovon sie redet. Wer ist Ella? Der Name sagt mir etwas. Schweigend warte ich auf eine Erklärung.

»Hier müssen wir links«, verkündet sie nach einem Blick auf ihr Handy. Dann murmelt sie: »Wo bist du, Lolly?«

Ich habe die Stirn in tiefe Falten gelegt. Ich weiß nicht, ob ich Romillys psychische Verfassung anzweifle oder lediglich versuche, die Sache aus Marcs Perspektive zu betrachten – um herauszufinden, was ihm bei seiner Version der Geschichte in die Hände spielt.

Aber irgendetwas erscheint mir nicht schlüssig.

Romilly hatte gerade ein Kind zur Welt gebracht.

»Wie kam sie auf die Idee, sich einfach ins Flugzeug zu setzen?« Ich seufze. »Und wer zum Teufel ist Ella?«

Auch Aurelia seufzt zum wiederholten Mal.

Dann erklärt sie mir alles, und ich bin dermaßen gefesselt von der bizarren Geschichte einer Reise nach Frankreich, um Marcs Ex-Freundin ausfindig zu machen, dass ich, als ich mich irgendwann umsehe, keine Ahnung habe, wo wir uns befinden und wie wir dort gelandet sind.

Eine unbefestigte Straße; unser Kleinwagen keucht.

»Sind wir hier richtig?«

Aurelia konsultiert ihr Handy und zuckt mit den Schultern.

»Glaube schon.«

Wir nehmen unser Gespräch wieder auf.

»Aber Romilly hat gestern angerufen«, murmelt sie. »Ella wollte ihr nicht helfen. Keine Ahnung, warum, jedenfalls hat sie sich geweigert, ihr gegenüber auch nur ein schlechtes Wort über Marc zu verlieren. Sie meinte, sie könne sich kaum noch an die Beziehung erinnern. Romilly war untröstlich. Sie hatte alles auf eine Karte gesetzt. War so weit gereist. Sie hat Ella angefleht, sie bekniet, aber es war nichts zu machen. Und dafür war sie extra hergekommen, ohne ihr Baby.«

Aurelia schüttelt den Kopf.

Wir biegen in einen schmalen Feldweg ein. Ich habe das Gefühl, als würden wir mitten durch einen Privatgarten fahren.

Mit angehaltenem Atem warte ich, dass ein erzürnter Bauer mit seinem Gewehr auftaucht. Stattdessen bloß eine Wäscheleine, an der unzählige Hosen hängen.

Da ist es wieder, dieses komische Gefühl. Dass Ella alles geleugnet hat, ist noch ein weiterer Punkt, der gegen Romillys Version der Geschichte spricht. Aber das ist bestimmt kein Anlass zur Sorge, oder? Kein Grund, an ihr zu zweifeln?

Ich stelle mir Marc vor, wie er zu Tode erschöpft, aber sichtlich verliebt seine kleine Tochter anschaut.

Endlich haben wir das Ende des Feldwegs erreicht, und ich atme auf. Wir sind in einem kleinen Dorf gelandet. Die Straßen sind schmal. Auf einer Seite befindet sich eine *boucherie*, in deren Fenster alle möglichen und unmöglichen Fleischsorten hängen. Davor sitzt ein hungriger Hund und starrt sehnsuchtsvoll durchs Glas.

»Hübsch hier«, meint Aurelia, die das Reisen und die ganz besondere Atmosphäre fremder Orte liebt, aber ihr Blick ist verschleiert.

Da fällt mir etwas ein. Eine Frage, die ich mir schon vor einer Weile gestellt habe. »Wie ist Romilly denn an ihren Pass gekommen, wenn sie erst nach Verlassen des Krankenhauses die Idee hatte, nach Frankreich zu fliegen?«

Aurelia weist mich darauf hin, dass Loll in Marcs Haus im Wesentlichen frei schalten und walten konnte. Sie hat aufgeräumt, geputzt. Es sei nicht weiter schwer gewesen, ihn mitzunehmen.

Natürlich.

Eine Zeit lang schweigen wir. Ich habe eine Menge zu verdauen.

Auf der anderen Seite des Dorfes steht ein Rathaus mit einem begrünten Platz davor. Aurelia kurbelt die Scheibe herunter und lässt den Trubel herein. Das Gluckern, während regionaler Rosé aus großen Karaffen in Gläser gegossen wird. Angeregtes Geplauder, dem ich mit meinen Französisch-Grundkenntnissen nicht zu folgen vermag. Die Düfte, die durchs Fenster wehen, sind hingegen eindeutig: rosa gebratenes Steak, heiße *frites*, Toast mit Tapenade, die salzige Würze von Sardellen.

Nur für alle Fälle schaue ich mich kurz nach Romilly um.

Ihre Mutter versteht.

»Ich glaube kaum, dass sie ausgegangen sind, um *moules frites* zu essen, Liebes«, sagt sie mit einem traurigen Lächeln.

Ich nicke. Wohin Marc meine beste Freundin auch immer gebracht hat, bestimmt ist es ein Ort, an dem sie allein sind.

Aurelia deutet nach links, und wir lassen das Dorf hinter uns. Jetzt gibt es nur noch Landschaft, so weit das Auge reicht. Nicht ganz so grün wie in England, dafür reiht sich ein Weingut ans andere. Am Ende langer Straßen voller Schlaglöcher liegen kleine Häuser, wo man Wein verkosten, ein paar Oliven kaufen und vielleicht auch noch eine *saucisson* fürs Abendessen mitnehmen kann. Ein Pärchen radelt eine dieser Straßen hinauf. Ihr leichtes Schlingern legt nahe, dass sie vor diesem Weingut vermutlich bereits einige andere besucht haben. Hinter ihnen ist eine Gruppe etwa vierzigjähriger Frauen auf E-Bikes unterwegs, ausgestattet mit zusätzlicher Antriebskraft, wenn die Steigungen kommen oder der *vin blanc* seine Wirkung tut.

Eine sanfte Kurve, dann kommt eine Sprachenschule in Sicht. Hier kann man abends mit Fremden *cassoulet* essen und *pastis* trinken, nachdem man den ganzen Tag lang das Partizip Perfekt geübt hat. Das wäre genau Ros Ding gewesen. Früher.

Aurelia wirft mir einen Blick zu.

»Weißt du noch, wie die Hebamme ihn darauf gebracht hat, dass Romilly unmöglich alleine geflohen sein kann?«, sagt sie. »Ich glaube, von dem Moment an hatten wir schlechte Karten. Marc hat angefangen, Loll so komisch von der Seite anzusehen. Fragen zu stellen. Sie hatte Angst, er könnte versuchen, Lucy zu kontaktieren, um rauszufinden, was sie weiß.«

Ich stelle mir Lucys Gesicht vor. Ihr Onkel Marc. Wie verwirrend das Ganze für Lolls Kinder sein muss.

Wir überholen ein wunderschönes, aber langsames rotes Vintage-Cabrio mit heruntergelassenem Verdeck. Rentner, die eine Spritztour machen. Ihr Leben wirkt – zumindest aus der Entfernung – angenehm und sorgenfrei.

»Und dein Besuch?«

»Ja, alles gespielt«, sagt Aurelia mit einem halben Lächeln. »Danke, Theater-AG! Loll und ich haben so getan, als könnten wir uns nicht ausstehen, damit Marc nicht mitbekommt, dass wir uns zwischenzeitlich versöhnt haben und unter einer Decke stecken. Seit Romilly das Baby bekommen hat, ist zwischen uns alles anders geworden. Seit wir die Wahrheit kennen. Auf einmal hatten wir ein gemeinsames Ziel.«

Sie errötet.

»Meine Töchter halten mich für unfähig, deshalb war ich erstaunt, dass sie mich eingeweiht haben. Aber in einer so brisanten Situation gibt es wohl nicht viele Menschen, denen man vertraut.«

Ich weiß, sie hat es nicht böse gemeint, trotzdem tut die Bemerkung weh.

»Aber Marc durfte nichts ahnen, er wäre sofort misstrauisch geworden. Wobei es nicht schwer war, so zu tun, als würden wir uns streiten. Schließlich haben wir jahrelange Übung darin.«

Ich frage mich, wie viel Prozent von allem, was in dem Haus ablief, überhaupt echt war. Zehn, wenn es hochkommt?

Ros Mutter wird etwas milder. »Ich hoffe, dass ich diese Woche für sie da sein konnte, hat die verlorene Zeit wenigstens zum Teil wieder gutgemacht. Ich werde älter, Steffie.«

Sie schiebt sich die Brille den Nasenrücken hinauf und kneift die Augen zusammen. Auf einmal bin ich unfassbar traurig.

Aber was mich einfach nicht loslässt, ist …

Ich starre nach vorn durch die Windschutzscheibe.

Eine Familie auf dem Rückweg vom Markt kommt an unserem Auto vorbei. Vollbeladen mit Tüten, schleppen sie sich abgekämpft die Straße entlang, dunkle Schweißflecken an den Kleidern, ein Hauch Röte auf den nackten Schultern. Sie versuchen, im Schatten der Bäume zu bleiben, die die Fahrbahn säumen, aber ich halte trotzdem zu wenig Abstand. Ich weiche aus und hebe zur Entschuldigung die Hand. Sehe, wie jemand wütend seine Faust schüttelt.

Aurelia zögert.

»Loll hat den Kindern erklärt, dass Tante Romilly so lange bei ihnen wohnt, bis sie sich von der Geburt erholt hat. Dann musste sie ihnen auf einmal erzählen, dass sie nach Hause zu ihrer Familie gegangen war. Und die ganze Zeit war von dem Baby nichts zu sehen. Es war ein einziges Desaster.«

»Wollte Lucy ihre Cousine denn nicht kennenlernen?«

Sie nickt. Dann lässt sie den Kopf so schwungvoll gegen die Kopfstütze sinken, dass ich vor Schreck zusammenzucke. Sie entschuldigt sich mit einer Handbewegung.

»Doch«, sagt sie. »Loll hat gemeint, Fleur wäre noch zu klein. Wir *beide* haben ihnen das gesagt. Das ist nicht die größte Lüge, die ich ihnen in der letzten Zeit aufgetischt habe, aber eine weitere auf einer bereits sehr langen Liste.«

Aus dem Augenwinkel sehe ich, wie sie mich mustert.

»Davor waren wir keine Lügnerinnen, Steffie«, sagt sie.

Kenne ich sie jetzt alle?, denke ich. Kenne ich alle ihre Lügen? Und was ist mit Loll? Adam? Marc? Romilly? Kenne ich die Lügen aller?

In dem Moment fängt Aurelia an zu weinen. Sie hält sich nicht zurück, sondern lässt die Tränen einfach laufen. Ihr Weinkrampf ist so heftig, dass ich mir auf die Lippe beißen muss. Es ist schlimm, so etwas hautnah mitzuerleben, wenn ich fahren muss und sie nicht trösten kann.

Aber auch ich bin aufgewühlt und durcheinander.

»Warum sollte Ella lügen, Aurelia?«

Ich höre meine Stimme und wundere mich über die Eiseskälte darin.

Tag 5, 18:45 h

DIE BESTE FREUNDIN

DIE LANDSCHAFT VERÄNDERT sich aufs Neue.

Auf einmal erscheint die lange Straße, auf der wir unterwegs sind, wie ein Tunnel: Platanen, van Goghs Lieblingsbäume – diese Information kommt von Aurelia, nicht von mir – recken sich wie die Teilnehmer eines Yogakurses zu beiden Seiten über die Fahrbahn, um sich in der Mitte zu treffen.

»Aus Angst?«, sagt sie. »Vielleicht will sie nicht in der Vergangenheit kramen. Keine Ahnung.« Ruckartig setzt sie sich auf. »Ach herrje, du musst wenden. Wir haben die Abzweigung verpasst.«

Ich fluche halblaut. Wir können es uns nicht leisten, Zeit zu verlieren.

Ich finde eine Stelle, an der ich ein riskantes Wendemanöver vollführen kann, dann fahren wir zurück in die Richtung, aus der wir gekommen sind, während ich krampfhaft versuche, nicht dem Druck meiner eigenen Tränen nachzugeben. Ich erinnere mich an etwas, was Loll letzte Woche gesagt hat: *Tränen helfen niemandem, Steffie.* Ich glaube nicht, dass es gefühllos war, bloß realistisch. *Spar dir deine Energie für die wichtigen Dinge auf. Es wird noch viele geben.*

Aber diese Tränen sind in mir drin. Und sie brauchen ein Ventil.

»Scheiße, Scheiße, SCHEISSE«, knurre ich und wünschte, ich säße nicht in diesem winzigen Auto fest. Dann könnte ich laut schreien und fluchen und auf eine Wand einschlagen.

Was geschieht jetzt?

Kommen wir zu spät?

Und wo ist Loll, während ich mit ihrer Mutter durch das ländliche Frankreich fahre?

Ich beobachte ein junges Pärchen, das aus einer kleinen Kunstgalerie tritt.

Einen Jugendlichen, der sich, an sein Fahrrad gelehnt, in der sengenden Hitze eine Verschnaufpause und eine Dose Cola gönnt.

Und du, Romilly? Wo bist du? Gönnst du dir auch gerade eine Verschnaufpause?

Ich kann nichts tun. Noch nicht. Ich schaue meine Hände an, die das Lenkrad fest umklammern.

Ich denke daran, dass ich noch nie etwas von dieser Ella gehört habe. Im Grunde weiß ich nichts aus Marcs Vergangenheit. Ich glaube, einmal haben Romilly und er seine Mutter an der Südküste besucht … Aber Romilly wollte hinterher nicht darüber sprechen.

Rückblickend finde ich das merkwürdig. Wir reden doch sonst über alles.

Ros Mum langt in ihre Tasche.

Ich stelle mir Loll zu Hause vor. Die Kindersachen gebügelt und für den nächsten Tag auf der Heizung bereitgelegt; ein Nachttisch mit Cremetuben in einer ordentlichen Reihe, Zahnseide-Sticks in einem Glas, und zweimal die Woche wird Staub gewischt.

Aber etwas nagt an mir. Wenn es so ist, warum gehst du dann nicht ans Telefon, Loll?

Wieder spüre ich die Verspannung im Nacken. Ich bewege den Kopf, um sie loszuwerden. Draußen stehen Kunden vor einem Imbisswagen mit Grillhähnchen Schlange. Der Geruch driftet durchs geöffnete Fenster. Mein Magen knurrt, und mir wird bewusst, dass ich zuletzt vor acht Stunden gegessen habe.

Die nächsten fünf Minuten vergehen schweigend. Langsam komme ich mir vor, als hätte ich einen Kater. Keine Ahnung, ob es am Gin liegt, am Hunger, an der Situation oder an meiner Angst: Was kommt als Nächstes? Was soll jetzt werden?

Als wir vor einer Ampel halten müssen, drehe ich mich zu Aurelia um. Fasse ihren Unterarm und drücke ihn sanft.

Mein T-Shirt ist im Rücken schweißnass. Wir kommen durch ein Dorf, in dem gerade die Sommersaison losgeht. Obwohl es schon nach achtzehn Uhr ist, entledigen sich Touristen überschüssiger Kleidungsstücke und stopfen sie in ihre Rollkoffer, die hinter ihnen übers Kopfsteinpflaster rumpeln. Auf einem gut besuchten Markt wird der Brie eingewickelt, und leere Paella-Pfannen werden verstaut. Kinder klammern sich an schaukelnde Pferde auf Karussells, tanzende Regenbogenfarben am Rande meines Blickfelds.

Ich kurble die Scheibe wieder hoch. Es hilft eh nichts, sondern lässt bloß heiße Luft und das Glück anderer herein. Ich weiß nicht genau, was von beidem schlimmer ist.

Die Klimaanlage funktioniert auch nicht richtig.

Laut Anzeige am Armaturenbrett herrschen draußen dreißig Grad.

Der Schweiß rinnt mir den Rücken hinab.

Ich spüre, wie mir ein Schauer vom Kopf bis zu den Füßen geht.

Tag 5, 10:00 h

DIE FRAU

ICH HABE EINE MEINER ersten Windeln gewechselt. Mein Ehemann reichte mir ein Feuchttuch und noch ein Feuchttuch und dann noch ein Feuchttuch, und schließlich – nachdem ich meine Sache alles andere als professionell erledigt hatte – einen frischen Body samt Strampler.

Als Fleur weinte, tröstete ich sie und wanderte mit ihr im Arm durchs Haus.

Irgendwann ging ich in die Küche. Holte mir ein Glas Wasser und starrte die Wand an. Das war immer noch besser als das, was im anderen Zimmer auf mich wartete: Die beiden zusammen zu sehen, war fast unerträglich.

Jetzt sehe ich zu, wie Marc sich auf das zu harte Sofa setzt und unsere Tochter zärtlich an sich drückt. Sie ist unruhig. Ich glaube, das nennt man Milchsuchreflex. Ein schmerzhaftes Ziehen geht durch meine rechte Brust.

Soll ich anbieten, sie zu stillen? Würde es überhaupt funktionieren? Wüsste ich, was ich tun muss? Ich denke an die ersten Stunden im Krankenhaus. Den Anfang haben wir bereits gemacht. Da können wir anknüpfen.

»Geht es dir gut?«, fragt Marc, schraubt eine Dose Säuglingsanfangsnahrung aus seiner Tasche auf und schüttet den

Inhalt mit einer Hand in ein Fläschchen, das ich im Internet bestellt habe.

Ich nicke. Wende den Blick ab und gehe.

Im Eingangsflur des Hauses starre ich so lange auf die magnolienfarbenen Wände, wie die pochenden Schmerzen in meiner Vagina es erlauben. Dann hocke ich mich aufs Sofa und tue von dort aus dasselbe, während mein Mann unser Baby füttert.

Ich sehe zu, wie sie saugt. Wie sich ihre Kehle beim Schlucken bewegt. Merke, dass ich sie unwillkürlich nachahme. Ich schlucke mühsam. Dann schaue ich zu Marc.

Er wird niemals den Schmerz verstehen, den ich in den letzten fünf Tagen empfunden habe.

In meinem Innern ist etwas mit Schwarz übermalt worden.

Eine Handlungsmöglichkeit nach der anderen wurde eliminiert wie Siegchancen in einem Vier-gewinnt-Spiel. Egal, wie lange ich auf das Spielfeld starrte, mir fiel keine Möglichkeit ein, das Ruder noch herumzureißen.

Ich konnte nur noch blindlings einen Chip nach dem anderen in die Schlitze stecken.

Ich, die jedes Gefühl spürt, als wäre es mir wie in einem Bräunungsstudio mit einer Sprühflasche direkt auf die Haut aufgetragen worden. Das schlechte Gewissen, wenn ich den Geburtstag eines Freundes vergessen habe, kann mir ganze Abende verderben; Trennungen sind für mich, als wäre jemand gestorben.

Und trotzdem habe ich so etwas getan.

All die Male, die ich mit Loll gesprochen habe.

»Hast du sie schon?«

»Noch nicht, Romilly. Noch nicht.«

Ich begriff nicht, was daran so schwer sein konnte. Manchmal war ich wütend auf meine Schwester. Bemühte sie sich auch wirklich?

Konnte sie sie nicht einfach mitnehmen, wenn er schlief? Nein, sagte sie. Das Baby schlief in einem Beistellbett direkt neben ihm. Ich weiß, sagte ich, ich habe das Beistellbett selbst gekauft. Ich habe stundenlang im Internet recherchiert. Ich habe Testberichte über verfickte Beistellbettchen gelesen.

Aber Marc schlief doch sicher tief und fest. Er musste völlig erledigt sein. Ja, sagte sie, wahrscheinlich ist er das auch, aber er macht trotzdem kaum ein Auge zu. Er ist immer halb wach wegen der Kleinen. Hält oft beruhigend ihre Hand. Sie konnte sie unmöglich nehmen und mit ihr das Haus verlassen, ohne dass er etwas merkte.

Mein Herz drohte zu zerreißen.

Ich hatte meine ganze Hoffnung in Ella gesetzt. Und sie hatte so getan, als ginge sie das alles nichts an.

»Romilly?«, fragt Marc erneut, irgendwo, irgendwann, irgendwie.

Nach meiner Ankunft habe ich Vorräte besorgt. Ich habe Toilettenpapier gekauft. Ich habe bezahlt.

Wie kann es sein, dass man selbst in den dunkelsten Stunden solch alltägliche Dinge macht? Dass man so tut, als hätten diese Kleinigkeiten irgendeine Bedeutung?

»Romilly.«

Manchmal war es, als hätte ich eine Migräne, nur dass ich statt Lichtblitzen Babys sah. Überall Babys.

Ein Baby.

Was machte ich hier, wenn zu Hause ein Baby auf mich wartete, das erst wenige Tage alt war?

»ROMILLY!«

Marc. Er ist wirklich hier.

Ich drehe mich um.

»Ich lege sie jetzt ins Reisebettchen«, sagt er und deutet mit dem Kinn auf unsere Tochter in seinen Armen. »Okay?«

Ich nicke. Sehe zu, wie er durchs Zimmer geht. Bestimmt hasst er diese kahle Stelle an seinem Hinterkopf, denke ich. Ich starre sie an, während er sich von mir entfernt. Bestimmt hasst er sie wie die Pest.

Erst jetzt schaue ich mich um. Das erste oder zweite Zuhause eines Unbekannten. An der Wand ein Foto von einem Mann, der auf dem Markt im nahe gelegenen Eygalières Akkordeon spielt. Die Provence im neunzehnten Jahrhundert, Frauen in breitkrempigen Hüten und weiten Röcken. Ein Vintage-Poster von der Tourismusvereinigung in Cassis, weitere aus Marseille und Arles.

Kann ich tun, was Loll nicht gelungen ist? Marc ablenken und das Baby hier rausholen?

Aber dann denke ich daran, wie stark meine Schwester ist, und wie geschwächt ich selber bin. Wie soll ich es schaffen, wenn sie es nicht geschafft hat?

Loll ist eine Superheldin.

Ich habe so oft mit dem Gedanken gespielt zurückzukehren.

Aber wie hätte ich mich dem stellen sollen, was mich zu Hause erwartete?

Das Grauen, wenn ich den Schlüssel ins Schloss steckte.

Das Entsetzen der Hebamme – so etwas hatte sie noch nie erlebt, und hoffentlich würde sie es auch nie wieder erleben.

Ein Baby, für das ich eine Fremde war.

Ein Mann, der keinen Zweifel daran ließ, dass er mich gut kannte – jedenfalls die Version von mir, die in seine Pläne passte.

Und alles, was danach passieren würde. Wenn Marc dafür sorgte, dass man mich wegsperrte. Polizei. Jugendamt. Psychiatrische Klinik.

Die Geisteskranke. Die Frau, die ihr Baby im Stich gelassen hatte. Es war nicht schwer, diese zwei Bilder miteinander in Einklang zu bringen.

Ich stellte mir Schlagzeilen vor. Verurteilung. Hass.

Das glaubst du nie: Diese schreckliche Frau hat auch noch Lügen über ihren wundervollen Ehemann verbreitet, einen liebevollen Vater. Kannst du dir das vorstellen?

Aber eins ist jetzt sicher.

Ohne Fleur kann ich nicht gehen.

Diesmal nicht.

Meine Familie und ich gehören zusammen. Alles oder nichts.

Tag 5, 11:00 h

DIE FRAU

NACHDEM ER FLEUR ausgiebig gefüttert und dann gefühlt stundenlang versucht hat, sie zum Bäuerchenmachen zu bewegen, soll die Kleine schlafen. Doch es dauert lange, bis sie aufhört zu schreien und Marc sie endlich ins Reisebettchen legen kann.

Das Bettchen stand bereit, als wir ankamen, genau wie zahlreiche weitere Babyartikel. Marc hat schon eine Nacht hier verbracht.

Bereit, sofort in Aktion zu treten.

Bereit zum Zuschlagen.

Er setzt sich in einen Sessel ganz dicht neben ihr Bettchen. Ich weiß, dass er sich vorerst nicht von der Stelle rühren wird.

Sein Blick ruht auf mir.

»Ella ist deine Ex«, nehme ich den Faden von vorhin wieder auf. »Ich wollte mich hier mit ihr treffen.«

Marc legt die Stirn in Falten und scheint in seiner Vergangenheit zu kramen, ganz so, als gäbe es dort Dutzende von Freundinnen. Dabei weiß ich, dass es nur zwei sind. Davor war er noch der alte Mark. Schlechte Haut, Übergewicht, ein ständiges Opfer von Zurückweisung und Spott. Nicht, dass ich jemals gesehen hätte, wie er früher aussah. Fotos von

Marc existieren erst ab seinem vierundzwanzigsten Lebensjahr.

»Ach, *die* Ella! Du bist hergekommen, weil du mit Ella reden wolltest?« Er ist fassungslos. »Mein Gott, wenn das nicht endgültig beweist, dass du eine Psychose hast, dann weiß ich es auch nicht«, brummt er leise.

Dann lenkt er ein. Wird freundlicher.

»Du hast das Land verlassen, als dein Baby erst ein paar Tage alt war, um eine ... Ex-Freundin von mir zu besuchen, an die ich seit Jahren keinen Gedanken mehr verschwendet habe?«

Noch sanfter fährt er fort: »Du merkst es selbst, oder? Dass das kein normales Verhalten ist?«

Ich lasse den Kopf hängen.

Ich weiß es nicht. Ich weiß es nicht. Ich kann mich nicht erinnern. Ich bin erschöpft. Ich kann nicht mehr.

Wieder kommen mir Zweifel. So viele Menschen sagen mir, dass ich im Unrecht bin. Vielleicht stimmt es ja. Vielleicht bin ich wirklich im Unrecht. Ich weiß es nicht mehr. Ich bin so müde.

»Warum wolltest du dich mit Ella treffen?«, fragt er. »Wir waren nur ganz kurz zusammen.«

»Ja, das hat sie mir auch gesagt.« Mein Blick geht ins Leere.

»Siehst du, da hast du es doch. Alle sagen dasselbe.«

Das stimmt. Er hat recht.

»Sie ist wundervoll, oder?«, sagt er, und im ersten Moment denke ich, er spricht von Ella, ehe mir klar wird, dass er unsere Tochter gemeint hat. Ich sehe, wie seine Augen glänzen und ein Lächeln sich über sein ganzes Gesicht ausbreitet.

Ich nicke. »Ja, das ist sie.«

»Wir beide haben sie geschaffen, Romilly. Bitte, vergiss das nicht.«

Mein Kopf sinkt noch tiefer. Ich beiße mir auf die Lippe, um ihm nicht schluchzend in die Arme zu fallen.

Ich versuche, meine Gedanken zu ordnen. Er liebt sie. Er ist eine Bedrohung. Er liebt sie abgöttisch. Vertrau ihm nicht.

Als ich aufblicke, sitzt er mit verschränkten Fingern und in aufrechter Haltung im Sessel. Gefasst und aufmerksam wie bei einem Vorstellungsgespräch.

»Ich finde, es wird Zeit, dass wir reden, Romilly«, sagt er, sieht mir in die Augen und stößt einen tiefen Seufzer aus. »Ich finde, es wird Zeit für die Wahrheit.«

Ich nicke.

Ja. Ich bin bereit.

Tag 5, 19:30 h

DIE BESTE FREUNDIN

DER AUGENBLICK, wenn aus einem Sommertag ein Sommerabend wird, besitzt eine ganz eigene Energie. Wenn Badeanzüge ausgezogen und Wimpern getuscht werden. Wenn man frisch geduscht ist, und das Wasser aus den Haaren den geröteten Rücken herabrinnt. Wenn Limetten ausgedrückt werden, der Eiswürfelbehälter aus dem Tiefkühlfach geholt wird, wenn jemand die Einwickelpapiere von Eiscreme wegfegt und ein kleines Schälchen Oliven hinstellt und man den ersten Schluck Gin Tonic trinkt. Die Musik wird lauter gedreht; bald wird die Sonne untergehen.

Um diese Zeit, als der Tag in den Abend übergeht, erreichen Aurelia und ich den Campingplatz, auf dem Ro übernachtet hat.

Der Lärm von den Pools hat dem Klirren von Tellern Platz gemacht, auf denen sich regionale Würstchen stapeln, die auf den Grill wandern werden, sobald die Aperitifs ausgetrunken sind.

»Stef!«, ruft mein Freund, doch ich habe keine Augen für ihn. Ich schaue hinter ihn, neben ihn, in die Runde. Ich weiß, dass Romilly und Marc nicht hier sind, aber meine Hoffnung hat das Memo nicht bekommen.

»Wo sind sie hin?«, fragen Aurelia und ich gleichzeitig.

Ad kratzt sich im Nacken und verlagert das Gewicht von einem Fuß auf den anderen, zappelig wie ein Dreijähriger, der zur Toilette muss.

Die Geräusche des Abends scheinen zu verstummen.

Und ich weiß, das verheißt nichts Gutes.

»Wo sind sie hin, Adam?«, fragt Romillys Mutter. Ihre Worte klingen buchstäblich wie aus der Pistole geschossen.

»Ich bin ihnen nach, aber sie haben mich abgehängt«, sagt er, und in meinem Inneren lodert es. »Ein Fiat 500. Ich habe das Kennzeichen; ich bin den ganzen Tag durch die Gegend gefahren und habe nach ihnen gesucht. Nichts.«

Aurelia fängt an zu fluchen. Ich lasse den Kopf hängen, und Adam hebt kapitulierend die Hände: Ich kann nichts dafür.

»Die Frau, die auf dem Campingplatz arbeitet, hat aber gesagt, sie hätten ganz normal gewirkt und überhaupt – ich meine, sie sind *verheiratet* …«

»Die Ehe ist keine verfickte Trumpfkarte, die alle anderen Erwägungen aussticht, Adam«, zischt Aurelia. »Glaub mir. Hast du nicht mit Romilly gesprochen, als du hier warst?«

Etwas huscht über Adams Züge. Vielleicht Bedauern. Das Wissen, dass das, was er getan hat, katastrophale Auswirkungen haben könnte.

Er sieht mich an.

Wenn er sich schämt, sollte ich mich dann nicht auch schämen?

Es waren meine Zweifel, die ihn in seiner Entscheidung bestärkt haben. Ich habe erst lange mit Romilly gesprochen und danach mit ihm. Wir waren uns einig: Sie hatte wegen einer postpartalen Psychose unter Beobachtung gestanden. Und dann hatte sie kurz nach der Geburt ihres Babys Hals über Kopf das Land verlassen, um eine ehemalige Freundin von Marc zu treffen. Das konnte kein Zufall sein. Marc hatte recht. Er *musste* recht haben. Sicher, irgendetwas war vor der Entbindung zwischen den beiden vorgefallen. Aber das änderte nichts daran, dass sie an einer psychischen Erkrankung litt, für die sie eine genetische Veranlagung besaß.

Das Risiko war von Anfang an da gewesen.

Die Sache kam nicht aus heiterem Himmel.

Ich suche Adams Blick.

Aber manchmal ist eine vernünftige Entscheidung trotzdem nicht die richtige.

Als mir bewusst wurde, dass ich falsch lag, war es bereits zu spät.

Mit einem Kopfschütteln beginnt Adam sich zu rechtfertigen, aber dafür habe ich im Moment keine Kraft. Ich schüttle ebenfalls den Kopf, noch energischer als er. Nein. Lass uns das jetzt nicht durchkauen.

Wir haben keine Ahnung, wo Ro ist. Sie befindet sich in der Gesellschaft eines Mannes, der sehr überzeugend sein kann und gut darin ist, andere zu manipulieren. Ein Mann, der die Macht hat, ihr Leben zu zerstören. Ein Mann, der einmal ihr wunderschönes Gesicht gepackt und es unter Wasser gedrückt hat. Der sie festgehalten hat, bis sie lernte, das geliebte Element zu fürchten.

Adam steht barfuß neben dem Zelt und schüttelt immer noch den Kopf. Mechanisch, als wäre es ein Tic.

»Ich weiß es nicht«, sagt er. »Ich weiß gar nichts mehr.«

Ich stelle mir meine kleine, zarte Romilly vor, die von einem Mann, der sie um gut dreißig Zentimeter überragt, wie ein Vogel in einen Käfig gesteckt und mitgenommen wurde. Ein Mann, der alle Welt davon überzeugen will, dass sie an einer schweren psychischen Krankheit leidet, obwohl das gar nicht stimmt.

Ein Mann, von dem ich inzwischen weiß, dass er gewalttätig ist.

Der sie wieder unter seine Kontrolle bringen will.

Ein barfüßiges Kind im Piraten-Schlafanzug läuft an uns vorbei und wird von seiner Mutter vor ihrem Zelt in Empfang genommen. Der Reißverschluss wird zugezogen, als die beiden sich für die Nacht zurückziehen.

Langsam blicke ich auf. »Hat die Frau irgendwas darüber gesagt, wie er sich verhalten hat, Ad?«

Adam zuckt zurück. »Er hatte das Baby dabei, er hätte doch niemals …«

»Mein Gott«, stößt Aurelia halblaut hervor.

Und ich sehe Zweifel in Adams Miene.

Der Himmel ist noch blau, aber die Atmosphäre fühlt sich an, als wäre er schwarz.

Tag 5, 20:00 h

DIE BESTE FREUNDIN

SIE IST GANZ IN DER NÄHE, aber vielleicht war es einfacher, als sie noch weit weg war. Als Adam dies sagt, fange ich vor lauter Frust an, gegen das Zelt zu treten. Romillys Mum zieht mich weg.

»Das hat doch keinen Zweck, Steffie«, sagt sie sanft und hält mein Gesicht zwischen ihren Fingerspitzen. Ich denke daran, wie sich im Flugzeug und im Mietwagen unsere Hände berührt haben. Es gibt ein unausgesprochenes Einvernehmen zwischen uns: Jetzt zählt nur noch das Wesentliche. Wir sind zwei Menschen, die das Schicksal zusammengeworfen hat und die versuchen müssen, ihren Weg durch einen Albtraum zu finden.

Ich lasse den Blick über den Campingplatz schweifen, als könne meine Freundin blinzelnd und mit vom Schlaf zerzausten Haaren aus irgendeinem Zelt auftauchen. Alles bloß ein Missverständnis.

Aber sie taucht nicht auf.

»Wie lange ist das her?«, will ich wissen.

»Heute Morgen«, sagt Adam. »Sie sind gegen halb acht aufgebrochen.«

Jetzt ist es acht Uhr abends.

Sie ist seit mehr als zwölf Stunden allein mit ihm.

Aurelia heult wie ein Tier.

So lange.

»Wie kann es sein, dass ich die Wahrheit über Marc nicht erkannt habe?« Ich frage den Himmel, aber Aurelia ist diejenige, die mir antwortet.

»Hast du das denn nicht?«

Ich sehe sie an. Sie trägt Flipflops, bei deren Anblick mein Herz unwillkürlich nach Romilly schreit. Früher hat man sie mitunter sogar im Februar damit am Strand gesehen.

Ich hebe fragend die Augenbrauen, obwohl ich weiß, was sie meint.

Haben wir alle insgeheim etwas geahnt? Hatte jeder von uns seine eigenen Gründe zu schweigen? Haben wir uns der Ehe als der ultimativen Institution des Erwachsenenlebens gebeugt? Der Schwangerschaft als einem fremdartigen Daseinszustand, der uns verschlossen blieb? Dem Gefühl, Romilly nicht nahe genug zu stehen, um Fragen zu stellen?

Im Grunde alles Ausreden. Wir hätten uns mehr bemühen müssen.

Ich denke an die wachsende Distanz zwischen uns beiden. War ich zu vertraut mit ihr, Marc? War es das? Hätte ich womöglich zu viel gesehen, wenn du Romilly nicht dazu gebracht hättest, mich auf Abstand zu halten?

Ihr natürliches Selbstvertrauen hatte einer Haltung Platz gemacht, die oft schon an Selbsthass grenzte. Sie war zu müde zum Schwimmen. Zu träge, um sich die Nägel zu lackieren, die sonst immer in allen Regenbogenfarben glänzten.

Sie hatte sich einen neuen Haarschnitt zugelegt. Streng. Asketisch.

Aurelia verstaut ihre Brille und setzt sich abermals die Sonnenbrille auf, während sie ins Licht blinzelt.

»Lasst uns einfach ins Auto steigen«, seufzt sie, als wären Adam und ich zwei bockige Teenager. Ich stelle mir Loll und Romilly vor – in einer anderen Zeit, einem anderen Leben. »Es hat keinen Sinn, hier herumzustehen. Wir müssen wenigstens versuchen, sie zu finden.«

Ihr Seufzer enthält eine ganze Vielzahl von Emotionen. Er ist voller Selbstvorwürfe. Er reißt Marc in Stücke. Er ist Angst. Er ist Erschöpfung.

Etwas in ihrer Miene erinnert mich an Loll. Noch eine Frau, die unauffindbar ist.

Wieder und wieder und wieder krampft sich mein Magen zusammen aus Angst um die zwei Schwestern, die ich endlich wieder in die Arme schließen möchte.

Niedergedrückt begeben wir uns zum Mietwagen.

»Adam«, blafft Aurelia, »du sitzt hinten. Steffie, ich leite dich. Nach Romillys Abreise habe ich einiges über die Gegend gelesen. Wir fahren in die größte Stadt in der Nähe, da gibt es die meisten Übernachtungsmöglichkeiten. Ruf die Karten-App auf deinem Handy auf, Liebes.«

Ich tue, was sie sagt. Gebe ihr mein Telefon.

Zum ersten Mal sieht sie alt aus, denke ich, als ich mir einen Moment Zeit nehme, um ihr Gesicht zu betrachten.

Aurelia hält mein Handy ausgestreckt vor sich. Beginnt etwas einzutippen. Die Hitze ist extrem, mir rinnt der Schweiß aus den Kniekehlen und über das Gesicht.

»Es ist nur so ein Gefühl«, sagt sie. »Aber wenn uns nichts Besseres einfällt, sollten wir es dort versuchen.«

Sie nimmt neben mir auf dem Beifahrersitz Platz. Adam kriecht auf die Rückbank. Er streckt die Hand nach vorn, und ich spüre den Druck seiner verschwitzten Finger auf meiner Schulter.

Sobald wir uns auf einem Streckenabschnitt befinden, der mir dies ermöglicht, lege ich meine ebenfalls schweißfeuchte Hand auf seine und drücke sie ganz fest.

Es macht keinen Sinn, in meinem Zorn zu verharren.

Er wird ohnehin rasch von einem anderen Gefühl verdrängt: von der Furcht, dass wir keine Ahnung haben, wo wir hinmüssen. Und dass wir vielleicht zu spät kommen.

Zuvor am selben Tag

DER EHEMANN

ICH KANN NICHT GLAUBEN, wie einfach es am Ende war, mit einem Baby zu verreisen.

Das Adrenalin war stärker als die Angst.

Und verdammt noch mal, Fleur hat sich wirklich von ihrer besten Seite gezeigt. Den Start hat sie verschlafen, und bei der Landung gab sie fast keinen Mucks von sich.

Sowohl am Flughafen als auch im Flieger konnten wir uns vor lauter Hilfsangeboten kaum retten. Man wollte uns mit dem Gepäck helfen. Mir Fleur abnehmen, während ich etwas trank (was von mir nachdrücklich abgelehnt wurde). Und es hagelte Komplimente: wie bildhübsch das Baby doch sei, wie gut ich alleine zurechtkäme, was für ein vorbildlicher Vater ich sei.

»Sie machen das großartig, mein Lieber«, sagte eine Frau Mitte siebzig zu mir, und ich glaube, wäre sie nicht zwei Köpfe kleiner gewesen als ich, hätte sie mich in die Wange gekniffen. »Die Kleine kann sich glücklich schätzen, so einen Daddy zu haben wie Sie.«

Ich will ganz ehrlich sein: Wenn ich gelobt werde, blühe ich auf.

»Ich bin derjenige, der sich glücklich schätzen kann«, entgegnete ich, beugte mich über Fleur und überschüttete ihr Gesicht mit Küssen.

Allerdings hingen auch unausgesprochene Fragen in der Luft: Wo war die Mutter? Wieso flog ich mit einem neugeborenen Baby nach Frankreich?

Gott sei Dank hat das mit dem vorläufigen Reisepass so schnell geklappt. Ihre Mutter sei im Ausland erkrankt – mehr war nicht nötig. Mein Antrag wanderte auf dem Stapel ganz nach oben, und unserer Abreise stand nichts mehr im Wege.

Auf der Fahrt zum Haus mit Romilly blicke ich immer wieder in den Rückspiegel und sehe Fleurs Gesicht, das sich langsam entfaltet und mir immer vertrauter wird.

Du und ich, Fleur: *Wir* haben das zusammen gemeistert.

Wir haben es geschafft!

Wir verfahren uns einmal, dann müssen wir noch Windeln und Milchpulver sowie einige grundlegende Dinge für Romilly und mich besorgen, und als wir endlich beim Haus ankommen, ist es bereits neun Uhr und das Thermometer zeigt sechsundzwanzig Grad.

»Nach dir«, sage ich zu meiner Frau.

Sie zögert einen Sekundenbruchteil; wir wissen nicht mehr, wie wir miteinander umgehen sollen. Dann tritt sie ein. Ich folge ihr mit der Babyschale in der Hand.

Auf dem Tisch liegt noch der Zettel der Hausbesitzer, den ich bereits gestern gelesen habe. Sie wünschen uns einen schönen Aufenthalt und legen uns das marokkanische Restaurant am Dorfplatz ans Herz, das wir von selbst niemals entdeckt hätten. Wir sollen unbedingt das Lamm probieren.

Als Fleur satt ist, lege ich sie ohne Decke in ihr Reisebettchen.

»Braucht sie keine …?«, sagt Romilly.

Dann presst sie die Lippen aufeinander. Ich weiß, was sie denkt: Sie hat kein Recht, meine Entscheidungen anzuzweifeln. Sie glaubt immer noch nicht, dass die postpartale Psychose schuld ist an ihrem Verhalten; dass sie das alles nicht aus freien Stücken getan hat.

Ich seufze. Gott, das wird schwer – es jemandem zu erklären, der unter Wahnvorstellungen und Paranoia leidet. Und zu erwarten, dass die Person auch zuhört.

Zum ersten Mal betrachte ich sie eingehender. Mit hängenden Armen steht sie da und weiß nicht, wohin mit sich. Sie erinnert mich an Loll bei uns zu Hause. Bei *uns*? Oder bei *mir*?

Das hängt davon ab, ob du mit nach Hause kommst, Romilly.

Ich muss behutsam vorgehen.

Meine Frau dreht sich um und geht in die Küche, um sich ein Glas Wasser zu holen. Das Haus ist voller antiker Gegenstände, deshalb rechne ich damit, dass auch die Gläser alt sind, aber in Wahrheit sind es die typischen Billiggläser aus dem Supermarkt. Das Geschirr wurde mit Hinblick auf die Airbnb-Gäste ausgesucht, die vielleicht zu viel Rosé trinken und während ihres vierzehntägigen, weinseligen und sorgenfreien Urlaubs das eine oder andere kaputt machen.

Sie trinkt in tiefen Zügen.

Währenddessen überprüfe ich noch einmal die massive Holztür. Ich will mich vergewissern, dass sie auch gut verschlossen ist.

Romilly dreht sich um und sieht mich über die Schulter mit weit aufgerissenen Augen an.

»Die Gegend hier ist bestimmt sicher«, beruhige ich sie. »Aber seit das Baby da ist, mache ich mir andauernd Sorgen.« Ich lache. »Ich glaube, ich bin einer dieser Helikopterväter geworden. Hat ja nicht lange gedauert, was?«

Romilly nickt langsam. Wie benommen.

Ich berühre den Schlüssel in der Tasche meiner Shorts. Gehe durchs Zimmer und versuche, das Französisch auf den historischen Touristikplakaten zu entziffern, die die Wände säumen: Marseille, Cassis, Arles.

Die ganze Zeit über beobachtet Romilly mich schweigend.

Tag 5, 21:00 h

DIE BESTE FREUNDIN

MANCHMAL KANN MAN SICH auf sein Bauchgefühl verlassen. Und manchmal eben nicht.

Adam hat Romilly dank des Zettels aus dem Café in der Nähe des Lac de Peïroou aufgespürt. Sie hat dort nach ihrem Treffen mit Ella übernachtet, weil sie nicht wusste, wo sie bis zu ihrem Rückflug am nächsten Morgen bleiben sollte.

Ganz einfach.

Sie war schon da, als er ankam, wie eine Fata Morgana.

Jetzt ist die Lage deutlich komplizierter.

Adam, Aurelia und ich befinden uns auf einer Ringstraße, die um eine Ortschaft namens Saint-Rémy-de-Provence herumführt. Ich kann mir vorstellen, dass es im Innern des Labyrinths kleiner Gässchen, in die wir im Vorbeifahren flüchtig hineinschauen können, viele tolle Bistros und Weinbars gibt. Bereits von außen sieht es wunderschön aus.

Die Pferdchen auf dem Karussell stehen still und warten auf den Ansturm der Kinder am nächsten Morgen. Auch die Teestube hat geschlossen. Wenn in einigen Stunden die ersten Gäste zum Frühstück kommen, wird es wieder gebutterten Toast geben, aber jetzt hat sie sich für die Nacht schlafen gelegt.

Direkt daneben jedoch, auf der Außenterrasse eines Cafés, herrscht reges Treiben. Auf Tafeln sind zahlreiche Speisen, die ich nicht lesen kann, mit Kreide durchgestrichen. Es wurde viel gegessen an diesem Abend; sämtliche Tagesgerichte sind ausverkauft. Teller werden eingesammelt, dabei wird gescherzt. Zuspätkommende werden mit einer Flasche Bier und drei Küsschen begrüßt, Kinder spielen vor dem Café Fangen und hoffen, dass sie heute länger aufbleiben dürfen.

Wir fahren weiter.

Vor uns überquert eine Katze die Straße. Sie lässt sich Zeit, als hätte sie einen *vin rouge* zu viel getrunken, und zwingt uns zum Abbremsen. Das Schaufenster eines Schokoladengeschäfts ist kunstvoll dekoriert, und im Fischrestaurant gibt es Garnelen, die so groß sind wie Hummer – worüber die Hummer allerdings nur müde lächeln, denn sie sind noch viel größer und werden von strahlenden Kellnern voller Stolz präsentiert.

Ich schaue mir jede Person, die wir sehen, genau an. Nur für den Fall. Dich. Dich. Dich.

Mir fällt jemand ins Auge, der eine gewisse Ähnlichkeit mit Loll hat. Es ist jetzt schon über vierundzwanzig Stunden her, seit wir zuletzt von ihr gehört haben. Meine Sorge wird immer größer, aber für den Moment muss ich sie verdrängen; ich kann mich nur um eine Sache kümmern. Loll muss warten.

Ich beäuge die Gruppe, die dicht gedrängt vor einer exklusiven Champagner-Bar sitzt, Oliven nascht und Gläser mit sprudelndem Rosé trinkt.

Vor dem Pizzawagen stehen sie Schlange, es gibt *anchois* und *jambon, trois fromages* und *champignons*. Der Mann im Wagen lächelt und zieht den Teig in Form, als würde er an einer Skulptur arbeiten.

»Das hier ist die größte Ortschaft der Region, hier gibt es die meisten Übernachtungsmöglichkeiten für Touristen«, teilt Aurelia uns mit, als wir links abbiegen und vor dem ersten Airbnb auf unserer Liste anhalten. »Van Gogh lag hier im Krankenhaus. Es gibt ein paar sehenswerte Ruinen sowie einige …«

Sie bricht ab. Für solche Informationen hat jetzt niemand Zeit.

»Wie dem auch sei, wenn jemand kurzfristig ein Haus gemietet oder ein Hotelzimmer gebucht hat, wäre hier meine erste Anlaufstelle. Und irgendwo müssen sie ja untergekommen sein.«

Wir sehen einen zerbeulten alten Citroën, ein Auto mit deutschem Nummernschild, mehrere Mopeds, leere Einfahrten. Aber Marcs Mietwagen steht weder vor diesem Haus noch vor dem nächsten oder übernächsten.

Ich lasse den Motor an.

Wir versuchen es weiter.

Romillys Mutter schaut auf das Handy und sagt mir, wo ich hinfahren soll.

Bei der siebzehnten, achtzehnten, neunzehnten Unterkunft geht uns allmählich die Energie aus.

Irgendwann ist unsere Liste abgehakt, und wir kurven ziellos durch den Ort. Das Adrenalin, das den Wagen erfüllte, als wir die Runde zum ersten Mal gemacht haben, ist verflogen. Alle sind schweigsam.

Ich halte nicht länger nach bekannten Gesichtern Ausschau.

Draußen schlürfen Nachzügler die letzten Reste ihrer Aperitifs, ehe sie sich zum Abendessen begeben. Paare mittleren Alters machen sich auf den langen Fußmarsch oder die Autofahrt nach Hause, was nach so vielen Kirs eigentlich nicht mehr ratsam ist. Eine zierliche junge Frau sprüht sich mit Insektenschutzmittel ein, verteilt es an ihrem Hals und verreibt den Rest auf ihren Knöcheln, ehe auch sie den Heimweg antritt. Ich mustere sie aufmerksam, aber dann gesellt sich eine weitere Frau zu ihr, und sie hebt den Kopf. Nein. Du bist es nicht.

Wir fahren eine kleinere Straße entlang. Der Supermarkt schließt seine Pforten, in der japanischen Nudelbar werden dampfende Schüsseln mit Ramen nach draußen an die Tische gebracht. Wir halten den Atem an, wann immer wir französischen Autos zu nahe kommen, die viel zu schnell fahren.

Ad greift erneut nach meiner Schulter. Ich strecke die Hand nach Aurelia aus.

Auf der Rückfahrt reden wir fast kein Wort.

Es gibt nichts mehr zu sagen.

Zuvor am selben Tag

DER EHEMANN

ROMILLY VERSUCHT VERGEBLICH, es sich auf dem Sofa bequem zu machen.

»Fleur«, sagt sie in unbeholfen zusammengerollter Position. »Du hast ihr den Namen Fleur gegeben.«

Irgendwo müssen wir wohl anfangen.

Ich bleibe stehen. Nicke.

»Na ja«, sage ich. »Sie brauchte einen Namen. Und du warst nicht da, um ihr einen zu geben.«

»Aber du wusstest doch, dass ich …«

Ich wende den Blick ab. Ich weiß, dass sie sich die Krankheit nicht ausgesucht hat, aber das bringt die Gedanken nicht immer zum Verstummen.

Manchmal fällt es mir schwer, es zu begreifen. Ich möchte meiner Kleinen am liebsten keine Sekunde von der Seite weichen, wie kann es da sein, dass Romilly sie wegen eines Besuchs bei *Ella* im Stich gelassen hat?

»Hast du ihn schon eintragen lassen?«, fragt sie. »Den Namen?«

»Noch nicht«, antworte ich mit einem schiefen Lächeln. »Es war ziemlich viel los, Romilly.«

Ihr Nicken ist kaum wahrnehmbar. Ich erwidere es. Einen Moment später setze ich mich in gebührendem Abstand zu ihr auf das große Ecksofa. Es ist hart wie Stein. Alles andere als komfortabel. Als ich gestern spätabends ankam, bin ich nicht mehr dazu gekommen, es auszuprobieren, sondern habe mich gleich ins Bett gelegt. Wahrscheinlich verbringen die Gäste nicht allzu viel Zeit hier drinnen, es gibt eine kleine Terrasse vor dem Haus und noch eine etwas größere hinten. Es war die billigste Unterkunft, die ich finden konnte, und selbst die hat ein Vermögen gekostet. Außerdem gibt es einen Mindestaufenthalt von drei Nächten, obwohl von Anfang an feststand, dass wir uns auf den Heimweg machen würden, sobald wir uns ausgesprochen haben. Aber was blieb mir übrig?

Ich lege die Füße auf den Couchtisch. Werfe einen Blick auf meine Frau. Romilly nimmt nur ein Zehntel so viel Platz ein wie ich und hockt unbehaglich ganz am Rand.

Es ist zehn Uhr früh, und mir wird bewusst, dass ich seit dem Plunderteilchen, das ich mir gestern Abend nach der Landung geholt habe, nichts mehr gegessen habe.

»Ich mache mir ein Sandwich«, sage ich mit einem Seufzer. »Möchtest du auch eins?«

Sie sieht mich an, als hätte ich den Verstand verloren. Aber Essen durchbricht die dunkelsten Momente. Vertreibt die bitterste Realität. Das war immer schon so.

Sie sagt Ja.

Ich komme mit zwei Comté-Baguettes für uns beide zurück. Rümpfe die Nase, weil der Käse so streng riecht, obwohl er auf den ersten Blick mild aussah. Romilly verschlingt ihre Portion, während ich einzelne Stücke vom trockenen Brot abreiße.

»Hör zu«, sage ich, als wir fertig sind. Jetzt haben wir neue Energie getankt. »Es ist doch ganz einfach: Die postpartale

Psychose, vor der wir wegen der Krankengeschichte deiner Mutter Angst hatten, ist schuld an allem. Es ist etwas rein Medizinisches.«

Sie starrt mich an.

»Die postpartale Psychose«, sagt sie. »Ausgerechnet dafür hast du dich entschieden, Marc?«

Oje, das geht noch tiefer als gedacht.

Ich versuche, es möglichst verständlich auszudrücken. »Sie ist der Grund, weshalb du uns verlassen hast.«

Sie kneift die Augen zusammen. »Ich komme nicht dahinter, ob du selbst von dem überzeugt bist, was du sagst, oder ob du bloß versuchst, *mich* zu überzeugen. Ich sage dir gleich, falls Letzteres zutrifft, kannst du dir die Mühe sparen.«

Ich schlage die Beine übereinander und lasse mich gegen die Sofalehne sinken.

Ich muss Geduld haben.

»Also gut. Was glaubst du denn, weshalb du hier bist, Romilly?«

»Um. Von dir. Wegzukommen.«

Sie kocht innerlich.

»Das verstehe ich«, sage ich ernst. »Adam hat mir erklärt, was du über mich gesagt hast.«

Das ist das Schlimmste: zu hören, wie der beste Freund einem sagt, dass die Ehefrau behauptet hat, man wäre gewalttätig. Es war das unangenehmste Gespräch meines Lebens.

»Du lügst, was Ella betrifft.«

Sie lacht, als hätte sie die Pokerpartie gewonnen und könnte sich nun endlich entspannen.

»Du glaubst, dass ich ein Baby habe, hat mich schwächer gemacht, Marc.« Sie lächelt. Herausfordernd. Wahnsinnig. »Aber weißt du, was? Das genaue Gegenteil ist passiert.«

Ich senke den Blick.

Sie sagt, sie würde sich vor *mir* fürchten? Romilly jagt *mir* eine Heidenangst ein.

Tag 5, 21:30 h

DIE BESTE FREUNDIN

»EIN HAUS GÄBE ES DA NOCH«, sagt Aurelia. »Ein Stückchen außerhalb.«

Ich werfe einen Blick auf mein Handy.

»Na gut«, sagt Adam. »Inzwischen lohnt sich wohl jeder Versuch.«

Also lotst Romillys Mutter uns mithilfe eines Reiseführers, der Karten-App und ihres Instinkts dorthin.

Die Straße macht Kurven wie eine Achterbahn, und ich habe keine Ahnung, wo wir sind, nur dass es immer höher und höher hinaufgeht, obwohl ich eigentlich dachte, wir befänden uns auf einem Plateau.

»Jetzt müsste man rechter Hand ein großes Weingut sehen«, sagt Aurelia zögerlich, und fast muss ich lachen, denn rechts ist rein gar nichts und links auch nicht, bis auf die Scheinwerfer der Autos, die uns mit hoher Geschwindigkeit überholen. Die Einheimischen kennen die Kurven wie ihre Westentasche. »Und vielleicht eine Ölmühle mit einem dieser altmodischen Läden, wo man das Öl mit winzigen Löffeln probieren kann. Und ganz viele Olivenbäume?«

Im Rückspiegel sehe ich, dass Adam das Gesicht gegen die Scheibe gepresst hat.

Unser Plan ist es, der Straße zu folgen. Ein konkretes Ziel haben wir nicht, nur Aurelias Vermutung, dass man, wenn man ungestört sein oder seine Verfolger abschütteln möchte, hierherkommen würde. Vielleicht war St-Rémy doch die falsche Wahl. Zu viele Menschen.

»Es sei denn, sie sind weitergefahren?«, sagt Adam. »Noch weiter raus? Oder vielleicht sogar zurück nach England?«

Doch Aurelia schüttelt den Kopf. »Die kleine Fleur kann nicht so lange auf ihr Fläschchen warten«, sagt sie, und bei der Erwähnung ihrer Enkelin klingt ihre Stimme ganz sanft.

»Außerdem würde Marc sich Sorgen machen«, füge ich hinzu, »dass sie so lange in der Babyschale liegen muss. Angeblich ist das nicht gut, wenn sie noch so klein sind.«

Erneut werfe ich einen Blick in den Spiegel. Sehe, dass Adam über mein Wissen staunt. Die letzten Tage waren wie ein Eltern-Intensivkurs.

Wie sollen wir diese beiden Dinge miteinander vereinbaren? Marc, der emotional labile Gewalttäter. Marc, der fürsorgliche Vater. Oder steckt jeder Mensch auf der Welt voller Widersprüche? Ist das nicht die Essenz des Menschseins?

»Fahr die Feldwege und Seitenstraßen ab«, drängt Aurelia, die inzwischen ebenfalls das Gesicht an die Scheibe gepresst hat.

Genau das tun wir. Der Wagen rumpelt durch Schlaglöcher, durch die normalerweise Autos hüpfen, die vollgepackt sind mit Wein, der bei einem der umliegenden Winzer gekauft wurde, weil er zu dem gegrillten Steak passt, das man zum Abendessen braten wird. Autos, in denen es fröhlich klimpert.

Als ich die Scheibe herunterlasse, weht keine frische Brise herein. Das Wetter draußen fühlt sich an, als würde es genau wie wir den Atem anhalten. Als würde es darauf warten, dass wir Romilly finden. Dass es endlich weitergeht. Das Einzige, was uns erreicht, sind die Düfte: das überwältigende Aroma von Rosmarin, die kräftige Note von Thymian.

»Da!«, ruft Adam plötzlich von hinten. »Dreh um. Da vorn!«

Ich wende. Kein Gegenverkehr. Bitte, mach, dass das so bleibt, flehe ich im Stillen. Mein Herz hat schon vorher wie verrückt gehämmert, und als ich den Rückwärtsgang einlege, legt es noch mal an Tempo zu. Die Leute hier fahren schnell.

Das Wendemanöver gelingt.

»Die erste rechts«, sagt er. »Ich bin mir sicher, ich bin mir ganz sicher … Ja, gleich kommt sie … da!«

Wir biegen von der Straße auf einen Weg ein, der noch holpriger ist als alle vorherigen. Aber Adam hat recht. Dort steht er. Hinter einem Olivenbaum versteckt, im Schein der Außenbeleuchtung eines Bauernhauses, aus dem kein Lebenszeichen dringt.

Ein kleiner Fiat 500. Das Kennzeichen, nach dem wir die ganze Zeit Ausschau gehalten haben.

Marcs Mietwagen.

Früher am selben Tag

DER EHEMANN

»DIE IRONIE AN DER SACHE IST, dass ich ja *wollte*, dass andere ein Auge darauf haben, ob sich bei mir vielleicht eine postpartale Psychose entwickelt. Ich wollte, dass *du* ein Auge darauf hast. Das wusstest du aus den Sitzungen.«

Romilly hat die Hände in die Hüften gestemmt und geht vor den Plakaten auf und ab.

»Ehrlich gesagt hätte ich gedacht, dass du die Erste bist, die Einsicht zeigt.«

Meine Stimme klingt scharf, was mich überrascht.

Andererseits: Wer würde in meiner Situation nicht scharf klingen?

»Dann hätten die Leute vielleicht etwas mehr Verständnis dafür, dass du dein neugeborenes Baby im Stich gelassen hast«, fahre ich leiser fort. »Es gab ziemlich viel … Kritik an dir, Romilly. Bis ich den Leuten deine Krankheit erklärt habe.«

Damit dringe ich zu meiner Frau durch.

Sie sackt in sich zusammen.

Ich kann ihren Gesichtsausdruck nicht sehen, weil sie den Kopf gesenkt hat. Scham? Wut? In jedem Fall etwas Dunkles. Meine sanfte, heitere Romilly, die Flipflops trägt und sich

Chia-Samen aufs Müsli streut, gehört der Vergangenheit an. Diese neue Version ist ein Wrack.

Ich warte.

»Das war nicht meine Absicht«, sagt sie leise.

»Wie kann es nicht deine Absicht gewesen sein, dein Baby im Stich zu lassen?«

In der Ecke des Zimmers fängt Fleur leise an zu quengeln. Wahrscheinlich liegt es an der Hitze. Dieses Haus ist die reinste Sauna.

»Wir wollten sie holen«, flüstert sie. »Aber du hast uns dazwischengefunkt.«

»Pass auf«, sage ich. »Lass uns eins klarstellen. Ich mache dir keinen Vorwurf. Wahnvorstellungen sind Teil der Psychose. Es gibt ...«

»Ich habe Adam die Nachrichten gezeigt, die du mir geschickt hast. Ich. Habe. Keine. Postpartale. Psychose.«

»Keine Ahnung, von welchen Nachrichten du sprichst«, sage ich.

Sie geht zu ihrem Handy und scrollt. Es bricht mir das Herz, als ich erkenne, wie schlimm es wirklich um sie steht. Wie fest sie an ihre eigenen Hirngespinste glaubt.

»Sie waren hier.«

Ich sehe es in ihrer Miene. Erste Zweifel. Ich berühre sie am Arm. Rede ganz leise und sanft. »Menschen, die eine Psychose haben, sind sich dessen in den allermeisten Fällen nicht bewusst.« Das weiß ich von Google. »Sie sind ...«

»Ich. Habe. Keine. Postpartale. Psychose.«

Doch ihr Ton ist nicht mehr ganz so entschieden wie zuvor.

Tag 5, 22:00 h

DIE BESTE FREUNDIN

»KANN MAN NICHT MAL ein paar Stunden seine Ruhe haben?«, seufzt Marc, als er die Tür öffnet. Seine Körperhaltung ist die eines Torhüters, der alle Bälle hält. Er füllt den gesamten Türrahmen aus. Er senkt die Stimme. »Bitte. Wir brauchen ein bisschen Zeit für uns.«

Aurelia baut sich vor ihm auf.

»Ich will meine Tochter sehen«, sagt sie mit einer Stimme hart wie Stahl.

Aber falls sie sich auf eine Auseinandersetzung gefasst gemacht hat, erweist sich dies als unnötig: Marc tritt beiseite, und die barfüßige Romilly taucht hinter ihm auf. Sie hat ihre Tochter im Arm.

Als ich die beiden sehe, stockt mir der Atem.

Da sind sie, Romilly und Fleur. Zusammen. Alles ist gut.

Nur, dass eben *nicht* alles gut ist, stimmt's?

Sie wieder miteinander zu vereinen, war nur ein Teil des Plans.

Ich lächle meine Freundin an, doch sie weicht meinen Blicken aus.

»So, jetzt hast du mich gesehen.« Romilly wendet sich ausschließlich an ihre Mutter. »Und jetzt, bitte: Es ist, wie Marc gesagt hat. Wir brauchen Zeit für uns. Wir haben viel zu bereden.« Ihre Stimme bricht.

Aurelia lacht – aber aus Fassungslosigkeit. Aus Angst. Ihr Lachen enthält viele Emotionen, und keine von ihnen hat etwas mit Freude zu tun.

»Ihr hattet seit heute Morgen Zeit für euch«, sagt sie. »Stunden und Stunden. Ich lasse dich keinen Moment länger mit ihm allein.«

Romilly seufzt. »Du redest ja schon wie meine Schwester«, sagt sie, und selbst in diesem Moment kann ich meine Sorge nicht unterdrücken.

Wo zur Hölle steckt Loll?

»Ich bin erwachsen«, setzt Romilly hinzu. »Ihr müsst mir erlauben, meine eigenen Entscheidungen zu treffen.«

Aurelia starrt Marc an.

Loll sollte mit uns hier sein. Wenn nicht jetzt, wann dann? Meine Fingerspitzen ertasten das Handy in meiner Tasche, doch es schweigt noch immer hartnäckig.

Niemand sagt ein Wort.

Irgendwann hebt Marc kapitulierend die Hand.

»Der einzige Weg, eine Lösung zu finden, ist, wenn ich und meine Frau ausführlich über alles reden. Ich weiß, wir hatten bereits mehrere Stunden Zeit, aber das reicht eben nicht. Es gibt sehr viel zu besprechen.« Er lächelt. »Und dann ist da auch noch jemand, der uns hin und wieder ein bisschen ablenkt.«

Sein Blick geht zu Fleur. Sacht streicht er ihr übers Haar.

Bisher habe ich Aurelia die Führung überlassen, aber jetzt halte ich es nicht länger aus.

»All die Dinge, die du mir am Telefon erzählt hast«, wende ich mich flehentlich an Romilly. »Wie er dich behandelt. Wie er ...«

Ro hebt die Hand: Stopp. Diesmal sieht sie mich dabei sogar an.

»Pass auf, es war für uns alle eine sehr emotionale Woche.«

Sie nimmt meine Hand.

»Ich will ja gar nicht sagen, dass ich dir nicht dankbar bin für das, was du für mich getan hast – was ihr alle für mich getan habt. Ihr werdet nie wissen, wie froh ich darüber bin. Aber seht mich an.« Romilly richtet sich zu ihrer vollen Größe auf. »Ich bin aus freien Stücken hier. Ich muss mit Marc sprechen. Es geht mir gut. Ich habe ein Handy. Ihr wisst, wo ich bin. Wir müssen der Sache auf den Grund gehen. Ich muss bei meinem Baby sein.«

»Du kannst auch …«

»… und bei meinem Ehemann.«

Aurelia schnaubt verächtlich. Sie will sich nicht abwimmeln lassen. Ich trete neben sie und mache genau dasselbe.

»Verdammt, Steffie, jetzt hör ihr doch einfach mal *zu*!«, fährt Marc mich an. Speichel sammelt sich in seinem Mundwinkel. Erschrocken weiche ich zurück.

Adam nimmt meine Hand. Er hat einen harten Zug um den Mund. »Red nicht so mit ihr«, sagt er, und etwas in seinem Ton hat sich verändert. »Nach allem, was sie für dich getan hat, Mann.«

Marc lässt den Kopf hängen und nickt. »Es tut mir leid, Stef. Ehrlich.« Als er aufblickt, laufen ihm Tränen über die Wangen.

Ich möchte nicht nur zu Romilly gehen, sondern auch zu ihm. Marc und ich sind befreundet, und wieder spüre ich diesen inneren Zwiespalt. Es gelingt mir einfach nicht, das alles unter einen Hut zu bringen. Entweder mein Gehirn hat die Ereignisse noch nicht verarbeitet, oder es hakt irgendwo.

»Aber tut mir bitte einen Gefallen«, fährt Marc sanfter fort. »Denkt nur mal eine Sekunde lang darüber nach, was wäre, wenn ... wenn ich nicht der Böse bin? Was, wenn es anders ist, als ihr glaubt? Findet ihr nicht, dass ich ein guter Vater bin? Habt ihr irgendwelche Beweise für diese Anschuldigungen gesehen?« Er legt den Arm um Romilly. »Ich liebe sie. Ich liebe sie genauso sehr wie ihr alle.«

Unsere Blicke sind auf Romilly gerichtet, doch die schweigt mit gesenktem Kopf.

»Eine Stunde«, lenkt Adam schließlich ein. »Danach kommen wir wieder.«

»Auf gar keinen Fall!«, zischt Aurelia.

Aber Romilly blickt ihrer Mutter geradewegs in die Augen. »Doch. Geht jetzt. Kommt in einer Stunde wieder. Wenn ihr wollt, könnt ihr so lange am Ende der Zufahrt im Auto sitzen, aber gebt uns diese eine Stunde.«

Aurelia verschränkt die Arme vor der Brust. Ich sehe feuchte Flecke in den Achselhöhlen ihres bunten Kaftans.

»Wir nehmen Fleur«, sagt sie. »Sie muss das nicht miterleben.«

Marc will protestieren, aber Romilly nickt. Sie wickelt Fleur in eine Decke, gibt ihr einen Kuss aufs Haar und überreicht sie ihrer MawMaw.

Wir warten im Auto am Ende der Zufahrt, bis die vereinbarte Stunde um ist. Fleur schläft in Aurelias Armen augenblicklich ein.

Danach werden wir unsere Freundin und ihr Baby mit nach Hause nehmen.

Tag 5, 22:30 h

DER EHEMANN

ICH VERSUCHE WIRKLICH, geduldig zu sein.

Doch Romillys wahnhaftes Verhalten macht es mir nicht leicht.

Und ich bin so unfassbar müde. Ein neugeborenes Baby, eine psychisch kranke Frau, ein Flug. Dann den ganzen Tag gegen eine Wand reden.

Und jetzt sitzen die anderen draußen im Auto und warten auf uns. Sie haben sich geweigert wegzufahren und bewachen die Zufahrt wie ein Team von Sicherheitsleuten.

Mir brummt der Schädel.

Wir sind schon viele Stunden hier. Fleur hat ihre Fläschchen bekommen, wir haben versucht, sie mit kühlen Bädern vor der drückenden Hitze zu schützen, die sowohl Romilly als auch mir Sorgen bereitete, und wir haben unzählige Male ihre Windeln gewechselt.

Jeder, der ein Baby hat, weiß, wie lang einem die Tage im dauernden Einerlei aus Wickeln, Füttern und Schlafen erscheinen können. Und dann soll man auch noch ernste Gespräche führen.

Irgendwie ist so viel Zeit vergangen, dass es draußen bereits dunkel geworden ist.

Ich sehe, wie Romilly mehr und mehr in sich zusammensinkt.

Der Wagen steht immer noch da.

Ich ziehe die Vorhänge zu.

Tag 5, 22:52h

DIE BESTE FREUNDIN

»DAS REICHT JETZT«, verkündet Aurelia und nimmt ihre langen orangefarbenen Fingernägel aus dem Mund, an denen sie die letzte Stunde über herumgekaut hat. Ihre andere Hand liegt auf Fleurs Rücken. »Wenn Loll hier wäre, würde sie dasselbe sagen.«

Zweiundfünfzig Minuten sind vergangen. Zweiundfünfzig Minuten, in denen wir das dunkle Haus beobachtet haben. Um auf jedes Geräusch sofort reagieren zu können, haben wir die Fenster heruntergelassen, wovon die Mücken weidlich Gebrauch machen. Unser aller Augen sind auf die Haustür gerichtet.

Zweiundfünfzig Minuten sind genug, darin stimmen wir stillschweigend überein, also steigen wir aus und gehen die wenigen Meter über den knirschenden Kies bis zum Haus.

Aurelias Klopfen ist eine Drohung.

Noch bedrohlicher ist die Stille, die daraufhin eintritt.

»Ich wusste, dass das ein Fehler war«, sagt sie. In ihrem Tonfall schwingt ein Hauch von Angst mit. Sie versucht, mit einer Hand die Haustür zu öffnen, während Fleur an ihrer Schulter schläft. Sie rüttelt am Knauf, doch die Tür gibt nicht nach.

Ich streichle tröstend das Baby.

Bleib ruhig, sage ich mir. Die Stunde ist noch nicht ganz um.

»Ich wusste es«, sagt Aurelia noch einmal und gibt mir Fleur. »Adam, such etwas, womit du sie aufbrechen kannst. Na, los.«

Sie geht in die Hocke und fängt an, Steine vom Boden aufzusammeln. Kurz darauf hören wir Adam leise ihren Namen sagen.

Ich blicke auf. Die Tür ist offen. Mein Freund hat sie von innen geöffnet. Während wir in Panik verfallen sind, ist er durch ein geöffnetes Fenster ins Haus gestiegen.

»Romilly!«

Wir drängen ins Innere und rufen alle gleichzeitig ihren Namen.

Doch es ist niemand da.

»Seht mal.«

Adam deutet mit einer Kopfbewegung auf etwas.

Aus Aurelias Kehle dringt ein Laut, bei dem sich auf meinen Armen eine Gänsehaut ausbreitet.

Sie steht einige Meter von uns entfernt auf der anderen Seite des rustikalen, offen geschnittenen Bauernhauses. Vor ihr zwei Wassergläser, daneben der Rest eines Baguettes und eine Dose mit Fleurs Anfangsnahrung.

Hinter ihr befindet sich eine weitere Tür. Sie steht sperrangelweit offen und führt hinaus in die Dunkelheit.

Am Tag zuvor

DER EHEMANN

LOLL KOCHTE MIR EINE widerlich schmeckende Tasse Tee, kurz bevor ich ihr in die Augen sah und sie eine Lügnerin nannte.

Sie hatte wie immer zu viel Milch hineingetan.

Sie hörte nie zu.

Als sie das Wohnzimmer verlassen wollte, berührte ich sie sanft am Arm. Na gut, vielleicht war ich nicht unbedingt sanft – aber so entrüstet, wie sie auf den Ärmel ihrer hässlichen Bluse starrte, hätte man meinen können, ich hätte sie tätlich angegriffen.

»Was soll das?«, fauchte sie, und der Raum zog sich um uns zusammen. Der Bund zwischen den Teammitgliedern drohte zu zerreißen. Wir beide erkannten, dass er eine Lüge gewesen war.

»Ich denke, es gibt da etwas, worüber wir reden müssen, Loll.«

Sie nickte. Machte kehrt und setzte sich auf mein Sofa, wo sie sich so häuslich eingerichtet hatte. Früher hat sie uns höchstens alle vierzehn Tage besucht. Sie brachte die Kinder mit, blieb eine Stunde und trank eine Tasse Tee.

Jetzt war sie praktisch hier eingezogen. Sie schlug die Beine übereinander, sodass einer ihrer Füße in der Luft wippte. Stämmige Beine in dicken schwarzen Strumpfhosen. Romillys Pantoffeln.

Keiner von uns trank seinen Tee. Tee war nicht das Passende für ein Gespräch wie dieses.

»Du warst nie bei der Polizei«, sagte ich.

Wir sahen einander unverwandt an.

Ich lächelte die ganze Zeit. Natürlich. Schließlich waren wir eine Familie.

Sie erwiderte mein Lächeln, aber ihres war aus purem Eis. Familie, Familie, Familie.

»Natürlich war ich dort, Marc«, sagte sie. »Warum sollte ich nicht zur Polizei gehen, wenn meine Schwester spurlos verschwindet?«

Meine Augenbrauen schnellten in die Höhe. Ruhig. Entspannt.

Ruhig, Marc.

Entspannt.

»Verstehe. Alles klar. Warum solltest du nicht?«

Eine Sekunde verstrich.

»Ich *war* dort.«

»Ich habe mir die Aufnahmen der Überwachungskameras nie angeschaut. Ich habe dir vertraut oder war zu sehr mit Fleur beschäftigt oder was auch immer. Aber in Wahrheit hast du dich gar nicht darum gekümmert.«

Schweigen.

»Hast du irgendwas Schriftliches von ihnen bekommen?«, fragte ich. »Zum Beweis, dass du wirklich dort warst?«

»Zum *Beweis?*« Irgendetwas brodelte in ihr – eine ganze Menge, so wie es schien. »Warum sollte ich dafür einen *Beweis* erbringen müssen, Marc?«

Richtig. Im Grunde musste sie mir nichts beweisen. Nur, dass sie es eben *doch* musste. Ich hatte nämlich die Hebamme gefragt, ob die Polizei mit dem Krankenhauspersonal gesprochen habe, und sie hatte sich für mich erkundigt. Fehlanzeige. Ich hatte sie nach den Überwachungsaufnahmen aus dem Krankenhaus gefragt, und sie hatte nicht gewusst, wovon ich rede. Ich hatte auf der örtlichen Polizeidienststelle angerufen, weil mir die Sache komisch vorkam, und dort existierten keinerlei Unterlagen darüber, dass Loll sich wegen besagter Aufnahmen oder Romillys Verschwinden an sie gewandt hatte.

»Tja, dann muss ein Fehler mit den Akten passiert sein«, sagte sie. »Du weißt doch, wie Behörden sind. Es gibt Unmengen von Papierkram und kein vernünftiges System. Ich habe Unterlagen – Beweise. Aber nicht hier. Bei mir zu Hause.«

Der Wind draußen wurde stärker. Ungewöhnlich stark für den Sommer. Er pfiff immer lauter, lauter und lauter.

»Denkst du, du könntest nach Hause fahren und sie holen?«, fragte ich.

»Ehrlich gesagt, nein, Marc. Wenn ich nach Hause fahre, bleibe ich auch zu Hause. Ich habe Sachen zu erledigen. Lucy ist in einem schwierigen Alter. Ich verbringe viel Zeit hier und kümmere mich um Fleur.«

Ja. Das konnte man wohl sagen.

Ich sah sie an, diese alleinerziehende Mutter, die sich in unsere Familie geschlichen hatte.

»Warum hast du jede Nacht hier geschlafen, Loll? Ist das nicht ein bisschen übertrieben? Wie du ganz richtig gesagt hast: Du hast selbst zwei Kinder.«

»Ich glaube, das Wort, nach dem du suchst, ist *Danke.*«

Märtyrerin – eine ihrer Lieblingsrollen.

»Dann komme ich eben mit und schaue mir die Sachen bei dir an«, schlug ich vor. »Fleur kann ich in der Babyschale mitnehmen.«

Sie schaute böse, doch ich ließ nicht locker.

»Ich weiß nicht genau, wo die Sachen sind, Marc. Und ich will nicht, dass ihr beide stundenlang bei mir warten müsst, während ich das ganze Haus auf den Kopf stelle.« Diese Augen. Sie weigerte sich, klein beizugeben.

»Das dauert bestimmt nicht so lange«, sagte ich.

Ihr Lächeln wurde noch frostiger. »Offenbar hast du nie mit zwei Kindern unter einem Dach gelebt.«

Schwachsinn. Ich habe diese Frau doch selbst bei ihren Aufräumorgien erlebt.

»Nein«, sagte ich. »Nur mit einem. Und eigentlich hatte ich gehofft, diese Papiere könnten mir vielleicht dabei helfen, dahinterzukommen, wo die Mutter dieses Kindes ist, Loll.«

Sie verzog das Gesicht. Wandte schließlich doch den Blick ab und steckte das Handy in ihre Umhängetasche.

»Marc, um ehrlich zu sein, weiß ich nicht, weshalb du dermaßen darauf fixiert bist.« Ihre Stimme war scharf. »Ich habe dir alles gesagt, was ich mit der Polizei besprochen habe. Das Ganze hat nicht lange gedauert. Sie ist eine erwachsene Frau.«

»Die an einer Psychose leidet. Das ist doch eine völlig andere Sachlage, Loll.«

Von draußen drang ein Pfeifen zu uns. Ein Windstoß, der so heftig war, als würde er gleich mein winziges Haus in die Luft heben; als wären Loll und ich Puppen, die er mit Leichtigkeit herumwirbeln oder in Stücke reißen konnte.

»Sollte man meinen«, sagte sie und sah mir dabei in die Augen. »Leider ist das allgemeine Bewusstsein für psychische Krankheiten immer noch nicht so stark ausgeprägt, wie wir es gerne hätten.«

Sie war noch nie gut darin gewesen, Beiläufigkeit zu heucheln, und als sie ein dünnes Lachen von sich gab, klang es weniger überzeugend denn je.

»Das wird langsam nervig, Marc.«

»Inwiefern?«, wollte ich wissen. Ich stand auf. Sie blieb auf meinem Sofa sitzen und tat so, als wäre sie hier zu Hause. Genau wie Steffie.

»Inwiefern wird es nervig, Loll?«

Fleur regte sich in ihrer Wiege. Loll machte Anstalten, zu ihr zu gehen. Sie war schon halb aufgestanden, als eine Woge des Zorns mich überkam und ich sie zurück in die Polster drückte.

»Sie ist *meine* Tochter«, fuhr ich sie an, und auf einmal kam alles in mir hoch. »Lass sie doch nur ein einziges Mal in Ruhe, damit ich mich um sie kümmern kann!«

Ihr nächstes Lachen war nicht mehr so dünn. »Aha, jetzt kommen wir der Wahrheit schon näher«, sagte sie. »Das ist der echte Marc. Auf einmal ist es mit der Dankbarkeit nicht mehr so weit her, was?«

Sie stand auf. »Und schubs mich ja nie wieder«, fauchte sie.

Fleur beruhigte sich, was angesichts unserer lauten Auseinandersetzung wirklich erstaunlich war.

»Das war kein *Schubs*, Loll – fang bloß nicht so an.«

Sie zog eine Augenbraue hoch. »Ich glaube, ich gehe jetzt besser.«

»Nicht, bis du mir gesagt hast, warum du nicht zur Polizei gegangen bist«, gab ich zurück. »Warum du mich seit dem Tag, an dem Romilly verschwunden ist, anlügst. Und was du über den Verbleib meiner Frau weißt und mir nicht gesagt hast.«

Loll nahm Kurs auf die Tür. »Welch eine Ironie«, murmelte sie, als sie an mir vorbeiging.

»Was soll das heißen?« Ich streckte die Hand aus und schlug die Wohnzimmertür zu.

Sie sagte nichts. Hatte die Lippen zu einem dünnen Strich zusammengepresst.

»Was zum Teufel soll das heißen?«

»Warum erklärst du es mir nicht?«, entgegnete sie. »Erklär mir, warum du, wenn du glaubst, dass Romilly an einer postpartalen Psychose leidet, nicht jeden Tag bei der Polizei auf der Matte stehst und ihnen die Hölle heiß machst?«

Schweigen.

»Es sei denn, du glaubst es gar nicht wirklich, Marc. Es sei denn, du weißt ganz genau, dass es nicht stimmt.«

Dieses Tropfen des Wasserhahns.

»Wenn es eine Person gibt, die mehr über Romillys Verschwinden weiß, als sie sagt«, fügte sie hinzu, »dann bin das definitiv nicht ich.«

Ich hatte nicht die Absicht, es zu tun. Wirklich nicht.

Aber wir alle wissen, was ein Lockdown mit einem macht, und in den letzten fünf Tagen hatte ich meine ganz persönliche Version davon erlebt. Der Tee war immer zu wässrig. Ihre Stimme bohrte sich in meinen Kopf wie eine Violine in der Hand eines Erstklässlers. Ich hasste ihre gottverdammte Bluse. Ich wusste, dass sie log. Das Licht flackerte. Das Fenster klemmte. Sie und Steffie trugen die ganze Zeit Romillys Pantoffeln. Seit vier Tagen schlug ich nun schon gegen Wände, trat gegen den Kühlschrank und versuchte, mich heimlich abzureagieren, während andere in meinem Haus herumliefen, Dinge erledigten und mich daran hinderten, meiner Wut freien Lauf zu lassen.

Das Wetter draußen wurde immer stürmischer.
Und ich konnte mich nicht länger zurückhalten.
Die Haustür war abgeschlossen.
Loll schrie.

Tag 5, 22:30 h

DER EHEMANN

VON DER ZEIT, die mir und Romilly eingeräumt wurde, ist nur noch eine halbe Stunde übrig. Noch eine halbe Stunde Zweisamkeit.

Es ist halb elf Uhr abends, und wir sind beide todmüde. Erreicht haben wir nichts. Romilly schaut aus dem Fenster. Beginnt sich energisch Luft zuzufächeln.

»Gibt es denn wirklich keine Klimaanlage hier drinnen?«, stöhnt sie. Ich schaue mich noch einmal um, finde jedoch keine. Es ist ein altes Haus ohne moderne Annehmlichkeiten. Das ist quasi sein Verkaufsargument.

»Ich habe das Gefühl zu ersticken«, sagt sie, die Hand an ihrer Kehle. »Marc, können wir vielleicht ein bisschen nach draußen gehen? Ich brauche frische Luft. Lass uns einen Spaziergang machen, ja?«, sagt sie. »Wir können uns beim Gehen weiter unterhalten. Vielleicht hilft das. Die anderen müssen dann eben warten, bis wir fertig sind. So was sollte man nicht übers Knie brechen.«

»Es ist schon ein bisschen spät, Rom ...«, sage ich, aber sie hat recht. Hier drinnen ist es kaum auszuhalten. Meine Haare sind schweißfeucht.

Vielleicht hilft uns eine frische Brise dabei, nicht die Nerven zu verlieren, während wir uns unablässig im Kreis drehen. Während ich immer und immer wieder versuche, ihr die Situation begreiflich zu machen.

Also machen wir uns auf den Weg hinein zwischen die malerischen zerklüfteten alten Kalksteinformationen. Es ist dunkel, als wäre es mitten in der Nacht.

Man muss diesen Ort mit eigenen Augen gesehen haben. Die Berge sind vielleicht nicht ganz so dramatisch wie ihr großer Namensvetter, die Alpen, aber sie haben definitiv ihre Momente. Schönheit. Erhabenheit.

Gefahr.

Ich sage, man muss sie gesehen haben, aber im Moment sieht man nicht viel.

Die Finsternis ist nahezu undurchdringlich.

Das Gras unter unseren Füßen ist schon zu Beginn des Sommers verdorrt.

Ich warne Romilly: Pass auf, wo du hintrittst.

Am Tag zuvor

DER EHEMANN

ICH HÖRTE EINE RINGELTAUBE draußen in den Bäumen und diesen verfluchten Wasserhahn, der die ganze Zeit tropfte, tropfte, tropfte, während ich Loll im Wohnzimmer gegen die Wand drückte.

Sie wehrte sich nicht einmal.

Stattdessen lächelte sie mich an. Wirkte ganz gefasst.

»Jetzt kommt es ans Licht«, sagte sie zufrieden. »Endlich hört das Schauspiel auf.«

Wut kochte in mir hoch.

Was für eine Farce. Diese Frau, die anstelle meiner Ehefrau meine Toilette mit Bleichmittel schrubbte und sich darum kümmerte, dass mein Baby richtig aufstieß, weil sie sich ja solche Sorgen um uns machte. In Wahrheit war sie diejenige gewesen, die Romilly bei der Flucht geholfen hatte.

Es hatte vier Tage gedauert, aber ich war dahintergekommen.

Ich hatte die Kommunikation mit der Polizei widerstandslos in ihre Hände gelegt. War zu beschäftigt gewesen, um irgendetwas zu hinterfragen. Zu übermüdet, als dass mir die Lücken in ihrer Geschichte aufgefallen wären. Warum hatte man mich nie kontaktiert? Warum war es kein Problem für die ermittelnden Beamten, den Fall ausschließlich über Loll abzuwickeln? Warum brauchten sie keine Aussage von mir, obwohl ich Romillys Ehemann war? Der Erste, der ihr Verschwinden bemerkt hatte?

Sobald ich das begriffen hatte, war es mir wie Schuppen von den Augen gefallen.

Die Blicke, die sie mir zugeworfen hatte. Es waren keine freundlichen Blicke gewesen. Und dann hatte sie von einem Moment auf den anderen in den Mannschaftsmodus geschaltet.

Romilly, das hatte ich zu jenem Zeitpunkt bereits erkannt, musste von jemandem, der ihr nahestand, Hilfe bekommen haben. Und an wen wendet man sich in der Not, wenn nicht an seine Ersatzmutter?

Lolls violette, altbackene Bluse hatte eine Schleife am Kragen.

Es juckte mir in den Fingern, daran zu ziehen.

Tag 5, 23:00 h

DIE FRAU

SCHRITT.

Schritt.

Schritt.

In einem anderen Leben wäre ich vielleicht hergekommen, um Urlaub zu machen. Ich wäre in diesen Hügeln Fahrrad gefahren, den Rucksack auf dem schweißnassen Rücken, ein Lächeln im Gesicht, Flipflops an den Füßen. Ich hätte ein paar Flaschen von einem Weingut geholt, regionalen Honig – wie hieß der noch gleich, *miel* – aus einem Hofladen und wäre beschwipst und sonnengebräunt in den Weg zu unserem alten Bauernhaus eingebogen.

Ich wäre glücklich gewesen.

Ich hätte in einem der hübschen kleinen Dörfer im Umkreis zu Mittag gegessen. Hätte mein Fahrrad hingeworfen und Schatten unter einem Olivenbaum gesucht. Hätte auf einer Wiese zusammen mit durchtrainierten Französinnen Yoga gemacht. Hätte mir den Brie fingerdick aufs knusprige Baguette geschmiert. Hätte mich mit dem Selbstbewusstsein, das einem nur eine halbe Karaffe *vin blanc* zum Mittagessen verleiht, auf den Heimweg gemacht. Hätte zu Hause auf einer Liege

Mittagsschlaf gehalten, um gegen achtzehn Uhr mit einem Aperitif den Abend einzuläuten.

Aber dies ist kein Urlaub.

Schritt.

Schritt.

Schritt.

Als wir in den nächtlichen Alpillen einen Pfad zwischen den Bäumen einschlagen – Marc und ich sind vom Reden erschöpft und schweigen noch immer –, spüre ich ein schmerzhaftes Pochen zwischen den Beinen. Meine Vagina musste vorhin einiges einstecken, und sie ist noch nicht mal ganz verheilt.

Ich sehe mich um. Allmählich gewöhnen sich meine Augen an die Dunkelheit.

Ich kenne die Gegend ein wenig, weil ich gestern vor meinem Treffen mit Ella einen langen Spaziergang gemacht habe. Ich wollte mir überlegen, wie ich sie dazu bewegen konnte, mir zu helfen.

Es spielt keine Rolle, was sie gesagt hat. Ich wusste, dass sie log.

Ich hatte nämlich noch im Ohr, was der Mann in der Sprachenschule in makellosem Englisch zu mir gesagt hatte, als ich kam, um eine Nachricht für sie zu hinterlassen.

»Oh, Sie haben die Haare auch so kurz! Genauso trug Ella sie, als sie zu uns kam. Ich fand es wunderschön, aber Gott, sie hat die Frisur *gehasst.*«

Tag 5, 23:15 h

DIE FRAU

MARC UND ICH BEFINDEN UNS in der Nähe eines Dorfes namens Les Baux-de-Provence. Am See habe ich jemanden sagen hören, dass der Name daher kommt, weil es, von den Bergen aus betrachtet, wie ein Boot aussieht. Jedenfalls ein bisschen. Wenn man ein Auge zukneift.

Doch mich zog es in die Landschaft dahinter. Im Ort gibt es teure Eiscreme und *moules frites*, die Sträßchen sind gesäumt von parkenden Autos, und Touristen versuchen, in der sengenden Hitze und mit ihren minimalen Französischkenntnissen die Funktionsweise der Parkscheinautomaten zu ergründen. Schweiß rinnt ihnen den Rücken hinab, und nichts schützt sie vor der prallen Sonne, aber die Mühe lohnt sich, wenn man dafür im Urlaub seinen Rosé in der schönen Provence trinken kann oder ein viel gelikter Instagram-Post dabei herausspringt. Sie haben das gute Gefühl, zu wissen, wer sie sind, wenn sie abends in ihrem Fünfsternehotelzimmer das Licht ausmachen und der Gedanke an das Frühstück, das am nächsten Morgen am Pool serviert werden wird, ihnen ein Lächeln ins Gesicht zaubert. Die private Pilatesstunde für zehn Uhr ist gebucht, danach soll eine Besichtigung der Ausstellung in den Höhlen stattfinden. Denn wer reist schon in eine Gegend von so immenser künstlerischer Bedeutung, ohne dem Kulturgenuss gebührenden Platz einzuräumen?

Auf der Rückseite des hübschen Örtchens jedoch wird es erst richtig interessant. Wenn man um die Kurve biegt, überrascht einen der Anblick der Felsen wie ein harter Gruyère nach dem cremigen Brie. Die Provence ist sanft und lieblich, und selbst wenn sich die Alpillen als Gebirgszug bezeichnen, würden andere Gebirge über eine solche Kühnheit nur lachen. Hier jedoch gibt es jede Menge Ecken und Kanten. Der schroffe Sandstein ist voller Vorsprünge, die einen auf Schritt und Tritt herausfordern. Man hört auf zu schlendern und fängt an zu klettern. Hier ist nichts weich und rund; alles ist spitz und scharfkantig. Urlauber kraxeln in Flipflops auf die Felsen, um die Aussicht über die Dörfer zu genießen. Saint-Rémy-de-Provence, Maussane-les-Alpilles, Les Mourières, Eygalières – selbst aus der Ferne ein Ensemble echter Schönheiten.

Sie posieren für Fotos.

Jedes Mal, wenn ich sie sah, verzog ich nervös das Gesicht und überprüfte meinen Stand.

Und genau hier sind wir nun wieder, auf der Rückseite von Les Baux, in tiefster Dunkelheit.

Ich kann nicht einmal mehr meine Füße sehen.

»Ich habe Schmerzen«, teile ich Marc mit. Mir ist egal, ob er weiß, wovon ich rede. »Ich muss mich ausruhen.«

Vorsichtig suche ich mir einen Felsen, auf dem ich mich niederlassen kann. Der Stein ist hart und kalt. Sobald ich sitze, löst sich etwas in mir, und die Tränen fangen an zu fließen. Ich weine im Gedanken an all die Tage, die ich verloren habe, an das überwältigende Gefühl, Mutter geworden zu sein, an die Zukunft meiner Tochter und ihre Vergangenheit und an die Liebesgeschichte zwischen Marc und mir, die so enden musste.

»Hör zu«, sagt Marc, der Mühe hat, sich über das insistierende Zirpen der Grillen hinweg Gehör zu verschaffen. »Ich weiß, du denkst, dass ich dein Feind bin. Aber das ist … das ist nie so gewesen, Romilly. Ich möchte doch einfach nur, dass du nach Hause kommst und zu einem Arzt gehst. Alles Weitere wird sich dann schon finden.«

Ich betrachte seine Silhouette. Es ist zu dunkel, um Einzelheiten zu erkennen.

»Wenn dem so ist«, sage ich langsam, »wenn ich mir die Textnachrichten bloß eingebildet habe – was war dann an dem Abend, als bei mir die Wehen eingesetzt haben? Die Sachen, die du zu mir gesagt hast?«

Im darauffolgenden Schweigen blicke ich mich um. Atme die Essenz der Provence ein: den im Überfluss vorhandenen Lavendel, den kräftigen Rosmarin.

»Was für Sachen?«, fragt er mit einem frustrierten Schnauben.

»Dass du mir mein Baby wegnehmen willst«, sage ich, die Wangen voller Tränen. »Du hast mir damit gedroht, sie mir wegzunehmen. Das war der Grund, weshalb ich weggelaufen bin. Das hat mich zum Äußersten getrieben. Und, ja, Marc, ich bin mir bewusst, dass ich sie genau dadurch um ein Haar verloren hätte. Du musst mich nicht extra darauf hinweisen.«

Er ist mir nah genug, dass ich sehen kann, wie er den Kopf schüttelt. Er hat die Hände vors Gesicht geschlagen.

Ich versuche herauszufinden, wo genau wir sind, auch wenn ich die Gegend dafür nicht gut genug kenne. Unter uns sehe ich Lichter und in weiter Ferne Marseille mit seinem Hafen.

Über uns ist nichts als das klare Leuchten der Sterne. Das verrät mir, dass wir uns fast am höchsten Punkt befinden müssen.

Es ist Mai, am Beginn der Hochsaison, aber hier ist keine Menschenseele. Nur wenige Meilen von den Dörfern voller Cafés und beschwipster Touristen entfernt, herrscht absolute Stille.

Ich stelle sie mir vor, die Mittdreißiger, die einen Babysitter engagiert haben, der im Ferienhaus sitzt, während sie mit gebräunten Beinen lachend die nächste Flasche *vin blanc* bestellen. Ich stelle mir die Rentner vor, wie sie mit einem Korb in der Hand gemächlich über den Markt schlendern, um geräucherte Wurst fürs Abendessen, ein Stück nussigen Cantal und mit Knoblauch aromatisiertes Olivenöl zu kaufen. Wie sie alles in sich aufsaugen: die Aromen, die Erfahrung, das Lebensgefühl. Ich denke an die Teenager, die in Espadrilles auf ihren Mopeds vorbeiknattern. An die Einheimischen. An die Expats. An die Oldtimer-Fahrer und die Mountainbiker, die Wanderer und die Reiter.

Ich denke daran, wie sie unbeschwert ihrem Leben nachgehen.

Und dann denke ich an uns beide, hier oben. Über unserem Leben liegt der Albtraum wie ein dünner Film. Ich hoffe, dass keiner von denen dort unten so etwas durchmachen muss. Keiner von ihnen.

»Kannst du jetzt weiterlaufen?«, fragt Marc nach einer Weile.

Ich stehe auf und versuche, meine Schmerzen auszublenden. Ich mache einen Schritt nach dem anderen, vorwärts, vorwärts, immer weiter. Das Knacken der Zweige bildet einen Kontrast zu dem geladenen Schweigen zwischen uns. Der Geruch von Thymian ist so stark wie in der Küche eines Restaurants.

»Bekomme ich noch eine Antwort?«, frage ich, als der Weg steiler wird. Marc geht vorneweg. Er ignoriert mich. Ich höre, wie er keucht; seine Kondition hat nachgelassen, wie mir, nicht ohne eine gewisse Verwunderung, auffällt. Sein Bauch hängt über den Bund seiner Shorts. Seit wann ist das schon so? Er war doch immer so gewissenhaft, was die Besuche im Fitnessstudio anging. Er wollte nie wieder der alte Marc – Mark – sein.

Ein Rascheln. Ich zucke zusammen.

»Bloß ein Gecko«, ächzt Marc.

Es ist zu dunkel, um ihn zu sehen, aber ich höre, dass er ganz in der Nähe sein muss.

Einige Minuten später muss ich schon wieder ausruhen. Marc bleibt neben mir stehen.

»Es tut mir leid«, sage ich. »Nach einer Weile wird es einfach zu anstrengend. Ich habe mich noch nicht vollständig erholt.«

Marc beugt sich zu mir herab und berührt mich so federleicht an der Stirn, dass die Härchen auf meinen Armen zu Berge stehen.

Dann setzt er sich neben mich, sieht mich an und umfasst mein spitzes Kinn.

»Hör mir zu, Romilly«, sagt er eindringlich. »Ich habe diese Dinge nie gesagt. Niemals. Und ich würde so was auch niemals sagen. Du bist Fleurs Mutter, und das wirst du immer sein.«

Ich starre ihn an. »Du willst also behaupten, dass ich mir das auch nur eingebildet habe?«

Er ist mir nah genug, dass ich sehen kann, wie er nickt. »Ja, genau das.«

»Und du hast auch nicht deine Nachrichten von meinem Handy gelöscht?«

Ich denke daran, dass ich es heute während unserer nicht enden wollenden Diskussion hin und wieder aus der Hand gelegt habe. Wann immer ich aufs Klo musste, um meine blutigen Einlagen zu wechseln, was mehrmals vorkam. Wahrscheinlich habe ich zwischendurch auch Fleurs Windel gewechselt, und weil das alles noch so neu für mich ist, musste ich mich ganz darauf konzentrieren, und es dauerte eine Weile. Jemand, der meine PIN kennt, hätte mehr als genug Zeit gehabt, verräterische Nachrichten verschwinden zu lassen.

»Nein.«

»Und das Gespräch bevor bei mir die Wehen losgingen …« Ich beiße mir auf die Unterlippe.

»Hat nie stattgefunden, Romilly.« Er schüttelt energisch den Kopf.

»Ich wäre fast gestorben«, sage ich. »Im Wasser. Im Auto, nachdem du mich die Treppe runtergestoßen hattest …«

»Moment, Moment, Moment, Romilly. Es reicht jetzt langsam. Das ist völlig falsch dargestellt. Du kannst doch nicht herumlaufen und den Leuten solche Sachen erzählen.«

Mittlerweile schluchze ich hörbar.

»Meine Haare, Marc. Meine wunderschönen langen Haare, die du mir abgeschnitten hast …«

»Ich habe dir deine Haare abgeschnitten? Okay. Okay.« Er atmet einmal tief durch. »Ich sage es nur ungern, und ich weiß, dass es schwer sein muss, so was zu hören – aber du bist krank, Romilly. Die Situation ist auch für mich nicht einfach.«

Ich muss lachen. Aber in meinem Gelächter schwingt Todesangst mit. Die Nachrichten auf meinem Handy sind verschwunden. Ella sagt, in ihrer Beziehung sei nie etwas vorgefallen. Es gibt keinerlei Beweise.

Was, wenn ich wirklich Wahnvorstellungen habe? Das ist meine allergrößte Furcht, die tief in meinen Eingeweiden sitzt: Wie würde ich das überhaupt merken?

Ich will mein Handy nehmen, um Mum oder Loll oder Steffie anzurufen – jemanden, der mir sagen kann, was die Wahrheit ist.

Aber es ist nicht da. Ich habe es im Haus gelassen.

Ich sitze auf dem Fels, blicke nach unten auf die Lichter, und dann lasse ich den Kopf in die Hände sinken.

Die Schmerzen werden immer schlimmer. Als ich die Hand zwischen meine Beine presse, zucke ich zusammen.

»Ich gebe auf, Marc«, sage ich. »Ich gebe auf, ich gebe auf, ich gebe auf.«

Am Tag zuvor

DER EHEMANN

»SELTSAM«, SAGTE LOLL mit dem Rücken zur Wand, während meine Finger den Kragen ihrer Bluse berührten. »Warum glaubst du auf einmal, dass ich Romilly geholfen habe, wo du doch die ganze Zeit den Standpunkt vertreten hast, dass sie unter einer postpartalen Psychose leidet? Warum sollte ihr irgendjemand bei der Flucht helfen, wenn sie krank wäre? Dann würde ich doch dafür sorgen, dass sie medizinische Hilfe bekommt. Auf gar keinen Fall würde ich ihr dabei helfen, das Land zu verlassen.«

Wieder beäugte ich die schlaff herunterhängende Schleife.

»Es sei denn, du glaubst gar nicht wirklich, dass Romilly eine postpartale Psychose hat«, fuhr sie fort. »Oder jemals eine hatte. Hmm. Interessant.«

Ich zog ganz leicht an beiden Enden der Schleife, während ich Loll mit einem Arm an der Wand festhielt. Meine Schwägerin versuchte, sich nichts anmerken zu lassen, doch ich sah noch etwas anderes als Trotz in ihrem Blick. Ich erkannte es, weil ich es schon einmal gesehen hatte, in Augen, die ihren ganz ähnlich waren: einen Hauch von Angst.

Hatte sie in den letzten Tagen abgenommen? Irgendwie wirkte sie leichter. Aber vielleicht lag das auch nur daran, dass ich sie nun aus allernächster Nähe sah: die tiefen Falten in ihrer Stirn, die grauen Haare an den Schläfen. Die ganze traurige Realität dieser Frau. Noch jemand, der aus der Ferne Ehrfurcht gebietender erschien, als er tatsächlich war.

So sind die Frauen.

»Hältst du es nicht für denkbar, dass man sein neugeborenes Baby zurücklässt, wenn man an einer postpartalen Psychose leidet?«, fragte ich.

Sie schluckte. Ich fühlte es unter meinen Fingerspitzen.

»Doch«, antwortete sie. »Ich denke, das könnte aus verschiedenen Gründen passieren. Eine postpartale Psychose ist *einer* davon. Nackte Verzweiflung wäre ein anderer.«

Ich biss mir auf die Lippe.

Und schmeckte Blut.

Tag 5, 23:30 h

DIE FRAU

ABER DANN ERLAUBT MARC MIR, eine gewisse Zeit in Ruhe nachzudenken.

Na ja, *erlauben* ist eigentlich nicht das richtige Wort.

Vielmehr hält er einen ausufernden Monolog über das, was angeblich mit mir los ist. Was ich gerade durchmache.

Ich schalte ab.

Denke stattdessen an meine Mutter.

Bei ihr wurde nie eine postpartale Psychose diagnostiziert. Es war eine Zeit, in der man psychische Erkrankungen noch nicht besonders ernst nahm. Doch während Lolls erster Schwangerschaft sprachen wir darüber, wie es unserer Mutter nach meiner Geburt ergangen war, und legten ihr eine Liste mit Symptomen vor. Nach allem, was Loll wusste und woran sie sich von damals noch erinnerte, hatte sie den Verdacht, dass Mum an einer postpartalen Psychose gelitten haben könnte, und nun wollte sie genau Bescheid wissen, damit sie, falls es genetische Risikofaktoren gab, während ihrer eigenen Schwangerschaften überwacht werden konnte.

Mums Augen füllten sich mit Tränen, als sie die Liste sah. »Ja«, sagte sie. »Genau so ging es mir damals.« Vielleicht hatte man ihrer Krankheit keinen Namen gegeben, aber in ihren Augen bestand kein Zweifel.

Wie lange hatte ich ihr Vorwürfe gemacht, weil sie nicht so war wie andere Mütter? Mein ganzes Leben gab es schon diese Kluft zwischen uns. Steffies Mum Sheila war viel eher eine Mutter für mich gewesen. Und natürlich meine Schwester Loll.

Doch als ich dringend Hilfe brauchte, war Aurelia zur Stelle. Also beschloss ich, meine Vorwürfe loszulassen und meine Mum in die Arme zu schließen.

Sie wusste nicht, wie es mir mit Marc ergangen war, so wie die meisten Menschen nicht wissen, wie es uns wirklich geht. Die unangenehmen Dinge behalten wir für uns. Es sind nur die guten Gefühle, die wir der Öffentlichkeit preisgeben.

Nachdem ich das Krankenhaus verlassen hatte, telefonierten wir miteinander. Ich sagte ihr alles, und sie buchte sofort einen Flug nach Hause. Wir unterhielten uns stundenlang über unser Leben und meinen Mann. Bei ihr fand ich Zuflucht.

Im Hier und Jetzt redet Marc immer noch. Er redet und redet.

»Du musst doch zugeben, dass es Sinn ergibt, Romilly.« Er seufzt. »Mütter lassen ihre Kinder nicht einfach so im Stich.«

Ich sitze die ganze Zeit mit dem Kopf in den Händen und taubem Hintern auf meinem Felsen. Alles tut weh, vor allem mein Herz, das bis zum Bersten angefüllt ist und jeden Moment explodieren kann.

Ich habe es dir doch gesagt, denke ich. Ich habe sie nicht im Stich gelassen. Ich habe sie nie verlassen.

Aber es ist zwecklos, oder?

Ich strecke die Hand aus und greife in den Lavendelbusch neben mir.

Fleur. Fleur.

Vielleicht könnte ich mich an den Namen gewöhnen.

All das geht mir im Kopf herum, während Marc redet.

»Du musst dich deswegen nicht schämen, Romilly«, sagt er. Ich höre nur einzelne Fetzen. Es ist wie ein Ohrwurm, ein grauenhafter Song, den man nicht mehr loswird, nachdem man ihn einmal im Radio gehört hat.

Das Wesentliche habe ich inzwischen begriffen, und für den Rest wird mein Kopf nicht gebraucht. Stattdessen kann ich mich dem Gedanken widmen, wie ich wieder nach Hause komme. Wie ich das hier irgendwie zu Ende bringe.

Und dem Gedanken an uns: unsere Familie und unsere Zukunft.

Ich stelle mir Fleurs dunkle Haare vor, jede einzelne Strähne so fein und weich, dass sie kaum zu existieren scheint. Irgendwie habe ich gewusst, dass sie so aussehen würde. Ich weiß, wie schnell Kinder groß werden – meine Nichten haben mir das vor Augen geführt –, und ich kneife ganz fest die Augen zusammen, als könnte ich so die Zeit anhalten. Wir beide haben so viel verpasst, Fleur. Das kann ich nie wiedergutmachen. Aber ich verspreche dir, eines Tages werde ich dir erklären, warum ich es getan habe. Eines Tages werde ich dir unsere Geschichte erzählen. Die Geschichte von uns beiden.

Ach. Sie dachten, mit »Familie« wäre auch Marc gemeint?

Ha.

Nein.

Nur über meine Leiche.

Am Abend zuvor

DER EHEMANN

LOLL LIEBTE ES, »als Mutter« zu sprechen.

Aber wer darf sich das Recht anmaßen, mehr zu empfinden, nur weil er *als* jemand spricht?, dachte ich dann immer.

Wie konnte sie, die so viel Wert auf diesen Teil ihrer Identität legt, der Ansicht sein, dass das, was Romilly getan hat, in Ordnung ist?

Sie las meine Gedanken.

»Ich will damit keineswegs behaupten, dass es eine Glanztat war«, sagte sie. Das Sprechen fiel ihr schwer, weil ich die Schleife an ihrem Kragen Stück für Stück immer fester gezogen hatte. »Nur, dass man ihr Handeln vielleicht nachvollziehen kann. Wenn man die mehr als ungewöhnlichen Umstände bedenkt.«

»Welche da wären?«

»Sag du es mir, Marc.« Ich spürte, wie sich ihr Kehlkopf unter meinen Fingern bewegte. »Sag du es mir.«

Ich zog die Schleife noch fester.

Und fester.

Und fester.

Tag 5, 23:45 h

DER EHEMANN

ENDLICH HAT ROMILLY AUFGEHÖRT, Widerworte zu geben, und akzeptiert, dass ich die Wahrheit sage.

Ich erkenne es an ihrer Körpersprache. Zusammengekauert, beinahe in Embryonalstellung, hockt sie auf ihrem Stein.

Eingeschüchtert.

Sie wehrt sich nicht länger.

Das ist ein entscheidender Schritt.

Jetzt können wir nach Hause fliegen und in unser Leben zurückkehren. Diesen unseligen Schwebezustand hinter uns lassen.

Ich stehe auf.

»Es ist schon spät«, sage ich zu ihr. Ich sehne mich nach einem Bier. »Wir sollten uns auf den Rückweg machen. Ins Bett gehen. Loll und den anderen sagen, dass alles in Ordnung ist, und Fleur schlafen legen. Morgen früh können wir nach Flügen schauen und in die Normalität zurückkehren.«

Sie nickt. Als sie aufschaut, wirkt sie gebrochen.

»Kannst du mir helfen?«, fragt sie und schenkt mir die Andeutung eines Lächelns. Sie ist jetzt wieder ganz nachgiebig.

Ich trete zu ihr und nehme ihre winzige Hand. Meine ist doppelt so groß. Ich spüre, wie rau ihre Haut ist. Wie trocken.

Mein Gott, Romilly. Noch eine Frau, die bis vor Kurzem sexy war und auf einmal als das Wrack erkennbar wird, das sie ist.

»Danke«, sagt sie matt.

Ich helfe meiner Frau auf die Beine, dann wende ich mich ab, um den Rückweg zum Haus anzutreten.

»Diese Aussicht.« Ich bleibe stehen und blicke in die Weite, auf die Lichter des Dorfs und die Umrisse der Hügel.

Gehe zaghaft einen Schritt nach vorn.

Doch dann geschieht etwas Seltsames, und die Bewegung, die ich mache, ist nicht mehr die, die ich eigentlich beabsichtigt hatte.

Kein vorsichtiger Schritt.

Eher ein Stolpern.

Ich verliere das Gleichgewicht.

Und dann blicke ich nicht länger auf das Panorama und die Lichter, sondern stürze ab. Ich stürze von diesem wunderschönen Aussichtspunkt, zu dem die Leute mit dem Auto hochfahren, um zu picknicken. Es ist die perfekte Stelle, um ihre Oliven in Knoblauch, ihre regionalen Käsesorten und ihr dämliches Räucherfleisch zu essen. Immer tiefer, tiefer und tiefer stürze ich, um mich herum nichts als Luft bis zu den harten Felsen, die unten auf mich warten.

Das Letzte, was ich oben gespürt habe, können doch nicht wirklich die kleinen Hände meiner seelisch gebrochenen, schwächlichen Frau gewesen sein, die mir ohne Vorwarnung, ohne jedes Zögern einen heftigen Stoß in den Rücken gaben?

Sie hatte mehr Kraft als gedacht.

Das Letzte, was ich hörte, kann doch nicht wirklich eine Stimme gewesen sein, die laut und deutlich ein einziges Wort rief: »JA!«

Tag 5, Mitternacht

DIE FRAU

ALS ICH FÜNF WAR, schaute ich von dem Bild auf, das ich gerade malte, und bat meine Mum, mir Babyfotos von mir zu zeigen. Die fünfzehnjährige Loll antwortete mit einem klaren Nein und wechselte das Thema. Die Hände meiner Mutter, die gerade einen Kochbeutel Reis in den Topf gaben, fingen an zu zittern. Loll sah mich an und bewegte den Kopf langsam von rechts nach links – eine stumme Warnung, während Mum mir den Rücken zugekehrt hatte.

Schon damals hat Loll damit begonnen, meine Mum zu beschützen.

Einige Jahre später waren sie und ich zusammen shoppen. Ich saß am Boden der Umkleidekabine bei River Island, während Loll sechzehn verschiedene Bikinis anprobierte, von denen keiner groß genug für ihre beachtliche Oberweite war.

»Warum machen sie diese Teile nicht in gängigen Körbchengrößen, so wie BHs?«, brummelte sie.

Ich zuckte mit den Achseln. Schaute den Schuhen zu, die draußen unter dem Vorhang vorbeigingen. Unter meinem T-Shirt zeichneten sich noch nicht einmal die kleinsten Erhebungen ab. Ich hatte andere Sorgen.

»Kann Mum nicht mit dir einkaufen fahren und einen besorgen?«, fragte ich.

Loll, oben ohne, schnaubte höhnisch und zog sich ihren BH wieder an. »Glaub niemals, dass die Erwachsenen alle Probleme lösen können«, sagte sie düster.

Ich blickte von den Schuhen auf. »Was ist mit Mum passiert, als ich klein war?«

Ich weiß selbst nicht, woher ich das Selbstvertrauen nahm, diese Frage zu stellen. Loll stand da, die Hände in die nackten Hüften gestützt. Ihr Körper hatte ihren Geist, der schon seit Jahren erwachsen war, endlich eingeholt.

Sie schien etwas abzuwägen.

»Rutsch rüber«, sagte sie schließlich und quetschte sich in der winzigen Kabine neben mich auf den Boden.

Ich wusste, dass damals etwas passiert sein musste. Einmal hatte ich mitbekommen, wie Loll unsere Mum anschrie, weil sie sie mit zehn Jahren so lange vor der verschlossenen Haustür hatte warten lassen, dass sie sich in die Hose gemacht hatte.

»Nach deiner Geburt hatte Mum eine ... psychische Erkrankung«, erklärte Loll mir. »Sie hat sich Hilfe gesucht. Aber nicht schnell genug.«

Als ich älter wurde, gestand Loll mir, dass Mum einmal versucht hatte, sich umzubringen, während ich mich, damals noch ein kleines Baby, im selben Raum befand. Loll hatte uns gefunden und die restlichen Pillen ins Klo hinuntergespült. Sie hat diese Erlebnisse nie verarbeitet. Ich frage mich, weshalb sie sich nie entspannen kann? Weil sie das nicht mehr tun durfte, seit sie zehn Jahre alt war.

All das habe ich Marc erzählt. Alles.

Wenn man frisch verliebt ist, ist es eine enorme Erleichterung, dem anderen sein ganzes Leben darzubieten. Das bin ich. Du liebst mich, also macht es dir nichts aus, und jetzt gehört es uns beiden. In dieser Phase tut man nichts anderes, als sich auszutauschen, ob es Körperflüssigkeiten sind oder Kindheitstraumata.

Es half mir dabei, Marc zu erklären, weshalb meine Familie so seltsam war. Er hatte meine Mutter zu dem Zeitpunkt noch nicht kennengelernt, und bevor es zu einem Treffen kam, sollte er mehr über ihren Hintergrund erfahren. Dann konnte er sie – genau wie wir alle – mit Samthandschuhen anfassen.

Ich weinte, während ich mich ihm offenbarte, und er streichelte meine Hand. Damals konnte er noch gut zuhören.

»Danke«, sagte er, als ich geendet hatte. Es kam mir seltsam vor, aber ich glaube, er wollte sich dafür bedanken, dass ich ihm die tiefste Wahrheit über meine Familie anvertraut hatte.

Als ich schwanger wurde, war klar, dass auch für mich ein Risiko bestand. Loll hatte beide Male keine Probleme gehabt, aber das war reines Glück gewesen und hatte nichts zu bedeuten.

Wir gingen gemeinsam zu den Terminen, als während der Schwangerschaft nach Anzeichen Ausschau gehalten wurde, da es ja eine genetische Veranlagung gab. Wir gingen zur Beratung.

Nach meinem Verschwinden geriet er in Panik. Wenn die Leute den wahren Grund für meine Flucht erfuhren, würden sie erkennen, was Marc, dieser nette Kerl, wirklich für einer war.

Also beschloss er, dass das, was meiner persönlichen Geschichte am nächsten kam, die perfekte Lüge abgeben würde, um die Aufmerksamkeit von sich abzulenken.

Er erinnerte sich an einige Details zum Thema postpartale Psychose und dachte sich: Hey, das ist doch praktisch.

Er erzählte meinen Freunden von meiner angeblichen Erkrankung, obwohl er wusste, dass nichts davon stimmte. Er wusste, weshalb ich wirklich geflohen war.

Er wusste, dass er allein die Schuld daran trug.

Nach seinem Sturz stehe ich einige Sekunden lang wie gelähmt da und warte darauf, dass etwas passiert. Doch es passiert nichts.

Es ist so dunkel, dass ich nichts sehen kann. Zu gefährlich, um nach vorne an den Rand zu treten.

Stattdessen drehe ich um und gehe mit klopfendem Herzen und vorsichtigen Schritten in meinen Wandersandalen zurück. Gutes Profil. Das beste auf dem Markt. Was für ein Glück, dass ich nach meiner Ankunft am Flughafen noch bei Decathlon war.

Mein Herz klopft schneller.

Der Pfad knirscht unter meinen Sohlen.

Meine Gedanken überschlagen sich.

Ist er tot?

Scheiße. Natürlich ist er tot.

Es ist nicht mehr weit bis zum Haus, das ganz allein mitten im Nirgendwo steht. So wollte es Marc: keine Menschenseele weit und breit. Am besten, ich denke nicht über seine Beweggründe nach.

Ich setze einen Fuß vor den anderen, während der Duft des Thymians mir in die Nase steigt. Immer wieder der Thymian. Ich habe Schmerzen zwischen meinen Beinen. Die Stille ist ohrenbetäubend.

Jetzt erinnere ich mich daran, wie er in seinen letzten Augenblicken mit mir geredet hat. So wie in der Küche, als meine Wehen einsetzten und ich ihm sagte, dass ich ihn verlassen würde.

Als wäre ich erbärmlich.

Als könnte er sagen, was er wollte, und ich würde alles schlucken.

Er dachte, ich würde ihm nichts antun, weil ich Schmerzen hatte. Weil ich blutete und meine Brüste geschwollen waren. Weil ich wimmernd darum bat, dass er mir beim Aufstehen half.

Er dachte, ich hätte nicht die Kraft dazu.

Er hat etwas Grundlegendes über Frauen nicht verstanden.

Körperlich war ich noch nie so schwach wie jetzt. Und trotzdem habe ich mehr Kraft als jemals zuvor. Genug Kraft, um zu meinem Kind zu kommen. Um seine Lügen zu entlarven. Um meine Zukunft und die Zukunft meiner Tochter zu sichern.

Als ich zurück in Richtung Haus gehe, ist der Krieg vorbei, der Mensch war auf dem Mond. Etwas Fundamentales hat sich verändert.

Aber nicht zum Schlechteren.

Ich empfinde Leichtigkeit.

Freiheit.

Als ich durch die Hintertür ins Haus trete, sind alle dort versammelt.

Sie rufen durcheinander und reden auf mich ein, aber ich nehme Fleur auf den Arm und verschaffe mir Gehör.

Im selben Moment bemerken sie Marcs Abwesenheit.

»Es gab einen schrecklichen Unfall«, sage ich. Genauso gut könnte ich einen Einkaufszettel oder den Wetterbericht vorlesen.

»Okay«, sagt Adam vorsichtig.

Ich berichte ihnen, was geschehen ist. Drücke Fleur an mein Herz. Sie windet sich, bis sie es sich bequem gemacht hat, und schmiegt sich schließlich an meine Schulter.

Adam ringt scharf nach Luft. Er wirkt unsicher.

Aurelia nickt. Nimmt Blickkontakt zu mir auf. Nickt noch einmal.

Sanft tätschle ich Fleurs Rücken.

»Ich rufe die Polizei«, sagt Adam. »Sprich du in der Zwischenzeit mit Steffie. Sorgt dafür, dass du … genau weißt, was sich zugetragen hat.«

Ich nicke. Sicher. Ich klopfe meiner Tochter in einem regelmäßigen Rhythmus auf den Rücken. Das beruhigt mich.

Ich weiß, was Adam sich fragt. Vielleicht wird er es sich bis in alle Ewigkeit fragen.

Aber selbst wenn er einen Verdacht hat, er scheint nicht wütend auf mich zu sein.

Im Gegenteil, aus seinen Worten klingt Verständnis.

Ich stehe noch so unter Schock, dass es mir gar nicht auffällt, als Aurelia einen Anruf entgegennimmt und das Zimmer verlässt. Erst als sie zurückkommt, hebe ich den Kopf.

»Es ist Loll.«

Tag 9, 11:00 h

DIE FRAU

WIE EIN KLEINER ZOMBIE starrt meine Tochter aus dem Kabinenfenster auf die Wolkenformationen draußen.

Ich betrachte Summer – vormals unter dem Namen Fleur bekannt –, die für die Dauer des Fluges aus ihrem Tragetuch in meine Arme umgezogen ist.

Wir lernen uns kennen. Vielleicht brauchen wir dazu nicht mehr als ihre Brust an meiner.

Auf der anderen Seite des Ganges sitzt Steffie. Beim Start nimmt sie meine Hand und drückt sie.

»Geht es dir gut?«, fragt sie flüsternd, während EasyJet uns mittels einer Sprachaufnahme über die Sicherheitsvorkehrungen an Bord aufklärt. Ich denke daran, wie es war, als ich die Ansage zum letzten Mal gehört habe. Seitdem hat sich die Welt grundlegend gewandelt.

Ich nicke. Beuge mich über Summer.

Ich will etwas sagen, doch ich kann nicht.

Stattdessen fange ich an zu weinen. Ich weine um alles, was ich verloren habe – um die Zeit ohne Summer, um meine Ehe, meine große grüne Tür, unser gemeinsames Leben und um die längst vergessenen Tage, als ein Kater nach zu viel Alkohol mein größtes Problem war. Ich weine um meine Jugend. Ich weine, weil ich mich falsch entschieden habe. Ich weine wegen Leben und Tod und weil unaufhaltsam die Zeit vergeht.

Ich bin noch aufgewühlt von dem Gespräch, das ich vor dem Abflug mit Loll geführt habe. Sie hat mir erzählt, was mein Ehemann ihr angetan hat. Er hat sie bewusstlos zurückgelassen.

Noch eine Frau, die er um jeden Preis kontrollieren wollte.

Als meine Schwester wieder zu sich kam, war Marc längst mit Fleur in Richtung Flughafen aufgebrochen und hatte sie im Haus eingesperrt. Ihr Handy hatte er mitgenommen, und wir haben keinen Festnetzanschluss. Es goss in Strömen, draußen kamen nicht viele Leute vorbei, die ihr hätten helfen können, deshalb wurde sie erst am nächsten Tag befreit, als die Putzfrau die Tür aufschloss und einen Krankenwagen rief.

Körperlich geht es meiner Schwester gut. Fragen nach allem anderen wischt sie beiseite.

»Er hat meine Brille mitgenommen«, sagte sie, und es war das einzige Mal, dass ich hörte, wie ihre Stimme brach. »Er hat meine Brille mitgenommen, Romilly.«

Eine Gänsehaut überlief mich.

Ohne Brille ist sie praktisch blind.

Er wollte, dass meine Schwester – meine starke, zupackende Schwester – sich schwach und hilflos fühlt.

»Hey«, meldet sich Steffie leise von der anderen Seite des Ganges aus. »Warum hast du es mir nicht gesagt? Das mit Marc?«

Ich sehe meine beste Freundin an, die mit Adam Händchen hält.

Wenn ich ehrlich sein soll, weiß ich die Antwort selbst nicht. Warum habe ich nicht allen davon erzählt? Weil ich es nicht wahrhaben wollte. Weil er zwischendrin diese kleinen lichten Momente hatte, in denen ich mir einredete, dass es vielleicht bald aufhören würde, und ich wollte nicht, dass ihn dann alle hassten. Weil ich schwanger war und Angst hatte. Weil ich mich manchmal schämte, und weil ich erschöpft war. Weil er nicht nur gefährlich und grausam, sondern auch fröhlich und liebevoll sein konnte. Weil meine Kraft nur dafür ausreichte, allen zu versichern, dass es mir gut ging. Das nichtssagendste Adjektiv der Welt. Weil ich nicht mehr ich selbst war. Wie soll man anfangen, so etwas zu erklären?

»Ist schon okay.« Erneut nimmt Steffie meine Hand. »Wann immer du so weit bist.« Sie macht eine kurze Pause. »Ich habe an dir gezweifelt. Oft. Es tut mir leid.«

Ich schließe die Augen. Dann öffne ich sie wieder und drehe mich zu ihr herum. »Ich habe auch oft genug an mir gezweifelt.«

Steffie bettet den Kopf an Adams Schulter, und für einige Minuten, bevor ich in einem WC, das kaum breiter ist als ich, eine Windel wechseln muss und die Flugbegleiter auf unserem Easyjet-Flug uns zwei Gin zum Preis von einem anbieten, tritt eine Ruhe ein, die mir den Raum gibt, darüber nachzudenken, was passiert ist.

Trotz allem ist es nicht einfach.

Wir haben Marc als vermisst gemeldet. Seine Leiche wurde recht schnell gefunden. Es war nicht schwer, die ungefähre Stelle zu ermitteln, wo er gelandet sein musste. Wenn man aus großer Höhe abstürzt, fällt man in senkrechter Linie nach unten.

Adam berichtete den *gendarmes* detailreich von Marcs tollkühner Ader: von dem Bungeesprung anlässlich seines Junggesellenabschieds und dem Fallschirmsprung, den er letztes Jahr zum Geburtstag geschenkt bekommen hatte.

Sie glaubten, das hätte ihm möglicherweise das Selbstvertrauen verliehen, so hoch und noch dazu an so tückischen Stellen zu klettern. Und ihn am Ende zu seinem folgenschweren Fehler verleitet.

Darüber hinaus stellte niemand viele Fragen. Es gab keinen Anlass dazu.

Und ich? Ich saß mit unserer Tochter in unserem Ferienhäuschen. Ein neugeborenes Baby, ja. Danke, sie ist wirklich süß, ich weiß. Gott, nein, ich würde niemals mitten in der Nacht mit ihr rausgehen.

Leider ist es so, dass es in den Bergen, zumal nachts, häufig zu tragischen Unfällen kommt. Und selbst wenn jemand nach einem Verdächtigen gesucht hätte, wäre eine Mutter mit einem kleinen Baby im Tragetuch und Milchflecken auf dem T-Shirt wohl kaum sehr weit oben auf der Liste gewesen.

Aber natürlich wurde auch ich befragt.

»Es tut mir leid«, sagte ich und schaute errötend auf mein nasses Oberteil. Als ich aufblickte, war der *gendarme* noch röter als ich; er war etwa Mitte sechzig. »Aber sie müsste dringend trinken. Wäre es wohl möglich, das Gespräch auf später zu verschieben?«

Am selben Abend setzten das Baby und ich unsere Stillversuche fort.

Die Bitte um ein weiteres Gespräch blieb aus.

Im Flieger schließt Steffie die Augen. Adam blickt mich über ihren Kopf hinweg an und zieht fragend eine Augenbraue hoch. Ich nicke. Ja. Es geht mir nach wie vor gut.

Jedenfalls *wird* es mir bald wieder gut gehen.

Ich küsse Summers flaumiges Haar, das dem, was ich damals bei uns im Schlafzimmer abgeschnitten vorfand, nicht unähnlich ist. Ich habe stundenlang gesaugt, und trotzdem finde ich hin und wieder immer noch eine Strähne. Als eine Art Mahnung. Ich vermute, das war sein Plan dahinter.

Jetzt werden meine Tochter und ich unsere Haare gemeinsam wachsen lassen.

Tag 10, 14:00 h

DIE FRAU

MEINE VERTIEFUNG IM SOFA ist noch da, und ich passe perfekt hinein.

Ah.

Eben durften Summers Cousinen ein bisschen mit ihr kuscheln. Sie konnten es gar nicht erwarten, sie endlich kennenzulernen.

»*Endlich*«, brummelte Keira, die Hand in die Hüfte gestemmt.

Loll hat eine neue Brille.

Jetzt sind das Baby und ich wieder allein und haben Zeit, uns miteinander vertraut zu machen.

Während Summer im Tragetuch schläft, werkle ich ein wenig im Haus, ehe ich ins Wohnzimmer gehe, um das Fenster zu öffnen. Es klemmt. Panik steigt in mir hoch. Ich brauche unbedingt frische Luft. Danke, Marc, denke ich irrationalerweise – als hätte er das mit Absicht gemacht. Nach einigen Sekunden versetze ich dem Fenster einen heftigen Stoß, dann noch einen zweiten. Endlich gibt es nach.

Manchmal ist rohe Gewalt der einzige Ausweg.

Ich begebe mich in die Küche. Setze Wasser auf. Lehne mich gegen die Arbeitsplatte und seufze.

Ein Spot ist kaputt, das Flackern macht mich wahnsinnig. Im Bad gelingt es mir nicht, den Wasserhahn vollständig zuzudrehen, sodass er aufhört zu tropfen.

Dieses Haus und ich müssen erst wieder Freunde werden. Nicht zuletzt, weil ich überall an Marc erinnert werde.

Zurück im Wohnzimmer, starre ich die Wand an.

Etwas fehlt.

Das Foto meines Lieblingsstrandes mit den Schwimmern im Hintergrund.

Was hast du damit gemacht, Marc?

Ich starre auf den leeren Fleck.

Erst dies, dann die Sache mit dem Fenster … All das kommt mir vor wie Punkte auf seinem Konto, auch wenn er gar keine Punkte mehr sammeln kann. Trotzdem verfluche ich ihn halblaut.

Ich gehe zu meiner Tasche, wühle darin herum und hole eine Postkarte vom wunderschönen Lac de Peïroou heraus. Sie ist ein bisschen zerknickt. Ich habe sie auf dem Campingplatz gekauft, weil ich vorhatte, sie Steffie zu schicken. Ich finde einen Rest Klebeknete und befestige sie damit an der Wand. Später werde ich sie rahmen lassen.

Diesem See ist es zu verdanken, dass ich mich wieder ins Wasser getraut habe. Er hat einen Ehrenplatz verdient.

Summer schnarcht leise an meiner Brust. Vorsichtig hole ich sie aus dem Tuch und lege sie in ihre Wiege. Sie macht sofort klar, dass sie davon wenig hält, und ich muss schmunzeln. Es macht mir nichts aus, sie wieder an der Brust zu haben, diesmal in eine Decke gewickelt.

Henry, der Hund, liegt neben uns auf seinem Stammplatz. Manche Dinge haben sich nicht geändert.

Ich sitze auf dem Sofa. Mit Baby und ohne Mann wird es noch eine Weile dauern, bis ich wieder im Café arbeiten kann, aber irgendwann wird es so weit sein. Auch die Menschen dort sind meine Familie. Das Baby kann im Kinderwagen schlafen, und alle werden sich in ihrer Pause nur zu gerne um sie kümmern.

»Wir kriegen das schon hin«, sage ich zu Henry, der halb Teddybär, halb Kissen und ganz Tröster ist. Ich lege sanft eine Hand auf seinen breiten Rücken. Er ist stark, dieser Hund, weiß jedoch nichts von seiner Kraft. Ich tätschle ihn. Gott, wie du mir gefehlt hast.

Dann drücke ich ihn an mich. Ob er Marc vermisst? Sich wundert, dass ich auf einmal wieder da bin? Fragt er sich, ob wir uns jetzt immer abwechseln? Als er das Baby gesehen hat, ist er immer wieder aufs Sofa gesprungen und hat wie verrückt mit dem Schwanz gewedelt. Ihre Cousinen brauchten nur wenige Sekunden mit ihm, dann war wieder alles wie früher. Sie zausten ihm die Ohren und öffneten sein Maul, um seine Zähne zu begutachten. Mit einem Lächeln denke ich an Keira und meine Lucy, die sich so große Sorgen um mich gemacht haben.

Morgen Vormittag will Steffie vorbeikommen und Müsli aus dem Café bringen.

Loll wird mich natürlich auch oft besuchen. Sie wird eine Portion Mac and Cheese für mich kochen, mit dem Staubtuch durchs Haus wirbeln und ihre Mädchen mitbringen, damit sie das Baby auf den Arm nehmen können.

Was Loll nicht verwinden kann, ist, dass Marc das Leid unserer Familie, das all die Jahre so tief in ihr gesessen hat, für seine Zwecke ausgenutzt hat, um die Schuld von sich abzulenken.

Sie hat immer ihren Notizblock zu meinen Terminen mitgenommen und viele Fragen gestellt. Im Krankenhaus bat sie um ein Einzelzimmer für mich. Sie sagte der Hebamme, sie hätte gelesen, dass guter Schlaf vorbeugend wirke. Aus diesem Grund hat sie auch während der Schwangerschaft ständig angerufen, um sich zu vergewissern, dass ich einen Mittagsschlaf machte. Ruh dich aus, hat sie immer gesagt. Das ist wichtig.

Loll brütete über den Ergebnissen und Dokumentationen meiner Ärzte. Studierte sie – und mich – so gründlich wie ein Lehrbuch.

Sie wusste mehr als die meisten Fachleute, denen ich begegnete. Beschwerte sich oft leise über deren Ignoranz in Bezug auf postpartale Krisen.

Ich war ihr wichtig. Wichtiger als jedem anderen Menschen auf der Welt.

Sie speicherte die nötigen Telefonnummern in ihrem Handy, damit sie wusste, wen sie anrufen konnte, falls es zum Schlimmsten käme.

Sie beobachtete mich während der gesamten Schwangerschaft mit Argusaugen. Wir redeten viel, und sie fragte regelmäßig, wie es mir ging.

Dann kamen die Tage nach der Geburt, als ich mich bei ihr versteckte. Sie war meine Zwischenstation, wie eine Universität, an der ich Wichtiges lernte, bevor ich ins wahre Leben entlassen wurde.

Achtundvierzig Stunden, in denen Loll sich eine Meinung von meinem Geisteszustand bilden konnte, und später meine Anrufe aus Frankreich. Es gab viel, sehr viel, womit ich klarkommen musste, aber eine postpartale Psychose gehörte nicht dazu.

Ja, sie hatte eine Checkliste von der Hebamme bekommen, aber darüber hinaus war sie auch auf eine ganz unmittelbare

Weise mit der Krankheit vertraut, und sie hatte nicht den geringsten Zweifel, dass ich gesund war.

Während die anderen in der Zufahrt unseres Ferienhäuschens im Auto saßen, schrieb Loll – die endlich aus meinem Haus entkommen war und sich mit Jake im Krankenhaus getroffen hatte – mir vom Handy ihres Ex-Mannes aus eine Nachricht: *Hör nicht auf ihn. Du hast keine postpartale Psychose. Vergiss das nie.*

Ich las die Nachricht, während Marc sich um Summers Milch kümmerte.

Kurz darauf kam noch eine zweite.

Er hat versucht, mich umzubringen, Romilly. Ich bin im Krankenhaus und lasse mich durchchecken. Geh kein Risiko ein. Lass dich bloß nicht mehr von ihm manipulieren.

Etwas stieg in mir hoch; eine Welle, die in meinem Magen begann und immer höher stieg und immer größer wurde, bis in mein Gehirn.

Die meine Zweifel davonspülte.

Ich hatte keine postpartale Psychose.

Er log.

Immer höher und immer größer stieg die Welle. Immer höher und immer größer.

Bis zu den Rändern meines Körpers und in meine geballten Fäuste hinein.

Tag 10, 20:00 h

DIE FRAU

ZUVOR WAR ICH LANGE MIT MARC allein gewesen. Unsicherheit hatte sich breitgemacht.

Was, wenn die Gene, die zur Folge hatten, dass Aurelia und ich keine Kälte spürten und beim bloßen Gedanken an Fleisch Brechreiz bekamen, uns noch eine weitere, ungleich schlimmere Gemeinsamkeit beschert hatten?

Hatte ich Steffie wirklich diese seltsame Textnachricht geschrieben, weil bei mir die Wehen eingesetzt hatten und mein Mann damit gedroht hatte, mir das Baby wegzunehmen? Oder hatte sie mehr mit den Vorgängen in meinem Hirn zu tun?

Doch als ich Lolls Nachricht las, machte das meinen Zweifeln ein Ende.

Immer höher stieg die Welle.

»Ich muss hier raus«, sagte ich und murmelte etwas von wegen frischer Luft.

Und hatte Marc nicht den idealen Ort für einen nächtlichen Spaziergang ausgesucht?

Also machten wir uns auf den Weg in die Alpillen. Ich dachte an Lolls Nachricht, während ich Marc beim Klettern zusah. Während er dastand. Diese Arroganz. Er hielt sich für unfehlbar. Die Hand an der Hüfte, die zerzausten Haare. So verdammt selbstzufrieden.

Designer-Sneakers mit schlechtem Profil.

Ich dachte an Lolls Nachrichten, als ich ihn abstürzen sah.

Ich dachte an Lolls Nachrichten, und mir wurde bewusst, dass sich im Grunde genommen nichts geändert hatte. Dieser Mann war auch schon vorher bloß ein toter Körper für mich gewesen. Er war aus meinem Leben verschwunden, sobald unsere Verliebtheitsphase vorbei war und er anfing, mich zu hassen.

Seit meiner Rückkehr sind mir einige Vertiefungen in den Wänden aufgefallen; ich erschauere immer, wenn ich daran denke, was passiert wäre, wenn er an dem Tag nicht nur Trockenbauplatten zur Verfügung gehabt hätte.

Wage es nicht, meiner Schwester etwas anzutun.

Meinen Geist hat er am härtesten bearbeitet. Stellen Sie sich jemanden vor, der einem anderen Menschen so etwas antut. Der ihn dazu treibt, an seinem eigenen Verstand zu zweifeln, einfach nur weil es ihm in den Kram passt.

Abermals erschauere ich.

Wage es nicht, meiner Schwester etwas anzutun.

Du musstest etwas tun, damit andere dir nicht die Schuld am Verschwinden deiner Ehefrau gaben, wenige Stunden nachdem diese eure gemeinsame Tochter zur Welt gebracht hat? Du warst in Panik, hast verzweifelt nach einer Lösung gesucht und dich von allen möglichen ausgerechnet für *diese* entschieden.

Damit alle Mitleid mit dir hatten, statt dir die Schuld zu geben. Denn du warst ja so scharf auf deine neu entdeckte Beliebtheit, stimmt's, *Marc*?

Vielleicht hat er seine Lügen sogar selbst geglaubt. Keine Ahnung. Ich werde es nie erfahren.

Ein Klingeln reißt mich aus meinen Gedanken.

Es ist erst acht Uhr abends, doch momentan habe ich zu jeder Uhrzeit Angst vor Besuchern.

Polizei?

Vermutlich werde ich noch eine ganze Weile schreckhaft reagieren, wenn jemand an der Tür klingelt.

Flucht ist eine gute Möglichkeit, allerdings nicht, wenn man ein kleines Baby hat. Der Fluchtinstinkt mag stark sein, aber das Bedürfnis, eine riesengroße Tasche mit Windeln, Feuchttüchern, Wundcreme, Milchpulver, Sterilisator, Fläschchen, achtzehn Bodys und Stramplern zu packen, ist stärker.

Also Kampf.

Henrys Kopf ruht auf der Sofalehne. Er sieht mich von der Seite an. Ich erwidere seinen Blick. Widerstrebend – *also gut, wenn es denn unbedingt sein muss* – folgt er mir zur Tür.

Ich lege eine Hand auf seinen weichen, verschlafenen Kopf, ehe ich die Tür ein paar Zentimeter weit öffne. Ich sehe den grünen Lack, den ich ziemlich ungleichmäßig aufgetragen habe. Ich entdecke den Farbklecks auf den Fliesen. Wir sind nie dazugekommen, ihn zu entfernen, stimmt's, Marc?

Ich öffne die Tür.

Und schnappe entsetzt nach Luft.

Du.

Tag 10, 20:15 h

DIE FRAU

ICH STEHE IM FLANELLPYJAMA DA. Der Kontrast zu Ella könnte nicht größer sein.

Sneakers mit extradicken Sohlen, obwohl sie ohnehin schon eins fünfundsiebzig groß ist. Der hohe Pferdeschwanz lässt sie noch größer erscheinen.

Ihr dezentes Make-up hätte von einem Profi aufgetragen worden sein können.

Schlank. Fit.

»Oh.«

»Hallo.«

Wir betrachten einander argwöhnisch.

Als Henry bellt, wird sie unruhig. Ich schüttle den Kopf, um sie zu beruhigen. Er ist sanfter als du, denke ich. Wenn du ein Einbrecher wärst, würde er dich zum Süßigkeitenschrank führen und dir meine Handtasche samt PIN geben, damit er ein Leckerli bekommt. Aber sein Gebell ist laut und scheint ihr ein wenig Angst zu machen.

»Wie hast du …«

»Das Café. Mir ist wieder eingefallen, dass du den Namen erwähnt hast. Wahrscheinlich solltest du jemandem namens

Polly sagen, dass sie in Zukunft nicht einfach so die Adressen der Angestellten rausgeben darf.«

Ich lächle, schaue mich aber gleichzeitig nervös um.

»Ich glaube, du solltest besser nicht hier sein«, sage ich schließlich, als Henry es leid ist, im Kreis um sie herumzulaufen, und zurück ins Haus geht, um zu prüfen, ob seine Cousinen vielleicht ein paar Krümel von ihren Haferkeksen zurückgelassen haben. Ich blicke den Weg hinunter, erst nach links, dann nach rechts, dann wieder in ihr Gesicht.

Gott, sie ist eine Schönheit. Dunkles Haar, dunkle Augen, keine Spur von Tränensäcken. Und diese Figur.

Ich will die Tür schließen, aber sie drückt dagegen.

»Romilly.«

Ich nicke, wie um zu bestätigen, dass ich in der Tat so heiße. Dabei sind wir uns schon zweimal begegnet, Ella und ich.

Ich öffne die Tür, um sie hereinzulassen.

»Ich bin hier, um Verwandte zu besuchen. Sie leben nur zwanzig Minuten entfernt – aber das weißt du wahrscheinlich. So habe ich Marc kennengelernt. Wie auch immer, es kam mir verrückt vor, nicht kurz vorbeizuschauen und dich zu fragen, wie es dir geht.«

Ich nicke roboterhaft.

»Natürlich, ich habe vergessen, dass du Familie hier hast. Ich habe dich immer nur mit Frankreich in Verbindung gebracht.« Ich setze Wasser auf.

»Sie haben gesagt, er wäre an einer besonders gefährlichen Stelle unterwegs gewesen«, teile ich ihr mit. »Du weißt ja, wie er war. Er wollte immer zum höchsten Punkt, zum steilsten Abgrund.«

Gleich darauf, als ich neben dem Wasserkocher stehe, fange ich an zu weinen, weil er das wirklich wollte, und wenn das Leben gut war, lachte ich darüber und liebte ihn dafür.

Sie will zu mir treten, doch meine erhobene Hand hält sie zurück.

»Du weißt ja«, sage ich, nachdem ich mich zusammengerissen habe, ein Papiertaschentuch in der Faust. »Er war wie ein großes Kind. Die Gegend da oben war tückisch, das hat ihn wahrscheinlich überrascht, wo doch der Rest des Gebirgszugs eher sanft und hügelig ist.«

Ein Moment der Stille.

»Und damit gibt sich die Polizei zufrieden?«, fragt sie.

Tag 10, 20:30 h

DIE FRAU

ICH SCHAUE ZU IHR AUF. Senke den Kopf. Reibe mir die Augen. Als Henry winselt, gehe ich neben ihm in die Hocke und umarme ihn. »Braver Junge«, raune ich. »Braver Junge.«

Ich atme tief ein.

Ich betrachte Ella. Allerdings nicht ihr Gesicht. An ihrem Ringfinger sitzt ein Ring mit einem großen Diamanten. Ich weiß, dass ihr Ehemann Franzose ist. Sie wollen in den Alpillen bleiben. Ein Leben mit frischem Brot und Radtouren.

Mein eigener Verlobungsring ist weg: Ich habe ihn abgenommen, kaum dass ich wieder in England war.

»Ich habe diese Woche rausgefunden, dass ich schwanger bin.« Sie lächelt.

Mein Kopf schnellt in die Höhe. »Wow. Herzlichen Glückwunsch.«

»Romilly, das ist bereits meine zweite Schwangerschaft. Beim ersten Mal war das Baby von Marc.«

Ich reiße die Augen auf.

»Ich hatte eine Abtreibung«, sagt sie, ehe sie sich hinsetzt. Sie spricht leise, so wie viele Frauen, wenn sie über das Thema reden. »Ich war erst dreiundzwanzig. Es war noch zu früh. Mein Leben hatte noch gar nicht richtig angefangen.«

Ich verziehe das Gesicht, als ich mir Marcs Reaktion vorstelle. »Ich muss wohl nicht fragen, wie Marc darauf reagiert hat«, sage ich leise.

Sie beißt sich auf ihre wunderschöne rosige Lippe.

»Nicht gut«, antworte ich mir selbst. »Nicht verständnisvoll.«

An ihrem Zahn klebt ein Rest Lippenstift.

»Nein«, fahre ich leise fort. »Ganz und gar nicht, schätze ich.«

Die Hände vor dem Bauch gefaltet, lässt sie den Kopf hängen.

»War es so schlimm?«

In meiner Küche, der Küche einer Fremden, fangen Ellas Schultern an zu beben.

»Ich wäre fast gestorben«, sagt sie kaum hörbar. »Es war davor schon angespannt zwischen uns. Es gab Drohungen. Er hat mich ständig niedergemacht und mir das Gefühl gegeben, dumm zu sein. Ich habe keinen Zweifel … Wenn nicht zufällig jemand gekommen wäre, hätte er es getan. Dann würde ich dieses Baby jetzt nicht bekommen. Dann hätte ich nie heiraten können. Dann wäre ich jetzt tot.«

Ich gehe zu ihr. Wie könnte ich nicht?

Sie ist ich. Ich bin sie. Er hat uns einander gleichgemacht.

Einige Minuten später, als ich unsere Teebeutel am Rand der Tassen ausgedrückt habe, erst einen, dann den zweiten, setzen wir uns an meinen winzigen Küchentisch.

»Als du dich bei mir gemeldet hast, war das ein Schock für mich. Ich hatte eine posttraumatische Belastungsstörung, und das alles noch mal zu erleben, daran denken zu müssen … Es ging wieder los – die Flashbacks, die Albträume. Ich konnte einfach nicht.«

Ich nicke. Denke an den Traum, aus dem ich heute früh um drei aufgeschreckt bin. Mein Pyjama war schweißnass. »Das kann ich gut nachvollziehen. Es tut mir so leid, dass ich dir das zugemutet habe.«

Sie schüttelt wütend den Kopf. »Nein. Es geht eben nicht an, so was einfach zu ignorieren und damit zu riskieren, dass jemand anders das Gleiche durchmacht. Das ist einfach nicht richtig. Ich hätte ehrlich zu dir sein müssen, statt dich am See abzuwimmeln. Du brauchtest Hilfe. Ich habe einfach den Drang, mein Leben zu beschützen. Mein Glück. Meine Sicherheit.«

Schweigend trinken wir unseren Tee. Jetzt sind wir glücklich. In Sicherheit. Grundlegende Dinge. Gott, es ist wundervoll.

»Wie hat er es gemacht?«

»Er hat versucht, mich zu ertränken«, sagt sie. »An einer ruhigen Stelle im Lake District. Wir waren im Urlaub. Erst als ein paar schreiende Kinder auftauchten, hat er von mir abgelassen. Das hat mich gerettet.«

»Was genau ist denn nun passiert?«, fragt sie irgendwann. Sie deutet mit einer Kopfbewegung auf Summer in ihrer Wiege. »Wie bist du nach Frankreich gekommen ohne …?«

Sie trinkt einen großen Schluck von ihrem Tee.

Ich seufze.

»Summer. Sie heißt Summer«, sage ich. »Eigentlich wollte ich nur ihn verlassen, nicht mein Baby.«

Wieder einmal kommt alles in mir hoch.

»Inzwischen erscheint es mir vollkommen irrsinnig, aber ich war so verzweifelt«, sage ich. »Und alles auf einmal ging nicht.«

Unter dem Tisch betrachte ich unsere Füße. Ihre klobigen Sneakers und meine Pantoffeln, die mir irgendwie viel größer vorkommen als früher. Steffie mit ihren Riesenfüßen.

Ella schaut mich an.

Als sie die Augen niederschlägt, kann ich ihren Lidstrich und den Schwung ihrer Wimpern sehen.

Sie hingegen sieht eine Mutter im Schlafanzug mit zwei Monate alten Nagellackresten an den Fingern, die mit letzter Kraft ums Überleben kämpfen. Sie sieht Augen mit dermaßen tiefen Schatten darunter, dass sie sich nicht vorstellen kann, wie so etwas überhaupt möglich ist. Vielleicht sieht sie einen Zustand, den sie bei sich selbst niemals zulassen wird.

Eine Mörderin? Ha. Ich hatte solche Angst, die Leute könnten genau das von mir denken, dass ich glaubte, die französische Polizei anlügen zu müssen. Wie praktisch, dass ich mein Handy im Haus zurückgelassen hatte. So geriet ich erst gar nicht in Verdacht.

Erneut sehen wir uns an, Ella und ich, während wir mit unserem Tee an meinem Küchentisch sitzen. So verharren wir eine Zeit lang. Meine Atmung wird ruhiger.

Nachdem Henry alle Keksreste gefunden hat, kommt er zu uns getrottet.

»Ich kann nicht glauben, dass er tot ist«, flüstert Ella irgendwann.

Sie reibt sich mit den Händen über die Lider, sodass ihr dicker Eyeliner sich über ihr Gesicht verteilt.

»Du hast deinen Ring abgenommen«, stellt sie fest.

Ich werfe einen Blick auf meine linke Hand. »Du meinst *deinen* Ring?«

Eine kurze Pause. Ella nickt.

Tag 10, 20:45 h

DIE FRAU

ELLA STELLT KEINE WEITEREN FRAGEN darüber, was die Polizei gesagt hat. Ich glaube, sie will die Antworten gar nicht hören. Alles hat ein gutes Ende für uns genommen. Spielt es wirklich eine Rolle, wie wir hier hingekommen sind?

Jede von uns hat ein Leben, das gelebt werden will. Und ein Baby, um das wir uns kümmern müssen.

Als sie mich zum Abschied umarmt, flüstere ich ihr ein »Danke« ins Ohr.

Ihre dicken Sohlen machen kein Geräusch, als sie die paar Meter zur Straße und zu ihrem Wagen geht. Ich höre, wie der Motor angelassen wird. Ein kurzer Besuch bei der Familie, dann wird sie zurück nach Frankreich fliegen, wo ihre Gegenwart liegt.

Und ein Teil ihrer Vergangenheit, wann immer sie an dem Berg vorbeifährt.

Ich folge ihr nach draußen. Blicke zurück zum Haus.

Ich werde die Haustür neu streichen, denke ich. Mein Gott, ist das nicht der prosaischste Neuanfang, den man sich nur vorstellen kann?

Drinnen versiegen meine Tränen allmählich, und ich gehe mit Henry in die Küche. Dort finde ich eine mir unbekannte

Käsesorte im Kühlschrank und genug Bierflaschen für zehn Personen oder eine ganztägige Grillparty.

Auf dem Boden neben dem Kühlschrank entdeckt Henry noch ein paar Krümel und macht sich an die Arbeit.

Ich bin aufgewühlt und muss mich einen Moment lang an der Arbeitsplatte abstützen. Dann gehe ich in die Knie, um Henry noch einmal in die Arme zu nehmen und mich von seinem weichen Fell trösten zu lassen, als wäre ich ein sechs Monate altes Baby und er meine Schmusedecke. Er verschlingt den letzten Rest seiner Zwischenmahlzeit.

Ich stelle mir vor, was passiert wäre, wenn ich Marc nicht verlassen hätte. Wenn ein Baby namens Fleur oder Summer oder wie auch immer an jenem Tag mit uns nach Hause gekommen wäre. Wenn Marc und ich zusammengeblieben wären und die nächsten zwanzig Jahre so weitergelebt hätten.

In dieser Vorstellung schrumpfe ich immer weiter zusammen, während unsere Tochter wächst. Sie sieht mich, ihre Mutter, Stück für Stück verschwinden, bis ich kaum noch ein Mensch bin. Jemand, den ihr Vater, ein Narzisst, der im Gegenzug immer größer wird, kontrolliert, verspottet und herabwürdigt.

Oder ich sterbe.

Manchmal kann es sein, dass man um etwas, was nicht passiert ist, heftiger weint, als wenn es tatsächlich passiert wäre. Man ist noch rechtzeitig dem Bus ausgewichen, die Biopsie war ohne Befund, man hat das Haus verlassen, kurz bevor es Feuer fing. Man ist gerade noch mal davongekommen und kann kaum fassen, wie knapp es war.

Ich muss würgen. Kauere vornübergekrümmt am Boden.

Ich befehle mir zu atmen, so wie ich es genau an dieser Stelle getan habe, als bei mir die Wehen einsetzten. Es ist dunkel, trotzdem ist dieser Ort, an dem Summer und ich gelandet sind, genau der richtige. Sicherheit ist eben nicht selbstverständlich.

Zuvor

DER EHEMANN

WIE VIEL DAVON WAR GEPLANT?

Hat sie mich absichtlich hierhergeführt?

Sie kannte meine Gewohnheiten: dass ich immer über den Rand schauen, immer die Aussicht genießen, immer die felsigste Stelle finden musste. Dass ich es immer ein bisschen zu weit trieb.

Oder war es ein spontaner Entschluss?

Wusste sie zu dem Zeitpunkt über die Sache mit Loll Bescheid? Hat sie es deshalb getan?

Ich werde es nie erfahren.

Ich bin nicht stolz darauf, überall erzählt zu haben, dass Romilly an einer postpartalen Psychose leidet. Eine solche Diagnose kann das ganze Leben auf den Kopf stellen. Sie kann Leben vernichten. Sie ist kein Mittel zum Zweck.

Würde es helfen, wenn ich sage, dass ich in jenen ersten Minuten wirklich daran geglaubt habe? Ich schwöre, das ist die Wahrheit. Die Gefahr war real, deshalb waren wir innerlich darauf eingestellt. Wir haben nach möglichen Anzeichen Ausschau gehalten.

Eine postpartale Psychose klang plausibel. Es dauerte nicht lange, und es wurde zum Fakt, weil es andauernd wiederholt wurde. Von Loll und der Hebamme. Von mir. Es war leicht, sich davon mitreißen zu lassen.

Und ja, die Diagnose war nützlich. Sie hielt die Leute davon ab, genauer hinzusehen, was sie sonst mit Sicherheit getan hätten. *Es ist immer der Ehemann.*

Und es erhöhte die Dringlichkeit. Romilly musste *unverzüglich* gefunden werden.

Das war es, was ich wollte. Sie daran hindern, mich zu verlassen. Sie zurückholen und wieder eine Familie sein. Mit ihr reden, damit sie niemandem etwas sagte.

Doch sobald ich Gelegenheit zum Nachdenken hatte, wurde mir klar, dass sie keinerlei Symptome einer postpartalen Psychose aufwies. Ich hatte sie erst wenige Stunden zuvor gesehen. Und Loll war nicht als Einzige zu den Treffen mitgegangen.

Nein. Romilly hatte mich schlicht und ergreifend verlassen. Was ich nicht verstand, war, weshalb sie das Baby nicht mitgenommen hatte.

Ich bin nicht mit Romilly in das Bauernhaus gefahren, um ihr etwas anzutun.

Aber manchmal muss man sie dem Einfluss dieser Menschen mit ihren Meinungen, ihren Gedanken, ihren Ansichten zu allem und jedem entziehen, damit sie sich *meine* Ansichten anhören kann.

Schließlich bin ich ihr gottverdammter Ehemann.

Ihr dasselbe zu erzählen wie allen anderen erschien mir als die beste Lösung. Und natürlich habe ich so schnell wie möglich meine Nachrichten gelöscht, während sie mal wieder mit schmerzverzerrtem Gesicht auf der Toilette verschwand.

Nein, ich bin mit Romilly in das Bauernhaus gefahren, um sie zurückzugewinnen. Um unsere Ehe wieder auf Kurs zu bringen. Ich gebe zu, einmal ist es dabei mit mir durchgegangen. Ich habe ihr das Knie zwischen die Beine gedrückt, obwohl ich wusste, dass sie dort Schmerzen hatte – aber nur, weil sie einfach nicht *zuhören* wollte. Sie wirkte so selbstgewiss, das konnte ich nicht ertragen. Das sah ihr gar nicht ähnlich. Es war fast so, als würde ich mit Loll reden.

Ach ja. Das.

Ich denke zurück an die letzten Minuten in meinem Haus. Als Fleur weinte und ich wieder zur Besinnung kam und mir klar wurde, dass ich bei Loll zu weit gegangen war, bin ich in Panik geraten. Ich habe Sachen in eine Reisetasche geworfen und bin zum Flughafen gefahren. Über den Rest denke ich nach, wenn ich dort bin, dachte ich. Ich musste einfach nur zu Adam. Irgendetwas *tun.* Raus aus dieser Ohnmacht.

Als ich von Loll abließ, rutschte sie an unserer leuchtend blau gestrichenen Wand zu Boden. Als ich ging, lag sie da und regte sich nicht. Sie trug immer noch Romillys Pantoffeln an den Füßen.

Was Romilly nicht begriff, als sie zusah, wie ich über den Rand des Abgrunds stürzte, war, dass sich etwas Entscheidendes verändert hatte.

Ich wäre ein guter Vater geworden.

In den fünf Tagen, die ich mit Fleur hatte, *war* ich ein guter Vater.

Aber all das spielt jetzt keine Rolle mehr, nicht wahr?

Diese Tage werden aus der Geschichte getilgt werden.

Ich wäre mit ihr am Wochenende zum Krabbenfischen gegangen, während Romilly im Meer schwamm.

Ich hätte ihr heimlich von meinen Coco Pops abgegeben.

Ich hätte wunderschöne Fotos von ihr gemacht, wie sie auf der Schaukel im Park bis in den Himmel fliegt.

Fünf Tage.

Ich hätte ihr das Gitarrespielen beigebracht.

Ich hätte alles für sie getan.

Alles, was ich mir leisten konnte.

Denn auch daran denke ich in diesen letzten Augenblicken.

An das Glücksspiel. Die Panik. Die ständigen Sorgen. Den Druck. Oft habe ich ihn an Romilly ausgelassen. Nicht, dass sie die Gründe dafür gekannt hätte.

Die sechs Kreditkarten.

Nachts lag ich wach und zerbrach mir den Kopf, wie um alles in der Welt ich jemals meine Schulden zurückzahlen sollte. Ich las die Nachrichten der Kredithaie, an die ich mich in meiner Not gewandt hatte. Ich denke an den Geldeintreiber, den Steffie beim Verlassen meines Hauses gesehen hat. Davor hatte sie mich am Telefon mit ihm erwischt.

Drei Darlehen.

Manchmal spürte ich den Druck in meinem Kopf wie ein Gewicht. Wie kann man mir einen Vorwurf daraus machen, dass ich hin und wieder die Beherrschung verlor?

Ich verkaufte das Einzige, was irgendeinen Wert hatte: meine Gitarrensammlung. Ich konnte es nicht ertragen, mit einem zweitklassigen Ersatz zur Bandprobe zu gehen. Ich gebe es zu, ich habe ein großes Ego.

Die Wahrheit ist, dass es mit mir immer weiter bergab ging. Auf einmal war ich ein Mann mit dünner werdenden Haaren, einem miesen Job, Schulden und einem Geheimnis, das einer tickenden Zeitbombe glich. Ich hatte es im Leben zu nichts gebracht und dadurch all das bestätigt, was andere über mich dachten und sagten. All das, womit sie mich früher immer und immer wieder aufgezogen haben, diese Schlampen in ihren Topshop-Miniröcken.

Jetzt wird es dieser Mann nie mehr zu etwas bringen.

Seht her, ich bin Marc Beach: Ich spiele Gitarre auf eurer Hochzeit, ich bringe euch im Pub zum Lachen. Ich bin nicht *so* ein Typ. Es war eine vorübergehende Krise, das ist alles. Wunden auf der Haut heilen schnell, wenn man jung ist, aber seelische Narben bleiben für immer. Ich werde nie wieder Mark sein.

Niemand wird mich je wieder auslachen.

Niemand wird sich angeekelt von mir abwenden.

Ich bin nicht böse. Ich bin kein Soziopath. Ich habe geliebt, verdammt noch mal.

Ich weiß, ich werde es ihnen nie sagen können, aber es ist wahr. Ich habe geliebt.

Ich habe aus Verzweiflung gelogen.

Das Leben war hart.

Nun blicke ich darauf zurück.

Romilly und ich am Tag unserer Hochzeit auf einer Wiese. Wie sie nach unten schaut und auf dem roten Nagellack an ihrem großen Zeh einen großen Matschfleck entdeckt. Das ist es, dachte ich. Das ist es. Ich bin mit einer Frau zusammen, die mich glücklich macht.

Ich denke daran, wie sehr ich es genossen habe, fünfundzwanzig zu sein. Die Leute sangen unsere Songs mit, während ich mit meiner Band auf ihrer Hochzeit spielte.

Der neue Marc. Versuch Nummer zwei.

Ich gehe noch weiter in der Vergangenheit zurück.

Ich denke an meine Mutter, die mich auslachte, als ich ihr erzählte, was die anderen zu mir gesagt hatten. Sie war die Schlimmste von allen. Stell dich nicht so an, lautete ihr Mantra. Sei ein Mann. Und krieg gefälligst deine widerliche Haut in den Griff. Dann dieses Erschauern.

Ich denke an Musik. An Bilder. An Schönheit.

An Fleurs Gesicht.

An ihren winzigen Körper, der sich an meinen schmiegt.

An ihren weichen, aber zugleich kräftigen Rücken, der in meiner Hand liegt, während ich sie bade.

Ich denke an das Gefühl, sich im freien Fall zu befinden. Wie kann es sein, dass es sich jetzt genauso anfühlt? Nur, dass ich diesmal keine Chance haben werde, hinterher wieder aufzustehen.

Ich denke daran, was ich anders machen würde.

An den Geldeintreiber, der bald bei Romilly vor der Tür stehen wird.

An die gekündigte Lebensversicherung.

Eine überflüssige Ausgabe, dachte ich mir. Ich war dreißig. Unsterblich. Peter Pan. Ich denke an all die Dinge, die ich ändern könnte, wenn ich nicht so verdammt tot wäre.

Tag 21, 20:00 h

DIE FRAU

MEINE MUM UND ICH SITZEN auf meinem Sofa. Im Fernsehen läuft, etwas zu leise, eine Backshow.

Aurelia döst unter einer Decke; sie hat jetzt ihre eigene Vertiefung im Sofa. Ich habe gerade das Gästebett für sie gemacht.

Nie hatte ich so sehr das Gefühl, eine Familie zu haben. Vielleicht habe ich sogar ein ganzes Dorf, wie es so schön heißt. Ein Team aus Powerfrauen hat sich um die frisch gebackene Mutter versammelt, eine Formation so alt wie die Zeit.

Gestern hat sich meine Mutter von Bill getrennt. Er wollte mehr reisen, sie wollte sich in einem unscheinbaren Haus im Küstenstädtchen Thurstable auf einer Halbinsel im Norden Englands niederlassen und ihren Enkelkindern Bücher vorlesen. Sie hat ziemlich viel Lionel Richie gehört, aber so langsam scheint es besser zu werden.

Tief im Innern hat sie es schon seit einer ganzen Weile gespürt, meinte sie: diese Sehnsucht nach einem Zuhause. Und ich nehme tatsächlich eine Veränderung in ihr wahr. Vielleicht ist es das Alter – oder die Erfahrung, die eigene Tochter durch Südfrankreich verfolgt und ihren Ehemann tot in einer Schlucht gefunden zu haben. Eins von beidem.

»Wirst du ihn vermissen?«, frage ich mit einer Tasse in beiden Händen. Henry liegt auf seinem Platz auf dem Sofa.

Sie nickt nachdrücklich. »Und wie«, sagt sie. »Aber Gott, ich war so müde.«

Ich lache. »Tja. Du bist mit zweiundsiebzig im Wohnmobil durchs Baskenland getingelt. Klar, dass man da müde ist, Mum.«

Sie berührt die Tätowierung an ihrem Knöchel, doch als sie sich herunterbeugt, sehe ich, dass ihre Wangen leicht gerötet sind. Sie hat bemerkt, dass ich »Mum« gesagt habe. Das tue ich selten, auch wenn ich sie in Gedanken oft so nenne.

»Vermisst du ihn?«, gibt sie die Frage zurück. Sie nimmt die Brille ab und poliert sie an der Decke. Oft erinnert sie mich an Loll.

Ich nicke. Ich wage es nicht auszusprechen, aber ja: Ich werde ihn vermissen. Ich vermisse ihn jetzt schon. Jedenfalls eine Version von ihm.

Was passiert ist, war nicht meine Entscheidung.

Es war Marc, der unsere Familie zerstört und uns wehrlos gemacht hat, und mir blieb keine andere Wahl, als uns wieder zusammenzuflicken – möglichst schnell, egal wie. Es war keine besonders professionelle Arbeit, aber die Gefahr ist gebannt. Jetzt haben Summer und ich wenigstens eine Chance.

Mum setzt sich die Brille wieder auf. Nickt ebenfalls. Beißt sich auf die Lippe.

Das Leben sieht jetzt anders aus. Mum will sich eine Neubauwohnung direkt um die Ecke anschauen. Wenn ich wieder anfange zu arbeiten, kann sie sich um Summer kümmern.

Wir sprechen oft über Schuld.

Auf ihre postpartale Psychose folgte eine Phase der Trauer um alles, was sie verloren und durchgemacht hatte.

Eintausend verschiedene Arten der Angst.

Traurigkeit.

Eine Bindung aufzubauen, kann eine heikle Angelegenheit sein.

Mum und ich hatten nicht den besten Start. Loll musste sich oft einschalten, um Konflikte beizulegen. Das ist eine Gewohnheit, die sich in unserer Familie eingeschlichen hat und die bis heute besteht.

Loll hat das ihr ganzes Leben lang gehasst – erwachsen sein zu müssen, obwohl sie es noch gar nicht war. Trotzdem wird sie die Angewohnheit nicht los. Sie muss immer die Verantwortung übernehmen.

»Noch einen Tee?«, fragt meine Mum. Ich schmiege mich in meine Vertiefung. Mum und ich lachen über Henry, der neben mir auf dem Rücken liegt und alle viere in die Luft reckt, während er schläft. Sein Kopf ist zur Seite gerollt, die Zunge hängt ihm aus dem Maul.

Ich frage mich, ob ich jemals wieder so tief schlafen werde.

Nachdem meine Mutter das Zimmer verlassen hat, blättere ich in einem Kochbuch. Es gibt darin einen Kirschkuchen, bei dessen Anblick mir der Magen knurrt. Ich mache einen Knick in die Seite.

Anfang nächsten Jahres wollen Steffie und ich Beaches eröffnen, ein winziges Café mit Ausblick auf die Landschaft von Nordwales.

Eine kleine Hommage an Marc. Das scheint mir nur fair, da seine Lebensversicherung das Café finanzieren wird. Ich muss unbedingt die Formulare suchen.

Sie fragen sich, ob Sie mich für gut oder böse halten sollen? Richtig ist Antwort Nummer drei: Ich bin ein Mensch.

Ich kann zusehen, wie ein von Hass zerfressener Mann von einem Felsvorsprung stürzt, während ich bis zum Bersten angefüllt bin mit Liebe. Liebe zu meiner Schwester. Zu meinem Baby. Zu einem kalten Tag, an dem ich im Meer schwimmen kann.

Bald darauf geht meine Mutter ins Bett. Ich schaue nach Summer.

Danach schlendere ich durchs Haus. In der Hand halte ich eine Tasse heißen Kamillentee, den meine Mutter mit ein bisschen zu viel Manuka-Honig gesüßt hat.

Ich lasse es auf mich wirken, dieses Haus, in das ich zurückgekehrt bin: Ich bin ein anderer Mensch als der, der es zusammengekrümmt und unter Schmerzen verlassen hat. Damals war ich selbst noch ein Zuhause für jemanden, mit krampfendem Unterleib und gebrochenem Herzen.

Ich stelle mir dieses Haus vor, während Loll sich übergangsweise dort eingenistet hatte. Wie sehr mir diese Tage fehlen.

Ich hätte niemals ertragen können, von Summer getrennt zu sein, hätte ich nicht gewusst, dass meine Schwester sich um sie kümmert. Ihr quillt die Mütterlichkeit förmlich aus jeder Pore. Sie schreibt Essenspläne im Schlaf und könnte wahrscheinlich sogar einhändig Hustensaft dosieren, während sie mit einer Waffe bedroht wird.

Ich bekomme eine Gänsehaut vor lauter Dankbarkeit.

Ich fahre mit meinem Rundgang fort. Henry folgt mir mürrisch, als hätte ich ihn an einem Abend, an dem er lieber mit ein paar Filmen zu Hause chillen würde, zu einem Spaziergang gezwungen.

Das auf Leinwand gedruckte Foto von einem Strand bei Barcelona, wo Marc und ich unseren ersten gemeinsamen Urlaub verbrachten. Der kleine Greifer, den wir immer auf unsere Wanderungen mitgenommen haben, um Müll aufzusammeln. Die Grußkarten von wichtigen Geburtstagen, Jahrestagen und anderen Anlässen, die ich in den oberen Regalen aufbewahre. Ich weiß noch genau, welche von Tagen stammen, die kein gutes Ende nahmen.

All diese Dinge, die ein Leben einzigartig machen.

Ich besitze viele. So ist das, wenn man fünfunddreißig ist, und eine Mutter, eine Freundin, eine Schwester, eine Schwimmerin, eine Bäckerin, ein Mensch. Eine Witwe.

Inzwischen ist es eine Woche her, seit ich aus Frankreich zurückgekehrt bin, und ich muss mich immer noch in diesem Haus zurechtfinden, das früher Marc und mir gehört hat und nun neu definiert werden muss.

Am ersten Tag habe ich nichts als Toast gegessen, bis mir aufging, weshalb mir der Geruch Übelkeit verursachte.

Toast riecht nach Einsamkeit.

Toast riecht nach Krise.

Familie hingegen riecht nach würzigem Curry aus dem Goodness Café, nach scharfer Suppe und Banana Bread, das so lecker ist, dass den Leuten das Wasser im Mund zusammenläuft und sie um ein zweites Stück betteln.

Ich halte inne.

Es gibt einen Teil unseres winzigen Hauses, den ich seit meiner Rückkehr noch nicht betreten habe.

Vor Marcs Gitarrenzimmer bleibe ich stehen.

Öffne die Tür.

Scheiße, was ist das?

Etwas streift mich im Gesicht.

Ich schalte das Licht ein.

Ein violetter Heliumballon, mittlerweile schlaff und zerknittert, schwebt vor mir in der Luft. Der Anblick entlockt mir ein schiefes Lächeln: Was die Farbe angeht, lag ich falsch.

Ich lasse den Ballon platzen, zerknülle ihn und stopfe ihn tief in den Mülleimer.

»Ach, Henry«, murmle ich und gehe in die Hocke, um meinen Jungen zu umarmen.

Als ich den Kopf hebe, fällt mir etwas auf: Marcs Gitarren, seine kostbarsten Besitztümer, sind verschwunden. Alle vier. Wann war ich zuletzt hier drin? Vor sechs Monaten? Er hat deutlich gemacht, dass ich in diesem Raum nichts zu suchen habe.

Ich runzle die Stirn.

Dann geht mein Blick zu der Fotogalerie, die wir kurz nach unserem Einzug aufgehängt haben.

Action in jedem Bild. Wir tanzen, wir hängen an einer Kletterwand, ich sitze in einem Kajak, Marc spielt mit zurückgeworfenem Kopf Gitarre, wir spielen Ball mit Freunden. Ich schwimme, ich schwimme, ich schwimme. Wir lachen, wir lachen, wir lachen.

Wie kann es sein, dass sich alles so komplett gewandelt hat?

Ich sehe genauer hin.

Da ist es.

Das Bild in der Mitte.

Marc auf einem Tagesausflug in Nordwales. Er steht auf dem höchsten Felsen. Seine Augen sind frei von Angst, wohingegen ich, das weiß ich noch, sehr große Angst hatte, während ich durch die Handykamera schaute und ihn anflehte, wieder runterzukommen. Da hat es angefangen. Ich sehe es in seiner arroganten Körperhaltung. Vielleicht war es absehbar, dass er früher oder später abstürzen würde.

Leise ziehe ich die Tür hinter mir zu. Ich glaube, ich werde ein Spielzimmer daraus machen.

Einige Klischees sind wahr: Jede Mutter versteht sich auf Multitasking.

Normalerweise bedeutet das arbeiten und das Kind vom Kindergarten abholen, einen neuen Regenmantel bestellen und die Spülmaschine ausräumen, während man beim Gasanbieter in der Warteschleife hängt.

Aber manchmal muss man seine Fähigkeiten auch auf anderen Gebieten einsetzen. Diversifizieren.

Indem man die tückischsten Wanderrouten plant, während man gleichzeitig ein Gespräch über seine psychische Gesundheit führt, beispielsweise.

Indem man aus dem Autofenster schaut, um herauszufinden, wo genau man ist, während man so tut, als wäre man innerlich gebrochen.

Indem man vier Schritte vorausdenkt.

Marc ist arrogant.

Marc liebt das Risiko.

Marc trägt Designer-Sneakers mit erschreckend schlechten Sohlen.

Marc lässt sich sehr leicht von seiner eigenen Stimme ablenken.

Marc und ich waren noch im *mas*, als Ella mir eine Nachricht schickte.

Es war keine kurze Beziehung, gestand sie mir. Endlich vertraute sie sich mir an. *Es war nicht unbedeutend. Es war genau so, wie du vermutet hast.*

Marc hatte sie am Tag, als ich nach Frankreich kam, angerufen, berichtete sie. Er hatte ihre Nummer von irgendeinem Idioten aus der Sprachenschule, der offenbar keine Ahnung von Privatsphäre hatte. Wo sie arbeitete und dass ich sie aufgespürt hatte, wusste er von meiner Internet-Suchhistorie. Ich hatte keine Gelegenheit mehr gehabt, sie zu löschen, ehe bei mir die Wehen einsetzten.

Er hat mich bedroht, schrieb sie. *Er hat meinen Mann bedroht. Ich hatte furchtbare Angst. Ich bin ins Ausland gezogen, um diesem Mann zu entkommen.*

Was hat sich geändert?, schrieb ich hastig zurück, während Marc in die Küche ging, um Fleurs Fläschchen aufzuwärmen. *Warum meldest du dich jetzt auf einmal?*

Meine Finger zitterten.

Ich musste an dein Gesicht im See denken. Daran, wie ich am ganzen Leib gezittert habe, als du mir nachgerufen hast, dass du dein neugeborenes Baby zurücklassen musstest, um herzukommen. Ich bin so schnell gefahren, wie ich konnte, um von dir wegzukommen, aber in Wahrheit konnte ich dir nicht entkommen, weil du ich warst, nur ein paar Jahre später.

Sie schrieb noch mehr.

Wo bist du? Ich kann jetzt gleich zu dir kommen. Lass uns reden.

In meiner letzten Nachricht beschrieb ich ihr die Lage unseres Hauses, soweit ich sie mir auf der Fahrt hatte einprägen können.

Aber Marc ist bei mir. Bleib lieber zu Hause. Wir können später telefonieren.

Ich hoffte. Ich hoffte, dass es ein Später geben würde.

Sie schrieb noch einmal zurück. *Er hat dich gefunden?*

Ich hatte keine Gelegenheit mehr, ihr zu antworten, denn in diesem Moment traf Lolls Nachricht ein, und ich hörte, wie Marc mit dem Fläschchen zurückkam.

Er prüfte die Temperatur am Handgelenk.

Während er weiter auf mich einredete, schielte ich rasch zur Haustür.

Sie denken, Marc hätte mich einfach so gehen lassen, zurück zu meinen Freunden und Verwandten? Mein Weg war umständlicher. Aber das sind effektive Wege meistens.

Der Pfad, den wir einschlugen, schlängelte sich zwischen den Felsen hindurch, und als ich mich hinsetzen musste, tat ich es an einer Stelle, die so beschaffen war, dass Marc – wenn er mit seinem nicht enden wollenden Monolog fortfahren wollte – ein paar Zentimeter näher am Abgrund stehen musste. Es war die einzige Stelle, an der man anhalten konnte.

Konnte ich es tun?

Als ich mich niederließ – dadurch, dass er mir am Nachmittag das Knie zwischen die Beine gerammt hatte, waren die Schmerzen noch schlimmer –, sah ich mich rasch um, damit ich mich orientieren konnte, ehe wir weitergingen.

Fast am Ziel.

Höher. Höher. Höher.

Du hast mir wehgetan.

Ich sah, wie einer seiner großen Füße den Halt verlor und ein Stück abrutschte.

Du hast gelogen.

Er hielt sich an einem Felsen fest.

Würde ich es fertigbringen?

Du wirst mir immer wieder wehtun. Wieder und wieder und wieder.

Wir gingen weiter.

Du wirst nicht aufhören zu lügen.

Euphorisch. Selbstbewusst.

Du hast meiner Schwester wehgetan.

Höher. Höher. Höher.

Der Hass auf Marc saß tief in meinen Knochen.

Höher. Höher. Höher.

Und dann auf dem kürzesten Weg wieder nach unten.

Er irrt sich: Panik setzte ein, und trotz allem, was ich mir vorgenommen hatte, trotz allem, wozu ich entschlossen gewesen war, als ich ihm den Spaziergang vorgeschlagen und mein Handy im Haus zurückgelassen hatte, stellte ich fest, dass ich seinem Leben kein Ende bereiten konnte.

Ich stand dort oben auf dem Felsen, und mir wurde klar, dass ich es nicht tun konnte, obwohl dies meine große Chance war. Aber dann tauchte jemand aus dem Dunkel auf und gab ihm an meiner statt einen kräftigen Stoß.

Danach standen wir schweigend nebeneinander.

Nachdem sie nichts mehr von mir gehört hatte, war Ella aufs Rad gestiegen und zu unserem Haus geradelt. Sie hatte Schuldgefühle wegen ihrer Lügen und sorgte sich, weil ich mit Marc allein war.

Sie wollte keine unnötige Aufmerksamkeit auf sich lenken, und als Einheimische kannte sie Straßen und Wege, die andere niemals gefunden hätten. Sie näherte sich dem Haus lautlos von der Rückseite her und sah, wie wir losgingen. Also heftete sie sich zu Fuß an unsere Fersen. Adam, Mum und Steffie bekamen sie nie zu Gesicht.

Sie hielt genügend Abstand, um Marc und mir unbemerkt folgen zu können, hatte uns jedoch immer im Blick. Im Stockdunkeln war das leicht genug.

Gerade als sie geglaubt hatte, die Vergangenheit hinter sich gelassen zu haben, war Marc aufgetaucht und hatte sie erneut bedroht. Ihr Leben und ihr Glück.

Sicherheit ist nicht selbstverständlich.

Nicht ich war diejenige, die »Ja!« rief.

Jedenfalls nicht beim ersten Mal.

Doch einige Minuten später nahm ich mir ein Beispiel an ihr. Wir riefen es im Chor, Ella und ich, ehe wir einander in die Arme fielen und an Schultern weinten, die derselbe Mann zu hart angefasst hatte.

Oben in den Bergen klang es wie ein Echo.

DANKSAGUNG

EIN LOCKDOWN-BUCH! Vollendet! Fix und fertig! Wenn niemand etwas dagegen hat, werde ich mir jetzt erst mal ein schönes Glas Wein gönnen. Aber vorher: die Danksagung.

Wenn man etwas zum Thema psychische Gesundheit schreibt, hat man – völlig zu Recht – eine große Verantwortung. Deshalb geht mein erstes Dankeschön an das brillante Team von Action on Postpartum Psychosis, vor allem an Lucy Nichol und Jenni. Danke, dass ihr meine Fragen beantwortet und mit fachkundigem Blick mein Manuskript durchgelesen habt. Eure Arbeit ist extrem wichtig, und trotzdem habt ihr euch Zeit genommen, mir zu helfen, damit ich alles richtig mache. Das weiß ich sehr zu schätzen.

Großer Dank und Küsse gehen an meine Freundin Katie White von Real Food Kitchen, meinem absoluten Lieblingscafé auf dem gesamten Planeten und inoffiziellen Lockdown-Sponsor. Zum Glück bin ich dort nie einer gehässigen alten Stella begegnet, dafür hatte ich umso mehr schöne und bereichernde Erlebnisse. Das Goodness Café in *Die Vermisste* ist als Hommage an diesen unvergleichlichen Ort des Miteinanders gedacht. Danke, Katie, dass du mir von deinen Arbeitstagen erzählt und mir erlaubt hast, bei euch herumzuschnüffeln, und für die pikanten Geschichten. Danke auch, dass du sri-lankisches Shrimp-Curry und Ananasreis in mein Leben gebracht hast. Seit das mit COVID losgegangen ist, habe ich ungefähr zweihundertfünfzig Portionen davon gegessen, und im Wesentlichen schreibe ich dieses Buch, um meine Sucht zu finanzieren.

In dem Zusammenhang auch ein Dankeschön an meine Freundin Louise Beach, die in mein Leben trat, als sie gerade hinter dem Tresen nach einem Korkenzieher für eine Flasche Wein suchte. (Da wusste ich gleich, dass wir uns gut verstehen würden.) Sie hat mir ihren einzigartigen Nachnamen für Romilly und Marc zur Verfügung gestellt. Toller Name, tolle Frau.

Mein Dank gebührt ferner allen Freunden, die mir ihren guten Rat und ihre Unterstützung angeboten haben. Besondere Erwähnung verdient Rachael Tinniswood, weil sie immer zur Stelle ist, um Gespräche über Bücher zu führen, meine Fragen zu beantworten und mir Tipps zu geben. Ich freue mich schon riesig darauf, wenn endlich dein eigenes Buch erscheint, Rach.

Dank auch an meine Autorinnenfreundin Tabitha Lasley. In einem Jahr der Reiseverbote von Angesicht zu Angesicht mit jemandem reden zu können, der gleich um die Ecke wohnt, war Balsam für meine Seele und hat meine Gedanken zum Sprudeln gebracht. Wir beide im selben Yogakurs – was für ein Zufall!

An meine Redakteurin Helena Newton für ihre Akribie und ihren ausgeprägten Sinn fürs Detail. Ein Hoch auf alle Redakteure, die unbesungenen Helden, die einer Grammatikfetischistin wie mir immer noch neue Grammatikregeln beibringen können. Ich kann dir gar nicht sagen, wie sehr ich neue Grammatikregeln liebe.

An meine Lektorin Helen Huthwaite. Es ist so wundervoll, mit dir zu arbeiten! Danke für deine klugen Erkenntnisse, deinen unermüdlichen Eifer, alles perfekt zu machen, für dein Verständnis, dass man Kinder und vorgesehenes Schreibpensum nicht immer unter einen Hut bringen kann, und vor allem dafür, dass es so viel Spaß macht, mit dir zusammenzuarbeiten und dass du mir eine so gute Freundin bist.

An das restliche Team bei Avon: Ich habe wirklich großes Glück, bei euch gelandet zu sein, und freue mich riesig, euch alle bald wiederzusehen.

An meine Agentin Diana Beaumont. Was. Für. Eine. Frau. Ich bin unfassbar froh, dass das Schicksal (beziehungsweise Lucy Vine und Daisy Buchanan – Dank geht raus an diese zwei Legenden) mich zu dir geführt hat. Bei dir weiß ich mich in fähigen Händen. Ich hoffe, du wirst noch viele Jahre meine Bücher besser machen und mit mir »die beste Pasta auf der Karte« bestellen. Falls du dich nicht gerade mit einer Riesentüte Trüffelchips auf einer Chaiselongue räkelst, versteht sich – denn genau dort gehörst du hin!

Danke auch an den Rest der Mannschaft bei Marjacq, allen voran Sandra Sawicka, die eine Engelsgeduld beweist, wenn es um komplizierte ausländische Steuerformulare geht. Wenn ich sehe, in wie viele Sprachen meine Bücher übersetzt werden, kann ich nur sagen: Das Ausfüllen selbiger Formulare hat sich gelohnt.

Für etwaige geografischen Fehler im Frankreich-Teil möchte ich gerne offiziell COVID-19 die Schuld geben, weil ich nicht ins Flugzeug steigen, eine Reise durch die Provence machen und das als Arbeit deklarieren konnte. Den Lac de Peïroou gibt es wirklich, und ich war schon oft dort, allerdings hätte ich ihn gerne ein weiteres Mal besucht, um gewisse Details für dieses Buch direkt vor Ort zu recherchieren. Was die Ungenauigkeiten in Bezug auf Flugzeiten betrifft, berufe ich mich auf meine künstlerische Freiheit – und auf die Überzeugung, dass der Spannungsaufbau in einem Roman wichtiger ist als die korrekte Fahrtroute zum Flughafen Marseille.

Das größte Dankeschön gebührt wie immer meiner Familie. Danke, Mum und Dad, für eure Unterstützung. An Gem, Chris, Luna und Blake, die mir Geschichten von ihrem verstorbenen Hund Henry erzählt und mir erlaubt haben, ihn – mit einigen fiktionalen Ergänzungen – zu einer Figur meines Buches zu machen.

An Simon und unsere Jungs, für eure Hilfe und eure Flexibilität. Dafür, dass ihr mich glücklich macht und die drei besten Menschen auf der ganzen Welt seid.